全国高职高专应用型规划教材（信息技术类）

U0140856

网页设计与制作

陈旭东　主编

王玉玉　盛雯雯　刘晓杨　副主编

北京大学 出版社

PEKING UNIVERSITY PRESS

内 容 简 介

　　本书从高职高专计算机教育的实际出发，注重理论和实际操作结合。本书基于当前网页开发软件的最新版本，以 Dreamweaver CS4、Fireworks CS4、Flash CS4 网页制作三剑客为开发平台，介绍了网站制作的基础知识，并尽可能以实例为导向讲解网站开发的各个知识点。本书重点介绍了 HTML 页面开发、CSS 样式表的设计使用、页面布局设计、Dreamweaver 模板与库的设计与使用、Javascript 脚本技术、Fireworks 页面设计和网络图像的制作、Flash 动画制作基础知识以及实际应用，最后回顾了网页技术的发展历史，揭示目前 HTML 技术存在的问题，并展望网页技术未来的发展方向，为读者开阔眼界。

　　本书适合高职高专的教学，也可作为网页制作爱好者的自学用书。

图书在版编目（CIP）数据

网页设计与制作 / 陈旭东主编. —北京：北京大学出版社，2009.7
　（全国高职高专应用型规划教材·信息技术类）
　ISBN 978-7-301-15301-7

Ⅰ. 网…　Ⅱ. 陈…　Ⅲ. 主页制作—高等学校：技术学校—教材　Ⅳ. TP393.092

中国版本图书馆 CIP 数据核字（2009）第 091367 号

书　　　　名：网页设计与制作
著 作 责 任 者：陈旭东　主编
责 任 编 辑：葛昊晗
标 准 书 号：ISBN 978-7-301-15301-7 / TP · 1020
出　版　者：北京大学出版社
地　　　　址：北京市海淀区成府路 205 号　100871
电　　　　话：邮购部 62752015　发行部 62750672　编辑部 62756923　出版部 62754962
网　　　　址：http://www.pup.cn
电 子 信 箱：xxjs@pup.pku.edu.cn
印　刷　者：三河市欣欣印刷有限公司
发　行　者：北京大学出版社
经　销　者：新华书店
　　　　　　787 毫米×1092 毫米　16 开本　19.75 印张　475 千字
　　　　　　2009 年 7 月第 1 版　2009 年 7 月第 1 次印刷
定　　　　价：36.00 元

前　言

　　网络已经渗透到人们工作生活的各个角落，学习和关注网络是时代的必然。WWW服务是 Internet 提供的最重要的服务，是当前非常重要的交流信息的方式。网络应用程序使用 HTTP 作为核心通信协议并使用 HTML 通信语言向用户传递网络信息，整个 Internet 由无数大大小小的站点组成，开发 Web 程序的目的就是为了让用户通过 Internet 或 Intranet 对 Web 站点上的内容进行访问。HTML、Javascript、图像设计制作，Flash 动画制作是网站设计开发的基础，学习网站的设计与开发，应该先学习这些基础知识，然后在学习动态网站开发技术的过程中不断运用，得到锻炼和升华。

　　网站开发技术是不断发展的，学习网站开发技术不仅要学习当前流行的技术，还要关注未来的发展方向。这样的学习更有目标性，也使我们不至于落伍。HTML 标准当前的版本号为 4.01，是 HTML 技术的最新版本。但由于发展过程中的一些原因，造成现在 HTML 技术中存在若干弊端。因此 HTML 标准不会再推出新的版本。网络技术将来的发展方向是使用 XML，目前正在推出的是从 HTML 向 XML 的过渡技术——XHTML。

　　开发一个网站，设计师首先要使用 Photoshop 或 Fireworks 等图像处理软件设计出页面的整体效果。而真正实现网页的版面效果，就要使用 Dreamweaver 进行页面的开发，再加上适当的动画使得页面更具吸引力。Dreamweaver、Fireworks、Flash 合称网页制作三剑客，其中 Dreamweaver 是一个真正的所见即所得的网页设计开发平台，Fireworks 则是面向网络的图形图像处理软件，在制作网络图像方面始终走在 Photoshop 的前面。而制作网络动画非 Flash 莫属，在动画制作方面还没有其他软件可以与之相比。三者合称网页制作三剑客的原因还在于三者可以相互无缝合作。

　　本书对 HTML 技术、CSS 样式表、Javascript 语言都做了相当深度的剖析，对图像设计和动画制作都以实例为导向，讲解了 Fireworks 和 Flash 的实际应用。而且本书基于网页制作三剑客的最新版本，即 Dreamweaver CS4、Fireworks CS4、Flash CS4，最新版本的软件可以说有了脱胎换骨的改进。因此。本书在讲解网页设计开发的同时，带给读者网页制作三剑客的最新体验。

　　本书共分 13 章，第 1 章讲述了网站开发的环境的配置与搭建、IIS 的安装配置以及 Dreamweaver CS4 站点的设置等；第 2 章讲述了侧重于可视化的设计开发，讲解了基本网页的设计与开发、设置文本格式、使用图像、使用超级链接、使用表格、框架、表单等；第 3 章讲解了 HTML 的语法知识，并配合图例形象地展示了各种效果；第 4 章讲解了 CSS 语法知识和运用，并结合 HTML 的层和列表等实现了一些常用的页面效果；第 5 章讲解了表格和层在控制页面布局上的应用，以及框架集和内联框架的特点和应用；第 6 章讲解了 Dreamweaver CS4 中模板和库的设计与使用，模板和库都能大大提高开发和维护的工作效率；第 7 章讲解了 Javascript 的语言知识以及在页面中的运用；第 8 章讲解了 Fireworks 图像设计的基础知识，以及图像的导出操作；第 9 章讲解了 Fireworks CS4 在网络图像制作方面的操作与应用；第 10 章是实训章节，综合使用和练习 Dreamweaver 和 Fireworks 在页面设计开发中的应用；第 11 章讲解了 Flash CS4 动画制作软件以及基本动画的制作知识；第 12 章以实例为入口，讲解了 ActionScript 在 Flash 动画中的基本运用以及语法知识；第 13 章展望回顾 HTML 语言的发展历史，展望未来网页技术的发展方向，具有开阔视野的效果。

　　本书编写过程中，作者力求体现职业教育的性质、任务和培养目标，坚持以就业为导向，以能力培养为目的的原则，突出教材的实用性、适用性和先进性。本书采用案例驱动的教学方法，深入浅出、循序渐进地引导读者学习和掌握本课程的知识点，并辅以图形作为形象的说明，使得知识点的讲解一目了然。每章后面均有相应的习题，点明本章的主要知识点，可供读者自我学习测试之用。

　　本书由陈旭东，王玉玉、盛雯雯、刘晓杨编著，参加本书编写、稿件校验、程序测试的还有范长英、吴晓波、李宜南、卢家胜、刘桂花、孙芳、李慧杰，在此一并致谢。

　　本书配有电子教学参考资料包，包括电子教案、实例代码，如由此需要请登陆华信教育资源网（http://www.hxedu.com.cn）免费下载，或与北京大学出版社联系，我们将提供免费下载。主编电子邮件：bensonxchen@126.com。

　　由于作者水平有限，书中疏漏和错误之处在所难免，欢迎广大读者提出宝贵意见。

编　者

2009 年 3 月

目 录

第 1 章　网页设计基础

1.1　网页设计制作概述

网页也称为 Web 页或网页文件，它是由超文本标记语言（HTML）的文件格式来构造的，其中包含了文本、图像、动画、声音等元素。网页是全球广域网上的基本文档，可以是站点的一部分，也可以独立存在，采用超级链接的方式将他们组织在一起。用户使用浏览器，就可以取得服务器上的网页文件，并显示在用户的电脑屏幕上。用户只需要使用鼠标，就可以通过超级链接在网页间切换。整个互联网因使用网页技术而变成了一个信息的海洋。

Internet，中文正式译名为因特网，又叫做国际互联网。它将我们带入了一个完全信息化的时代，正在改变着人们的生活、娱乐和工作方式，形成了一种独特的网络文化氛围。万维网，即全球信息网（World Wide Web，简称 WWW），是 Internet 提供的主要服务之一，是无数个网络站点和网页的集合。在 20 世纪末，网站建设有了突飞猛进的发展，网页设计制作的发展也日新月异。生活在这样一个信息时代，学习了解网络是非常必要的。

浏览器是指可以显示网页服务器或者文件系统的 HTML 文件内容，并让用户与这些文件进行交互的一种软件。网页浏览器主要通过 HTTP 协议与网页服务器交互并获取网页，这些网页由 URL 指定，文件格式通常为 HTML。个人电脑上常见的网页浏览器包括微软的 IE(Internet Explorer)、Mozilla 的 Firefox、Google 的 Chrome、Apple 的 Safari，还有遨游（Maxthon）、Opera、HotBrowser 等。

1.1.1　网页的基本特征

网页被称为 HTML 文件，我们在浏览器里看到是 HTML 文件的外观，控制 HTML 外观的是 HTML 标签。在浏览器中，标签被解释为具体的内容，如超级链接、标题、段落等。这些标签是嵌入式的，下面这段代码就是网页源代码的基本构成结构：

```
<html>
    <head>
        <title>页面标题</title>
    </head>
    <body>
        正文
    </body>
</html>
```

<html>标签是一个 HTML 文件的起始标签；<head>是 HTML 文件的头部，包含了文档标题、样式、编码等控制信息，这些内容在页面中虽然不显示，但对页面起重要作

用；<body>标签开始了文档正文部分。类似</html>带斜线的标签是对应的结束标签。

1.1.2　网页的基本构成元素

网页由一些基本元素构成，下面介绍这些基本元素。

1．文本

网页中的信息主要以文本为主。在网页中可以通过字体、大小、颜色、底纹、边框等选项修饰文本。这里指的文字并不包括图片中的文字，那是图形化了文字。对文字的编排，建议参考一些优秀的网站或杂志。

2．图像

图像在网页中起着重要作用，可以丰富网页的内容，增强网页的美感和表现力，使网页上的内容更具有可读性。网络上最流行的图像格式有 JPEG 和 GIF 两种。其中，JPEG格式使用 24 位真彩色，适合用于照片图像；GIF 格式使用 8 位颜色，只能支持 256 色，但体积很小，并能制作 GIF 动画。

3．超级链接

超级链接是网站的灵魂，是网页之间跳转的纽带。超级链接可以指向本站内的页面，也可以指向其他站点的页面。它把全世界的网站连接成一个信息的海洋。超级链接可以建立在文字上，也可以建立在图像上，用鼠标单击，就可跳转到指向的页面。

4．表格

表格可以有效的控制页面内容的位置，可以用来控制页面的布局，也可以控制页面排版。

5．表单

表单本身并不显示，用来容纳表单控件，如文本框，按钮等。用户在表单控件内输入信息后，可以提交到网站。网站服务器端要有相应的程序来接收用户信息。

6．Flash 动画

和 GIF 动画不同，GIF 动画只是多帧的图像。Flash 动画是真正的矢量动画，能支持缩放、能播放声音、实现在线视频，还能通过脚本机制和用户交互，响应用户的操作。现在有不少专业制作 Flash 的网站。

7．多媒体

多媒体不是各种信息媒体的简单复合，它是把文本、图形、图像、动画、声音、视频等多种信息类型的综合，能支持完成一系列的交互式操作。

1.1.3 网页制作工具介绍

Dreamweaver、Fireworks、Flash 合称网页制作三剑客。最初是由 Macromedia 公司开发出来的。其中 Dreamweaver 是一个"所见即所得"的可视化网站开发工具，主要用于动态网页开发。Fireworks 将位图与矢量图良好的结合在一起，还可以轻松制作出动感的 GIF 动画，大大降低了网络图形设计的难度。对于辅助网页编辑来说，Fireworks 是最大的功臣。Flash 是优秀的网络动画制作软件，目前还没有其他软件可以与之相比。

之所以称它们为三剑客，主要是因为这三种软件能相互无缝合作。比如制作网页，较为流行的一种做法是在 Firework 中做好主要页面，然后导出，在 Dreamweaver 中加以修改，添加链接等，便做出一个非常美观的页面。

三者结合是当今网站开发的必备工具。网页制作方面，Frontpage 只对初学者有一定的帮助。以前，Adobe 公司的 Photoshop 和 Fireworks 竞争，但在网络图像处理还是 Fireworks 占优。在 2005 年，Adobe 公司以重金（约 34 亿美元）收购了 Macromedia 公司，其公司有不少软件停产，而三剑客得以幸存，继续推出新产品。

1.2 安装配置 IIS

网站需要有网站服务器才能运行起来。Windows 系统的网站服务器是 IIS（Internet Information Service），既可以支持静态页面，也可支持 ASP，ASP.NET 等动态页面的开发。IIS 中包括了多种网络附件，简述如下：

Web 服务器：也称为 WWW（World Wide Web）服务器，主要功能是提供网上信息浏览服务。

FTP 服务器：FTP 全称 File Transfer Protocol，即文件传输协议，支持 FTP 协议的服务器就是 FTP 服务器。

NNTP 服务器：NNTP 全称 Network News Transport Protocol，即网络新闻（俗称"帖子"）传输协议，支持 NNTP 协议的服务器就是 NNTP 服务器。

STMP 服务器：STMP 全称 Simple Mail Transfer Protocol，即邮件传输协议，支持 STMP 协议的服务器就是 STMP 服务器。

使用 IIS 设置本机站点，可以和 Dreamweaver 内的站点设置无缝结合，可以方便地进行网站内文件的管理、页面预览等操作。

1.2.1 安装 IIS

下面介绍一下在 WindowsXP 下，使用系统盘安装 IIS 的过程。

（1）打开控制面板，可以通过开始菜单打开，也可以在管理器左侧"我的电脑"下找到"控制面板"打开。

（2）启动"添加或删除程序"。在"控制面板"中双击"添加或删除程序"图标，弹出"添加或删除程序"对话框，如图 1-1 所示。

（3）单击"添加/删除 Windows 组件"按钮，如图 1-1 所示。弹出"Windows 组件向导"对话框，选中"Internet 信息服务（IIS）"复选框，如图 1-2 所示。

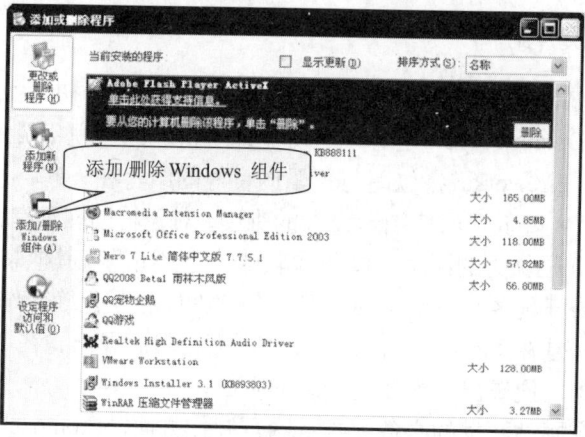

图 1-1　添加或删除程序

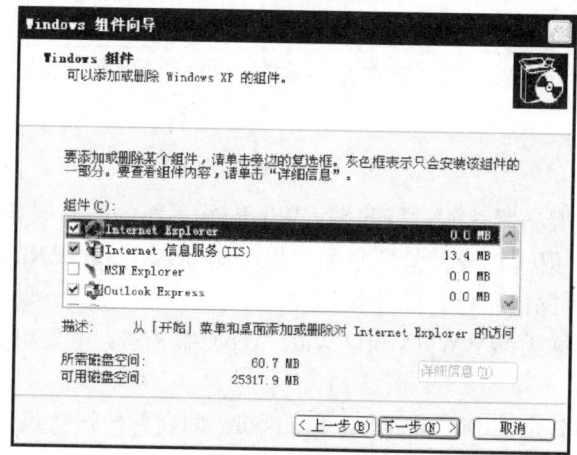

图 1-2　Window 组件向导

（4）单击"详细信息"按钮，查看 IIS 组件的详细信息，确认已选中"万维网服务"组件。如图 1-3 所示，完成后单击"确定"按钮。

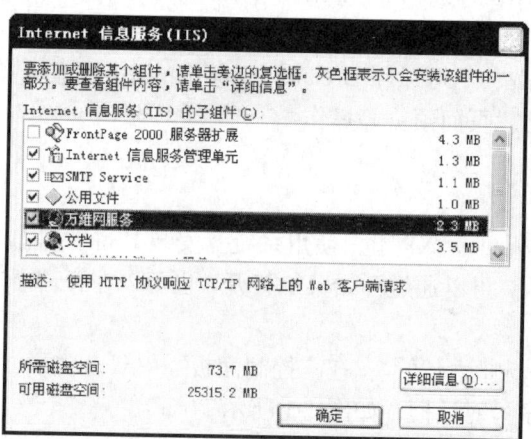

图 1-3　IIS 组件详细信息

（5）在 Windows 组件向导对话框中，单击"下一步"按钮。开始安装 Windows 组件，如图 1-4 所示。如果是第一次安装 IIS，一般会提示插入系统盘，安装成功后会出现安装完成对话框，如图 1-5 所示，确认后单击"确定"按钮。

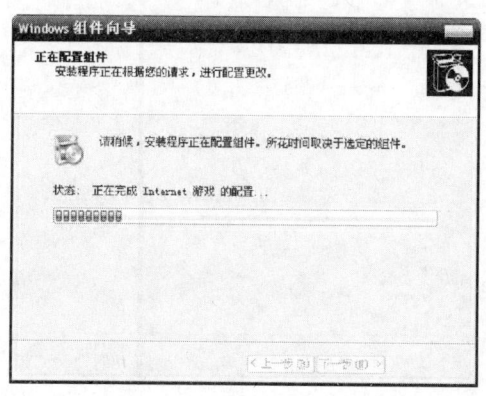

图 1-4 组件安装过程

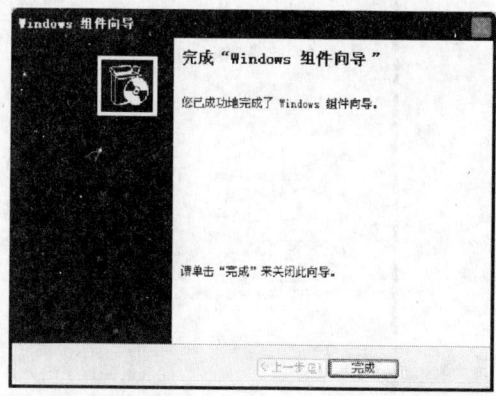

图 1-5 Windows 组件安装成功

除了使用安装盘外，还可以到网上下载单独的 IIS 安装包，只要确定和您的操作系统版本一致，就可以像安装普通应用程序一样进行安装；也可以下载 Internet 信息服务代理工具临时使用。

安装成功后，返回 Windows 控制面板，打开"管理工具"，在管理工具里会出现"Internet 信息服务"快捷方式，如图 1-6 所示。如果能正常启动运行，就表示本机的 IIS 可以使用了。

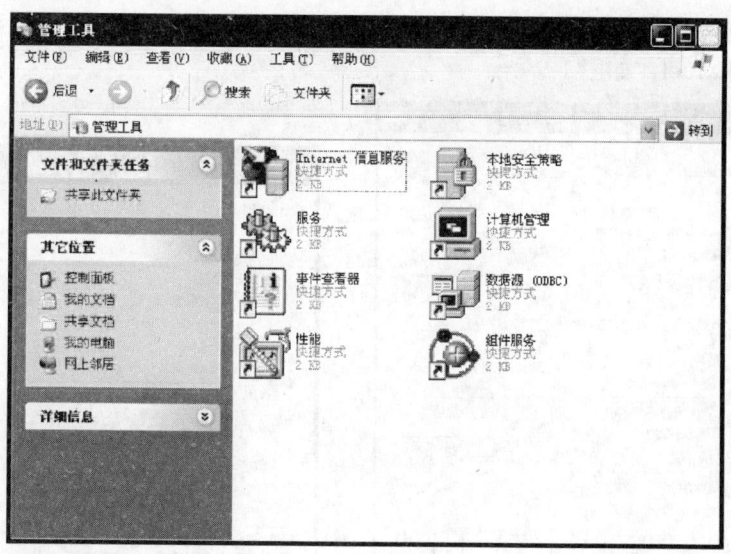

图 1-6 Windows 管理工具

1.2.2 设置站点根目录

（1）在"管理工具"中，双击"Internet 信息服务"快捷方式，打开"Internet 信息

服务"对话框，查看服务运行状态，如图 1-7 所示。

图 1-7　Internet 信息服务

（2）选中"默认网站"，在菜单栏选择"操作—属性"命令，或点右键，选择"属性"命令，打开"默认网站属性"对话框，并选择"主目录"选项卡，如图 1-8 所示。

（3）更改主目录。从图 1-8 可以看到，默认网站的本地目录是：C:\Inetpub\wwwroot。单击其后面的"浏览"按钮，弹出"浏览文件夹"对话框，选择其他目录，如：D:\mywork\wwwroot，如图 1-9 所示。

图 1-8　默认网站属性

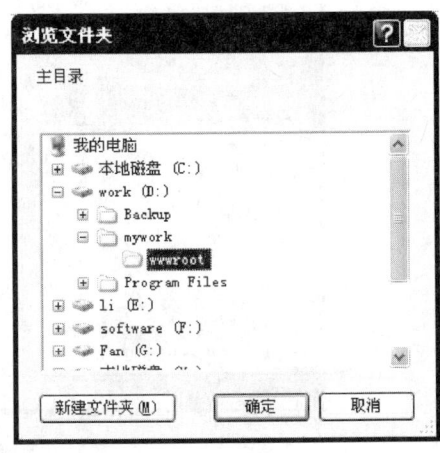

图 1-9　更改默认网站目录

（4）浏览主目录下的网页。如果在主目录下有一个页面文件 mypage.htm，那么，使用浏览器可按如下方式访问：http://localhost/mypage.htm。localhost 会被解释为本机

的 IP 地址，如图 1-10 所示。

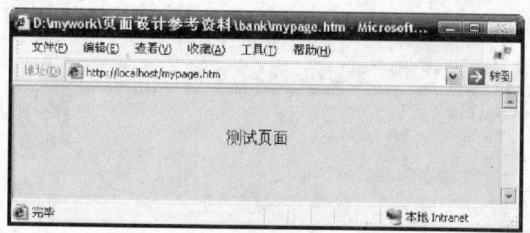

图 1-10　访问默认站点下的页面

1.2.3　在 IIS 中新建虚拟目录

建立虚拟目录，可以在本机上实现多个子站点。这在需要在一台机器上建立多个子站点时非常有用。在 IIS 中新建虚拟目录的步骤如下：

（1）在"Internet 信息服务"对话框中，右键单击"默认网站"，在弹出的菜单中选择"新建—虚拟目录"命令，弹出新建虚拟目录对话框，如图 1-11 所示，单击"下一步"按钮。

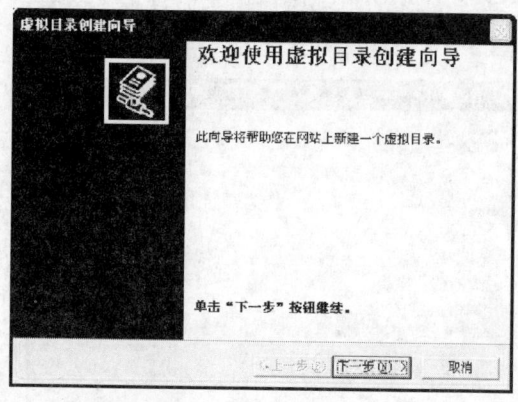

图 1-11　新建虚拟目录

（2）在弹出的对话框中输入虚拟目录的别名：myweb，如图 1-12 所示。

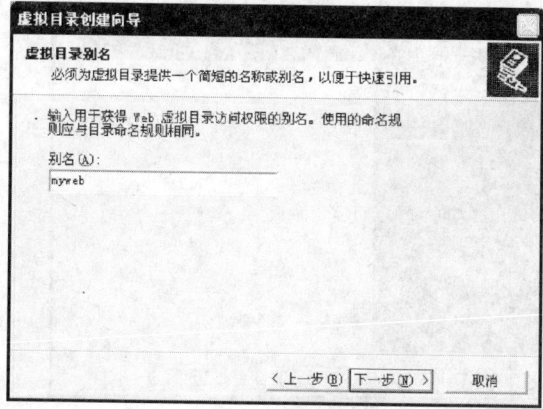

图 1-12　虚拟目录别名

（3）输入别名后单击"下一步"按钮，在弹出的对话框中输入本机上的目录，如图 1-13 所示，输入：D:\mywork\myweb。完成后单击"下一步"按钮。

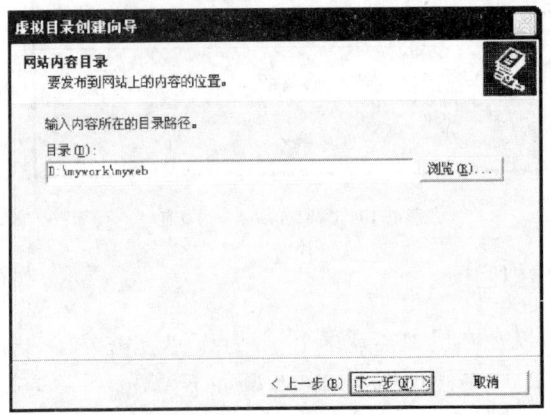

图 1-13　输入本机目录

（4）在弹出的对话框上设置虚拟目录的访问权限，使用默认选项即可，如图 1-14 所示，完成后单击"下一步"按钮。出现完成提示对话框，单击"完成"按钮关闭，如图 1-15 所示。

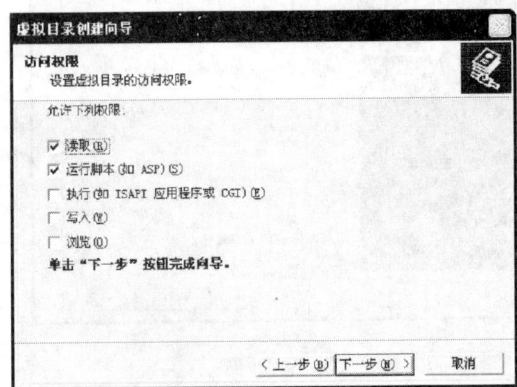

图 1-14　设置虚拟目录权限

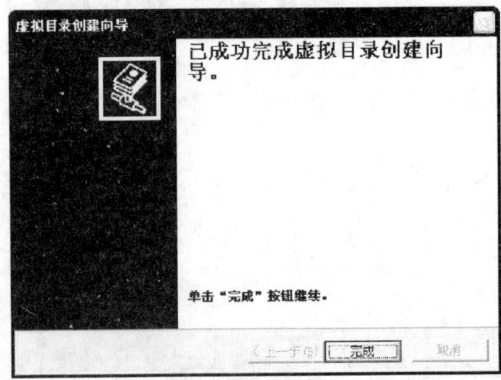

图 1-15　完成提示对话框

此时新建虚拟目录的过程就完成了。可以看到在"Internet 信息服务"对话框中，新建的虚拟目录是"默认网站"的子目录，如图1-16所示。

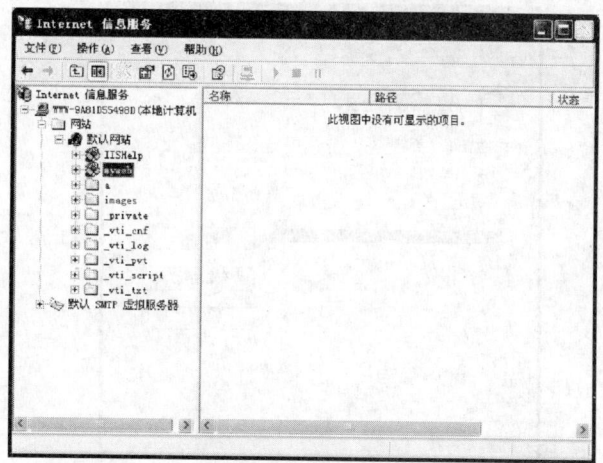

图1-16 IIS中的虚拟目录

1.2.4 快速设置虚拟目录

所谓快速设置虚拟目录，是将已有的本地目录快速设置为虚拟目录，而不用打开IIS。例如已有一个目录为：D:\mywork\myweb2，将其设置为虚拟目录的步骤如下：

（1）在 Windows 资源管理器中，右键单击该目录，在弹出的菜单中选择"属性"命令，弹出属性对话框，选择"Web 共享"选项卡，如图1-17所示。

注：因为安装了IIS，在属性对话框中会有一个"Web 共享"标签。

（2）再选择"共享文件夹"单选项，弹出"编辑别名"对话框，默认的别名就是目录的名字，根据需要设置虚拟目录的访问权限，如图1-18所示。

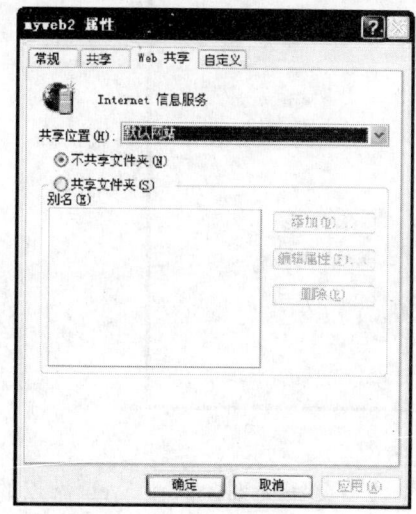

图1-17 目录属性

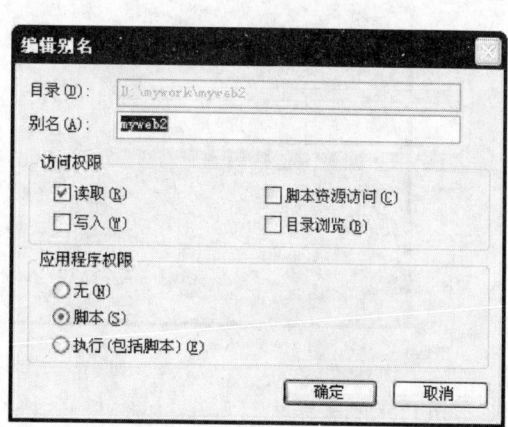

图1-18 编辑别名

（3）完成后单击"确定"按钮。目录属性对话框内显示添加了刚设置的别名，如图
1-19 所示。

图 1-19　添加别名后的属性

　　快速设置虚拟目录只需要以上三步，到控制面板中打开"IIS 信息服务"对话框，
可以看到快速设置的虚拟目录（myweb2）和其他虚拟目录（如：myweb）一样，也是
"默认网站"的子目录，如图 1-20 所示。

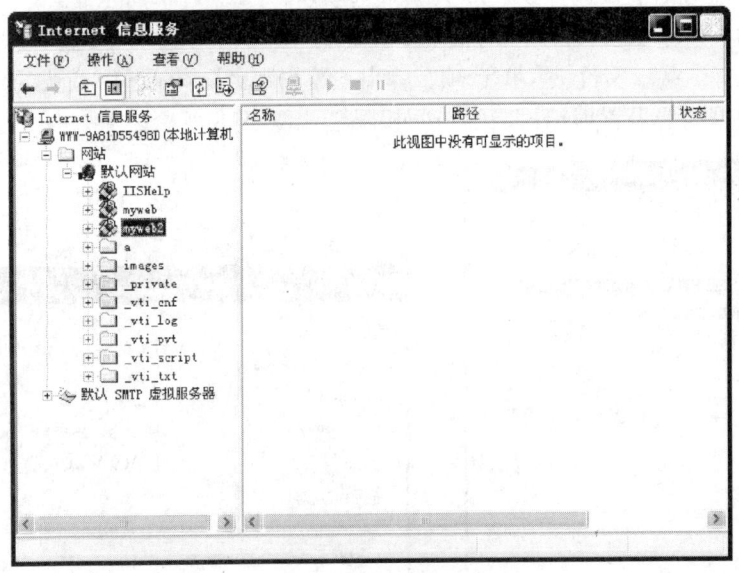

图 1-20　查看在 IIS 中的显示

　　在本机目录的关系上，虚拟目录和"默认网站"没有父子关系。但在 Web 站点的
关系上，其他所有虚拟目录都是"默认网站"的子目录。用浏览器浏览虚拟目录 myweb

中的 mypage.htm 页面，URL 为：http://localhost/myweb/mypage.htm 。

1.3 Dreamweaver CS4 介绍

Dreamweaver CS4 的界面几乎是做了一次脱胎换骨的改进，其界面稍稍带有苹果系统的味道，也可以找到更多的设计元素。Adobe 实实在在地自己创造了新风格的界面，设计界的老大地位实至名归。Dreamweaver CS4 的界面如图 1-21 所示，主要有标题栏，菜单栏，标签栏，文档工具栏，网页设计区，属性面板，以及插入面板、文件面板等浮动面板。在浮动面板组中，文件面板使用最频繁。

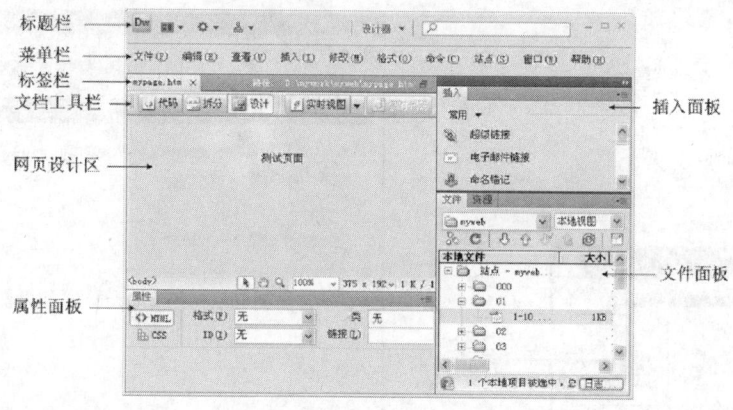

图 1-21 Dreamweaver 的界面介绍

各部分简要说明如下。

（1）标题栏：Dreamweaver 自绘制的标题栏，除了常规的窗口功能外，还增加了布局、扩展 Dreamweaver、站点、工作区风格四个下拉列表（上图所示为"设计器"风格），以及在线帮助搜索。这些功能在菜单中都可以找到，放置到界面可以方便开发者的使用。在 Dreamweaver 窗口宽度足够大的情况下，还可以和菜单栏合为一行，使得界面更为简洁。

（2）菜单栏：可以找到编辑窗口的绝大部分功能。

（3）标签栏：每一个标签项对应一个打开的文档。

（4）文档工具栏：最常用的是在设计视图和代码视图之间切换，还提供了设计视图和代码视图的拆分视图。

（5）网页设计区：显示页面文件的外观或代码，是页面文件的编辑区域。

（6）属性面板：在 HTML 文档中选择不同的页面元素，属性面板将自动显示与选择元素有关的属性。

（7）插入面板：通过插入类别的切换，几乎可以插入 HTML 的所有的基本元素。切换界面风格，可以将插入面板转换为常规的插入工具栏模式。

（8）文件面板：如同 Windows 的资源管理器，方便组织和管理本机或站点文件。

Dreamweaver 提供了若干工具栏和浮动面板，使用"查看—工具栏"菜单可以显示或隐藏工具栏，使用"窗口"菜单可以打开活隐藏浮动面板。还可以按个人的喜好重新

摆放或组合工具栏和浮动面板，实现界面的个性化设置。

1.3.1　Dreamweaver 站点设置

对站点进行设置是为了使 Dreamweaver 和操作系统中设置的虚拟目录结合起来，方便页面的开发。具体步骤如下：

（1）启动 Dreamweaver，在菜单栏中选择"站点—管理站点"命令，弹出"站点管理"对话框，这个对话框将列出来在 Dreamweaver 中设置的所有站点。如图 1-22 所示。

（2）单击"新建"按钮，在弹出的菜单选择"站点"命令，弹出"站点定义"对话框，在第一个输入框中输入"myweb"，如图 1-23 所示，然后单击"下一步"按钮。

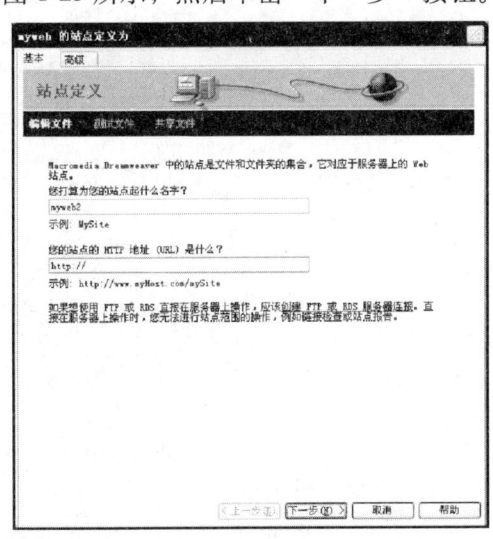

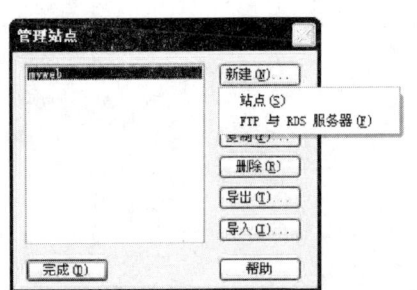

图 1-22　站点管理　　　　　　　　　　　图 1-23　输入站点名字

（3）在第二步对话框里，选择"是，我想使用服务器技术"，而在"那种服务器技术？"下拉列表中选择"无"即可，如图 1-24 所示。完成后单击"下一步"按钮。

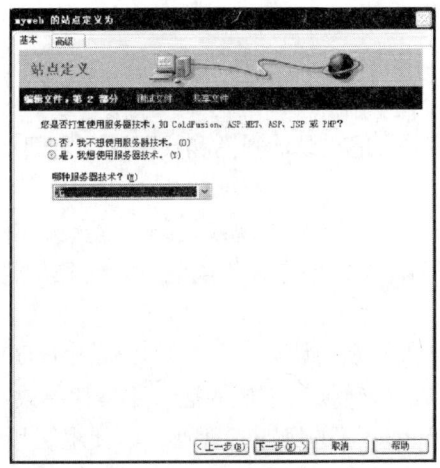

图 1-24　选择服务器技术

（4）在第三步输入或选择站点所在的目录。如：D:\mywork\myweb，这个目录前面已经设置为虚拟目录。如图 1-25 所示，完成后单击"下一步"按钮。

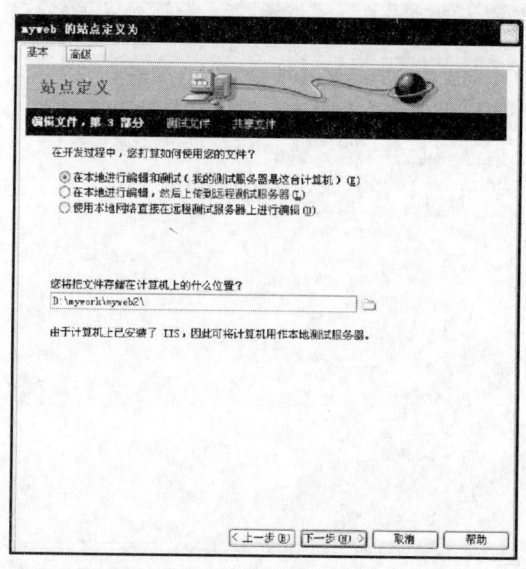

图 1-25 输入本地目录

（5）在第四步输入站点根目录的 URL，该输入框默认值为"http://localhost/"，只需在后面添加"myweb/"，注意一定要带着"/"符号。输入后单击"测试 URL"按钮，显示提示消息"URL 前缀测试已成功"，如图 1-26 所示，单击"确定"即可。然后再单击"下一步"按钮。

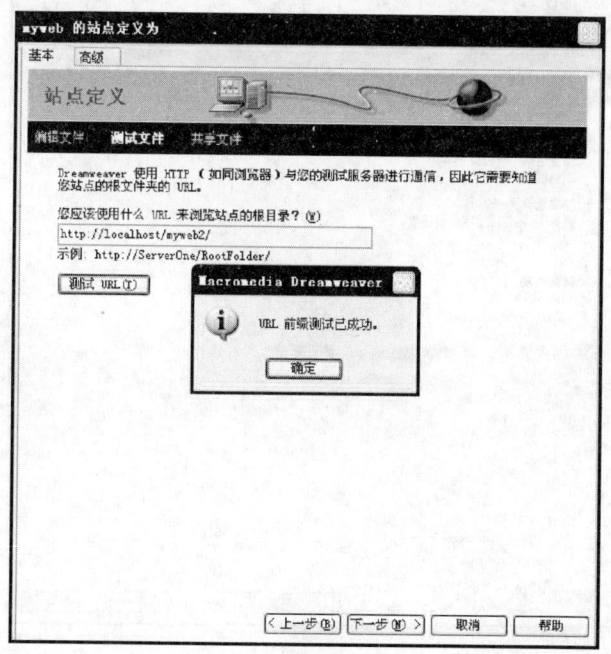

图 1-26 站点测试 URL

（6）在第五步询问是否连接远程服务器，选"否"，如图 1-27 所示，完成后单击"下一步"按钮。

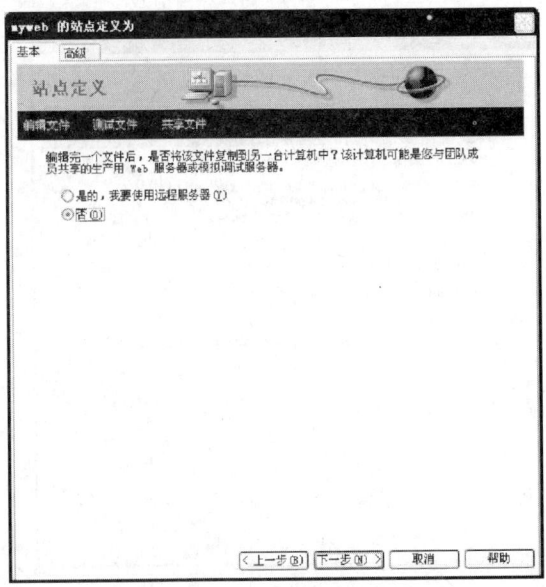

图 1-27　不使用远程服务器

（7）弹出的是刚才设置的站点信息总结，如图 1-28 所示，单击"完成"按钮结束新建站点。

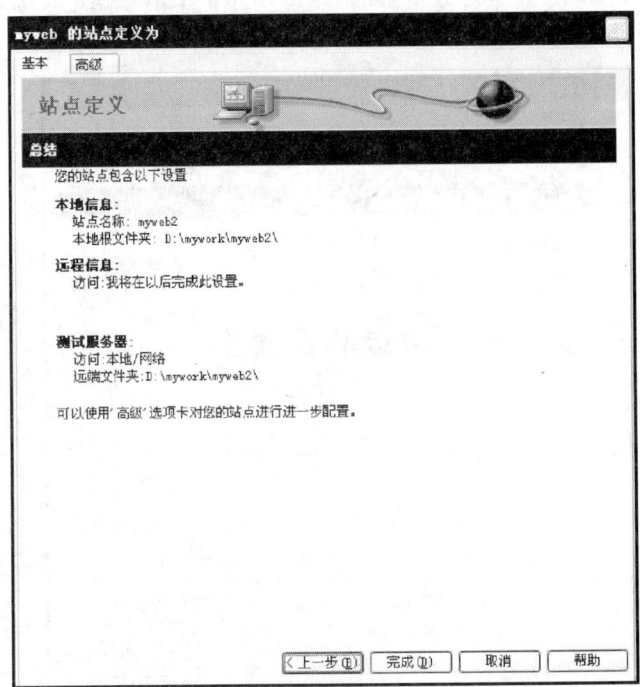

图 1-28　站点信息总结

（8）新建的站点将显示在"管理站点"对话框列表中，如图 1-29 所示。

（9）确认后单击"完成"按钮，关闭"管理站点"对话框。查看 Dreamweaver 文件面板的变化，如图 1-30 所示。

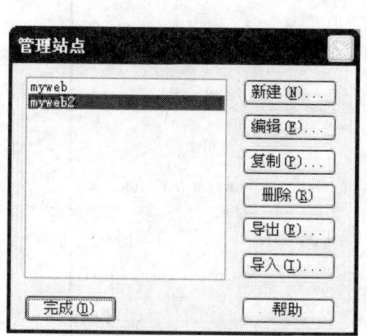

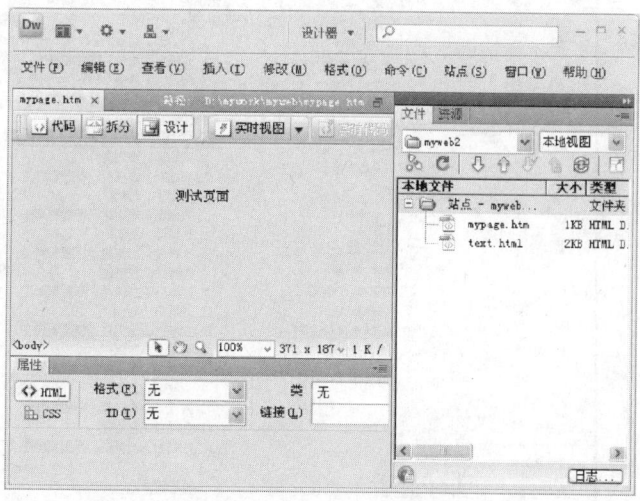

图 1-29 Dreamweaver 站点列表　　　　图 1-30 设置站点后的 Dreamweaver

（10）设置站点后，Dreamweaver 的文件面板自动切换为站点文件的显示，双击站点文件可在编辑区打开。如图 1-30 所示。按 F12 键盘，用浏览器预览页面，如图 1-31 所示。可发现页面的 URL 为：http://localhost/myweb/mypage.htm。

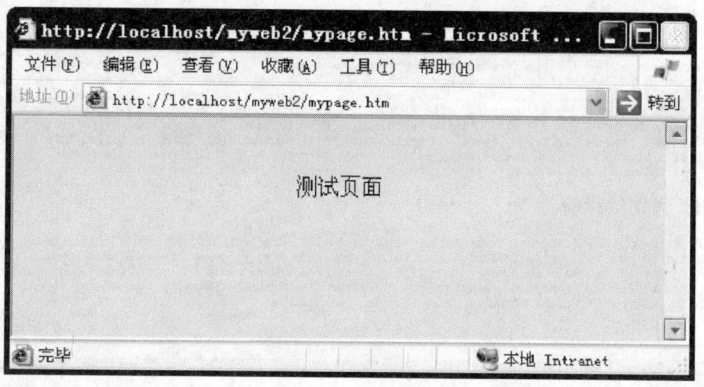

图 1-31 预览页面

1.3.2 创建基本页面

在这里，我们通过新建一个页面的方法，讲述 Dreamweaver 的基本使用。操作如下：

（1）在菜单中选择"文件--新建"命令，弹出"新建文档"对话框。首先在最左边选择"空白页"，然后在"页面类型"列表选择"HTML"，在布局列表选择"1 列液态，居中，标题和脚注"选项。如图 1-32 所示。单击"创建"按钮。

（2）我们不用输入任何内容，Dreamweaver 自动创建文档并加入文字内容，如图 1-33 所示。

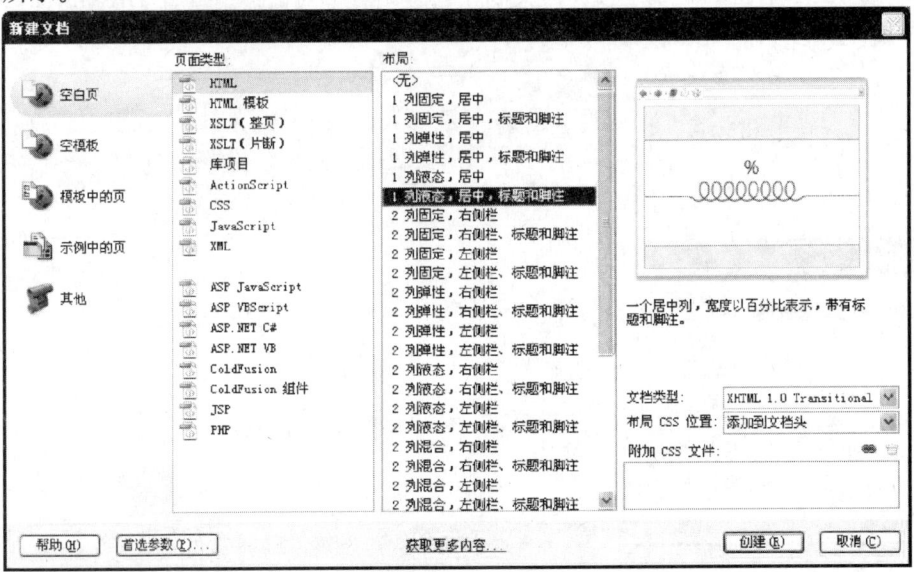

图 1-32 新建文档

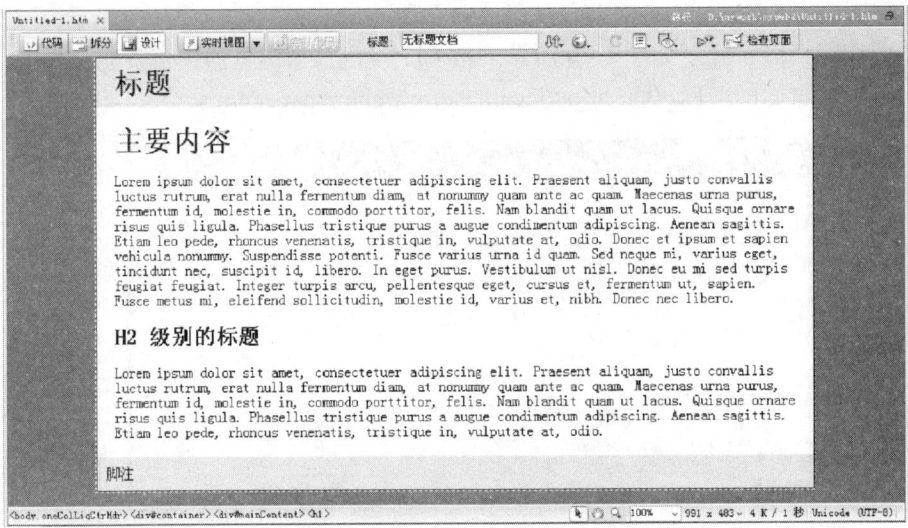

图 1-33 编辑页面

（3）完成以上操作后，按 F12 键预览，提示是否上传页面，如图 1-34 所示。

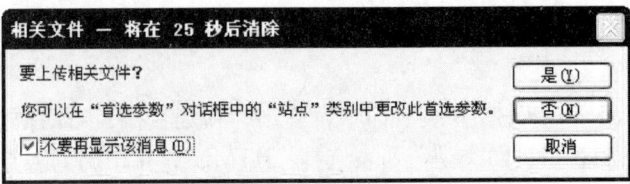

图 1-34 提示上传相关文件

（4）在图1-34所示提示对话框中单击"是"按钮，预览页面效果，如图1-35所示。

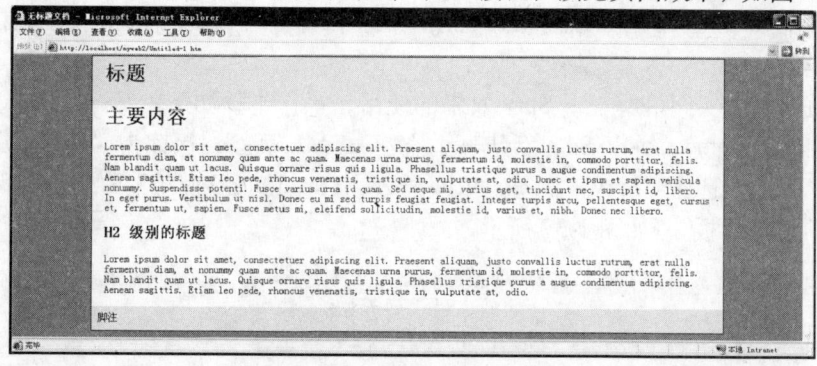

图1-35 页面预览

（5）减小浏览器窗口的宽度，页面文字自动重新排列，如图1-36所示。

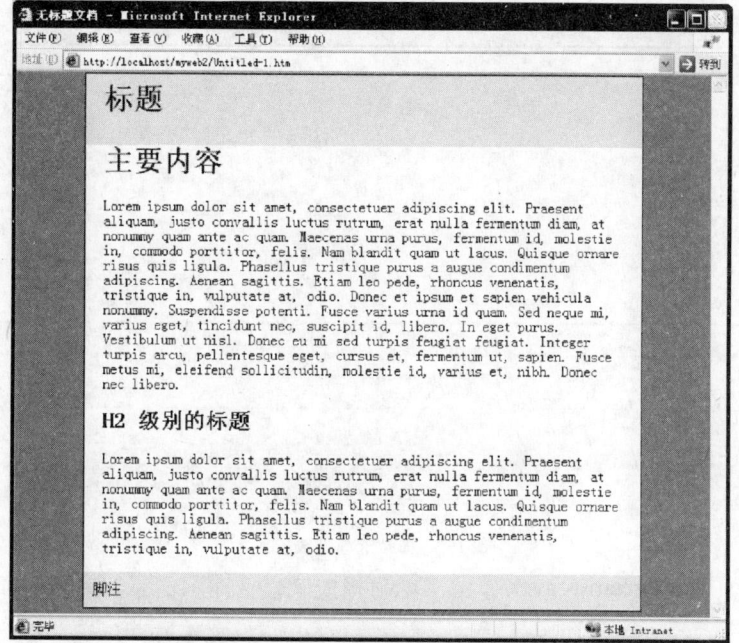

图1-36 缩小 览器窗口后的效果

在这里介绍一下该布局类型的特点：

（1）**列液态**：表示列的宽度随浏览器窗口的宽度变化而变化，其中的文字将自动排列。

（2）**居中**：表示页面内容在浏览器窗口内，在水平方向上居中。

（3）**标题和脚注**：指定了在页面内加入标题和脚注两项内容。

1.3.3 Spry 效果概述

"Spry 效果"是视觉增强功能，可以将它们应用于使用 JavaScript 的 HTML 页

面上几乎所有的元素。效果通常用于在一段时间内高亮显示信息，创建动画过渡或者以可视方式修改页面元素。您可以将效果直接应用于 HTML 元素，而无需其他自定义标签。

下面就以一个实例讲解一下 Spry 效果的使用，操作步骤如下。

（1）启动 Dreamweaver CS4，新建一个空白 HTML 页面，保存为"mySpry.htm"；在"插入"工具栏选择"Spry"标签，依次插入"Spry 可折叠面板"、"Spry 折叠式"、"Spry 选项卡式面板"，如图 1-37 所示。

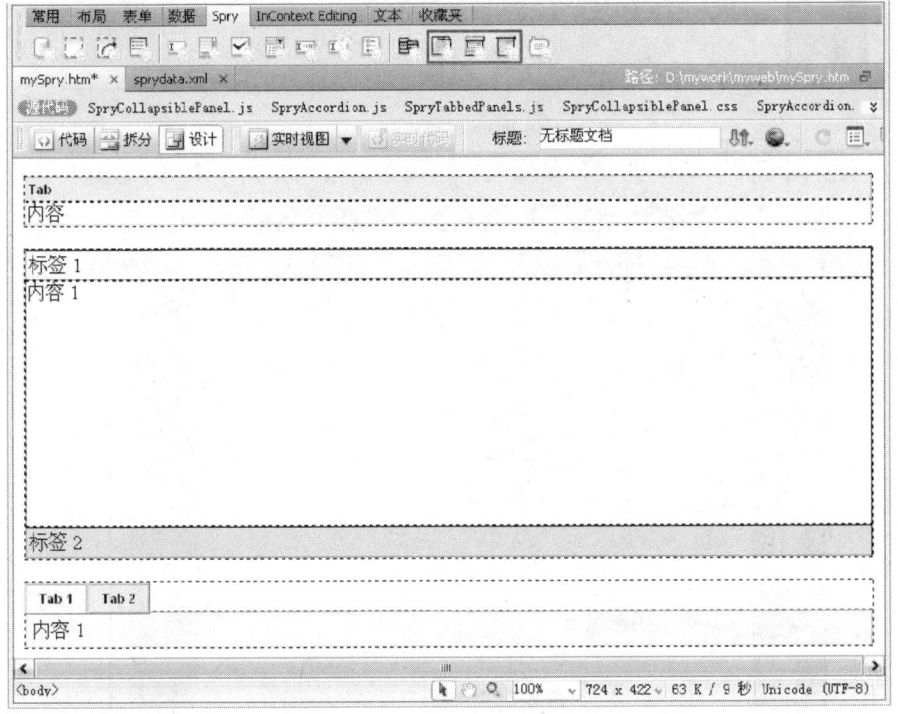

图 1-37 插入 Spry 区域

（2）保存页面，Dreamweaver 弹出"复制相关文件"提示信息，单击"确定"按钮。

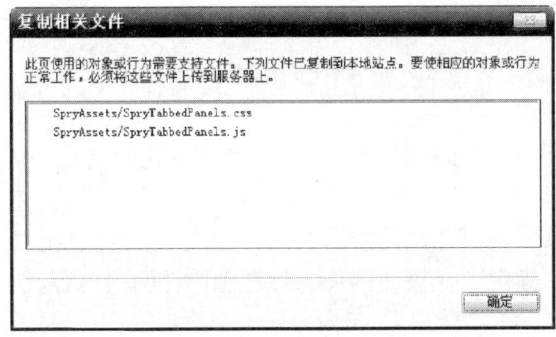

图 1-38 提示复制相关文件

注：Dreamweaver CS4 将在当前站点下创建目录"SpryAssets"，并把 Spry 相关的

CSS 样式文件以及 Javascript 代码文件复制到该目录下。

（3）按 F12 键预览页面，如图 1-39 所示。

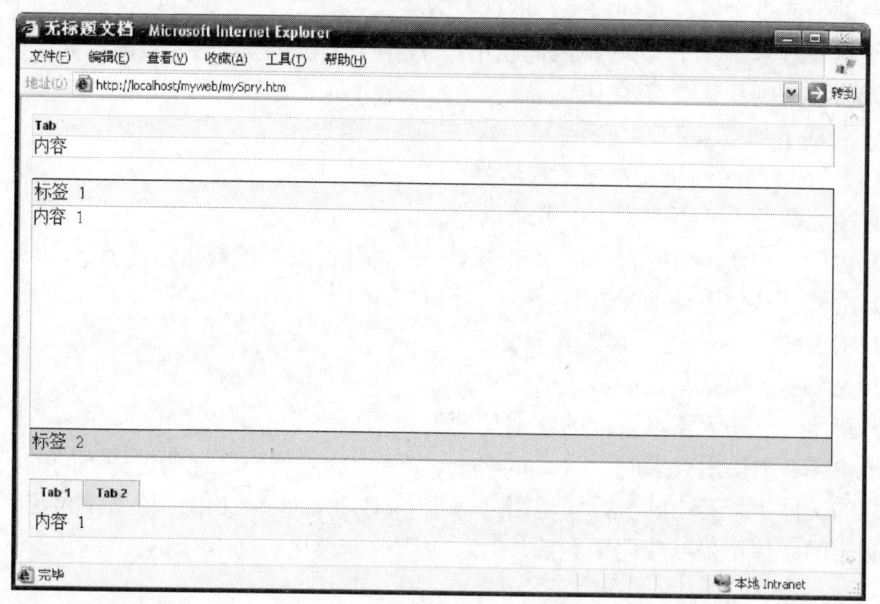

图 1-39　预览 Spry 页面

（4）依次用鼠标单击，改变各部分的显示状态，如图 1-40 所示。

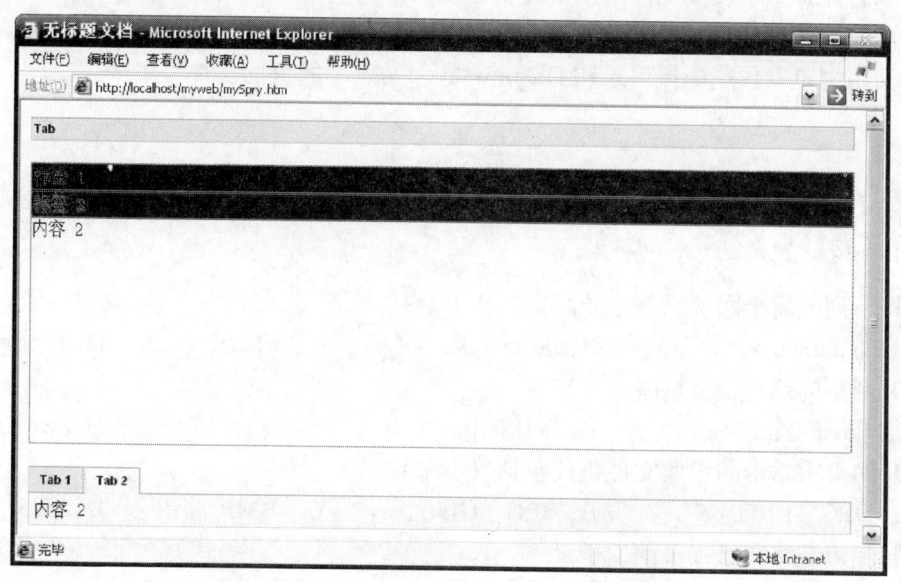

图 1-40　动态折叠后的效果

　　注：要向某个元素应用效果，该元素当前必须处于选定状态，或者它必须具有一个 ID。例如，如果要向当前未选定的 div 标签应用高亮显示效果，该 div 必须具有一个有效的 ID 值。如果该元素尚且没有有效的 ID 值，您将需要向 HTML 代码中添加一

个 ID 值。

Spry 效果可以修改元素的不透明度、缩放比例、位置和样式属性（如背景颜色）。可以组合两个或多个属性来创建有趣的视觉效果。

由于这些效果都基于 Spry，因此在用户单击时应用了效果的元素时，仅会动态更新该元素，不会刷新整个 HTML 页面。

Spry 包括下列效果：

（1）显示/渐隐——使元素显示或渐隐。

（2）高亮颜色——更改元素的背景颜色。

（3）遮帘——模拟百叶窗，向上或向下滚动百叶窗来隐藏或显示元素。

（4）滑动——上下移动元素。

（5）增大/收缩——使元素变大或变小。

（6）晃动——模拟从左向右晃动元素。

（7）挤压——使元素从页面的左上角消失。

重要说明：当使用效果时，Dreamweaver CS4 会在"代码"视图中将不同的代码行添加到您的文件中。其中的一行代码用来标识 SpryEffects.js 文件，该文件是包括这些效果所必需的。请不要从代码中删除该行，否则这些效果将不起作用。

1.4 本章小结

本章首先介绍了网页文件的基本特征以及网页的基本构成元素；然后讲解了 IIS 的安装和配置以及虚拟目录的创建方法；最后介绍了在 Dreamweaver 创建和编辑基本页面、如何用浏览器预览虚拟目录和 Dreamweaver 站点中的页面文件。

习 题 1

【单选题】

1.1 下列不属于网页三剑客的网页制作工具是（   ）。

A．Dreamweaver   B．Fireworks   C．Flash   D．Frontpage

1.2 网页的基本语言是（   ）。

A．JavaScript   B．VBScript   C．HTML   D．XML

1.3 网页中常用的图像文件格式包括（   ）。

A．JPG、PNG   B．JPG、GIF   C．BMP、GIF   D．MP3、JPG

1.4 超级链接和目标页面属于（   ）。

A．一对一关系   B．一对多关系

C．多对一关系   D．多对多关系

1.5 在 Dreamweaver 中，菜单栏下面默认的工具栏也称（   ）。

A．插入栏   B．文档工具栏   C．编辑栏   D．标签栏

【多项选择】

1.6　IIS 包括的网络附件有（　　　）。

A．Web 服务器　　　　　B．FTP 服务器　　　　　C．HTM L

D．HTTP　　　　　　　　E．STMP 服务器

1.7　常用的浏览器有（　　　）。

A．IE　　　　　　　　　B．Firefox　　　　　　　C．Maxthon

D．Chrome　　　　　　　E．HotBrowser

【填空题】

1.8　网页的基本元素包括____、____、____、____表单、Flash 动画、多媒体等。其中一般以____为主。

1.9　IS 安装成功后，在"控制面板—管理工具"会出现____的快捷方式。

1.10　在 Dreamweaver 中，预览网页的快捷键默认是____。

1.11　开始使用 Dreamweaver 前必须先定义一个站点，至少设置一个本地文件夹。选择"站点—____"菜单命令列出在 Dreamweaver 中设置的所有站点，并可进行新建站点。

【简答题】

1.12　简述定义本地站点的过程。

1.13　浏览网页过程本质是什么？

1.14　将定义的站点去除，应该怎样操作？

1.15　在制作网页时，加入图像元素应该注意哪些问题？

1.16　简述"默认网站"和"虚拟目录"之间的关系。

第2章　基本网页的制作

2.1　文本的输入和设置

文本是网页上最多，最基本的信息表达形式。文本的编辑、设置是网页设计的基本操作。Dreamweaver CS4 是一款所见即所得的网页设计工具，它提供了十分强大的文本编辑功能，可以很方便的进行文本的输入和设置等操作。

2.1.1　输入文本

1．普通文本输入

输入普通文本的方法是将光标放到需要添加文本的位置，直接输入文本，或者从其他文档中复制文本内容到预定的位置，通过菜单使用"编辑—粘贴"命令即可，如图2-1 所示。

图 2-1　在 Dreamweaver 中输入文本

2．特殊符号输入

首先思考一个问题，如果在网页中想输入一串空格该怎么办？是不是按几下空格键就可以了呢？事实是无论我们按多少次空格键，页面上只能显示一个空格。那么，应该怎么输入呢？使用标题栏上的工作区风格下拉菜单，将界面风格切换为"经典"，使用"窗口—插入"命令，可打开插入工具栏，将插入类别选为"文本"，再将插入字符选为"不换行空格"。如图 2-2 所示，如图 2-2 所示。

如果是第一次插入不换行空格，Dreamweaver 会出现提示框，如图 2-3 所示。

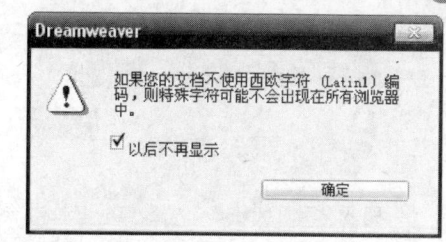

插入不换行空格

图 2-2 插入工具栏　　　　　　　　　　　　图 2-3 插入空格提示框

选择"以后不再显示"选项，单击"确定"按钮。可以确保以后此对话框不再出现。连续单击插入空格按钮，就可以在页面输入连续的空格了。输入完成后，在文档工具栏上选"代码"选项卡，可以看到插入的代码为：** **。这个就是 HTML 代码中空格的特殊编码。插入连续空格也可使用组合键 Ctrl+Shift+Space 来完成。

事实上，HTML 对很多特殊字符都进行了特殊编码处理。表 2-1 列出了经常会用到的几个特殊字符编码。

表 2-1 常用特殊字符编码表

字母编码	数字编码	效果	说明
&quot;	&#34;	"	
	&#35;	#	
	&#36;	$	
	&#37;	%	
&amp;	&#38;	&	
&lt;	&#60;	<	
&gt;	&#62;	>	

2.1.2 文本的调整和属性设置

1．文本的换行方式

在页面上编辑文本时，有两种换行方式，一种是按下回车（Enter）键，文本换行并分段。段落之间会有一个空行的距离，产生段落的效果。令一种换行方式是使用组合键（Shift + Enter），文本换行但不分段，上下两行不会产生空行距离。分别使用两种方式换行后，在文档工具栏上选"代码"标签，查看生成的 HTML 代码，结果如下：

按 Enter 键：　　　　　插入<p></p>标签
按 Shift +Enter 键：　　插入

2．文本的属性设置

对于输入的文本，通过属性面板可以很方便的修改其样式。如图 2-4 所示，选中"Dreamweaver"后，通过属性面板更改字体颜色。

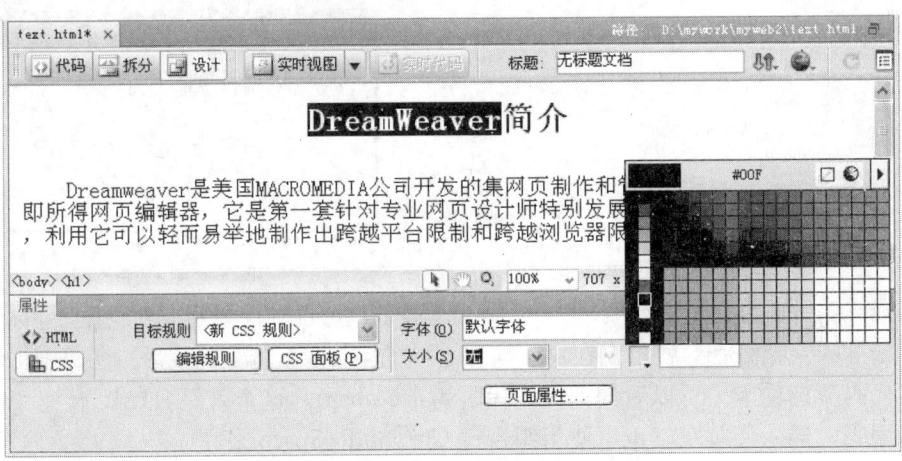

图 2-4　修改字体颜色

通过属性面板，可以很方便的设置文字的格式、字体、样式、大小等等参数。属性面板上各项目的意义一目了然，这里就不在——叙述了。建议大家设置后，都打开代码视图，看看生成的代码。值得一提的是，Dreamweaver 生成的代码有固定的格式，也非常的机械化。如图 2-4 的操作生成的代码如下：

在 Head 标签内生成的样式表代码：

```
<style type="text/css">
    <!--
.STYLE2 {color: #0000FF}
    -->
</style>
```

在文字内容"Dreamweaver"处的代码：

```
<span class="STYLE2">DreamWeaver</span>简介
```

这样做是有一定意义的，具体好处我们在第 4 章将会看到。

2.2　图像的插入和设置

网络上最流行的图像格式有 GIF 和 JPEG 两种。其中，GIF 格式的是最流行的网络图形格式，尽管这种格式只能支持 256 色，却能提供良好的，损失极少的压缩比。另外，GIF 格式可以做成透明和多帧动画。JPEG 格式支持 24 位真彩色，常用来保存照片图像，由于使用了一种压缩比很高的有损压缩格式，图片质量会下降，但是文件很小。

2.2.1　插入图像对象

插入图像的操作步骤如下：

（1）在 Dreamweaver 中将光标放到要插入图片的位置，使用"插入—图像"命令，

打开"选择图像源文件"对话框，如图 2-5 所示。

（2）选择要插入的图像后，单击"确定"按钮，会弹出如图 2-6 所示的提示框。在这个对话框提示输入替换文本。替换文本的作用有两个：一、假设网速慢，或由于其他原因造成图片无法下载，那么图像位置上将显示替换文本。二、图像下载完成，当鼠标移动到图像上，浏览器将弹出一个提示文字。所以，替换文本尽可能的描述图片的意义。

图 2-5　选择图像源文件对话框

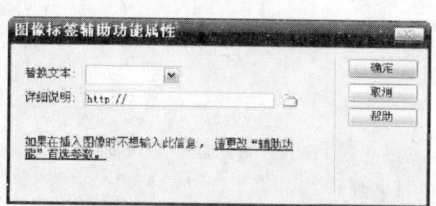
图 2-6　插入图片提示对话框

（3）完成替换文本的输入后，点"确定"按钮。在页面中插入图像对象，如图 2-7 所示。

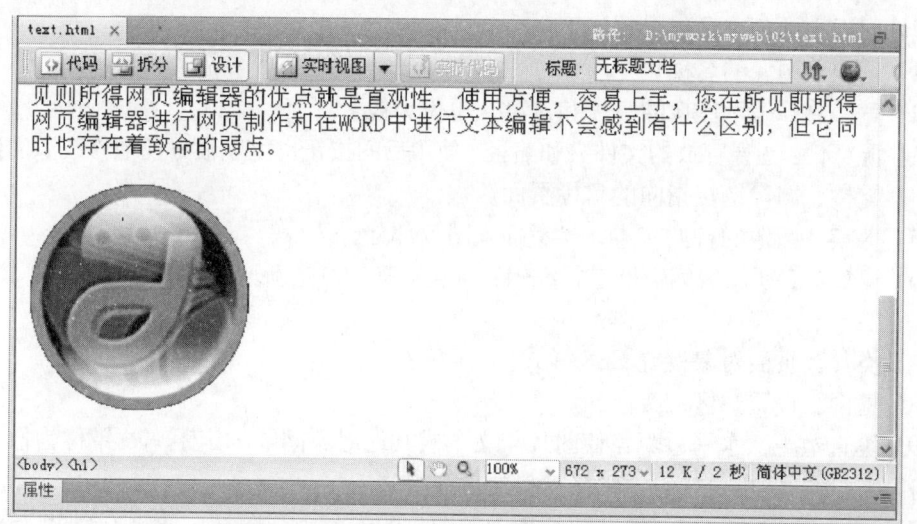
图 2-7　在页面中插入图像

在 Dreamweaver 中插入图像，还有其他的插入方式。可打开菜单"插入—图像对象"，可以查看其他方式：

（1）图像占位符：用于暂时还没确定好图片，先用一个占位符保证页面布局。

（2）鼠标经过图像：需要使用两幅图像，当鼠标移图像上时切换图像。使用 JavaScript 来实现。

（3）导航条：将弹出"插入导航条"对话框，设置导航条参数。

（4）Fireworks HTML：由 Fireworks 图像优化处理后，输出的 HTML 代码。

2.2.2　图像属性的调整和设置

图像插入到网页中后，可以对图像的属性进行调整。选中图像，则图像的周围会出现控制点，如图 2-8 所示。拖拽控制点可以调整图片的大小，也可以在属性面板直接更改图片属性，如图 2-9 所示。

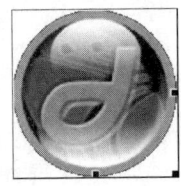

图 2-8　选中图片后出现控制点

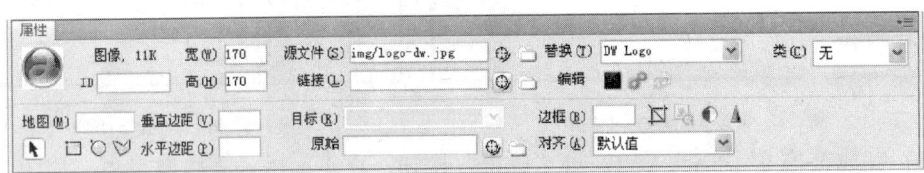

图 2-9　图片属性面板

属性面板上的各个参数介绍如下：

（1）图像：图像的名称。

（2）宽、高：表示图像的高度和宽度，单位为像素。

（3）源文件：图像存放的文件夹和路径，使用后的按钮也可以很方便地修改源文件。

（4）链接：图像链接指向的目标页面。

（5）替换：图像的替换文本，参考插入图片部分。

（6）编辑：启动图像编辑器进行编辑、优化、剪切、重新取样、亮度对比度、锐化等操作。

（7）类：为页面对象设置 CSS 样式。

（8）地图：设置热区链接。

（9）垂直边距、水平边距：使图片与文本或其他对象间隔一定距离，单位为像素。

（10）目标：使用链接时，链接窗口的打开方式。

（11）低解析度源：指定黑白图片作为源图片的先行下载图片，使浏览器可以尽快知道源图片内容，因为黑白图片小，下载速度快。

（12）边框：页面浏览时图像的边框宽度，单位为像素。

（13）对齐：调整图像在页面中的对齐方式。

2.2.3　图像作为页面背景

可以通过使用图像作为页面背景来增强页面的感染力，具体操作方法如下。

　　(1) 打开页面, 在设计视图状态栏上选择相应的标签, 设计视图上相应的内容也会处于选中状态。然后在属性面板上单击"页面属性"按钮, 如图 2-10 所示。弹出"页面属性"对话框, 如图 2-11 所示。

图 2-10　在 Dreamweaver 中选择标签

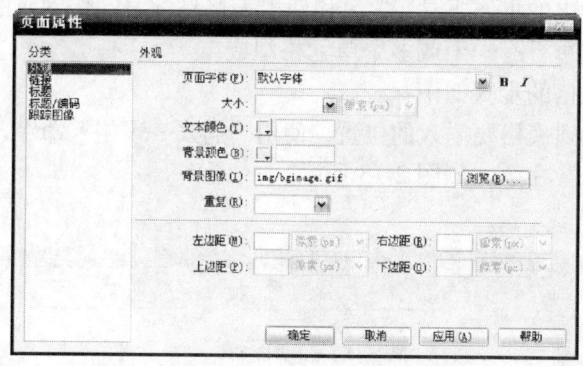

图 2-11　设置页面属性

　　(2) 在分类列表选"外观", 选择背景图像后单击"确定"按钮, 效果如图 2-12 所示。

图 2-12　设置背景后的页面

27

可以看到，背景图片能充满整个页面。这是为什么呢？其实，背景图片在页面中共有四种重复方式（如图2-11中的"重复"下拉列表）

(1) 不重复：背景图像不做重复，仅显示一次。

(2) 重复：当背景图像尺寸不足时，重复显示，充满整个显示区域。

(3) 横向重复：背景图像仅在水平方向上重复。

(4) 纵向重复：背景图像仅在垂直方向上重复。

2.3 表格的是使用和设置

表格是在网页设计中用的最多的元素之一，它可以将图片、文本、数据、表单等元素有序有效的组织在页面上。利用表格来组织网页内容，可以设计出布局合理、结构协调、美观匀称的网页。

2.3.1 创建和编辑表格

表格是网页设计中的重要工具，学习和使用表格是学习制作网页的重要内容。表格由一行或多行组成；每行有一个或多个单元格组成。

在页面中插入表格的步骤如下：

(1) 将光标放置到表格要插入的位置。使用"插入—表格"命令，或在"常用"工具栏选择"插入表格"命令，如图2-13所示。

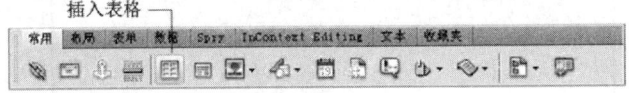

图2-13 插入表格工具

(2) 打开表格对话框，如图2-14所示。设置好表格参数后，单击"确定"按钮。

(3) 在表格中输入参考数据，如图2-15所示。

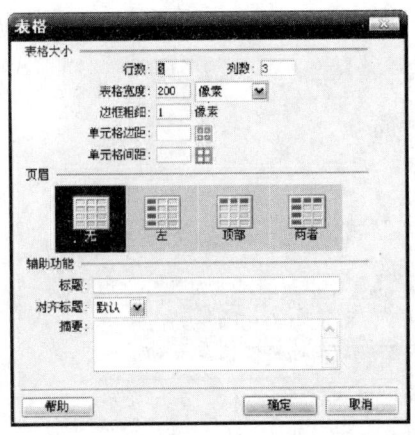

图2-14 表格对话框

姓名	选课	备注
张林	电子商务	
刘强	生物学	

图2-15 表格显示

（4）在"文档"工具栏选择"代码"选项卡，查看表格对应的 HTML 代码：

```html
<table width="200" border="1">
    <tr>
        <td>姓名</td>
        <td>选课</td>
        <td>备注</td>
    </tr>
    <tr>
        <td>张林</td>
        <td>电子商务</td>
        <td> </td>
    </tr>
    <tr>
        <td>刘强</td>
        <td>生物学</td>
        <td> </td>
    </tr>
</table>
```

代码中，talbe 标签表示开始一个表格；tr 标签表示表格中的一行；td 标签表示表格中的一格。

2.3.2 单元格的合并与拆分

在很多情况下，表格中的一些单元格需要跨过多个行或列，这就是单元格的合并拆分操作。如图 2-16 所示，选中表格中的多个单元格。

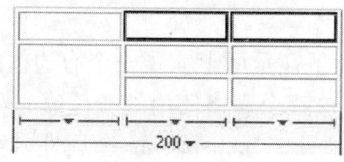

图 2-16 选中多个单元格

在选中的单元格上点右键，选择"表格—合并单元格"命令，可以将选中的单元格合并为一个。操作完成后，在文档工具栏选择"代码"选项卡，查看修改后的 HTML 代码：

```html
<table width="200" border="1">
    <tr>
        <td> </td>
        <td colspan="2"> </td>
```

```
    </tr>
    <tr>
        <td rowspan="2"> </td>
        <td> </td>
        <td> </td>
    </tr>
    <tr>
        <td> </td>
        <td> </td>
    </tr>
</table>
```

可以看到，跨越多列的单元格使用的属性为：colspan="2"； 而跨越多行的单元格使用代码为：rowspan="2"。属性值指定了该单元格在行或列方向上跨越的单元格数，如果两个同时用于一个单元格，也可以使得该单元格同时跨越多行多列。

合并拆分单元格的操作也可以通过属性面板很方便的进行。如图 2-16 所示，选中多个单元格后，属性面板上合并单元格的按钮变为可用状态，如图 2-17 左下角框内所示。

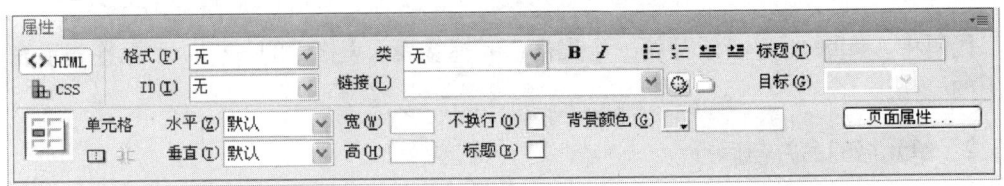

图 2-17 选中多个单元格时的属性面板

2.3.3 细线边框的实现

表格可设置的属性较多，为了在页面上实现一个有边框的表格，不止一种方法。请仔细观察图 2-18 中三个表格，这三个表格使用的颜色值完全一样（#333333），显示效果上却有明显的差别。使用 border=0 cellspacing=1 属性，可以实现效果理想的细线表格效果。

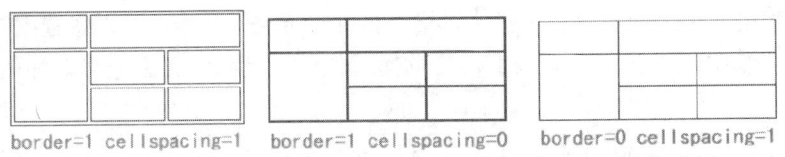

border=1 cellspacing=1   border=1 cellspacing=0   border=0 cellspacing=1

图 2-18 选中多个单元格

图 2-18 最右边所示细线表格的 HTML 代码如下：

```
<table width="200" border="0" cellspacing="1" bgcolor="#333333">
```

```
<tr>
    <td bgcolor="#FFFFFF"> </td>
    <td colspan="2" bgcolor="#FFFFFF"> </td>
</tr>
<tr>
    <td rowspan="2" bgcolor="#FFFFFF"> </td>
    <td bgcolor="#FFFFFF"> </td>
    <td bgcolor="#FFFFFF"> </td>
</tr>
<tr>
    <td bgcolor="#FFFFFF"> </td>
    <td bgcolor="#FFFFFF"> </td>
</tr>
</table>
```

细线表格的实现原理如下：将整个表格的背景色设置为#333333，然后再将表格中所有单元格的背景色设置为#FFFFFF，同时使单元格间距为 1。最终的显示就是一个细线边框的表格。如图 2-19 所示的细线边框就是使用这种方法实现的。

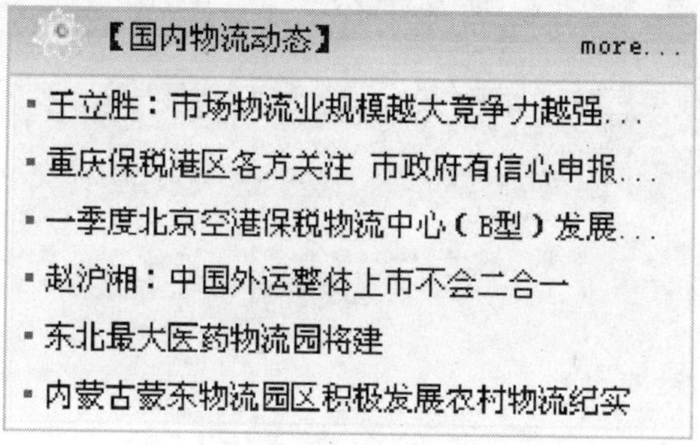

图 2-19 细线边框实例

2.4 超级链接的建立和设置

超级链接在本质上属于一个网页的一部分，是指一个网页指向一个目标的连接关系，目标页面可以是本站点内的，也可以是其他网站的。各个网页链接在一起后，才能真正构成一个网站。超级链接的目标可以是另一个网页，也可以是相同网页上的不同位置，还可以是一张图片，一个电子邮件地址，一个文件，甚至是一个应用程序。而在一个网页中用来设置超链接的对象，可以是一段文本或者是一个图片。当单击已经链接的文字或图片后，链接目标将显示在浏览器上，并且根据目标的类型来打开或运行。

链接的类型主要有一下几种：

（1）链接到另一个页面。

（2）链接到锚点：锚点为一种插入标记，设置锚点链接，可以使得浏览器的显示区域在本页面内准确快速地跳转到锚点处。

（3）邮件链接：用于发送电子邮件。

（4）链接到非页面文件；一般用于文件下载。

2.4.1 链接到其他页面

超级链接是网页的重要元素之一，可以为一段文字设置超级链接，也可以为图像设置超链接。Dreamweaver 提供了多种设置链接的方法，最方便的是通过属性面板来操作。具体操作如下：

（1）选中要设置超级链接的文字，如图 2-20 所示。

图 2-20　为文本设置超级链接

（2）在图 2-20 所示处输入链接目标的 URL，也可以使用链接输入框后面的两个按钮快速设置。

（3）根据需要，设置超级链接的目标。目标的设置介绍如下：

_blank：启动一个新的浏览器窗口，打开目标网页；

_parent：使用上一级窗口打开目标页面；

_self：使用当前窗口打开新页面；

_top：使用最顶层浏览器窗口打开新页面。

目标参数也可以不设置，默认为_self，即使用本窗口打开目标页面。目标参数还可以输入任意一个名字，_parent，_top 两个配合在框架（frame）中使用，请参考框架部分的内容。完成后在文档工具栏点代码选项卡，查看生成的 HTML 代码：

```
<a href="http://www.adobe.com" target="_blank">MACROMEDIA</a>
```

2.4.2 建立锚点链接

"锚点链接"是一个页面的内部链接，当网页的内容较长的时候，使用锚点链接可以快速显示锚点处的内容。锚点链接的设置方法如下：

（1）将光标移到需要建立锚点的位置。在菜单栏选择"插入—命名锚点"命令，或使用"Ctrl＋Alt＋A"组合键。打开"命名锚点"对话框，如图 2-21 所示。

图 2-21 插入命名锚点

（2）命名锚点必须有一个名称，输入一个名称后，单击"确定"按钮。

（3）选中要设置链接的文字或图片，单击链接输入框后的按钮，按住鼠标拖拽，指向锚点，如图 2-22 所示。

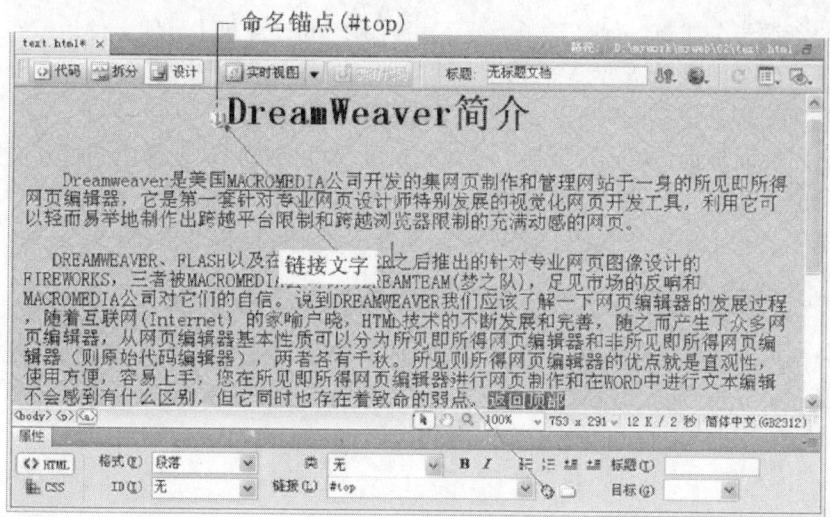

图 2-22 设置锚点链接

为了看到整体的编辑状态，设置锚点链接用到链接文字、锚点等对象都在该图内显示出来了。实际练习时可以试着增大它们之间的距离，使之超出一屏的范围，这样才能体现锚点链接的作用。完成后在文档工具栏点"代码"选项卡，查看锚点和链接的代码：

锚点代码：`<a name="top" id="top"></a>`

链接代码：`<a href="#top">返回顶端</a>`

2.4.3 建立邮件链接

浏览网站时，经常会看到电子邮件链接。当点击电子邮件链接时，将启动本机上的

邮件系统，例如 OutLook，FoxMail 等，发送电子邮件。当然这需要结合您机器的邮件系统配置。设置电子邮件的操作步骤如下：

（1）选中建立链接的对象。

（2）在菜单栏选择"插入--电子邮件链接"命令，打开电子邮件链接对话框，如图 2-23 所示。输入完成后单击"确定"按钮。

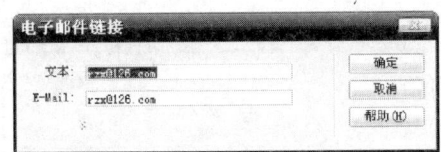

图 2-23　插入电子邮件链接对话框

在文档工具栏单击"代码"选项卡，查看电子邮件链接的代码：

```
<a href="mailto:rzx@126.com">rzx@126.com</a>
```

2.4.4　建立下载文件链接

网上的资源十分丰富，很多资源需要下载到用户的计算机上，便于使用或查阅。当需要提供下载服务时，就需要建立下载文件链接，具体操作方法如下：

（1）选定要建立链接的对象。

（2）在属性面板上，单击"链接"输入框后的文件夹按钮，在弹出的打开文件对话框中选择相应文件后，单击"确定"按钮，即可建立下载文件链接。

在文档工具栏上单击"代码"选项卡，查看下载文件链接的代码：

```
<a href="download/book.rar">文件下载</a>
```

注意：在页面开发的过程中，经常因为目标页面还没开发的情况下，把一些链接设置为临时链接，以便查看预览效果。这时，只需要把链接目标设置为"#"，其意义是链接到页面本身，等目标页面开发出来再进行修改。

2.5　页面中表单的运用

表单是网页上的特定区域。这个区域由一对<form>标记定义的。<form>标记的作用有两个：一是限定表单的范围，其他的表单对象都要插入到表单范围内。当进行提交操作时，提交的也是表单范围内的内容。二是携带表单的相关信息，例如处理表单数据的程序位置、提交表单的方法等。这些信息对于浏览者是不可见的，但对于处理表单却有决定性的作用。

```
<form id="form1" name="form1" method="post" action="reg.asp">
    <input type="text" name="username" ID="username" />
</form>
```

Form 标记的属性介绍如下：

id、name：form 对象的标识。可以在脚本代码中通过 id 或 name 属性访问 form 对象。

method：定义表单传送到服务器的方式，一般有两种方式：get 和 post。

action：定义表单处理程序的位置，使用相对地址或绝对地址。

2.5.1 插入表单对象

在 Dreamweaver 中打开页面，在菜单栏选择"插入—表单—表单"命令，如图 2-24 所示。

图 2-24 插入表单

表单插入后，在设计视图显示为红色虚线框，而在浏览器中预览时不会显示。在图 2-23 中同时可看到和表单相关的其他插入项。如文本域、文本区域、按钮等。这些是表单中接受用户输入的页面对象。

除了使用菜单外，也可以使用"插入"工具栏进行表单及相关对象的插入。在插入工具栏上，将插入类别选择为"表单"，则插入工具栏上的图标显示为和表单相关的插入选项。如图 2-25 所示。

图 2-25 使用插入工具栏插入表单对象

2.5.2 实现一个用户登录界面

新建一个网页 test.html，插入表单，将光标放置到表单内，插入一个 4 行 1 列的表格。在表格第一行输入"用户登录"，第二行插入文本字段"账号"，第三行插入文本字段"密码"，第四行插入一个"确定"按钮，如图 2-26 所示。

界面实现后，需要对表单中的对象设置相关的属性。将账号输入框的"类型"设置为"单行"，"最多字符数"设置为 10，将密码输入框的"类型"设置为"密码"，"最多字符数"为 8，如图 2-27 所示。

图 2-26　简单的登陆界面

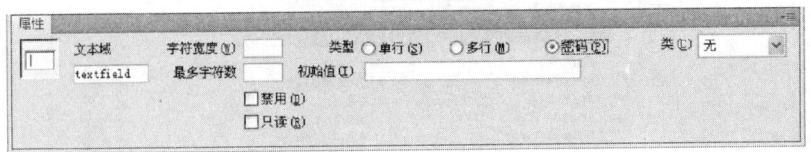

图 2-27　密码文本框的设置

以上的实例仅仅是实现了一个表单界面，要想让表单真正起到相应的作用，还要实现服务器端的处理程序，一般是一个服务器端页面，实现技术可以是 ASP，PHP，ASP.net 等等动态页面开发技术。

2.6 事件与行为

当访问者和网页交互（例如单击一幅图像）时，浏览器产生事件，而且这些事件通常能够调用 JavaScript 从而导致动作的发生。行为是 Dreamweaver 中最具特色的功能。采用行为，不必编写 Javascript 程序，就可以轻松地制作出各种交互式的网页效果。例如：用户浏览网页进入页面时，弹出对话框向浏览者问候，或离开页面时与浏览者告别；又如单击某个按钮时，按钮出现某种效果等等，这些功能都是利用网页中预先设定的行为来实现。

行为由两个环节组成：事件和动作。所谓事件就是程序运行中进行的操作。如单击鼠标、改变窗口大小、敲击键盘等，都属于事件。这些事件是动作的触发源。动作则是在 Dreamweaver 中预置好的 Javascript 程序代码，这些程序代码可以完成相应的任务，如弹出对话框、播放音乐等。

2.6.1 使用交换图像实现按钮效果

在网站开发中，经常会用到一些特效按钮。特效按钮的一种实现方法是用多幅图片

来表示按钮的各种状态，比如默认状态、鼠标划过状态、按下状态等。使用鼠标交换图像的方法可以实现一个只有两种状态的按钮，即默认状态和鼠标划过状态，实现步骤如下：

（1）准备两幅图片，分别命名为：BtnUp.gif、BtnOver.gif，如图 2-28 所示。

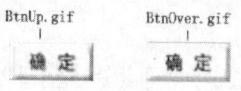

图 2-28 按钮图片

（2）新建一个页面，在菜单栏选择"插入—图像"命令，插入图像 BtnUp.gif，插入后如图 2-29 所示。

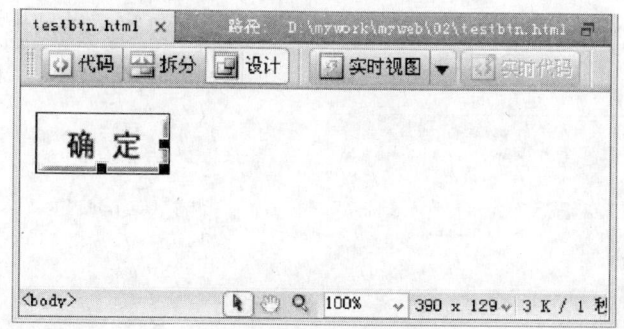

图 2-29 实现鼠标经过图像

（3）在属性面板的源文件文本框中为图片输入一个名字，如图 2-30 所示：

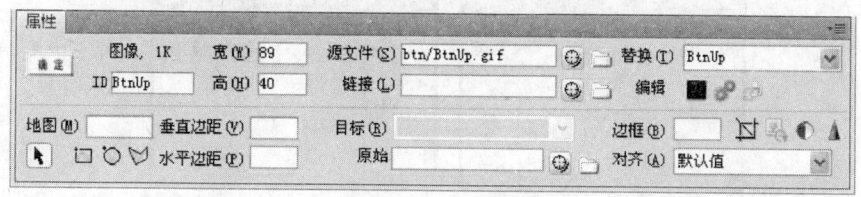

图 2-30 修改图片在页面中的名字

（4）选中插入的按钮图片，在菜单栏选择"窗口—行为"命令，打开行为面板，如图 2-31 所示。

（5）单击图 2-31 所示处的下拉按钮，弹出行为下拉菜单，选择"交换图像"命令，弹出交换图像对话框，如图 2-32 所示。

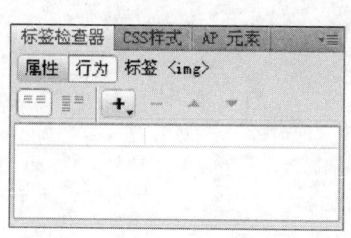

图 2-31 行为面板

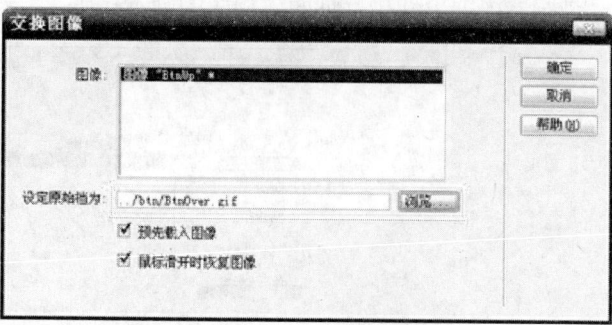

图 2-32 交换图像对话框

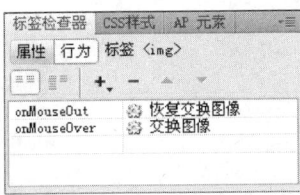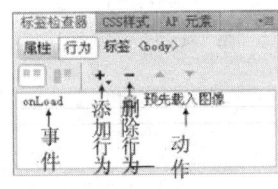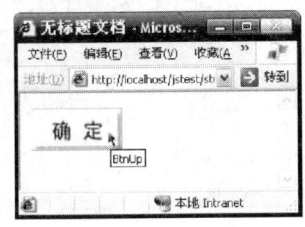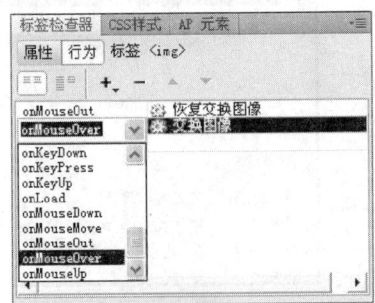

（6）在"交换图像"对话框中输入 BtnOver.gif 的目录位置，也可使用浏览旋钮选择。如图 2-32 中红框内所示。完成后单击"确定"按钮，查看行为面板（如图 2-33 所示）。

行为面板的显示和设计视图的选择对象有关。选中图片对象时，行为面板显示如图 2-33 左图所示；单击页面空白部分，行为面板显示如图 2-33 中右图所示。可见，交换图像的设置为页面添加了三个动作：预先载入图像、恢复交换图像、交换图像，分别对应三个事件：onLoad（页面加载）、onMouseOut（鼠标移出）、onMouseOver（鼠标掠过）。这些动作是用 JavaScript 脚本来实现的，读者可在文档工具栏，单击代码选项卡，查看生成的 JavaScript 代码。

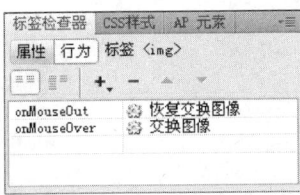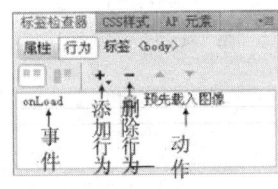

图 2-33　添加行为后的行为面板

（7）设计完成后按 F12 键预览按钮效果，如图 2-34 所示。

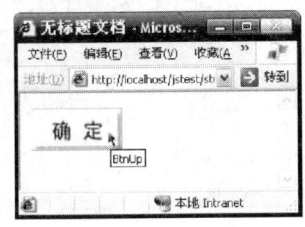

图 2-34　预览交换图像

2.6.2　事件和动作的种类

在行为面板单击事件项目，再单击下拉按钮，可弹出下拉菜单，可看到 Dreamweaver 中预设了很多事件，如图 2-35 所示。当用户浏览页面时，这些事件在一定的条件下产生，浏览器根据事件执行页面中相应的脚本代码。

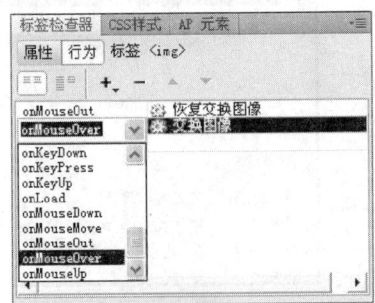

图 2-35　查看事件下拉列表

可以使用事件下拉列表修改事件，但需要了解具体事件的意义。表 2-2 列出了常用事件的种类和含义。

表 2-2 常用事件的含义

事 件	含 义
onAbort	当访问者中断浏览器正在载入图像的操作时触发
onAfterUpdate	当网页中数据元素更新后触发
onBeforeCopy	当选择内容开始复制时触发
onBeforeCut	当选择内容剪切是触发
onBeforePaste	当剪切板内容被粘贴时触发
onBeforeUnLoad	当页面中的对象被卸载前触发
onBeforeUpdate	当网页中数据元素被更新时触发
onBlur	当指定元素不再被访问者交互时触发
onBounce	当 marquee 中的内容移动到该选取框边界时触发
onChange	当访问者改变网页中的某个值时触发
onClick	当访问者在指定的元素上单击时触发
onDblClick	当访问者在指定的元素上双击时触发
onError	当浏览器在网页或图像载入触发错位时触发
onFinish	当 marquee 中的内容完成一次循环时触发
onFocus	当指定元素被访问者交互时触发
onHelp	当访问者启动帮助时触发
onKeyDown	当按下任意键的同时触发
onKeyPress	当按下和松开任意键时触发
onKeyUp	当按下的键松开时触发
onLoad	当一图像或网页载入完成时触发
onMouseDown	当访问者按下鼠标时触发
onMouseMove	当访问者将鼠标在指定元素上移动时触发
onMouseOut	当鼠标从指定元素上移开时触发
onMouseOver	当鼠标第一次移动到指定元素时触发
onMouseUp	当鼠标弹起时触发
onMove	当窗体或框架移动时触发
onReadyStateChange	当指定元素的状态改变时触发
onReset	当表单内容被重新设置为缺省值时触发
onResize	当访问者调整浏览器或框架大小时触发
onRowEnter	当数据源的当前记录指针已经改变时触发
onRowExit	当数据源的当前记录指针将要改变时触发
onScroll	当访问者使用滚动条向上或向下滚动时触发
onSelect	当访问者选择文本框中的文本时触发
onStart	当 Marquee 元素中的内容开始循环时触发
onSubmit	当访问者提交表单时触发
onUnload	当访问者离开网页时触发

表中所列出的，只是所有事件的一部分，选择的对象不同、需要达到的目的不同，可以采用的事件也会有所区别。这是在实际使用行为的过程中需要注意的问题。

预设动作的种类共有二十余种，常见的动作种类和作用见表 2-3。

表 2-3　预设动作的种类和作用

预设动作的种类	作　　用
播放声音	满足事件触发条件是播放声音文件
打开浏览器窗口	满足触发条件时，启动新浏览器窗口，打开页面
弹出信息	满足触发事件时，弹出一个信息框
调用 Javascript	满足触发条件时，调用一段 JavaScript 程序
切换图像	满足条件时，图像交替心事
更改内容	满足条件时，改变一些网页元素的属性
检查插件	满足条件时，检查浏览器是否安装了相应的插件
检查浏览器	检查用户用户使用何种浏览器
检查表单	满足条件时，检查表单是否符合要求
控制 Shockwave 或 Flash	满足条件时，控制 Shockwave 或 Flash 对象
设置导航栏图像	将导航栏图像设置为交换图像格式
设置文字	满足条件时，在浏览器状态栏显示文字
时间轴	满足条件时，对用时间轴制作的动画进行修改
跳转菜单	满足条件时，就会实现跳转菜单中的跳转功能
跳转菜单开始	满足条件时，跳转到下一个 URL 地址
拖动层	满足条件时，可实现拖动层的效果
显示、隐藏图层	满足条件时，显示或隐藏图层
载入图像	满足条件时，将图像下载到本地 Cache 中，加速图形下载
转到 URL	满足条件时，打开新页面

习 题 2

【单选题】

2.1 在 Dreamweaver 中，我们可以为链接设立目标，表示在新窗口打开网页的是
（　　）。

A．_blank　　　　B．_parent　　　C．_self　　　　　D．_top

2.2 在 Dreamweaver 中，下面的操作不能为表格插入一行的是（　　）。

A．将光标定位在单元格中，使用"修改—表格—插入行"命令。

B．在一个单元格中单击鼠标右键，打开快捷菜单，选择"表格—插入行"命令。

C．将光标定位在最后一行的最后的一个单元格中，按下 Tab 键。

D．把光标定位在最后一行的最后的一个单元格中，按下组合键 Ctrl+W。

2.3　在 HTML 中，下面是段落标签的是（　　）。

A．<HTML>…</HTML>　　　　　B．<HEAD>…</HEAD>

C．<BODY>…</BODY>　　　　　D．<P>…</P>

2.4 在 Dreamweaver 中，有 8 种不同的垂直对齐图像的方式，要使图像的底部与文本的基线对齐要用哪种对齐方式（　　）。

A．基线　　　　　B．绝对底部　　　C．底部　　　　D．默认值

2.5 为了标识一个 HTML 文件，应该使用的 HTML 标记是（　　）。

A．<p> </p>　　　　　　　　　B．<boby> </body>

C．<html> </html>　　　　　　　D．<table> </table>

【简答题】

2.6 如何插入多个连续的空格？

2.7 简述图像的插入和属性设置。

2.8 简述链接的种类及其用途。

2.9 行为由哪两个环节组成？

2.10 在 Dreamweaver 中有哪些动作和事件？

第3章 HTML 语法

HTML 语言（Hyper Text Markup Language，中文通常称为超文本置标语言，或超文本标记语言）是一种文本类、解释执行的标记语言。浏览器加载 HTML 文档后，将其中的标记解释为应有的含义，并据此来显示文档的内容。它是 Internet 上用于编写网页的主要语言，用 HTML 编写的超文本文件称为 HTML 文件。

3.1 HTML 文件的基本结构

一个 HTML 文档由 HTML 元素和标记组成。元素是指 HTML 文件中的各种对象，如标题、段落、列表、表格等。HTML 使用标记来分割、描述这些元素。编写 HTML 文件，必须遵守 HTML 的语法规则。

下面显示了一个 HTML 文件的基本结构：

```
<html> <!--文件开始标记 -->
    <head> <!--文件头开始的标记-->
        … … <!--文件头的内容 -->
    </head> <!--文件头结束的标记 -->
    <body> <!--文件主体开始的标记 -->
        … …<!--文件主体的内容 -->
    </body> <!--文件主体结束的标记-->
</html> <!--文件结束标记 -->
```

从上面的代码可以看出，HTML 代码主要分为三部分，其中各部分含义如下。

<html>…</html>告诉浏览器 HTML 文件开始和结束的位置，HTML 文档一般由头部标记和主体标记两部分组成，所以其中包括<head>和<body>标记。HTML 文档中所有的内容都应该在这两个标记之间，一个 HTML 文档总是以<html>开始，以</html>结束。

<head>…</head>HTML 文件的头部标记，在其中可以放置页面的标题以及文件信息等内容，通常将这两个标记之间的内容统称为 HTML 的头部，通常不会显示在页面上（只起控制作用）。

<body>…</body>用来指明文档的主体区域，网页在浏览器文档区所要显示的内容都放在这个标记内，其结束标记</body>指明主体区域的结束。

3.2 HTML 头部标记

HTML 头部标记<head>里包含关于所在网页的信息，如网页标题、页面描述和页面关键字等。头部标记<head>里的内容，主要是被浏览器所用，一般不会显示在网页的正文内容里。另外，头部信息还会给搜索引擎提供信息。适当的填写 head 信息有利于

搜索引擎收录你的网页。用于头部的标记见表 3-1。

表 3-1　HTML 头部标记

头 标 记	描　　述
<BASE>	当前文档的 URL 全称（基底网址）
<BASEFONT>	设定基准的文字字体、字号和颜色，较少用到
<TITLE>	设置网页标题
<ISINDEX>	表明该文档是一个可用于检索网关的脚本，由服务器自动建立
<META>	有关文档本身的元信息
<STYLE>	设置 CSS 样式表内容，详见后面章节。
<LINK>	设定外部文件的链接，如链接 CSS 外部样式表文件
<SCRIPT>	包含网页中程序脚本的内容，详见后面章节

3.2.1　标题标记<title>

TITLE 标记的语法格式：<title>……</title>

在 HTML 文件里，<title>用来表示文档的标题。TITLE 元素只能在<head>元素内使用。标题内容会显示在浏览器的标题栏和 Windows 的任务栏的图标上。另外，收藏页面时显示在的书签名称，搜索引擎结果的标题行。写标题时要注意要反映页面的内容，让人容易读懂。

TITLE 里的内容不要过长，浏览器标题栏如果没有足够空间，多于的文字就不会显示出来，一般来说其字数上限为 50～60 个字符。

例如：<title>HTML 头部标记</title>，则设定页面的标题为：HTML 头部标记。

3.2.2　基底网址标记<base>

BASE 标记的语法格式：<base href="*url*" target="*target*">

这个元素指定了一个基准 URL，文档内的所有相对 URL 都是相对它而言的。可以把此元素的 href 属性设置为一个完全的 URL，这样，所有其他的相对 URL 都在它的基础上定义。

href　这个属性指定了一个基准 URL，文档内的所有相对 URL 都是相对它而言的。

target　在何处打开页面中所有的链接。可通过在每个链接中使用 target 属性来覆盖此属性。

● _blank：在一个新的未命名的窗口载入文档。
● _self：在相同的框架或窗口中载入目标文档。
● _parent：把文档载入父窗口或包含了超链接引用的框架的框架集。
● _top：把文档载入包含该超链接的窗口，取代任何当前正在窗口中显示的框架。
● 指定名称：和框架配合使用。

例如：<base target="_blank">

则页面所有未定义 target 属性的链接默认打开窗口都是新窗口。

3.2.3 <link>标记

此元素定义了当前文档与 Web 集合中其他文档的关系。最常用的是用来引入外部的 CSS 样式表文件，示例如下：

```
<head>
<link rel="stylesheet" type="text/css" href="theme.css"  />
</head>
```

常用属性和取值如下：
- href： URL 目标文档或资源的 URL。
- rel：定义当前文档与目标文档之间的关系，常用值：stylesheet、prev 等。
- type：规定目标 URL 的 MIME 类型。常用值如下：

text/css

text/javascript

image/gif
- charset：定义目标 URL 的字符编码方式，默认值是 "ISO-8859-1"。
- hreflang：定义目标 URL 的基准语言。
- media：规定文档将显示在什么设备上，常用值：screen 、all 等。
- title：为要链接的文档指定标题。在引用不带有标题的源（例如图像或非 HTML 文档）时，该属性非常有用。在这种情况下，浏览器会在显示被引用的文档时使用 <link> 标题。

3.2.4 元信息标记<META>

相对与其他标记而言， 这个标记是功能较多，使用方法也比较复杂的一个标记。常用属性见表 3-2。

表 3-2 <META>标记属性

属性	属性值	描　　述
http-equiv	content-type expires refresh set-cookie	把 content 属性关联到 HTTP
name	author description keywords generator revised others	把 content 属性关联到一个名称
content	文本串	定义与 http-equiv 或 name 属性相关的元信息
scheme	文本串	定义用于翻译 content 属性值的格式。很少用到

通过这些属性，可以实现多种多样的功能。

1．设定关键字

使用 keywords 来告诉搜索引擎你网页的关键字是什么。需要注意的是，搜索引擎会限制关键词的数量，因此关键词的设置要精简。多个关键词之间用英文半角的逗号分割。经常和 description 一起使用，可以简单的将他们设置为一样的取值。

例如：<meta name ="keywords" content="网页设计,语法">
　　　<meta name="description" content="网页设计,语法">

2．设定页面描述

使用 description 来设定页面描述，告诉搜索引擎你的网站主要内容。

例如：<meta name="description" content="网页设计,语法">

3．设定是否允许搜索引擎检索

设定该页面以及其链接的页面是否允许搜索引擎检索。其中的属性说明如下：
all 文件将被检索，且页面上的链接可以被查询；
none 文件将不被检索，且页面上的链接不可以被查询；
index 文件将被检索；
follow 页面上的链接可以被查询；
noindex 文件将不被检索，但页面上的链接可以被查询；
nofollow 文件将不被检索，页面上的链接可以被查询。
默认值是 all，例如：<meta name="robots" content="none">

4．Author（作者）

标注网页的作者。
例如：<meta name="author" content="你的名字">

5．Expires（期限）

用于设定网页的到期时间，一旦过期则必须到服务器上重新调用。需要注意的是必须使用 GMT 时间格式，例如：

<meta http-equiv="expires" content="Fri, 12 Jan 2001 18:18:18 GMT">

6．Refresh（刷新）

用于定时刷新网页，如果指定的 URL 不是本页，可以再指定时间后自动链接到其他网页。例如：<meta http-equiv="Refresh" content="2; URL= nextpage.htm">

content 属性包含了两个值，第一个值是等待的秒数，第二个值是一个 URL。该实例指定在 2 秒后，加载页面 nextpage.htm。

7．Pragma（cache 模式）

禁止浏览器从本地机的缓存中调阅页面内容。

例如：<meta http-equiv="Pragma" content="no-cache">

8．Set-Cookie（cookie 设定）

如果网页过期，那么存盘的 cookie 将被删除，时间使用 GMT 格式。

例如：<meta http-equiv="Set-Cookie" content="cookievalue=xxx;
expires=Friday, 12-Jan-2001 18:18:18 GMT； path=/">

9．Window-target（显示窗口的设定）

强制页面在当前窗口以独立页面显示,用来防止别人在框架里调用你的页面。例如：
<meta http-equiv="Window-target" content="_top">

10．Content-Type（显示字符集的设定）

设定页面使用的字符集。例如：

<meta http-equiv="content-Type" content="text/html; charset=gb2312">

3.3　HTML 主体标记

HTML 的主体标记是<body>，相应的结束标记是</body>，在这对标记之间放置的是页面的所有内容，如文字、图像、链接、表格、表单等。其自身属性见表 3-3。

表 3-3　<body>元素的属性

属性	描述
text	指定文档中文本的颜色
bgcolor	指定文档的背景颜色
background	指定文档背景图像的 URL 地址，若图像比文档的尺度小，图像将被平铺
link	指定文档中还没被访问过的超链接的颜色
alink	指定文档中正被选中(激活)的链接的颜色。链接的激活状态是指链接正在被按下时的状态
vlink	指定文档中已被访问过的链接的颜色
leftmargin	指定页面的左边距，单位为像素
topmargin	指定页面的上边距，单位为像素
bgproperties	这个属性有个值为 fixed，它的作用是使背景图像像一个固定的水印那样，而不是滚动

示例代码和预览效果如图 3-1 所示。

值得一提的是，这些属性都是<body>元素的"呈现属性"，在当前的 HTML 版本中是可以起作用的，但不推荐使用。而在以后的 XHTML 版本中，将不再支持上述属性。定义<body>标记的样式，推荐使用 style 定义，或使用 CSS 定义。将上述代码中的<body>标记代码进行改写如下，可实现同样的效果。

```
<body style="background:#D6DFF7; color: 0000A0">
    body 标记的属性
</body>
```

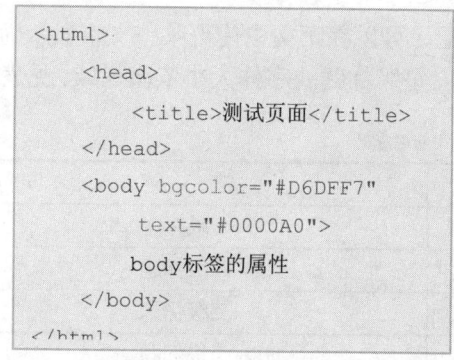
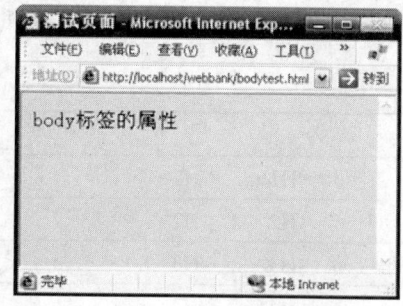

图 3-1　body 属性示例

3.4　文字和段落标记

文字是信息的主要表达方式。在页面输入文字以及特殊符号在前面已经学过，这里介绍一下与文字格式控制有关的 HTML 标记。

3.4.1　注释语句

页面中可以加入相关的注释说明语句，便于源代码的检查和维护。在 HTML 中提供了注释语句的说明符号，被注释的语句会被浏览器忽略，因而不户影响显示。随着代码量的增加，在源代码中适当的添加注释是一个良好的习惯，有助于对源代码的理解和维护。

在 HTML 代码、CSS 代码以及脚本代码中支持不同的注释标记。

（1）在 HTML 代码中注释标记如下：

```
<!-- 被注释的语句 -->
<comment>被注释的语句</comment>
```

注：这两种写法浏览器都能正确的理解。但推荐使用第一种。

（2）在 CSS 代码中的注释语句示例如下：

```
/*定义 body 的显示样式*/
```

可连续注释多行文本

（3）在脚本代码中的注释语句示例如下：

```
// Javascript 代码注释
/*Javascript 代码注释*/
```

其中，前者只能注释一行，后者可连续注释多行。

3.4.2 标题文字

这里所说的标题指的是一些 HTML 标记，可以在正文中使得某些文字显示固定格式的标题样式。在 HTML 中定义了 6 级标题，每级标题的字体大小依次递减，见表 3-4。

表 3-4　HTML 标题标记

标　　记	描　　述
\<H1\>......\</H1\>	一级标题
\<H2\>......\</H2\>	二级标题
\<H3\>......\</H3\>	三级标题
\<H4\>......\</H4\>	四级标题
\<H5\>......\</H5\>	五级标题
\<H6\>......\</H6\>	六级标题

其中，一级标题使用最大的字号表现，六级标题使用最小的字号表现。

标题标记也有相应的属性，可以在页面中实现水平方向左、中、右的对齐，便于文字在页面中的编排。在标题标记中，最主要的属性是 align 属性，用于定义标题段落的对齐方式，下面是示例代码，显示效果如图 3-2 所示。

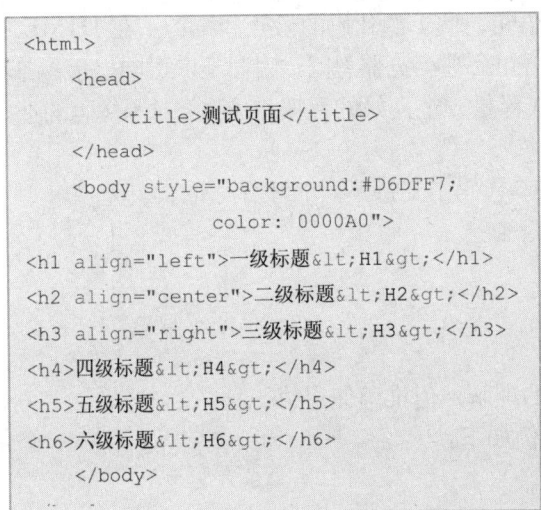
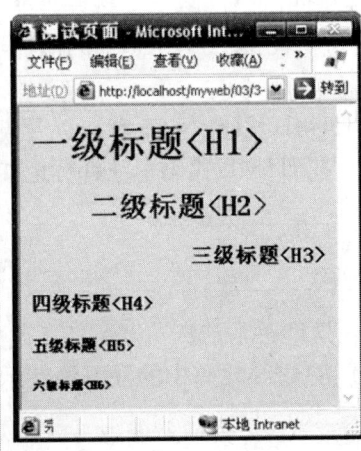

图 3-2　HTML 标题示例

3.4.3　设定文字格式

FONT 标记的语法格式：<font　属性="属性值">……</ font >

如果希望修饰页面中的字体、字号和颜色，最常用的是使用<font>标记，并通过 face、size 和 color 属性来设置文字的字体、字号和颜色。各属性意义如下：

1．字体属性 FACE

示例：　<font face="宋体，黑体，隶书">设定字体</font>

用来指定一种字体，或者给出一个字体列表，字体名之间用逗号来分隔。浏览器将按顺序在系统中查找已安装的字体。如果都没找到，就按本身默认字体来显示。

2．字号属性 SIZE

示例：<font size="7">设定字号</font>

指定字体的大小（即字号），其取值可以从 1 到 7，默认值为 3。相对于基本字体（Basefont）的大小，也可使用"＋"或"－"号来指定相对字号。还可以指定以像素为单位的数值，如：size="28px"。

3．文本颜色 COLOR

示例：<font color="red">设定文字格式</font>

指定文本的颜色，接受任意合法的颜色值。可以是十六进制#RRGGBB 格式的颜色值，也可以是浏览器支持的英文颜色名称。

注意：

（1）文档的基准文字大小可以通过<basefont>元素的 size 属性设定。

（2）不推荐使用这个元素，推荐使用 CSS 样式定义文字属性。

另外，通过使用一些 HTML 标记可以方便地修饰小部分文字，例如粗体、斜体、下划线、删除线、上标、下标等。常用标记见表 3-5。

表 3-5　HTML 文字格式标记

标　　记	描　　述
<B>……</B>	文字以粗体显示
<U>……</U>	文字显示为斜体
<I>……</I>	显示下划线
<STRIKE>……</STRIKE>	中心线贯穿文字
<EM>……</EM>	强调文字，通常用斜体
<STRONG>……</STRONG>	特别强调的文字，通常用黑
<TT>……</TT>	以等宽体显示西文字符
<BIG>……</BIG>	使文字大小相对于前面的文字增大一级
<SMALL>……</SMALL>	使文字大小相对于前面的文字减小一级
^{……}	使文字成为前一个字符的上标
_{……}	使文字成为前一个字符的下标
<BLANK>……</BLANK>	使文字显示为闪烁效果

综合示例代码如下：

```html
<table border="1" bordercolor="#999999" cellpadding="5px" >
    <tr>
        <td><font face="宋体">宋体</font></td>
        <td><font face="隶书">隶书</font></td>
        <td><font color="gray">字颜色为gray</font></td>
        <td><font color="#666666">字颜色为#666666</font></td>
    </tr>
    <tr>
        <td><font size="4">4 号字</font></td>
        <td><font size="7">7 号字</font></td>
        <td><font size="28px">28 像素字体</font></td>
        <td><font face="隶书" color="#666666" size="28px">
            隶书 #666666 28px</font>
        </td>
    </tr>
</table>
```

页面预览效果如图 3-3 所示。

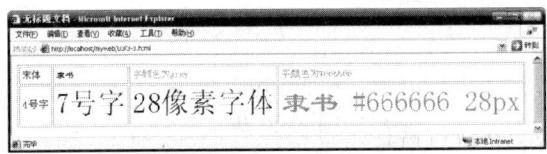

图 3-3　文字格式属性示例

3.4.4　水平线标记<hr>

水平线可以在视觉上将文档分隔成各个部分，使文档结构清晰明了，水平线自身具有若干属性，如宽度、高度、颜色、对齐等。合理使用水平线可以获得良好的效果。水平线标记的写法可以是<hr>或<hr />，其属性如下。

1．水平线宽度属性 width

规定了水平线的宽度，取值可以是相对宽度的百分数，也可以是以像素为单位的数值。例如：<hr width="500px">

2．高度属性 size

规定水平线的高度，取值可以是相对宽度的百分数，也可以是以像素为单位的数值。例如：<hr size="10px">

3．去掉阴影 noshade

当设置为 true 时，水平线呈现为纯色（2D 效果），当设置为 false 时，水平线显示为双色凹槽（3D 效果）。例如：<hr noshade="noshade">

4．颜色属性 color

设置水平线的颜色，可以是任意浏览器支持的颜色值。例如：<hr color="blue">

5．水平线的排列 align

在水平方向，可以设置水平线居左、居中和居右对齐。取值：left 、center 、right。例如：<hr align="left">

综合示例代码如下：

```
<table border="1" bordercolor="#999999" cellpadding="5px">
    <tr>
        <td width="100px" height="100px"> <hr /> </td>
        <td width="100px"> <hr noshade="noshade" /> </td>
        <td width="100px"> <hr color="blue" /> </td>
        <td width="100px"> <hr width="30" align="right" /> </td>
    </tr><tr>
        <td> <hr size="10px" /> </td>
        <td> <hr size="10px" noshade="noshade" /> </td>
        <td> <hr size="10px" color="blue" /> </td>
        <td> <hr width="10" size="100px" color="#666666" /> </td>
    </tr>     <!--size 大于 width，实现垂直线-->
</table>
```

页面预览效果如图 3-4 所示。

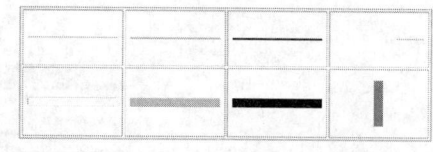

图 3-4 水平线标记示例

3.4.5 段落修饰标记

1．段落编辑<p>

用来标记段落。所谓段落，就是一段内容上统一的文本。在 Dreamweaver 设计视图中，按下 Enter 键，就自动生成段落。段落的起始标记是<p>，结束标记是</p>。示

例如下：

```
<p>这是一个很短的段落</p>
```

段落标记使用 align 属性定义段落的对齐方式，取值可以使为：left、center、right，分别代表左对齐、中对齐和右对齐。示例如下：

```
<p align="left">这是一个很短的段落</p>
<p align="center">这是一个很短的段落</p>
<p align="right">这是一个很短的段落</p>
```

2．换行标记

段落与段落之间是隔行换行的，文字的行间距离太大。可以使用换行标记来实现文字的紧凑换行显示。示例代码：

```
<br>
```

在 Dreamweaver 中输入换行标记可使用组合键：Shift + Enber。

3．不换行标记 <nobr>

在浏览器中，如果单行文字过长，浏览器会自动折行显示。如果希望禁止浏览器自动折行，可以使用该标记。示例如下：

```
<nobr> …</nobr>。
```

4．预格式化标记<pre>

该标记的作用是保留标记内的格式，在浏览器中原样显示。浏览器显示<pre>标记内的内容时，会原封不动地保留文档中的空白，如空格、制表符、换行符等。预格式化的开始标记为<pre>，结束标记为</pre>。该标记最适合来表示程序源代码，示例如图 3-5 所示。

图 3-5　使用<pre>显示程序代码

5．居中对齐标记

在现在的 HTML 版本中，有一个专门设置居中的标记。示例如下：

…

则位于居中对齐标记内的所有文本、图像以及 HTML 都居中对齐。

6．标记<blockquote>

应该说这个标记称为块引用标记更确切。<blockquote> 与 </blockquote> 之间的所有文本都会从常规文本中分离出来，经常会在左、右两边进行缩进，而且有时会使用斜体。

但因为该标记一般会使得文本产生缩进，称为缩排标记更形象化。示例如图 3-6 所示。

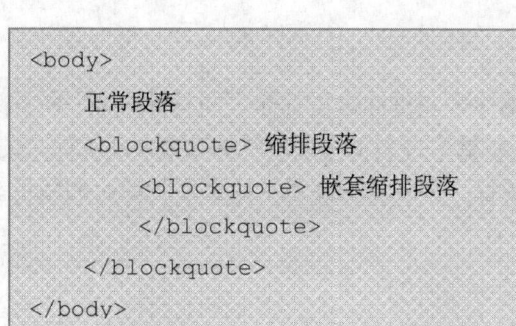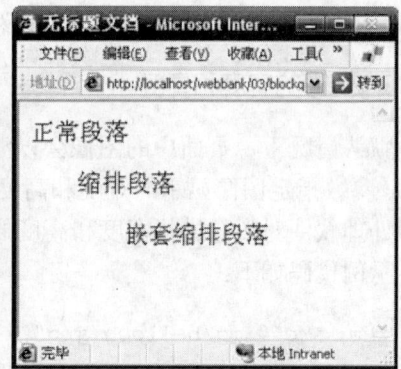

图 3-6　blockquote 显示效果

3.5　图 像 标 记

图片是在页面中的重要程度仅次于文本，是网站上使用最多的元素之一。在页面中插入图片的 HTML 标记是 <img>。该标记的属性见表 3-6。

表 3-6　图片标记<img>的属性

属 性	描 述
src	图像的源文件
alt	提示文字
width、height	图像的宽度和高度
border	图像的边框
vsapce	垂直间距
hspace	水平间距
usemap	实现热区链接，在 Fireworks 部分详细介绍
align	排列属性

3.5.1 图像源文件属性 src

src 属性指定了图像源文件的 URL，是图像标记必然用到的属性，示例如下：

```
<img src="logo.jpg">
```

则指定与页面在相同目录下的图像 logo.jpg 被引入到页面文件中。

3.5.2 图像提示文字属性 alt

提示文字的作用有两个：一个作用是当浏览该页面时，如果图像下载完成，则当鼠标移到图像上时，稍停片刻，鼠标旁边会出现提示文字。用于说明或描述图像。第二个作用是如果图像还没下载完成，或源文件故障无法下载，则在图像的位置上会显示为提示文字。示例如下：

```
<img src="logo.jpg" alt="本站 LOGO">
```

3.5.3 图像的宽度和高度

默认情况下，页面中的图像会以源图像的宽度和高度显示，也可以使用 width 和 height 参数指定图像显示的宽度和高度。如果不是为了实现特殊的功能，建议还是先用图像处理软件对图像进行宽度和高度的调整。宽度和高度通常以像素为单位的数值。

示例代码如下：

```
<img src="img/balloon.jpg" alt="示例图片" />
<img src="img/balloon5.jpg" alt="示例图片" width="150"  height="138"/>
<img src="img/balloon.jpg" alt="示例图片" width="100" height="138" />
```

页面预览效果如图 3-7 所示：

图 3-7　像标记的 alt、宽度和高度属性

3.5.4 图像的边框 border

网页中的图像默认是没有边框的，使用 border 属性可以为图像添加边框线，可以设置边框的宽度，但没有属性来指定边框的颜色。如果图像未设置链接，则边框为黑色；设置链接后边框的颜色和链接文字的颜色一致，默认为深蓝色。宽度单位一般为像素。如果需要控制边框的颜色，就要使用 style 进行样式定义了。示例代码如下：

```
<body>
    <img src="img/balloon.jpg" alt="示例图片" border="5" />
```

```
<a href="#"><img src="img/balloon.jpg" alt="示例图片" border="5" /></a>
<img src="img/balloon.jpg" alt="示例图片" border="5" style="border-color-
:#999999" />
</body>
```

页面预览效果如图 3-8 所示。

图 3-8 图像的边框显示

3.5.5 图像的垂直间距 vspace

图像和文字之间的距离是可以调整的,这个属性用来调整图像与文字之间上下的距离。此功能可以防止图像与文本间的距离不合适而影响页面的美观。示例如下:

```
<img src="logo.jpg" alt="本站 LOGO" vspace="10px">
```

垂直间距的取值是以像素为单位的数值。

3.5.6 图像的水平间距 hspace

这个属性用来调整图像与文字之间左右的距离。此功能可以防止图像与文本间的距离不合适而影响页面的美观。示例如下:

```
<img src="logo.jpg" alt="本站 LOGO" hspace="10px">
```

垂直间距的取值是以像素为单位的数值。

3.5.7 图像的排列属性 align

图像和文字之间的排列通过 align 属性来指定。align 属性的取值见表 3-6。

表 3-6 图像排列属性 Align 的属性值

属 性 值	描 述
top	文字的中间线位于图片上方
middle	文字的中间线居于图片中间
bottom	文字的中间线位于图片底部
left	图片在文字左侧
right	图片在文字右侧
absbottom	文字的底线位于图片的底部
absmiddle	文字的底线位于图片的中间
baseline	英文文字基准线对齐
texttop	英文文字上边线对齐

示例代码如下：

```
<table border="1" bordercolor="#999999" >
    <tr>
        <td><img src="img/balloon.jpg" alt="示例图片" align="top" />top-
<br />top</td>
        <td><img src="img/balloon.jpg" alt="示例图片" align="middle" />-
middle<br />
            middle</td>
        <td><img src="img/balloon.jpg" alt="示例图片" align="bottom" />-
bottom<br />
            bottom</td>
        <td><img src="img/balloon.jpg" alt="示例图片" align="right" />-
ri ght<br />
            right</td>
    </tr><tr>
        <td><img src="img/balloon.jpg" alt="示例图片" align="absbottom" />
            absbottom<br /> absbottom</td>
        <td><img src="img/balloon.jpg" alt="示例图片" align="absmiddle" />
            absmiddle<br />absmiddle</td>
        <td><img src="img/balloon.jpg" alt="示例图片" align="baseline"
/>baseline<br />
            baseline</td>
        <td><img  src="img/balloon.jpg"  alt="示例图片"  align="left"
/>left<br />
            left </td>
    </tr>
    <tr>
        <td><img src="img/balloon.jpg" alt="示例图片" align="texttop"
/>texttop<br />
            textop</td>
        <td>absmiddle<br />
            <img src="img/balloon.jpg" alt="示例图片" vspace="10" /><br
            />vspace10
        </td>
        <td nowrap="nowrap">hspace10<img src="img/balloon.jpg" alt="示
例图片" hspace="10" />hspace10  </td>
        <td></td>
```

```
      </tr>
</table>
```

页面预览效果如图 3-9 所示。

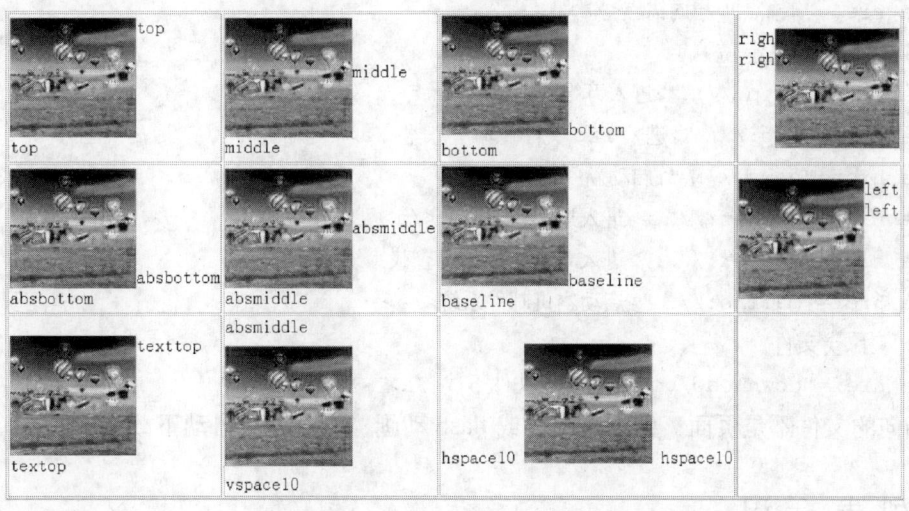

图 3-9　图像的排列属性

3.6　超级链接标记

超级链接标记在网站设计制作中有着不可替代的地位，其属性见表 3-7。

表 3-7　超级链接标记的属性

属　　性	值	描　　述
href	URL	链接目标的 URL
name	字符串	命名一个锚点
title	字符串	链接提示文字，当鼠标移到连接上是出现
target	_self _blank _parent _top 指定名称	在何处打开目标页面，其中： _self：在原窗口打开，默认值，一般不用设置 _blank：启动新窗口打开 _parent：在上一级窗口打开，使用框架页会用到 _top：在浏览器内打开，忽略任何框架 指定名称：与框架有关，URL 在指定名称的框架内打开

主要用于以下几个方面。

（1）普通链接

`<a href="http://www.thinktrans.cn">普通链接，在原窗口打开</a>`

`<a href="#" target="_blank">普通链接，在新窗口打开</a>`

（2）在框架内使用

`<a href="page.htm" target="_parent">在框架窗口打开链接</a>`

`<a href="page.htm" target="_top">在原浏览器窗口内打开，忽略任何框架</a>`

```
<a href="page.htm" target="framename">在指定框架窗口打开链接</a>
```
（3）锚点链接
```
<a name="锚点"></a>  <!-- 这是锚点 -->
<a href="#锚点">指向锚点</a>
```
（4）统一资源定位
```
<a href="http://...">进入万维网站点</a>
<a href="ftp://...">进入 ftp 文件传输服务器</a>
<a href="news://...">启动新闻讨论组</a>
<a href="telnet://...">进入远程登陆服务</a>
<a href="gopher://...">进入 gopher 信息查找系统</a>
<a href="mailto://...">启动本机邮件系统</a>
```
（5）下载文件
```
<a href="download/book.rar">文件下载</a>
```
指向的文件不是页面，也不是图像或 flash 动画，浏览器会自动下载文件。

3.7 列表标记

列表标记可以将多个内容组织成一个整体，以统一的方式显示。HTML 提供了三种类型的列表：有序列表(Ordered List)；无序列表(Unordered List)；定义列表(Definition List)。使用列表是用到的标记见表 3-8。

表 3-8　列表标记

标 记	描 述
<ol>	排序列表
<ul>	无序列表
<dl>	定义列表
<li>	定义列表项
<dt>	定义列表中的项目（即术语部分）
<dd>	定义列表中定义条目的定义部分

3.7.1 有序列表

有序列表自动对列表中的项目进行编号，而不是使用项目符号。列表编号采用数字或英文字母开头，项目间有先后顺序。在有序列表中，主要使用<ol>、<ul>两个标记和 type、start 两个属性。语法格式如下：

```
<ol>
    <li>列表项 1
    <li>列表项 2<li>
    … …
```

```
</ol>
```

类型属性 type，取值如下：

1：数字格式编号（1，2，3 … …）

a：小写字母编号（a，b，c … …）

A：大写字母编号（A，B，C … …）

I：大写罗马数字（Ⅰ，Ⅱ，Ⅲ … …）

i：小写罗马数字（ⅰ，ⅱ，ⅲ … …）

起始编号属性 start

默认情况下，列表编号从 1 开始，使用 start 属性可以调整起始编号。无论列表编号什么格式，起始编号都是数字。

综合示例如下：

```
<table border="1" bordercolor="#999999" cellpadding="10">
    <tr>
        <td>    <h4>数字列表：</h4>
<ol> <li>苹果</li><li>香蕉</li> <li>柠檬</li> <li>桔子</li> </ol>
        </td>
        <td>    <h4>数字，起始 5：</h4>
<ol start="5"> <li>苹果</li> <li>香蕉</li> <li>柠檬</li> <li>桔子</li>
</ol>
        </td>
        <td><h4>罗马字母列表：</h4>
<ol type="I"> <li>苹果</li> <li>香蕉</li> <li>柠檬</li> <li>桔子</li></ol>
        </td>
        <td><h4>罗马字母，起始 5：</h4>
<ol type="I" start="5"> <li>苹果</li> <li>香蕉</li> <li>柠檬</li> <li>
桔子</li></ol>
        </td>
    </tr>
    <tr>
        <td>    <h4>小写罗马字母列表：</h4>
<ol type="i"> <li>苹果</li ><li>香蕉</li> <li>柠檬</li> <li>桔子</li> </ol>
        </td>
        <td><h4>字母列表：</h4>
<ol type="A"><li>苹果</li> <li>香蕉</li> <li>柠檬</li> <li>桔子</li> </ol>
        </td>
        <td>    <h4>小写字母列表：</h4>
<ol type="a"> <li>苹果</li> <li>香蕉</li> <li>柠檬</li> <li>桔子</li> </ol>
```

```
        </td>
        <td> <h4>小写字母，起始 5：</h4>
<ol type="a" start="5"> <li>苹果</li> <li>香蕉</li> <li>柠檬</li> <li>
桔子</li>
            </ol>
        </td>
    </tr>
</table>
```

页面预览效果如图 3-10 所示。

数字列表：	数字，起始5：	罗马字母列表：	罗马字母，起始5：
1. 苹果 2. 香蕉 3. 柠檬 4. 桔子	5. 苹果 6. 香蕉 7. 柠檬 8. 桔子	I. 苹果 II. 香蕉 III. 柠檬 IV. 桔子	V. 苹果 VI. 香蕉 VII. 柠檬 III. 桔子
小写罗马字母列表：	字母列表：	小写字母列表：	小写字母，起始5：
i. 苹果 ii. 香蕉 iii. 柠檬 iv. 桔子	A. 苹果 B. 香蕉 C. 柠檬 D. 桔子	a. 苹果 b. 香蕉 c. 柠檬 d. 桔子	e. 苹果 f. 香蕉 g. 柠檬 h. 桔子

图 3-10 有序列表标记示例

3.7.2 无序列表

在无序列表中，各列表项之间没有顺序级别之分，通常使用一个项目符号作为每个列表项的前缀。在无序列表中，主要使用<ul>、 <li>两个标记和 type 属性。语法格式如下：

```
<ul>
    <li>列表项 1
    <li>列表项 2<li>
    … …
</ul>
```

类型属性 type，取值如下：
disc：圆点符号，系统默认值，显示为 ●
circle：空心圆点，显示为 ○
square：方块样式，显示为 ■
综合示例如下：

```
<table border="1" borderculor="#999999" cellpadding="10" >
    <tr>
        <td>     <h4>默认样式: </h4>
<ul> <li>苹果</li> <li>香蕉</li> <li>柠檬</li> </ul>
        </td>
        <td><h4>disc 样式</h4>
<ul type="disc"> <li>苹果</li> <li>香蕉</li> <li>柠檬</li> </ul>
        </td>
        <td><h4>circle 样式</h4>
<ul type="circle"> <li>苹果</li> <li>香蕉</li> <li>柠檬</li> </ul>
        </td>
        <td><h4>square 样式</h4>
<ul type="square"> <li>苹果</li> <li>香蕉</li> <li>柠檬</li> </ul>
        </td>
    </tr>
    <tr>
        <td colspan="2"><h4>默认嵌套显示样式</h4>
<ul> <li>第一层</li>
    <ul> <li>第二层</li>
        <ul> <li>第三层</li>
            <ul> <li>第四层</li></ul>
            <li>第三层</li>
        </ul>
        <li>第二层</li>
    </ul>
   <li>第一层</li>
</ul>
        </td>
        <td colspan="2"><h4>设定嵌套样式</h4>
<ul type="square">
    <li>第一层</li>
    <ul type="circle">
        <li>第二层</li><li>第二层</li>
    </ul>
    <li>   第一层</li>
</ul>
        </td>
    </tr>
```

```
</table>
```

页面预览效果如图 3-11 所示。

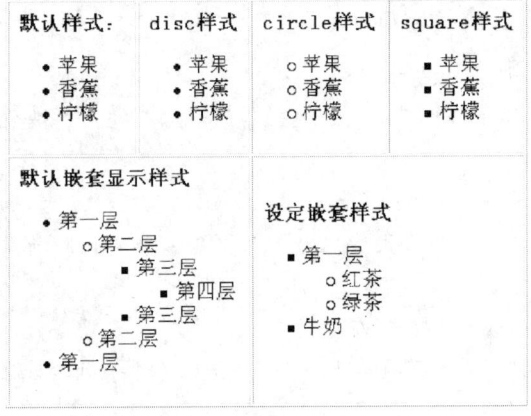

图 3-11　无序列表标记示例

3.7.3　定义列表

相对于其他两种列表，定义列表显得复杂一些。可使用的标签有<dl>、<li>、<dt>、<dd>，定义列表最适合用于术语的定义。其中，<dl>表示定义列表的开始；<dt>用来修饰术语，<dd>用来修饰术语的解释。<li>标签用在<dl>里也能显示应有的样式，但显得有些不伦不类。基本格式如下：

```
<dl>
    <dt>术语</dt>
        <dd>术语解释</dd>
    … …
</dl>
```

综合示例如下：

```
<div style="border: #999999 1px solid">
    <dl>
        <li>几个重要概念</li>
        <dt>WEB 服务器</dt>
            <dd>
            WEB 服务器也称为 WWW(WORLD WIDE WEB)服务器，主要功能是提供网上信息浏览
服务。</dd>
        <dt>HTML</dt>
            <dd>HTML (HyperText Mark-up Language) 即超文本标记语言或超文本链接
```

标示语言，是目前网络上应用最为广泛的语言，也是构成网页文档的主要语言。</dd>

   \<dt>XHTML</dt>

     \<dd>XHTML 是 The Extensible HyperText Markup Language(可扩展超文本标识语言)的缩写，是当前 HTML 版的继承者。语法要求更严格，例如所有标签必须关闭，必须小写等等。是 HTML 向 XML 的过渡版本</dd>

   \<dt>XML</dt>

     \<dd>XML (eXtensible Markup Language) 即可扩展标记语言。是网页技术将来的发展方向。</dd>

   \</dl>

\</div>

  页面预览效果如图 3-12 所示。

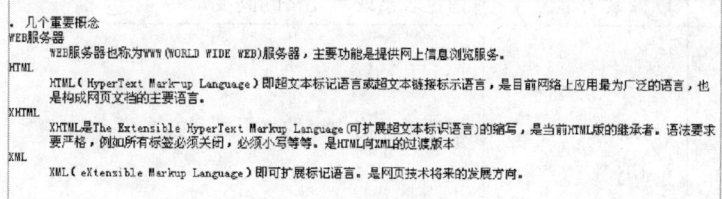

图 3-12　定义列表示例

3.8　表 格 标 记

  表格可以有效的组织页面内容，可以有效的进行页面布局。是网页设计中使用最多的元素之一。在表格中，主要使用的标记见表 3-9。

表 3-9　表格中的标记

标　记	描　述
\<table> … \</table>	表格起始标记和结束标记
\<caption>…\</caption	定义表格标题
\<tr>…\</tr>	表示表格的一行
\<th>\</th>	定义表头单元格
\<td>…\</td>	表示表格的一个单元格

  表格中的一些常用属性见表 3-10。

表 3-10　表格常用属性

属性	取值	描述
border	以像素为单位	指定表格边框的宽度，如果省略该属性，则默认值为 0
bordercolor	rgb(x,x,x) #xxxxxx 颜色名称	指定表格的边框颜色

（续表）

属性	取值	描述
bordercolordark	rgb(x,x,x) #xxxxxx 颜色名称	指定边框阴影颜色，有 3D 效果
bordercolorlight	rgb(x,x,x) #xxxxxx 颜色名称	指定 3D 边框的高亮显示颜色
cellpadding	以像素为单位	指定单元格内数据与单元格边框之间的间距
cellspacing	以像素为单位	指定单元格间的间距
width	以像素为单位	指定表格或单元格的宽度
height	以像素为单位	指定表格或单元格的高度
align	left right center justify char	规定单元格内容的水平排列方式
valign	top middle bottom baseline	规定单元格内容的垂直排列
bgcolor	rgb(x,x,x) #xxxxxx 颜色名称	规定表格单元格的背景颜色。不赞成使用，请使用样式替代它
background	url	指定表格或单元格的背景图像
colspan	整数值	指明此单元格可横跨的列数
rowspan	整数值	指明此单元格可横跨的行数
nowrap	nowrap	指定单元格的内容不自动折行

对于表格中的标签，可视实际情况使用其中的几个。用的最多的是<table><tr><td>。表格的各个属性有默认值，指定的属性值将覆盖默认值。

综合示例如下：

```
<table width="590" cellspacing="2" border="2" bordercolor="#666666"
ID="Table1">
    <caption>表格标题</caption>
    <tr bgcolor="#dddddd" height="30" >
```

```
            <th>表头</th>  <th>表头</th>
            <th>表头</th>  <th>表头</th>
        </tr>
        <tr>
            <th rowspan="2">表头单元格<br />跨两行</th>    <td>单元格</td>
            <td>单元格</td>    <td>单元格</td>
        </tr>
        <tr>
            <td>单元格</td>
            <td>单元格</td>    <td>单元格</td>
        </tr>
        <tr>
            <th height="30">表头</th>
            <td colspan="3">该单元格跨三列</td>
        </tr>
    </table>
```

页面预览效果如图 3-13 所示。

表头	表头	表头	表头
表头单元格 跨两行	单元格	单元格	单元格
	单元格	单元格	单元格
表头	该单元格跨三列		

图 3-13 表格示例

3.9 层 标 记

层标记可以把文档分割为独立的、不同的部分。这是一个块级元素，这意味着在默认的情况下，层元素将开始新的一行。可以这样来理解，就是浏览器会自动在层元素的前后各放置一个换行符。

层元素的的标记是<div>......</div>，可选属性为 align，取值如下：

left：设定层内的文本左对齐
right：设定层内的元素右对齐
center：设定层内的元素居中对齐
justify：允许浏览器自动调整字间距，实现两端对齐。有自动排版的效果。

为了便于查看比较对齐效果，我们为层元素定义了一个样式。在 HTML 代码的头部标记内输入以下代码：

```
<style type="text/css">
    div{
        border:#999999 1px solid;
        background:#CCCCCC;
    }
</style>
```

综合示例如下：

```
<table border="1" bordercolor="#999999" cellpadding="5">
    <tr>
        <td><p>不用 align 属性</p><div>不用 align 属性的层元素</div></td>
        <td><p>左对齐</p><div align="left">层元素内文本左对齐</div></td>
        <td><p>中对齐</p><div align="center">层元素内文本居中对齐</div></td>
        <td><p>右对齐</p><div align="right">层元素内文本右对齐</div></td>
    </tr>
    <tr>
        <td colspan="2"><p>两端对齐</p>
            <div align="justify">层元素内的文本两段对齐，内容有多行才能体现其效果。英文:&quot;Crepower&quot; Brand Belts, Chains and other Transmission Parts are manufactured under ISO9001 certified quality-control system.With improved quality material and well-organized production procedures, &quot;Crepower&quot; power transmission products have noticeably fatigue strength and long-service life.
            </div>
        </td>
        <td colspan="2"><p>非两端对齐</p>
            <div>层元素内的文本两段对齐，内容有多行才能体现其效果。英文 :&quot;Crepower&quot; Brand Belts, Chains and other Transmission Parts are manufactured under ISO9001 certified quality-control system.With improved quality material and well-organized production procedures, &quot;Crepower&quot; power transmission products have noticeably fatigue strength and long-service life.
            </div>
        </td>
    </tr>
</table>
```

页面预览效果如图 3-14 所示。

不用align属性	左对齐	中对齐	右对齐
不用align属性的层元素	层元素内文本左对齐	层元素内文本居中对齐	层元素内文本右对齐

两端对齐	非两端对齐
层元素内的文本两段对齐，内容有多行才能体现其效果。英文："Crepower" Brand Belts, Chains and other Transmission Parts are manufactured under ISO9001 certified quality-control system.With improved quality material and well-organized production procedures, "Crepower" power transmission products have noticeably fatigue strength and long-service life.	层元素内的文本两段对齐，内容有多行才能体现其效果。英文："Crepower" Brand Belts, Chains and other Transmission Parts are manufactured under ISO9001 certified quality-control system.With improved quality material and well-organized production procedures, "Crepower" power transmission products have noticeably fatigue strength and long-service life.

图 3-14　层元素的对齐属性示例

注意到上图第二行两端对齐的区别了吗？设置为两端对齐的段落，浏览器将自动调整字间距，保证每行的最后都能对齐到层边界。而没有设置为连端对齐的段落，浏览器以单词为单位自动折行，各行后面就参差不齐。实在影响美观。

层元素更多的是用于实现页面的布局，本身属性很少。要体现其强大的功能，必须结合 CSS 样式定义。详细内容将在后面章节介绍。

3.10　表单控件

表单在动态网站的页面中起着重要作用，它是与用户交互信息的主要手段。它允许用户在浏览器内输入信息，用户提交数据后，网站服务器端有相应的程序处理用户数据。在这里要讲解的是实现表单界面，处理数据的知识需要再学习一门动态网站开发技术。

3.10.1　表单标记<form>

表单的起始标记是<form>，结束标记是</form>。表单本身并不显示，但它是所有表单控件的容器，表单控件必须放在表单区间内才能起作用。表单标记的属性指定了服务器端的处理程序和提交数据的方式。表单标记的常用属性见表 3-11。

表 3-11　表单标记属性

属　性	取值	描　　　　述
action	URL	数据处理程序的 URL
method	get post	向服务器提交数据的方法，默认为 get
name	表单名称	表单的唯一标识符，允许脚本代码或服务器程序按名称访问，进而访问表单控件
target	_self _blank _parent _top	在何处打开目标 URL

注：这里对 get 和 post 做一个简要说明。

get 方法有是获取的意思。也就是说除了把数据发送到服务器，还要从服务器读取

数据。则表单内的输入会作为参数附加在页面 URL 的后面。例如表单内有两个输入框，名称分别为 sort 和 keyword，分别输入"html"和"form"，以 get 方法提交，打开页面的 URL 有如下形式：

targetpage?sort=html&keyword=form

如搜索引擎网站进行搜索时，就是以 get 方法提交的。这种方式要注意，所有参数连在一起的长度不能超过 1024 个字节。

post 方法只向服务器提交数据，不获取数据。因此输入数据也不会附加在 URL 后，提交的数据没有长度限制。

表单的示例如下：

```
<form name="form1" action="spage.aspx" method="post" >
    <input type="submit" value="提交" />
</form>
```

3.10.2 表单输入标记< input>

此标记在表单中使用频繁，绝大部分表单内容需要用到此标记。其属性见表 3-12。

表 3-12 <input>标记的属性

属　性	取　值	描　述
name	字符串	设定控件的唯一标识符
type	button submit text password textarea checkbox radio reset file hidden image	表单控件的类型 type="button"：表示普通按钮； type="submit"：表示提交按钮，数据将被送到服务器； type="text"：表示输入单行文本； type="password"：表示输入数据为密码，用星号表示； type="textarea"：表示输入多行文本； type="checkbox"：表示复选框； type="radio"：表示单选框； type="reset"：表示清除表单数据，以便重新输入； type="file"：表示插入一个文件； type="hidden"：表示隐藏按钮； type="image"：表示插入一个图像
value	字符串	设定控件的默认值
maxlength	正整数	针对单行文本框，指定输入文本长度的上限
size	正整数	针对多行文本框，指定字符数量的上限
checked	checked	适用于单选框和复选框，此项被默认选中
src	*URL*	针对图片对象，指定源图像的 URL

3.10.3 下拉列表标记<select>

<select>标记可以在表间中插入一个下拉菜单，下拉列表的每个选项用<option>标

记来定义。<select>标记的属性见表 3-13。

表 3-13 <select>标记的属性

属　性	取　值	描　述
name	字符串	设定控件的名称，页面内唯一
size	正整数	定义菜单中可见项目的数目
value	字符串	表示选中选项对应的值
multiple	multiple	当设置此属性时，允许同时选定多个项目
disabled	disabled	当设置此属性时，会禁用该下拉列表

3.10.4　选项标记<option>

该标记定义下拉菜单中一个选项，和<select>标记配合使用。常见属性见表 3-14。

表 3-14 <option>标记的属性

属　性	取　值	描　述
value	文本串	该选项的值，推荐使用英文串或数字
selected	selected	指定该选项默认处于选中状态
disabled	disabled	指定该选项被禁用

3.10.5　多行文本控件标记<textarea>

使用该标记建立多行文本输入框。常见属性见表 3-15。

表 3-15 <textarea>标记的属性

属　性	取　值	描　述
name	文本串	文本框的唯一标识符
cols	正整数	规定文本区内可见的列数
rows	正整数	规定文本区内可见的行数
readonly	readonly	设定为只读，用户无法修改
disabled	disabled	禁用此文本框

3.10.6　实现登录界面

用户登录是大多数网站需要实现的功能，如会员管理，电子信箱等。最简单的登录界面包含三个表单控件：用户名输入框、密码输入框和提交按钮。一般需要使用布局元素来控制表单控件的位置。

示例如下：

```
<form name="Myform" action="processform.asp" method="post" >
    <table  width="186"  border="0"  cellspacing="0"  cellpadding="0"
align="center">
        <tr align="center">
            <td colspan="2" height="40"><b>客户登录表单</b></td>
        </tr>
        <tr>
```

69

```
        <td width="77"> <p>注册名：</p></td>
        <td width="109">
        <input   type="text"   name="txtUserName"   maxlength="12"
    size="12">
        </td>
    </tr>
    <tr>
        <td width="77">口令：</td>
        <td width="109">
            <input       type="password"       name="txtPassword"
        maxlength="12"
                size="12">
            </td>
    </tr>
    <tr>
        <td colspan="2" align="center" height="40">
        <input type="submit" name="Submit" value="登录"></td>
    </tr>
    </table>
</form>
```

页面预览效果如图 3-15 所示。

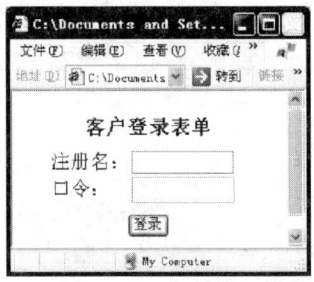

图 3-15　实现登录界面

3.10.7　实现留言板界面

留言板是网络上常见的功能,可以用来搜集浏览者的留言,实现论坛的发表功能等。示例代码如下:

```
<form       name="Myform"      action="processform.asp"      method=post
target="_blank">
    <table border="0" cellpadding="0" cellspacing="0">
```

```
    <tr>
        <td colspan="2" align="center">
            <h1>请您留言</h1>
            <hr align="center" width="80%" noshade color="#FF0000">
        </td>
    </tr>
    <tr>
        <td width="40%" align="right"><h6>您的姓名：</h6></td>
        <td>   <input   name="textfield1"   type="text"   size="8"
maxlength="8"></td>
    </tr>
    <tr>
        <td  width="40%"  align="right"  valign="top"><h6>您的留言：
</h6></td>
        <td align="left" valign="top">
         <textarea name="textfield2" cols="40" rows="6">
                请在此留下您的意见和建议！</textarea>
         </td>
    </tr>
    <tr>
        <td> </td>
        <td><input type="submit" name="s" value="发表留言"> 
         <input type="reset" name="r" value="重新填写"> </td>
    </tr>
    </table>
</form>
```

页面预览效果如图 3-16 所示。

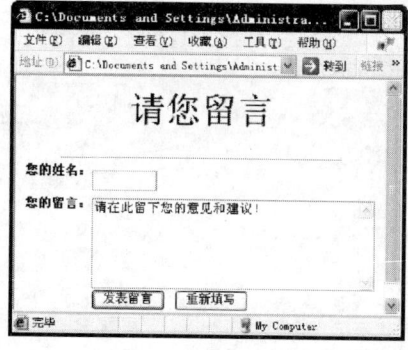

图 3-16　留言板界面

71

3.11 标签选择器

Dreamweaver 提供了插入任意 HTML 标记的方法，那就是使用标签选择器。下面以实现滚动文字为例讲解标签选择器的使用。操作步骤如下：

（1）在菜单栏选择"插入—标签"命令，打开标签选择器。在左侧选择"标记语言标签—HTML 标签—页元素"选项，然后在右侧列表选择"marquee"，如图 3-17 所示。

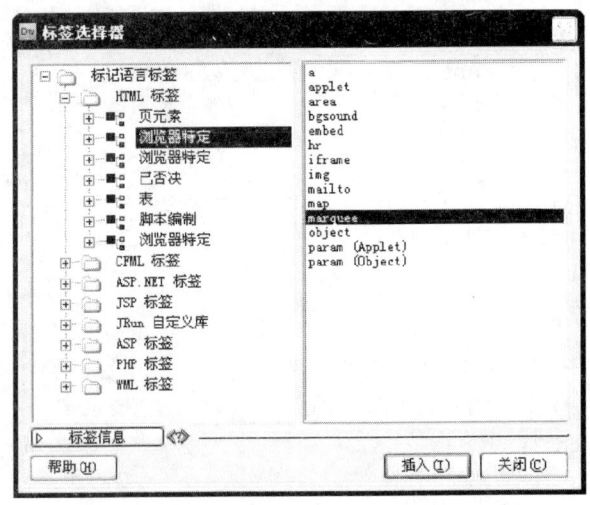

图 3-17 在标签选择器中选择 marquee 标签

（2）选择 marquee 标签后，单击"插入"按钮。然后关闭"标签选择器"。在 marquee 标签内输入文字"向左滚动字幕"。

（3）在菜单栏选择"窗口—标签检查器"命令，将"direction"选项设置为"left"，如图 3-18 所示。

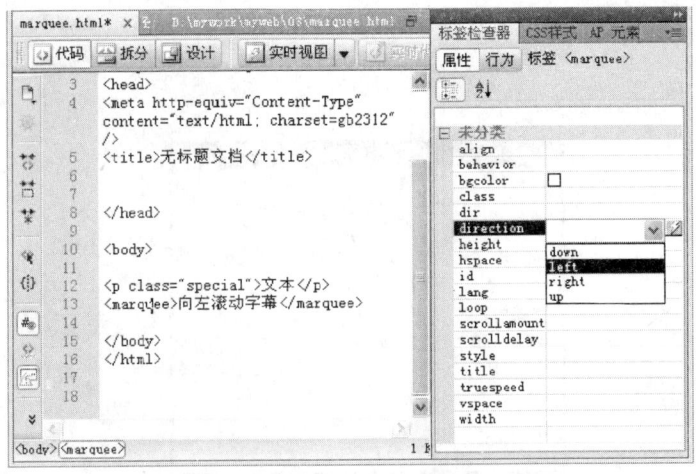

图 3-18 设置 marquee 属性

一个简单的向左滚动字幕就完成了，按 F12 键可以预览效果。

3.12 本 章 小 结

本章以一些常用的 HTML 标签为例，讲解了 HTML 语言的基本语法，并配有形象生动的实例和效果图，很容易理解。最后讲解了标签选择器的使用，使用标签选择器可以大大降低学习的难度。尽管网页的大多数效果可以通过 Dreamweaver 诸多面板的设置来实现，但 Dreamweaver 自动生成的代码很机械化，可读性很低。还是要推荐大家要逐渐的亲自写代码。本章要求熟练掌握 HTML 语言的使用，为后续课程的学习打下良好的基础。

习 题 3

【单选题】

3.1 下面哪一项是换行符标签？（   ）

A．<body>　　　　B．<font>　　　　　　　C．
　　　　　　　　D．<p>

3.2 下列哪一项是在新窗口中打开网页文档？（   ）

A．_self　　　　　B．_blank　　　　　　 C．_top　　　　　　　 D．_parent

3.3 以下哪一项不属于层的特性？

A．移动　　　　　B．显示、隐藏　　　 C．嵌套　　　　　　　 D．单元格间距

3.4 在 HTML 中，标记<pre>的作用是（   ）。

A．标题标记　　 B．预排版标记　　　 C．转行标记　　　　　 D．文字效果标记

3.5 在<body>标签中的内容应用样式表，下面不是<body>标签的子标签的是（   ）。

A．<p>标签　　　 B．<center>标签　　 C．层的标签<div>　　 D．< Hx >的标题标签

【填空题】

3.6 表格的标签是_____，单元格的标签是_____。

3.7 创建有序列表，应使用_____标记和_____标记；创建无序列表，应使用_____标记和_____标记。

3.8 设置超级链接时，通过_____属性制定打开目标文档的窗口或框架的名称，该属性可以取_____、_____、_____和_____四个值之一。

3.9 文本区域使用_____标记来创建，列表框和下拉列表框使用_____和____标记来创建。

3.10 使用 form 标记定义表单时，action 属性指定_____；method 属性用于制定_____；其中 post 方法表示_____；get 方法表示_____。

【简答题】

3.11　简述 HTML 文件的基本标记组成。

3.12　简述如何设定页面，使得页面便于被搜索引擎检索。

第4章　CSS 的使用

CSS 是 Cascading Style Sheets（层叠样式表单）的简称。更多的人把它称作样式表。顾名思义，它是一种设计网页样式的工具。借助 CSS 的强大功能，网页将在您丰富的想象力下千变万化。

4.1　使用 CSS 样式面板

现在通过一个实例，来介绍 CSS 样式表的创建。要求：为文章标题制作一个名为 stress 的样式，大小为 16pt，粗细为加重。

具体操作步骤如下：

（1）启动 Dreamweaver CS4，打开一个页面，如图 4-1 所示。

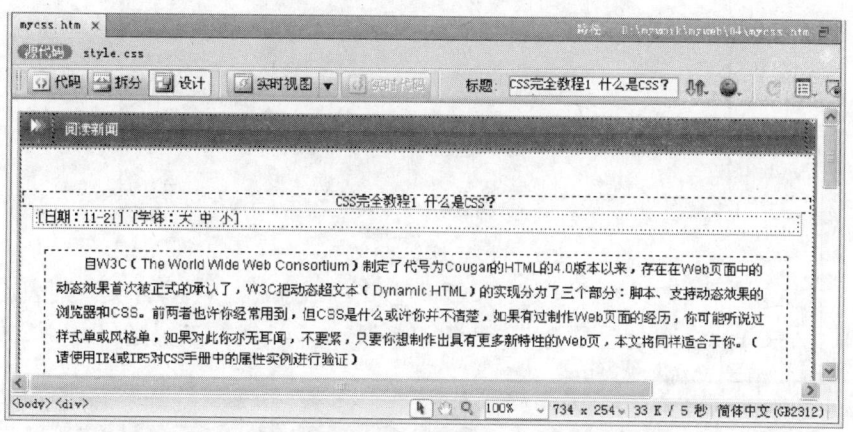

图 4-1　打开文章页面

（2）在菜单栏选择"窗口—CSS 样式"命令，打开 CSS 样式面板，如图 4-2 所示。

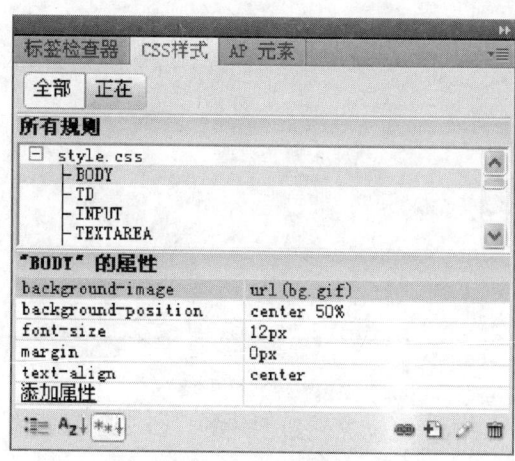

图 4-2　CSS 样式面板

注：图4-2所示，表示当前页引用了一个外部CSS文件style.css，文件中定义了名称为BODY、TD、INPUT等一系列CSS样式。CSS面板还提供方便的CSS样式编辑功能点击"⊟"图标可以将树收缩。

（3）在CSS样式面板右下角处，单击"新建CSS规则"按钮，图中"🗗"按钮，弹出"新建CSS规则"对话框。选择器类型选为"类"，选择器名称输入"stress"，规则定义选择为"仅对该文档"，如图4-3所示，完成后单击"确定"按钮。

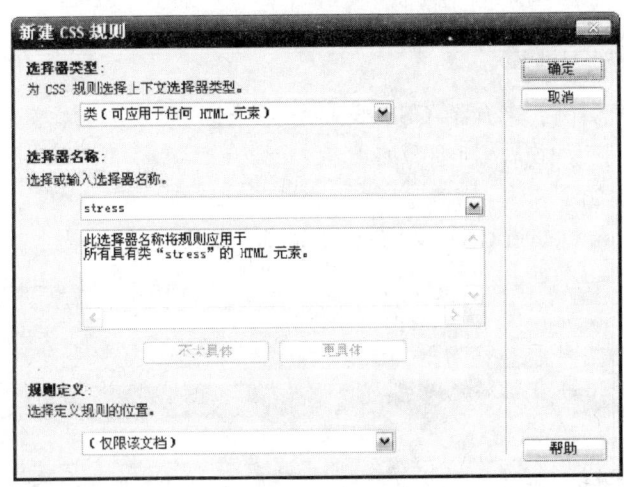

图4-3　新建CSS规则

（4）在弹出的"CSS规则定义"对话框编辑CSS样式。在"分类"列表选择"类型"选项，将"Font-size"设置为"16px"，将"Font-weight"设置为"bold"，如图4-4所示。完成后单击"确定"按钮。

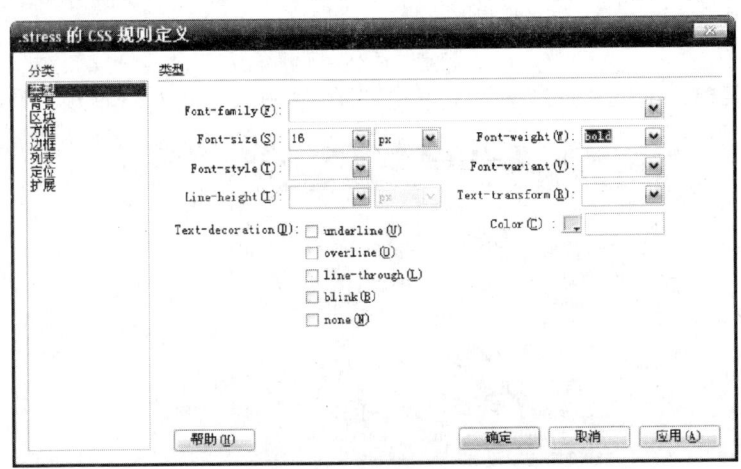

图4-4　CSS规则定义

（5）查看CSS样式面板，可以发现新创建的"stress"样式位于"<style>"分支下，如图4-5所示。

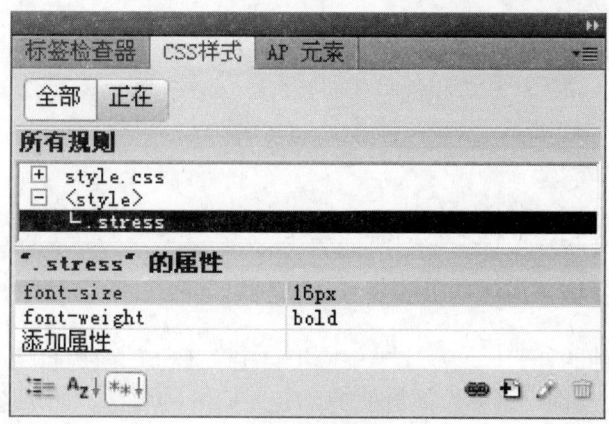

图 4-5 CSS 样式面板新建的 stress 样式

注：图 4-5 所示，位于 "<style>" 分支下的 CSS 样式表，表示 CSS 定义在本页面内。

（6）在设计区选中文章标题，将属性面板上的样式选项设置为：stress。如图 4-6 所示。

图 4-6 为文章标题设置样式

（7）设计完成后，在文档工具栏点 "代码" 选项卡，查看生成的 css 代码：

```
<style type="text/css">
    .stress {
        font-size: 16px;
        font-weight: bold;
    }
</style>
```

文章标题处的代码为：

```
<span class="stress">CSS 完全教程 1 什么是 CSS? </span>
```

4.2 CSS 的基本类型

CSS 层叠样式表包含六种基本类型。

1. 自定义 CSS

用户可以在文档的任何区域或文本中应用自定义 CSS，应用自定义 CSS 后，相应的标签会出现 class 属性，该属性的值就是自定义 CSS 的名称。如果应用于部分文字，那么会出现和标签，并且其中包含 class 属性。自定义 CSS 的名字前有一个 "." 开头，其后是 CSS 样式的名字。

示例代码如下：

```
.bg { background: url(bg.gif); }
<body class="bg">
```

2. 重定义标签的 CSS

可以针对某一个 html 标签来定义 CSS，也就是说定义的 CSS 只能应用于选择的标签。例如为<td> 标签定义了 CSS，则页面中所有的<td>标签都自动应用该样式。

示例代码如下：

```
td{color:#666666; font-size: 14px}
```

3. CSS 选择符

CSS 选择符为特殊的组合标签定义 CSS。CSS 选择符是一种特殊类型的样式，常用的有四种，意义如下：

a:link——定义正常状态下链接文字的样式

a:active——定义鼠标点击时链接的样式

a:visited——定义链接访问后的样式

a:hover——设定鼠标位于链接上时的样式

这四种可根据需要全部定义或定义一部分，示例代码如下：

```
A:link {
 font-size: 12px; color: #000000; text-decoration: none
}
A:visited {
 font-size: 12px; color: #FF9900; text-decoration: none
}
```

```
A:active {
font-size: 12px; color: #000000;  text-decoration: none
}
A:hover {
font-size: 12px; color: #000000; text-decoration: underline;
    position: relative; left: 1px; top: 1px; clip: rect();
}
```

注：A:hover 样式的意思是当鼠标移到连接上时，其内容会向右下移动一个点的距离，具有动感效果。

4．ID 选择符

ID 选择符方式定义的 CSS 以"#"开头，其后是 CSS 样式的名字，定义的样式和页面元素的 ID 属性结合在一起。因为 ID 属性在页面内是唯一标识符，不能重复。所以 ID 选择符方式定义的 CSS 样式在页面内也只能起一次作用。

示例代码如下：

```
#picbox {
position:absolute;
width:128px;
height:132px;
z-index:1;
}
<div id="picbox"></div>
```

5．关联选择符

CSS 提供了更灵活的使用方式。和上面的重定义标签的 CSS 做个对比吧。如果定义了重定义标签 CSS，则页面中所有该标签都自动应用 CSS。如果想在页面的某个范围内应用，该怎么办呢？

答案就是使用关联选择符。示例代码如下：

```
.para strong{ color:#FF0000; font-size: 16px;}
```

HTML 代码如下：

```
<strong>普通加重文本</strong>
<p><strong>普通加重文本</strong></p>
<p class="para"><strong>红色加重文本, 字号16px</strong></p>
```

对代码的第一、二行，CSS 样式并不起作用；在第三行中，外层的段落标签<p>应用了 CSS 样式 para，那么位于该段落标签内的<strong>自动应用该 CSS 样式。

6．组合定义

为了是样式表文件更简洁，可以把具有相同声明定义的选择符组合在一起，并用逗号分割开，示例代码如下：

```
H1,H2,H3{font-size: 16px;}
H1 B, H2 B, .para strong{ color:#FF0000; font-size: 16px;}
```

7．通配符

在 CSS 里，*是通配符，同时定义所有 HTML 标签的属性，例如将所有标签内的字体定义为 12 号字，代码如下：

```
*{font-size:12px;}
```

再比如使用下述代码，将所有标签的外间距和内边距设置为 0：

```
*{ margin:0; padding:0;}
```

4.3 CSS 的基本写法

CSS 的基本写法有三种。

1．在 HEAD 内的实现

CSS 最基本的应用方法是在 HTML 文件的头部，即在<head>与</head>标签内，并且以<style>标签开始，以</style>标签结束。

```
<style type="text/css">
    H1{font-size:18px; color:#FF0000}
    H2{font-size: 6px; color: blue}
</style>
```

其中，<style> ...</style>之间是样式的内容。type 表示其中内容的类型，一般使用"text/css"。大括号前面是样式的类型和名称，大括号中是样式的属性和相应的值。上述代码定义了<H1>、<H2>标签使用的字号和颜色。

值得注意的是，这种定义方法不符合标准网页设计的理念，不赞成使用。此属性已被 W3C 抛弃，将来的 HTML 版本中可能移除此属性。

2．在 BODY 内的实现

这种用法也称为内联样式。当特殊的样式需要应用到个别元素时，就可以使用内联样式。使用内联样式的方法是在相关的标签中使用样式属性。样式属性可以包含任何 CSS 属性。以下实例将段落的字体颜色设置为红色并且首行缩进 28px。

```
<p style="COLOR: red; TEXT-INDENT: 28px">
```

```
    This is a paragraph
</p>
```

这种方法非常直观，但是无法体现出层叠样式表的优势。因此一般不推荐使用。

3．CSS 文件的外部引用

CSS 可以定义为单独的文件，扩展名为 ".css"。当样式需要被应用到很多页面的时候，外部样式表将是理想的选择。使用外部样式表，你就可以通过更改一个文件来改变整个站点的外观。在 html 页面文件的头部使用下面语句引用外部 css 文件：

```
<LINK href="css/style.css" type="text/css" rel="stylesheet">
```

4.4　CSS 的属性和属性值

本节将详细地介绍 CSS 的基本属性和属性值的使用方法。

4.4.1　字体属性

字体属性主要包括字体族科、字体风格、字体粗细、字体大小等，见表 4-1。

表 4-1　字体属性

字体属性	描述	示例-说明
font-family	指定字体	语法：**font-family** : *name* 示例：**font-family** : **"黑体", "宋体", "隶书"** 　　设定文字的字体，脚本特征 **fontFamily**。浏览器会按字体名称的顺序在用户的计算机里寻找已经安装的字体，遇到的相匹配的字体，就按这种字体显示网页内容，停止搜索；否则继续搜索，直到搜完为止；如果所有字体都没有安装的话，浏览器就会用自己默认的字体来显示网页的内容
font-size	字体大小	语法：**font-size** : *absolute-size* | *relative-size* | *length* 　　设定字体大小，脚本特征 **fontSize**。*absolute-size*：根据对象字体进行调节，取值：xx-small | x-small | small | medium | large | x-large | xx-large；*relative-size*：相对于父对像中字体尺寸进行相对调节，取值：larger | smaller | 比例（em）；*length*：百分数 | 由浮点数字和单位标识符组成的长度值，不可为负值，其百分比取值是基于父对象中字体的尺寸
font-style	字体风格	语法：**font-style** : **normal** | **italic** | **oblique** 　　使字体显示为扁斜体或斜体等表示强调，脚本特征 **fontStyle**。取值：**normal**：正常，默认；**italic**：斜体；**oblique**：偏斜体
font-weight	文字粗细	语法：**font-weight** : **normal** | **bold** | **bolder** | **lighter** | *number* 　　设定文字粗细，脚本特征 **fontWeight**。参数：**normal**：正常的字体，默认，相当于 *number* 为 400，声明此值将取消之前任何设置；**bold**：粗体。相当于 number 为 700，也相当于 b 对象的作用； **bolder**：IE5+　特粗体；**lighter**：IE5+　细体；*number*：IE5+　100 | 200 | 300 | 400 | 500 | 600 | 700 | 800 | 900

4.4.2 文本属性

CSS 文本属性主要包括字母间隔、文字修饰、文本排列、文本缩进、行高等，见表 4-2。

表 4-2 文本属性

文本属性	描述	示例-说明
letter-spacing	字 间 距	语法：**letter-spacing：normal** | *length* 控制文本元素字母间的间距，脚本特征 **letterSpacing**。取值：**normal**：默认间隔；*length*：由浮点数字和单位标识符组成的长度值，负值则减去正常长度，单位可以是 mm、cm、px、pt、in、ex(小写 x 的高度), em(大写 M 的宽度)
text-decoration	修饰文本	语法：**text-decoration：none || underline || blink || overline || line-through** 设置文本某种效果，脚本特征 **textDecoration**。取值：**none**：无修饰；**underline**：下划线；**blink**： 闪烁（在 IE、Opera 中无效）；**overline**：上划线；**line-through**：贯穿线
text-align	水平对齐	语法：**text-align：left | right | center | justify** 设定文本的水平对齐方式，脚本特征 **textAlign**。取值：**left**：左对齐；**right**：右对齐；**center**：居中对齐；**justify**：对齐每行的文字
text-indent	文字粗细	示语法：**text-indent：***length* 设置对象中的第一行文本的缩进，设定第一行文本的缩进，脚本特征 **textIndent**。取值：百分比数字或浮点数字和单位标识符组成的长度值，允许为负值。单位可以是 mm、cm、px、pt 等
line-height	行间距	语法：**line-height：normal** | *length* 设定两行基准线之间的垂直距离,脚本特征 **lineHeight**。取值：**normal**：默认行高；*length*：百分比数字或浮点数字和单位标识符组成的长度值，允许为负值。单位可以是 mm、cm、px、pt 等

4.4.3 颜色和背景属性

CSS 的颜色属性可以指定一个元素的颜色，背景属性可以控制页面元素的背景，见表 4-3。

表 4-3 颜色背景属性

属性名	描述	示例-说明
color	字体颜色	示例：**color：***color* 设定字体颜色，脚本特征 **color**。取值：*color*：一般使用十六进制颜色值表示的 RGB 颜色值，或使用预置的颜色名，如：red，greeen 等等，接受任何合法的颜色值
background-color	背景色	示例：**background-color：transparent** | *color* 设定页面元素的背景色，脚本特征 **backgroundColor**。取值：**transparent**：背景色透明；*color*：同上

（续表）

属性名	描述	示例-说明
background-image	背景图像	示例：**background-image : none** | url (*url*) 　　　设定页面元素的背景图像，脚本特征 **backgroundImage**。 取值：**none**：无背景图，url (*url*)：使用绝对或相对地址指定背景图像，在使用此属性的时候务必设置一个背景颜色，防止图像无效
background-repeat	图像重复	示例：**background-repeat : repeat | no-repeat | repeat-x | repeat-y** 　　　设 定 被 背 景 图 像 的 重 复 方 式，脚 本 特 征 **backgroundRepeat**。取值如下：**repeat**：默认背景图片朝水平以及垂直方向重复显示；**no-repeat**：背景图片不重复显示，只显示一次；**repeat-x**：背景图片只朝水平方向重复显示；**repeat-y**：背景图片只朝垂直方向重复显示
background-positi on	背景图像位置	语法：**background-position :** *length　length* 　　　　**background-position :** *position　position* 　　　设定背景图像的位置，脚本特征 **backgroundPosition**。 *length*：百分数 | 由浮点数字和单位标识符组成的长度值，单位可以是 mm、cm、px、pt 等等；*position*：left | top　| right | bottom |　center

4.4.4 边框属性

边框是围绕在内容和内边距之间的一条或多条线。CSS 可以用边框属性来定义它的宽度、样式和颜色等，见表 4-4。在 HTML 中人们用表格来制作文本周围的边框，但通过 CSS 来设置边框将有更出色的效果，而且可以应用于所有的元素，还可以支持为元素的各个边框设置不同的风格。

表 4-4　边框属性

边框属性	描述	示例-说明
border	边框	语法：**border : border-width || border-style || border-color** 　　**border-width**：**medium | thin | thick |** *length* 　　**border-style : none | hidden | dotted | dashed | solid | double | groove** 　　　　　　　　**| ridge | inset | outset** 　　**border-color :** *color* 　　　复合属性，同时设定四个边框的宽度、样式、和颜色，脚本特征 **border**。取值：*length* 由浮点数字和单位标识符组成的长度值，不可为负值

(续表)

边框属性	描述	示例-说明
border-top	上边框	语法：**border-top：border-width || border-style || border-color** 设定上边框的颜色、宽度和样式，脚本特征 **borderTop**。取值同上
border-left	左边框	语法：**border-top：border-width || border-style || border-color** 设定左边框的颜色、宽度和样式，脚本特征 **borderLeft**。取值同上
border-right	右边框	语法：**border-top：border-width || border-style || border-color** 设定右边框的颜色、宽度和样式，脚本特征 **borderRight**。取值同上
border-bottom	下边框	语法：**border-top：border-width || border-style || border-color** 设定下边框的颜色、宽度和样式，脚本特征 **borderBottom**。取值同上

4.4.5　布局属性

在页面中，所有的对象都处在一个容器里面，对容器的尺寸参数设置决定了页面的局部布局。具体见表4-5。

表4-5　布局属性

布局属性	描述	示例-说明
width	对象宽度	语法：**width：auto | *length*** 设置元素宽度，浏览器按照这个宽度调整图形，脚本特征 **width**。默认取值：**auto**：自动调整；*length*： 百分数 | 浮点数和单位组合，前者表示基于父对象的宽度，后者绝对宽度，不可为负数，单位可以是 mm、cm、px、pt 等等
height	对象高度	语法：**width：auto | *length*** 设置元素高度度，脚本特征 **height**。浏览器按照这个宽度调整图形。取值同上
float	左边框	语法：**float：none | left | right** 设定元素的浮动方向，脚本特征 **styleFloat**。取值可以是：none （对象不浮动，默认）；left （在父容器内靠左）、right（在父容器内靠右）
clear	不允许浮动	语法：**clear：none | left |right | both** 设定不允许有浮动对象的边，脚本特征 **clear**。取值：**none**：允许两边都可以有浮动对象；**left**:不允许左边有浮动对象;**right**:不允许右边有浮动对象；**both**：不允许有浮动对象
padding	内边距	语法：**padding：*length*** 设定页面元素的内边距，即内容与边框的距离，脚本特征 **padding**。取值：百分数 | 浮点数字和单位组合。取值参考 width
margin	外边距	语法：**margin：auto | *length*** 设定页面元素边框外的空白距离，脚本特征 **margin**。取值：**auto**：自动调整；*length*： 百分数 | 浮点数和单位组合，单位同上

4.4.6　定位属性

CSS 的定位技术是一个应用广范的功能,可以控制元素的平面或空间位置以及可见

性。CSS 提供两种定位方式：绝对定位和相对定位。所谓相对定位是指让操作的元素在相对其他元素的位置上进行偏移；而绝对定位是指让操作的元素参照整个文档进行偏移。常用定位属性见表 4-6。

表 4-6　定位属性

定位属性	描述	示例-说明
position	定位方式	语法：**position : static | absolute | relative | fixed** 设定对象的定位方式，脚本特性为 **position** 。参数：**static**：无特殊定位，遵循 HTML 定位规则；**absolute**：将对象从文档流中拖出，使用 left, right, top, bottom 等属性进行绝对定位，而其层叠通过 z-index 属性定义。此时对象不具有边距，但仍有补白和边框；**relative**：对象不可层叠，但将依据 left, right, top, bottom 等属性在正常文档流中偏移位置；**fixed**：IE5.5 及 NS6 尚不支持此属性
top	顶部位置	语法：**top : auto | *length*** 设定对象相对与最近的定位父对象的顶部位置，脚本特性为 **top**。参数：**auto** ：无特殊定位，根据 HTML 定位规则载文档流中分配；*length*：百分数 | 浮点数字和单位，必须有 position 属性定义时此取值方可生效
left	左边位置	语法：**top : auto | *length*** 设定对象相对与最近的定位父对象的左边位置，脚本特性为 **left**。参数：**auto** ：无特殊定位，根据 HTML 定位规则载文档流中分配；*length*：百分数 | 浮点数字和单位，必须有 position 属性定义时此取值方可生效
width	宽度	语法：**width: auto | *length*** 设定对象的宽度，脚本特性为 **width**。参数：**auto** ：无特殊定位，根据 HTML 定位规则载文档流中分配；*length*：百分数 | 浮点数字和单位，前者基于父对象的宽度。后者由浮点数字和单位标识符组成的长度值，不可为负数
height	高度	语法：**height: auto | *length*** 设定对象的高度，脚本特性为 **height**。参数：**auto** ：无特殊定位，根据 HTML 定位规则载文档流中分配；*length*：百分数 | 浮点数字和单位，前者基于父对象的宽度。后者由浮点数字和单位标识符组成的长度值，不可为负数
z-index	边距属性	语法：**z-index : auto | *number*** 设置对象的层叠顺序，脚本特性为 **zIndex**。参数：**auto** ：遵从其父对象的定位；*number*：无单位的整数值，可为负数。如两个绝对定位对象的此属性具有同样的值，那么将依据它们在 HTML 文档中的顺序层叠
clip	可视区域	语法：**clip : auto | rect (*number number number number*)** 设定对象对象的可视区域，脚本特性 **clip**。取值：**auto**：对象无剪切；**rect (number number number number)**：依据上-右-下-左的顺序提供相对于对象左上角为(0, 0)四个偏移数值，其中任一数值都可用 auto 替换，即此边不剪切

(续表)

定位属性	描述	示例-说明
overflow	溢出属性	语法：**overflow：visible | auto | hidden | scroll** 设定当对象的内容超出指定的宽度和高度是的溢出属性，脚本特性 **overflow**。取值：**visible**：不剪切内容也不添加滚动条，显式声明此默认值，可使 clip 属性设置将失效；**auto**：此为 body 对象和 textarea 的默认值，在需要时剪切内容并添加滚动条；**hidden**：不显示超过对象尺寸的内容；**scroll**：总是显示滚动条
visibility	可见性	语法：**visibility：inherit | visible | collapse | hidden** 设置是否显示对象，与 display 属性不同，此属性为隐藏的对象保留其占据的物理空间，脚本特性 **visibility**。取值：inherit：默认值，继承上一个父对象的可见性；visible：对象可视；hidden：对象隐藏；collapse：主要用来隐藏表格的行或列，隐藏的行或列能够被其他内容使用，对于表格外的其他对象，其作用等同于 hidden。IE5.5 尚不支持此属性

4.4.7 列表属性

首先介绍一下 HTML 的三种列表形式：排序列表(Ordered List)；不排序列表(Unordered List)；定义列表(Definition List)。

排序列表(Ordered List)，使用\<ol\>...\</ol\>标签实现，示例如下：

```
示例代码：
<ol>
    <li><strong>网页设计与制作</li>
    <li>Dreamweaver</li>
    <li>Fireworks</li>
    <li>Flash</li>
</ol>
```

显示效果：
1. **网页设计与制作**
2. **Dreamweaver**
3. **Fireworks**
4. **Flash**

不排序列表(Unordered List)，使用\<ol\>...\</ol\>标签实现，示例如下：

```
示例代码：
<ul>
    <li><strong>网页设计与制作</li>
    <li>Dreamweaver</li>
    <li>Fireworks</li>
    <li>Flash</li>
</ul>
```

显示效果：
1. **网页设计与制作**
2. **Dreamweaver**
3. **Fireworks**
4. **Flash**

定义列表(Definition List)，使用<ol>...</ol>标签实现，示例如下：

<table>
<tr><td>

示例代码：

```
<dl>
    <li>网页设计与制作</li>
    <dt>Dreamweaver</dt>
        <dd>    网页设计软件</dd>
    <dt>Fireworks</dt>
    <dt>Photoshop</dt>
        <dd>    图像处理软件</dd>
    <dt>Flash</dt>
        <dd>    动画制作软件</dd>
</dl>
```

</td><td>

显示效果：

• 网页设计与制作

Dreamweaver

　　　　　网页设计软件

Fireworks

Photoshop

　　　　　图像处理软件

Flash

　　　　　动画制作软件

</td></tr>
</table>

CSS 的列表属性是指 CSS 中专为列表元素设计的属性，并不代表 CSS 的其他设置对列表元素无效。有关列表的设定丰富了列表的外观，见表 4-7。

表 4-7　列表属性

列表属性	描述	示例-说明
list-style	定位方式	语法：**list-style : list-style-image || list-style-position || list-style-type** 　　复合属性。设置列表项目相关内容，对应的脚本特性为 listStyle
list-style-image	标记图像	语法：**list-style-image : none	url (***url***)** 　　设置作为列表项标记的图像，脚本特性 listStyleImage。取值：**none**：　不指定图像；*url*：使用绝对或相对地址指定标记图像。设为 none 或指定图像不可用时，list-style-type 属性将发生作用
list-style-position	标记位置	语法：**list-style-position : outside	inside** 设置列表项标记如何根据文本排列，脚本特性 listStylePosition。取值：**outside**：列表项目标记放置在文本以外，且环绕文本不根据标记对齐；**inside**：列表项目标记放置在文本以内，且环绕文本根据标记对齐
list-style-type	预设标记	语法：**list-style-type : disc	circle	…** 设置列表项所使用的预设标记，脚本特性 **listStyleType**。取值较多，参见表 4-8
marker-offset	标记外间距	语法：**marker-offset : auto	***length*** 　　设置标记容器和主容器之间水平空白。即两个容器靠近的一边的间距。脚本特性 **markerOffset**。取值：**auto**：浏览器自动设置间距；**length**：由浮点数字和单位标识符组成的长度值。可为负值

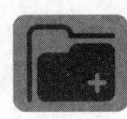

表4-8　list-style-type 取值

取值	意义		取值	意义	
disc	CSS1	实心圆	circle	CSS1	空心圆
square	CSS1	实心方块	decimal	CSS1	阿拉伯数字
lower-roman	CSS1	小写罗马数字	upper-roman	CSS1	大写罗马数字
lower-alpha	CSS1	小写英文字母	upper-alpha	CSS1	大写英文字母
none	CSS1	不使用项目符号	cjk-ideographic	CSS2	浅白的表意数字
armenian	CSS2	传统的亚美尼亚数字	lower-greek	CSS2	基本的希腊小写字母
georgian	CSS2	传统的乔治数字	hebrew	CSS2	传统的希伯莱数字
hiragana	CSS2	日文平假名字符	hiragana-iroha	CSS2	日文平假名序号
katakana	CSS2	日文片假名字符	katakana-iroha	CSS2	日文片假名序号
lower-latin	CSS2	小写拉丁字母	upper-latin	CSS2	大写拉丁字母

示例代码：
```
li{ list-style-type:upper-roman; }
<H2>图像设计软件</H2>
 <OL>
      <LI>Dreamweaver</LI>
      <LI>Fireworks</LI>
      <LI>Flash</LI>
 </OL>
```

显示效果

图像设计软件

```
  I. Dreamweaver
 II. Fireworks
III. Flash
```

4.4.8　鼠标光标属性

在网页中，默认的鼠标指针只有两种，一种是普通的箭头、另一种是当鼠标移动到链接上出现的"小手"。CSS 可以通过 Cursor 属性改变鼠标形状，当鼠标放在该属性修饰的区域上，形状就会发生变化。

语法：**cursor : auto | crosshair | default | hand | move | help | wait | text | w-resize |s-resize | n-resize |e-resize | ne-resize |sw-resize | se-resize | nw-resize |pointer | url (*url*)**

各属性值的意义见表 4-9。

表4-9　鼠标光标属性值

属性值	描述	属性值	描述
auto	系统自动	crosshair	十字准心
default	系统默认	hand	手形
move	可移动对象	help	帮助
wait	等待/沙漏	text	文本/编辑
属性值	描述	属性值	描述
w-resize	向左改变大小	s-resize	向下改变大小
n-resize	向上改变大小	e-resize	向又改变大小
ne-resize	向上右改变大小	sw-resize	向下左改变大小
se-resize	向下右改变大小	nw-resize	向上左改变大小
pointer	显示同 **hand** hand 只有在 IE 下可以看到的 pointer 是 css2 的标准属性	url (*url*)	用户自定义（可用动画） *url*：光标文件地址（注意文件 格式必须为：.cur 或 .ani）

4.4.9 滤镜属性

使用滤镜属性可以把可视化的滤镜效果和转换效果添加到一个标准的 HTML 元素上，如图片、文本以及其他一些对象。滤镜的标识符是 filter。为了使您对它现有一个基本的印象，先来看一下它的语法：

filter：*filtername* (*parameter1, fparameter2...*)

filter 是滤镜属性选择符，使用方法也很简单，和前面将的属性定义没太大差别。滤镜参数请参见表 4-10。

表 4-10 滤镜

列表属性	描述	示例-说明
alpha	透明效果	语法：**alpha(opacity**=*opacity*，**style**=*style*，**finishOpacity**=*finishopacity*，**startX**=*startX*，**startY**=*startY*，**finishX**=*finishX*，**finishY**=*finishY*) 设置透明度。取值：**opacity**：透明度等级，0~100，完全透明到完全不透明；**Style**：透明区域的形状特征，0 代表统一形状，1 代表线形，2 代表放射状，3 代表长方形；**finishopacity**：可选项，0~100，设置结束时的透明度，达到一种渐变效果；**startX** 和 **startY**：代表渐变透明效果的开始坐标；**finishX** 和 **finishY**：代表渐变透明效果的结束坐标
blur	移动效果	语法：**blur(add** = *add*, **direction** = *direction*, **strength** = *strength*) 创建高速度移动效果，即模糊效果。取值：**add**：1 或 0，或使用 true 或 false；**direction**：角度，0~315 度，步长为 45 度；**strength**：效果增长的数值，一般 5 即可
chroma	专用颜色透明	语法：**chroma(color** = *color*) 设定特定的颜色为透明色。取值：**color**：一般使用十六进制颜色值表示的 RGB 颜色值，或使用预置的颜色名，如：red，greeen 等等，接受任何合法的颜色值
dropshadow	阴影效果	语法：**dropshadow** (**color**=*color*，**offx**=*Offx*，**offy**=*offy*，**positive**=*positive*) 为了添加对象的阴影效果。取值：**color**：阴影的颜色；**offx** 和 **offy**：分别 X 方向和 Y 方向阴影的偏移量，必须是整数值；**positive**：True 为任何非透明像素建立投影，False 为透明的像素部分建立可见的投影
flipH	水平翻转	语法：**filter:flipH** 使对象水平翻转
flipV	垂直翻转	语法：**filter:flipV** 使对象垂直翻转
glow	发光效果	语法：**Glow(Color**=*color*, **Strength**=*strength*) 设置对象的发光效果。取值：**Color**：发光颜色，接受任何合法的颜色值；**Strength**：发光强度，0~255
gray	灰度化	语法：**filter:gray** 将图片灰度化

（续表）

列表属性	描述	示例-说明
invert	可视属性翻转	语法：**filter:Invert** 　　将对象的可视化属性全部翻转，包括色彩、饱和度和亮度值，实际上达到的是一种"底片"的效果
light	创建光源	语法：**filter:light** 　　创建光源在对象上
mask	掩膜效果	语法：**mask(color=*color*)** 　　为对象创建一个表面透明掩膜的效果。取值：**color**：接受任何合法的颜色值
shadow	投射阴影	语法：**Shadow(Color=*color*, Direction=*direction*)** 　　为对象在指定的方向上建立投影。参数：**Color**：投影的颜色，#rrggbb 格式；**Direction**：角度，0-315 度。对比一下，Shadow 属性可以在任意角度进行投射阴影，Dropshadow 属性用偏移来定义阴影的
wave	波纹效果	语法：**Wave(Add=*add*, Freq=*freq*, LightStrength=*strength*,** 　　　　　**Phase=*phase*, Strength=*strength*)** 为对象创建波纹效果。取值：**Add**：1 或 0，True 或 False，代表是否按波纹样式打孔；**Freq**：变形值；**LightStrength**：变形百分比，0~100；**Phase**：角度变形百分比，0~100；**Strength**：变形强度，0~100
xray	X 光效果	语法：**filter:Xray** 　　为对象设置 X 光效果，看起来像 X 光片

4.5　CSS 和表格结合

4.5.1　普通用法

对于表格，一般对 table 标签定义外边距、内边距属性。而对单元格则定义其中的字体，图像等的属性。这个实现了最基本的用法，虽然没有显眼的效果，但在网站开发中很实用。

实例代码如下：

```
table { padding: 0px; margin: 0px; }
td { padding: 0px; font-size: 9pt; line-height: 150%}
```

上述代码定义表格的内边距和外边距均为 0；单元格的内边距为 0，字体大小 9pt，行间距 150%，即 1.5 倍行距。

4.5.2　实现彩色边框

本实例实现了一个彩色边框的表格，边框均为虚线，各边的颜色均不相同。
页面头部的 CSS 代码如下：

```
<style type="text/css">
table{ font-size: 14px;}
.tab1 {
    border-top-width: thin;
    border-right-width: thin;
    border-bottom-width: thin;
    border-left-width: thin;
    border-top-style: dotted;
    border-right-style: dotted;
    border-bottom-style: dotted;
    border-left-style: dotted;
    border-top-color: #00CC66;
    border-right-color: #0099CC;
    border-bottom-color: #FF0000;
    border-left-color: #6699FF;
}
</style>
```

主体部分表格的代码：

```
<table  width="230"  border="0"  cellpadding="2"  cellspacing="2"
class="tab1"
    align="center">
    <tr>
        <td><div align="center">中国 asp 之家</div>
        </td>
        <td><div align="center">虚线</div>
        </td>
    </tr>
    <tr>
        <td><div align="center">样式</div>
        </td>
        <td><div align="center">www.dlcom.org</div>
        </td>
    </tr>
</table>
```

页面预览效果如图 4-7 所示。

中国asp之家　　　　　　虚线

样式　　　www.dlcom.org

图 4-7　彩色边框的表格

4.5.3　一个不错的表格样式

本实例实现了一个不错的表格样式。CSS 代码如下：

```
body{background-color:#D5DFE9; /* 页面背景颜色 */}
.datalist{border:1px solid #A2C0DA; /* 表格边框 */
    border-collapse:collapse; /* 边框重叠 */}
.datalist caption{ padding-top:5px;    padding-bottom:5px;    font:bold
1.1em;
    background-color:#d2e8ff;
    border:1px solid #A2C0DA;   /* 表格标题边框 */ }
.datalist th{background:#B0D1FC;border:1px solid white;}
.datalist td{height:50px;background:#CBE2FB;border:1px  solid  white;
vertical-align:top;}
.datalist tr th.line1{background:#D3E5FD;}
.datalist tr th.line4{background:#C6C6C6;}
.datalist tr td.line4{background:#D5D6D8;}
    .datalist  tr  th.left{height:50px;background:  #DFEDFF;border:1px
solid white;
    vertical-align:top;}
```

主体部分代码如下：

```
<table width="590" cellspacing="1" class="datalist">
    <caption>
        年度收入 2004 - 2007
    </caption>
    <tr>
        <th class="line1" scope="col"></th>
        <th scope="col">2004</th>
        <th scope="col">2005</th>
        <th class="line4" scope="col">More</th>
    </tr>
    <tr>
        <th height="78" class="left">销售</th>
```

```
            <td>27,100</td>
            <td>28,400</td>
            <td class="line4"></td>
        </tr>
    </table>
```

页面预览效果如图 4-8 所示。

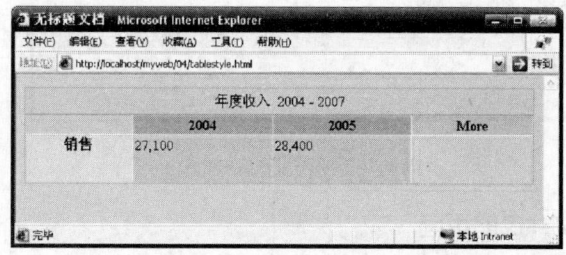

图 4-8　表格样式示例

4.6　CSS 和层结合

4.6.1　CSS 对层的基本控制

　　层元素必须结合 CSS 样式才能体现其强大的功能。首先以一个简单的实例来学习 CSS 样式表对层元素的基本控制。作为 CSS 和层结合的入门实例，也展示了层作为布局元素的灵活性，层元素既可以实现相对定位，也可以互相覆盖。

　　CSS 代码如下：

```
body{ margin:15px; font-family:Arial; font-size:12px;}
.father{ background-color:#fffea6; border:1px solid #111111;
padding:25px;                /* 父块的 padding */ }
.son1{ padding:10px;          /* 子块 son1 的 padding */
margin:5px;                   /* 子块 son1 的 margin */
background-color:#70baff; border:1px dashed #111111;
float:left;                   /* 块 son1 左浮动 */   }
.son2{padding:5px;   margin:0px; background-color:#ffd270; border:1px
dashed #111111; }
```

　　主体部分代码如下：

```
<div class="father">
    <div class="son1">浮动层一</div>
    <div class="son2">浮动层二</div>
</div>
```

页面预览效果如图 4-9 所示。

图 4—9   CSS 对层的基本控制

4.6.2   实现一个图文并茂的页面

本实例用到了 CSS 多方面的知识，其中：body 是是个重定义标签的 CSS 样式，定义了页面的整体样式和背景颜色； #title、#content 作为 id 选择符的 CSS 样式，和 div 结合在一起，定义了标题部分和内容部分的样式；img 是重定义标签的 CSS 样式，使用了透明滤镜。

CSS 代码如下：

```
body{ padding:0px; margin:0px; background-color:#FFFF99;  /* 设置背景
颜色*/}
#title{ font-size:19px;                /* 字号 */
 font-weight:bold;            /* 粗体 */
 text-align:center;             /* 居中 */
 padding:15px;              /* 间距 */
 background-color:#CBE2FB;  /* 背景色 */
 border:1px solid #FFFF00;        /* 边框 */
 }
#content{ padding:6px;            /* 间距 */
 font-size:13px;             /* 字号 */
 line-height:130%;           /* 行间距 */
 }
img{ float:left;              /* 图文混排 */
 filter: alpha(opacity=100,finishopacity=5,style=2);    /* 渐 变 效 果
*/ }
```

主体部分代码如下：

```
<div id="title">CSS 简介</div>
<div id="content">
```

```
<img src="resfile/bike.jpg" border="0">
```

　　CSS (Cascading Style Sheet)，中文译为层叠样式表，是用于控制网页样式并允许将样式信息与网页内容分离的一种标记性语言。CSS 是 1996 年由 W3C 审核通过，并且推荐使用的。简单的说 CSS 的引入就是为了使得 HTML 能够更好的适应页面的美工设计。它以 HTML 为基础，提供了丰富的格式化功能，如字体、颜色、背景、整体排版等等，并且网页设计者可以针对各种可视化浏览器设置不同的样式风格，包括显示器、打印机、打字机、投影仪、PDA 等等。CSS 的引入随即引发了网页设计的一个又一个新高潮，使用 CSS 设计的优秀页面层出不穷。

```
</div>
```

页面预览效果如图 4-10 所示。

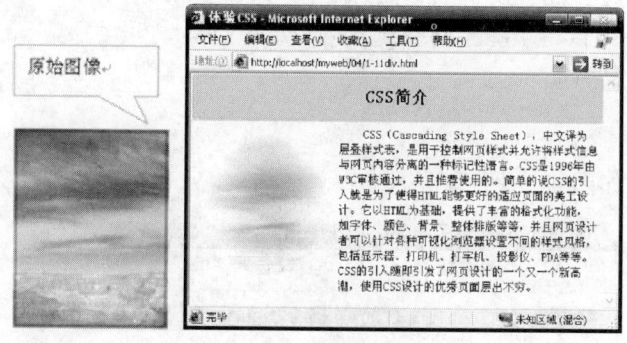

图 4-10　图文并茂的页面

4.7　CSS 和列表标签结合

4.7.1　实现横向菜单

　　列表标签在页面上并不是只能实现简单的列表。配合 CSS，还可以实现丰富多样的效果。本例实现了一个横向菜单，当鼠标移到菜单项上时，会自动切换其背景。
　　CSS 代码如下：

```
.test{ font-size: 12px; }
.test ul{list-style:none;}   /*清除列表的默认显示样式*/
.test li{float:left;          /*使列表变为横向*/
    width:100px;      /*指定宽度*/
    background:#313031;margin-left:3px;line-height:30px;}
.test a{display:block;  /*以块级元素显示*/
        text-align:center;  height:30px;}
.test a:link{color:white;background:#313031;text-decoration:none;}
.test a:visited{color:#666;text-decoration:underline;}
```

```
.test a:hover{color:#FFF; font-weight:bold;background:#60A179;text-decor-
ation:none;}
```

主体部分代码如下:

```
<div class="test">
    <ul>
        <li>    <a href="#">首页</a></li>
        <li><a href="#">产品介绍</a></li>
        <li><a href="#">服务介绍</a></li>
        <li><a href="#">技术支持</a></li>
        <li><a href="#">立刻购买</a></li>
        <li><a href="#">联系我们</a></li>
    </ul>
</div>
```

页面预览效果如图 4-11 所示。

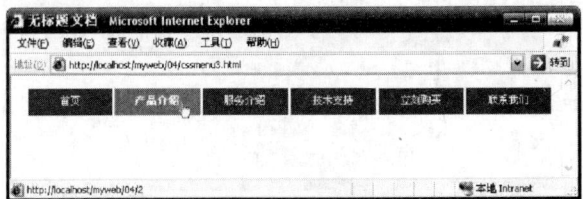

图 4-11　横向菜单效果

4.7.2　实现标签样式

本实例在页面上实现了一个包含选项标签组。每个标签对应一个页面,同页面的当前标签不同,以表示哪个标签是当前选项。

CSS 代码如下:

```
#leftpic{ width:160px; float:left;   padding-right:15px;  }  /*id 选择符*/
#leftpic a:link, #leftpic a:visited{color:#006eb3; text-decoration:-
none;}/*选择符组合定义*/
#leftpic a:hover{  color:#000000;   text-decoration:underline;       }
/*CSS 选择符*/
img{ border:1px solid #0066b0;  margin-bottom:5px;  }  /*重定义 img 标签的
CSS*/
ul#list{ list-style-type:none;  margin:0px;  padding:5px 0px 5px 2px; }
/*ul 的 id 选择符*/
ul#list li{ line-height:18px;  }   /*重定义 ul 的 id 选择符内的 li 标签*/
```

```
ul#list li a:link{ color:#000000; text-decoration:none; }
ul#list li a:visited{ color:#333333; text-decoration:none; }
ul#list li a:hover{ color:#006eb3; text-decoration:underline; }
```

主体部分代码如下：

```
<ul id="tabnav">
<li class="home"><a href="home.html">首页</a></li>
<li class="news"><a href="news.html">新闻</a></li>
<li class="sports"><a href="sports.html">体育</a></li>
<li class="music"><a href="music.html">音乐</a></li>
<li class="nextstation"><a href="nextstation.html">下一站</a></li>
<li class="blog"><a href="blog.html">博客</a></li>
</ul>
<div id="content">
<span id="leftpic">
<a href="#"><img src="../08olli/res/pic1.jpg"><br>
    <center>追忆往事，展望未来</center></a>
</span>
<ul id="list">
    <li><a href="#">[首页] 追忆往事，展望未来。新年寄语</a></li>
    <li><a href="#">[新闻] 每年五一、十一长假，很多人不愿出门</a></li>
    <li><a href="#">[新闻] 清华大学电子系研制成功新一代...</a></li>
    <li><a href="#">[体育] 奥运火炬接力火热进行</a></li>
    <li><a href="#">[音乐] 网民调查，你最喜欢的音乐类型</a></li>
    <li><a href="#">[博客] 自由博客新版正式发布，网友...</a></li>
</ul>
</div>
```

页面预览效果如图 4-12 所示。

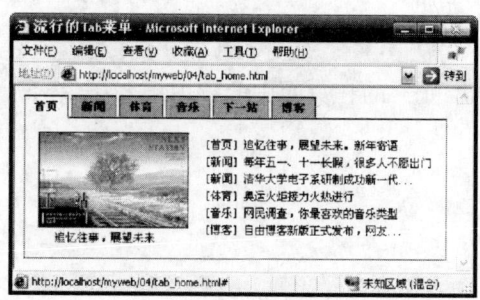

图 4-12　CSS+UL 实现的页面标签

习 题 4

【单选题】

4.1 在 Dreamweaver MX 中，下面关于 CSS 文件的位置的说法错误的是（ ）。

A．CSS 可以位于网站的任何根目录位置

B．只要在链接时能正确指出，无论在什么地方都可以

C．一定要在网站的根目录下

D．CSS 可以位于网站的任何位置

4.2 在 Dreamweaver MX 中，下面关于 CSS 语法的说法错误的是（ ）。

A．CSS 定义一般是由标签、大括号构成

B．CSS 语法中的大括号中放置此标签的属性

C．一般用"标签属性：属性数值"来表示 CSS 语法格式

D．CSS 语法格式中有几个不同的属性，中间用逗号隔开

4.3 在 Dreamweaver MX 中，下面关于 CSS 语法的颜色的表达方式说法错误的是
（ ）。

A．在颜色属性中有时可以用关键字，例如 red

B．有时用十一进制数值，如#000000

C．还可以用（RRR，GGG，BBB），例如黄色是：（255，255，0）

D．可以用（R%，G%，B%）

4.4 CSS 的全称是（ ）。

A．Cascading Sheet Style　　　　　　B．Cascading System Sheet

C．Cascading Style Sheet

4.5 如果要为网页链接一个外部样式文件，应使用以下（ ）标记符。

A．A　　　　B．LINK　　　　　　C．STYLE　　　　　D．CSS

【简答题】

4.6 什么是 CSS？它有哪些优点？

4.7 简述 CSS 的基本类型。

4.8 简述 CSS 的基本写法。

4.9 结合 CSS，简述层元素的在页面中的应用。

第5章　网页布局设计

设计网页不仅仅是把相关的内容放到网页中就行了，它还要求网页设计者能够把这些内容合理安排，给浏览者以赏心悦目的感觉，这样才能达到内容与形式的完美结合，增强网站的吸引力。网页布局的实现在技术上常用两种方式：第一种是使用表格控制页面布局，这种方式简单直观，适合网页设计的入门者使用。第二种是使用层控制页面布局，层元素的使用比较灵活，但使用起来有一定难度。目前使用层控制页面布局的网站越来越多。

5.1　使用表格设计布局

首先讲述一下 Dreamweaver 为页面布局所提供的工具。在 Dreamweaver 中，可以使用插入工具栏绘制简单的页面布局。如果插入工具栏还没有打开，可以在菜单栏选择"窗口—插入"命名，打开插入工具栏。

使用插入工具栏绘制页面布局的步骤简述如下：

（1）将插入工具栏选择为"布局"，在"标准"布局模式下，选择"表格"按钮，弹出"表格"对话框。在对话框上输入表格参数，注意将"边框粗细"、"单元格边距"、"单元格间距"设置为 0。这样表格只起到控制页面布局的作用，而在浏览器中并不显示。如图 5-1 所示，完成后单击"确定"按钮。

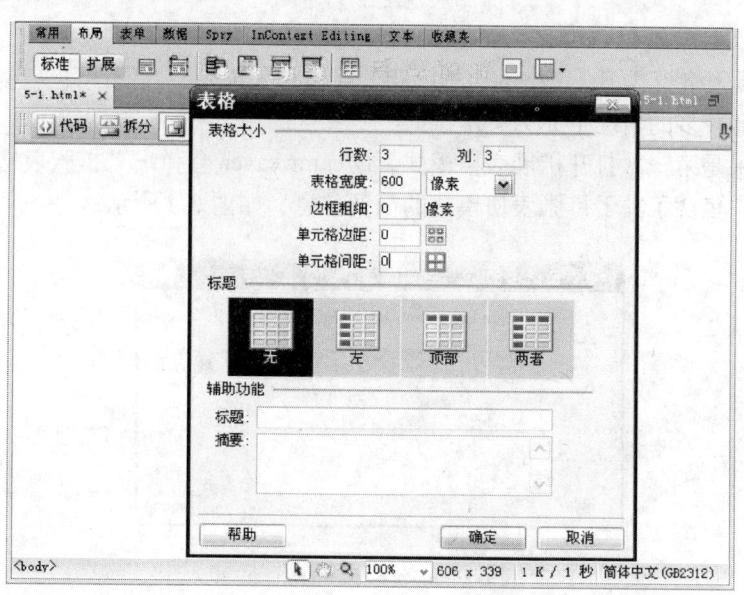

图 5-1　"插入"工具栏

（2）插入表格后的显示如图 5-2 所示。Dreamweaver 将表格用虚线显示，是为了设计使用，在浏览器内并不显示。

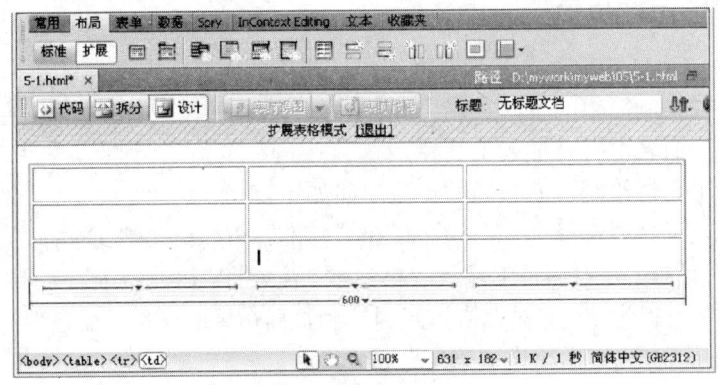

图 5-2 插入布局表格

(3) 单击"扩展"按钮，查看表格在扩展表格模式下显示，如图 5-3 所示。

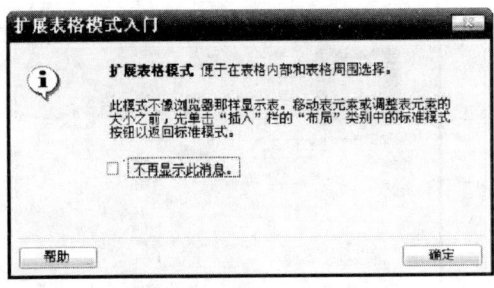

图 5-3 展表格模式的显示效果

注：扩展表格模式下，表格的边框间距等属性增大显示，方便设计者选择表格中的元素。在嵌套较多的情况下尤为有用。

(4) 如果是第一次打开扩展表格模式，Dreamweaver 会弹出"扩张表格模式入门"对话框，其中包含了关于扩张表格模式的简要信息，如图 5-4 所示。

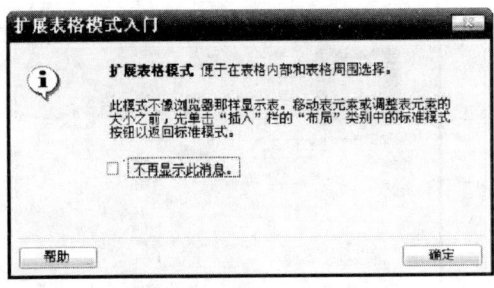

图 5-4 第一次绘制布局提示信息

(5) 绘制完成后，从文档工具栏"设计"切换到"代码"选项，查看生成的代码如下。

```
<table width="600" border="0" cellspacing="0" cellpadding="0">
  <tr>
    <td> </td>
```

```
      <td> </td>
      <td> </td>
    </tr>
    <tr>
      <td> </td>
      <td> </td>
      <td> </td>
    </tr>
    <tr>
      <td> </td>
      <td> </td>
      <td> </td>
    </tr>
  </table>
```

在 Dreamweaver 的布局模式下绘制页面布局，只能绘制页面布局的粗略结构。对于较为细致的页面布局，就显得心有余而力不足，还是要手工写一些布局代码。这样就会涉及布局表格的嵌套。这时候也就暴露出表格布局方式的缺点了：

（1）设计复杂的布局，需要写的代码也很烦琐。

（2）表格嵌套层次太多，造成页面浏览速度下降。

为了加深对表格布局方式的学习体会，请读者试着用表格布局方式实现如图 5-5 所示页面布局。

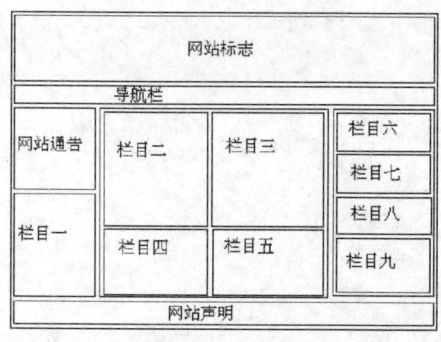

图 5-5　页面布局设计

5.2　使用层设计布局

随着 Web2.0 标准化设计理念的普及，国内很多大型门户网站已经纷纷采用 DIV+CSS 制作方法，从实际应用情况来看，此种方法绝对好于表格制作页面的方法。这是一种更好的、更有亲和力的、更灵活的，而且功能更强大的网站设计方法——DIV+CSS。

相对于表格布局来说，使用层布局代码量要小，因而使得页面的载入更快。层将页面分割成若干独立的区域，打开页面的时候逐层加载，逐块显示。更重要的是因为 CSS 样式可以独立到 CSS 文件中，使得正文部分更为突出，可以更好的被搜索引擎收录。

不过相对来说，使用层进行布局比用表格难度要大一些。如何将 DIV+CSS 运用得更好，这需要大家通过不断的实践和体验，积累丰富的设计经验，才能很好的掌握这门技术。

对于 DIV+CSS 的网页来说，嵌套两层以上的 DIV 是很常见的，DIV 布局时需要嵌套的层数要远远少于表格，这也决定了这类网页在被搜索引擎搜索时的优势——快而全。

我们以图 5-5 所示的布局为例来讲解用层实现页面布局的方法。下面我们步步为营，一部分一部分的来实现其布局。步骤如下：

（1）定义全局 CSS 样式。新建一个页面，在页面的头部内输入一下代码：

```
<style type="text/css">
div{  /*为表格定义边框，以展示页面布局*/
    border:#000000 1px solid;
}
</style>
```

这个样式为层定义了一个边框，这是为了方便我们查看布局结构。

（2）为了实现整个页面的布局，使用一个层作为总的容器；在容器内首先实现"网站标志"和导航栏布局，在页面的主体内输入以下代码：

```
<div style="width:600px"><!-- 布局容器 -->
    <div style="width:600px; line-height: 60px;">
        网站标志
    </div>
    <div style="width: 600px; line-height: 20px">
        导航栏
    </div>
</div>
```

页面预览效果如图 5-6 所示。

图 5-6　实现网站标志和导航栏布局

（3）图 5-5 布局的中间内容部分，首先将其划分出三个列，在导航栏布局层的下面输入布局代码，如下所示：

```
<div style="width:600px"><!-- 布局容器 -->
```

102

```
… … <!-- 网站标志和导航栏布局 -->
<div style="width: 600px; line-height:300px;"><!-- 内容部分容器 -->
    <div style="width:150px; float: left"><!-- 左侧容器-->
         
    </div>
    <div style="width:294px; float: left"><!-- 中间容器-->
         
    </div>
    <div style="width:150px; float: left"><!-- 右侧容器-->
         
    </div>
</div>
</div>
```

在中间容器的层中，宽度减小了 6 个像素，这是因为样式中定义各个层的边框都是 1，三个层的边框在水平方向上占 6 个像素的宽度。页面预览效果如图 5-7 所示。

网站标志		
导航栏		

图 5-7 实现中间内容布局容器

（4）分别为左侧容器，中间容器，右侧容器加入各部分内容，代码如下：

```
<div style="width:600px"><!-- 布局容器 -->
    … … <!-- 网站标志和导航栏布局 -->
    <div style="width: 600px;"><!-- 内容部分容器 -->
        <div style="width:150px; float: left"><!-- 左侧容器-->
            <div style="width: 148px; line-height: 100px;">网站通告</div>
            <div style="width: 148px; line-height: 200px;">    栏 目 一
</div>
        </div>
        <div style="width:294px; float: left"><!-- 中间容器-->
            <div style="float:left; width: 145px; line-height: 180px;">
```

103

```
        栏目二
    </div>
    <div style="float:left;width: 145px; line-height: 180px;">
        栏目三
    </div>
    <div style="float:left;width: 145px; line-height: 120px;">
        栏目四
    </div>
    <div style="float:left;width: 145px; line-height: 120px;">
        栏目五
    </div>
</div>
<div style="width:150px; float: left"><!-- 右侧容器-->
    <div style="width: 148px; line-height: 74px;">栏目六</div>
    <div style="width: 148px; line-height: 74px;">栏目七</div>
    <div style="width: 148px; line-height: 74px;">栏目八</div>
    <div style="width: 148px; line-height: 74px;">栏目九</div>
</div>
    </div>
</div>
```

现在页面的预览效果如图 5-8 所示。

图 5-8　内容页的布局显示

(5) 添加网站声明部分的布局，在内容部分容器的下面输入代码，如下：

```
<div style="width:600px"><!-- 布局容器 -->
    … …  <!-- 网站标志、导航栏布局 和 内容部分容器-->
```

```
<div style="width:600px; line-height: 60px;">
    网站声明
</div>
</div>
```

页面预览效果如图 5-9 所示。

网站标志
导航栏

图 5-9　整体的页面布局

（6）最后可以将层代码进一步整理，将 CSS 样式独立出来，则完整页面代码如下：

```
<html><head><title>实现页面布局</title>
    <style type="text/css">
        div{                           /*为表格定义边框，以展示页面布局*/
            border:#000000 1px solid;  text-align:center;
        }
        #banner{ width:600px; line-height: 60px;
        }
        #nav{ width: 600px; line-height: 20px;
        }
        #conContainer{ width: 600px;
        }
        #leftContainer{ width:150px; float: left;
        }
        #left1{ width: 148px; line-height: 100px;
        }
        #left2{ width: 148px; line-height: 200px;
```

```
          }
          #cenContainer{  width:294px; float: left;
          }
          .center1 {  float:left; width: 145px; line-height: 180px;
          }
          .center2 {  float:left; width: 145px; line-height: 120px;
          }
          #rightContainer{ width:150px; float: left;
          }
          .rightItem{ width: 148px; line-height: 74px;
          }
          #bottom{ width:600px; line-height: 60px;
          }
     </style>
</head><body>
     <div style="width:600px"><!-- 布局容器 -->
          <div id="banner"> 网站标志 </div>
          <div id="nav">  导航栏 </div>
          <div id="conContainer"><!-- 内容部分容器 -->
               <div id="leftContainer"><!-- 左侧容器-->
                    <div id="left1">网站通告</div>
                    <div id="left2">栏目一</div>
               </div>
               <div style="width:294px; float: left"><!-- 中间容器-->
                    <div class="center1">栏目二</div>
                    <div class="center1">栏目三</div>
                    <div class="center2">栏目四</div>
                    <div class="center2">栏目五</div>
               </div>
               <div id="rightContainer"><!-- 右侧容器-->
                    <div class="rightItem">栏目六</div>
                    <div class="rightItem">栏目七</div>
                    <div class="rightItem">栏目八</div>
                    <div class="rightItem">栏目九</div>
               </div>
          </div>
          <div id="bottom">网站声明</div>
```

```
    </div>
</body></html>
```

如果您试着用表格实现同样的布局，就会体会到用层做页面布局，代码是多么的简洁。读者可以进一步将上述代码中的 CSS 样式代码转移到外部 CSS 文件中，保存为：layout.css，然后使用以下语句引入：

```
<link href="layout.css" type="text/css" rel="stylesheet">
```

5.3 使用框架集

框架技术可以将浏览器窗口分割为几个独立的区域，每个区域都可独立加载不同的页面。定义一组框架结构的 HTML 页面，称为框架集。框架集页面内只包含框架集的定义，不包含其他 HTML 页面元素。

在框架集页面中，使用<frameset>标记定义一个框架集，使用<frame>标记定义其中的一个框架。框架集页面只记录框架如何分割，<body>标记在框架页面内会被忽略，其中即使有内容也不会被显示。

5.3.1 创建框架集

创建框架集的步骤如下：

（1）启动 Dreamweaver，在菜单栏选择"文件—新建"命令，打开新建文档对话框。在最左侧选择"示例中的叶"，在"示例文件夹"列表选择"框架页"，在"示例页"列表选择"上方固定"，如图 5-10 所示。完成后点"创建"按钮。

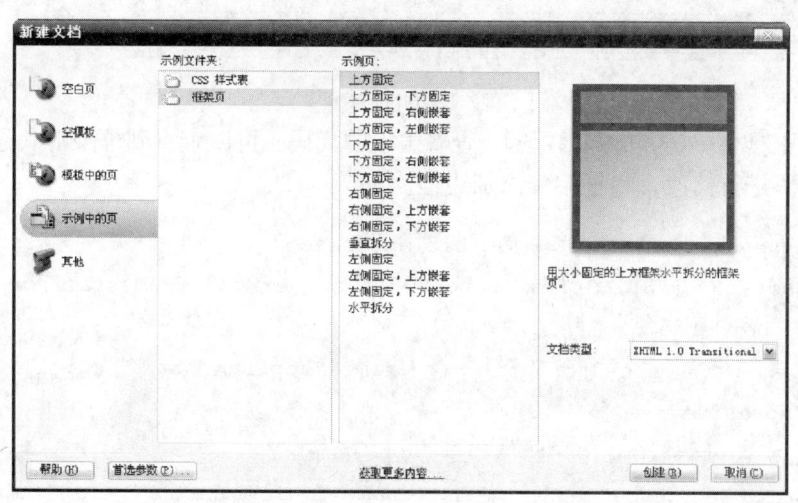

图 5-10 创建框架页

（2）Dreamweaver 弹出"框架标签辅助功能属性"对话框，提示为每个框架输入一个标题。在"框架"下拉列表可以选择要设置标题的框架，在"标题"输入框输入框架标题。如图 5-11 所示，完成后单击"确定"按钮。

107

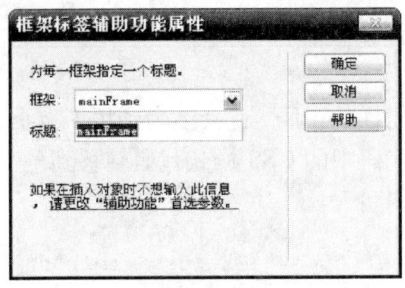

图 5-11　为框架设置标题

（3）Dreamweaver 将按以上设置参数创建框架，文档窗口如图 5-12 所示。框架集在设计视图下以一定宽度的边框显示，其实 Dreamweaver 创建的框架集边框宽度默认为 0，因此在浏览器中是不显示的。

图 5-12　创建框架

在文档工具栏单击"代码"标签，查看生成的代码，可以查看到框架源代码，可按如下对源代码进行修改，为框架集添加边框。

```
<html><head><title>框架集页面</title></head>
<frameset rows="80,*" frameborder="1" border="6" framespacing="5"
        bordercolor="#A1C7F9">
    <frame    src="top.htm"    name="topFrame"    scrolling="No"
noresize="noresize"
            id="topFrame" title="topFrame" />
    <frame    src="main.htm"    name="mainFrame"    id="mainFrame"
title="mainFrame" />
    </frameset>
<noframes><body></body></noframes>
</html>
```

主要代码意义如下：

frameset：创建框架集。

rows：定义框架集为两行（上下式），"80,*"标识顶端框架高度 80px，底端高度任意。

frameborder：指定框架边框是否显示三维效果。Yes 或 1 表示显示三维边框，no 或 0 表示显示平面边框。

border：指定边框的宽度（以像素为单位）。

framespacing：指定框架与框架之间的空白距离

frame：创建框架。

src：该框架指向的源文件。

name：为框架指定一个名字，对链接有用。

scrolling：指定该框架不使用滚动条。

5.3.2 在框架中使用链接

为下面框架出创建两个内容页：con1.htm，con2.htm。在其中加一些内容加以区分，可以分别是"内容页一"、"内容页二"，只要能区别两个内容页就可以了。

为顶端框架创建页面 top.htm，在其中添加两个链接，如图 5-13 所示。

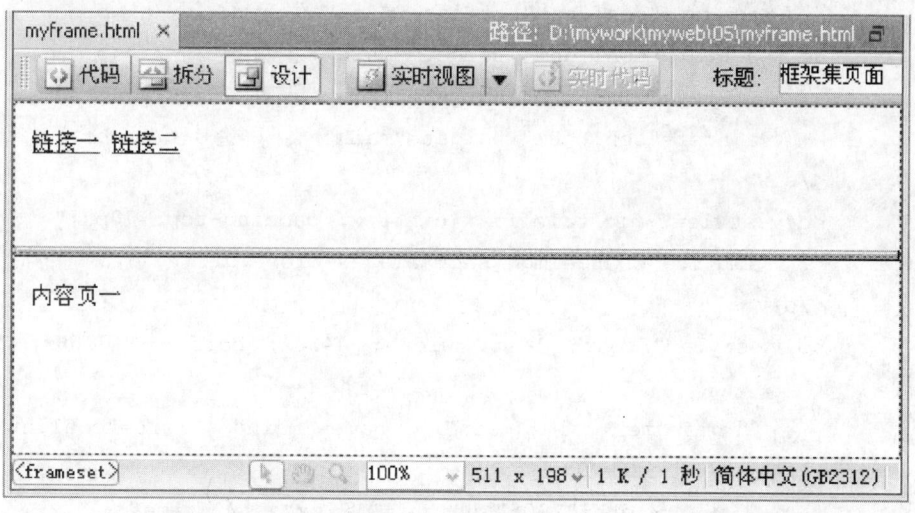

图 5-13 创建框架页

注意为 top.htm 页面中的两个链接设置目标（target）属性为 mainFrame，这样实现的效果是点这两个链接的时候，下面框架的内容页切换了。而上面框架的内容不变。链接的代码如下：

```
<a href="con1.htm" target="mainFrame">链接一</a>
<a href="con2.htm" target="mainFrame">链接二</a>
```

设计完成后，按 F12 键，在浏览器中预览运行的效果。

5.3.3 使用内联框架<iframe>

从上面的讲述可以看到，使用框架需要有一个单独的框架页文件。框架将整个浏览器客户区分割为若干区域。而 iframe 又叫内联框架，是直接嵌入在一个 html 文件中，与这个 HTML 文件内容相互融合，成为一个整体。在脚本语言与对象层次中，包含 Iframe 的窗口我们称之为父窗体，而内联框架则称为子窗体，弄清这两者的关系很重要，因为要进行父子窗口的互相访问，必须清楚窗口层次关系

一个内联框架的实例如下所示：

```html
<html><head><title>内联框架 iframe 示例</title></head>
 <body style="text-align:left;" bgcolor="#aaccee" >
    <div style="width: 600px; text-align:left;"> <!-- 容器层 -->
        <div style="float:left; width: 145px; border: #0066FF 1px solid;
                    font-size:      12px;     line-height:     26px;
                text-align:center;">
            <a href="con1.htm" target="main">私 人 收 藏</a><br>
            <a href="con1.htm" target="main">论 坛 首 页</a><br>
            <a href="con1.htm" target="main">职 场 白 领 </a><br>
            <a href="con1.htm" target="main">生 活 休 闲</a><br>
            <a href="con1.htm" target="main">鬼 话 连 篇</a><br>
            <a href="con1.htm" target="main">星 座 奇 缘</a><br>
            <a href="con1.htm" target="main">娱 乐 论 坛</a><br>
        </div>
        <div style=" float:left; width:8px; padding-top: 70px;">
            <img id="changeimg" src="images/close.gif">
        </div>
        <div style="float: left; width: 440px; border: #0066ff 1px
solid;">
            <iframe    id="main"     name="main"     src="con1.html"
            frameborder="0"
                width="100%" height="182px"> </iframe>
                <!-- 内联框架，指向内容页面 -->
        </div>
        <div class="clear"></div>
    </div>
 </body>
</html>
```

页面预览效果如图 5-14 所示。

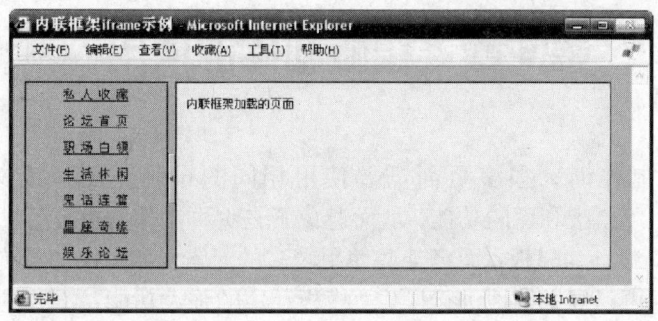

图 5-14　内联框架 iframe 示例

其中内联框架语句是：

```
<iframe   id="main"   name="main"   src="con1.html"   frameborder="0"
width="100%"
    height="182px">
</iframe>
```

主要参数意义如下：

iframe：开始一个内联框架。

id：页面内对象的 id 标识符。

name：为内联框架指定一个名字，对链接有用。

src：该内联框架指向的源文件。

frameborder：使用 1 表示显示边框，0 则不显示。（可以是 yes 或 no）。

width：为内联框架指定高度，以像素为单位。

height：为内联框架指定告诉，以像素为单位。

5.4　本章小结

设计页面布局是构建页面的重要一环。布局设计合理，可以使得页面美观大方。本章以实例为线索，首先讲解了表格和层在作为布局元素时的特点和应用。其中 DIV+CSS 是当前网站的主要布局方式。然后讲解了框架集和内联框架在页面设计中的特点和应用。

习 题 5

【简单题】

5.1　简述布局表格的绘制方法。

5.2　布局表格的特点是什么？

5.3　简述用层设计页面布局的方法。

5.4　层作为布局元素时的特点是什么？

5.5　简述框架集和内联框架的异同点。

111

第6章 模板和库的使用

在进行网站制作时，很多页面需要使用相同的布局、图片或文字等元素。Dreamweaver 提供了模板和库的功能，从而避免了一页页制作的重复劳动。可以将一些使用率较高的布局设计为模板；而将某些使用较多的元素（如图像、导航条）制作成库项目，通过库面板可以很方便地进行操作；模板和库的强大功能，还体现在网站的后期维护上，如页面布局和多页面相同内容的调整，使用模板和库都能快速更新到所有页面。

6.1 模板的创建和使用

6.1.1 创建模板页

首先我们在 Dreamweaver 里创建一个模板页。操作步骤如下：

（1）在菜单栏选择"文件—新建"命令，打开"新建文档"对话框。选择"空白页"，在"页面类型"列表框内选择"HTML 模板"，然后在"布局"列表框内选择"无"，如图 6-1 所示。完成后点击"创建"按钮。

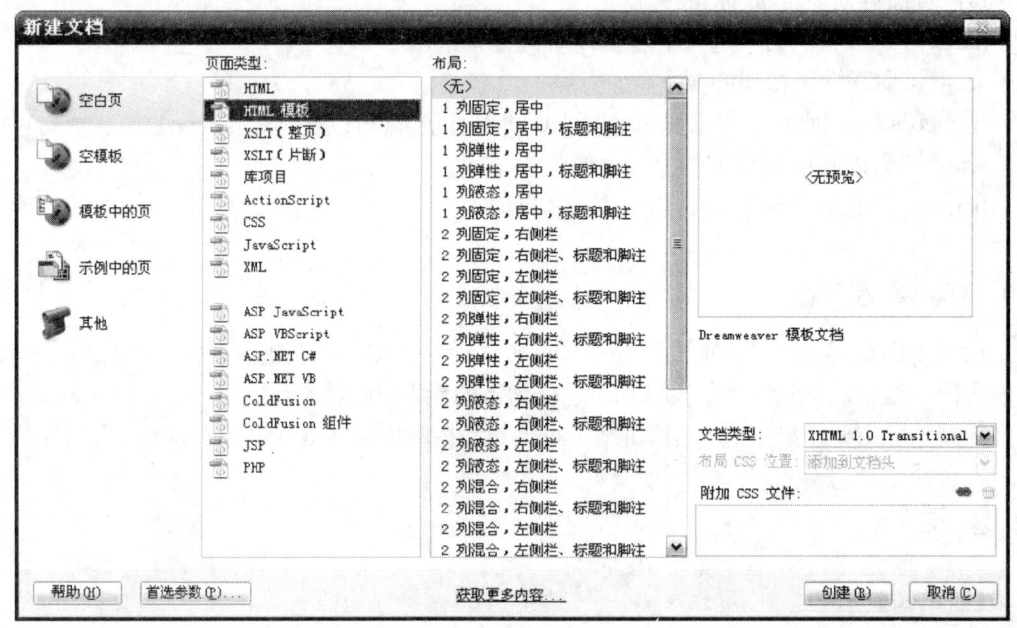

图 6-1　新建文档对话框

（2）Dreamweaver 就创建了一个空白模板页，如图 6-2 所示。

（3）在菜单栏选择"文件—保存"命令，因为还没有在模板中添加任何内容，会提示还没有设置可编辑区域，如图 6-3 所示。选择"不在警告我"选项可以确保以后不出现该提示框，然后单击"确定"按钮。

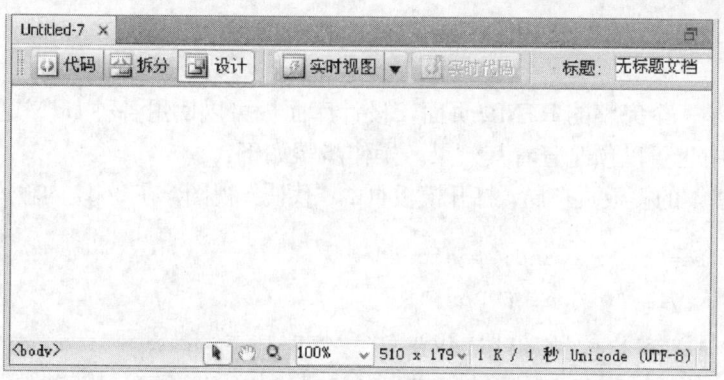

图6-2 新建的空白模板

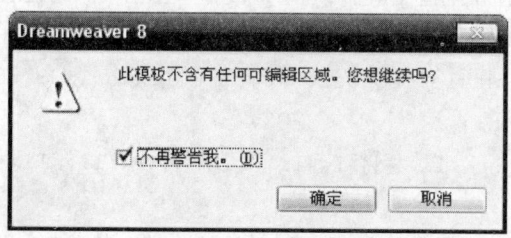

图6-3 保存模板提示

（4）Dreamweaver 弹出"另存为模板"对话框，在"另存为"处输入保存的模板名称"firstTemp"，如图6-4所示。然后单击"保存"按钮。

注：该对话框中，还可以使用站点下拉列表将模板保存到其他站点，默认为当前站点。

Dreamweaver 在站点下新建一名为"Templates"的目录，并在该目录下存储站点使用的模板，如图6-5所示。Dreamweaver 就是使用该目录来保存管理站点中的模板页。同时也说明，这个目录是系统目录，如果没有特殊需要，自己网站的目录不要和这个目录冲突。

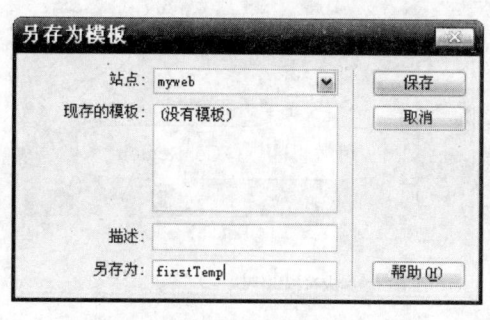

图6-4 另存为模板对话框

图6-5 模板页的保存目录

对于现有的普通 html 页面，也可以在菜单栏选择"文件—另存为模板"命令，将普通页面保存为模板。

6.1.2 模板页设计

模板页面是一个完整的 HTML 页面，设计库面板可以使用各种 HTML 页面元素，在设计的过程中也可以预览查看其效果。操作步骤如下：

(1) 设计基本的模板页布局，打开模板页的"代码"视图，在 body 内输入一下代码：

```
<body style="background: #aaccee">
    <div style="width: 600px;">
        <div style="width: 200px; float:left;">
            <div style="background: #F8763D; border: #0066FF 1px solid;
                line-height: 26px; text-align: center;">栏目标题
            </div>
            <div style="border: #0066FF 1px solid; text-align:left">
                <ul>
                    <li>栏目 1</li><li>栏目 2</li><li>栏目 3</li><li>栏目 4</li>
                </ul>
            </div>
        </div>
        <div style="width: 400px; float:left; text-align:left">  </div>
    </div>
</body>
```

(2) 返回设计视图，将光标移到合适的位置，在菜单中选择"插入—模板对象—可编辑区域"命令，弹出"新建可编辑区域"对话框，输入可编辑区域的名字，如图 6-6 所示，输入完成后点"确定"按钮。

(3) 插入可编辑区域后，页面如图 6-7 所示。

图 6-6 新建可编辑区域

图 6-7 插入可编辑区域

6.1.3 模板页的实现原理

在模板页插入可编辑区域后，打开"代码"视图，可看到以下代码：

```
<div style="width: 400px; float:left; text-align:left">
```

```
<!-- TemplateBeginEditable name="ConRegion" -->
<!-- TemplateEndEditable -->
</div>
```

这就是 Dreamweaver 中模板页的实现原理，Dreamweaver 利用了 HTML 的注释标签，以 TemplateBeginEditable 作为其专用的关键词标识一个可编辑区域，name 属性指定该可编辑区域在当前模板中的唯一名称。模板页的这种实现方法对浏览器来讲没有任何影响，因为注释标签内的语句会被浏览器忽略。

再看模板页的头部区域，会看到如下代码：

```
<meta http-equiv="Content-Type" content="text/html; charset=gb2312" />
<!-- TemplateBeginEditable name="doctitle" -->
<title>无标题文档</title>
<!-- TemplateEndEditable -->
<!-- TemplateBeginEditable name="head" -->
<!-- TemplateEndEditable -->
```

原来一个空白的模板页就已经有两个默认的可编辑区域了。按其名字的意义，可编辑区域 doctitle 内可以只放置文档标题，而可编辑区域 head 内可放置页面头部的其他标记。不过这只是 Dreamweaver 默认的习惯性设置，我们可以将这两个任意删除一个，再将所有可编辑内容都放入其中即可。

默认的可编辑区域因为没有尺寸参数的约束，显示的非常小，设计模板页的时候感觉也不美观，我们在模板页中输入一些内容，代码如下：

```
<!-- TemplateBeginEditable name="ConRegion" -->
    <div style="width: 400px">
        <p> </p><p>模板测试内容</p><p>  </p>
    </div>
<!-- TemplateEndEditable -->
```

返回设计视图，现在设计视图显示如图 6-8 所示。

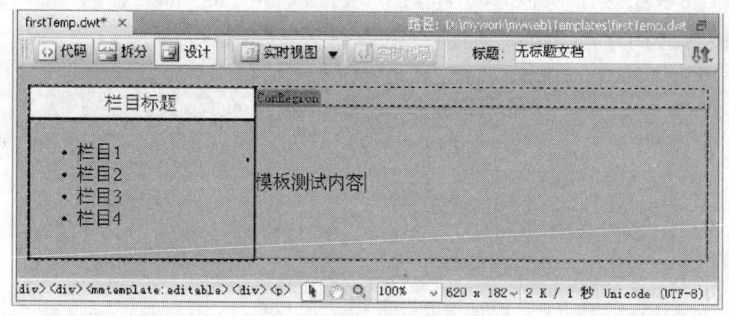

图 6-8　插入内容后的模板显示

可以看到，可编辑区域看上去美观多了。

6.1.4 将模板应用于页面

将模板应用于页面，一般的情况下要保证页面是空的或新创建的，即没有输入任何内容。因为一个应用了模板的页面，页面所有的内容都将受模板的控制。应用模板的步骤如下：

（1）在站点下新建一个 news 目录，新建一基本 HTML 页面，存储到 news 目录下，文件名为 new_1.htm，如图 6-9 所示。

图 6-9 新建空白页面

（2）在菜单栏选择"窗口—资源"命令，打开资源面板，选择"模板"选项卡，如果模板也在列表中未显示，可单击"刷新站点列表"工具，如图 6-10 所示。

图 6-10 资源面板模板选项卡

（3）在模板列表中选中模板 firstTemp，按住鼠标左键，拖拽到新页面设计视图，松开鼠标，将模板应用于新页面，则新页的设计视图如图 6-11 所示。

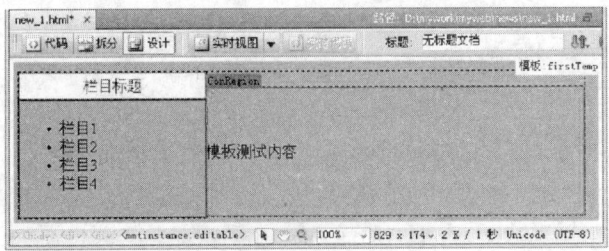

图 6-11 应用模板的新页面

在图 6-11 所示视图的右上角，显示的是该页面应用的模板名称。是为了设计者查看模板而显示的，在浏览器内不会显示。可以发现，无论是使用设计视图，还是代码视图，Dreamweaver 不允许修改可编辑区域以外的内容。这可以有效地防止误修改。

（4）在已经创建了多个页面后，改动模板文件。如增加栏目数量，如图 6-12 所示。

（5）然后保存模板，弹出"更新模板文件"对话框，如图 6-13 所示。单击"更新"按钮将模板更新到各个页面。

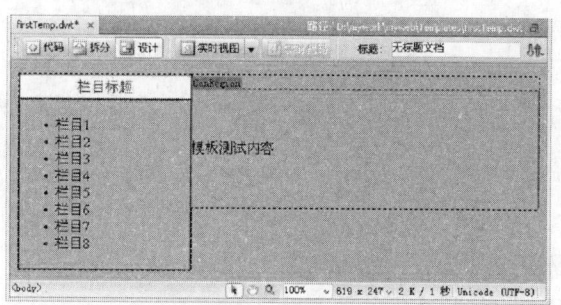

图 6-12　修改模板文件

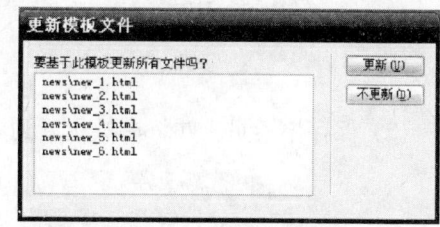

图 6-13　更新模板文件对话框

注意此时的更新只会将可编辑区域以外的内容更新到各个页面，而可编辑区域以内的内容是不会再更新到其他页面的。这就是可编辑区域的用途。

从模板创建页面，还可以在菜单栏选择"文件—新建"命令，在"新建文档"对话框选择"模板中的页"，然后在"站点"了；列表选择当前站点，在模板列表选择相应的模板，单击"创建"按钮，即可使用所选模板创建新页面文档，如图 6-14 所示。

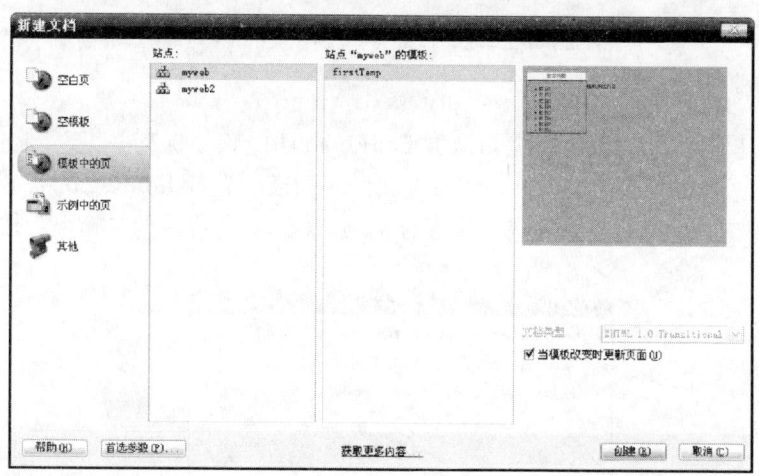

图 6-14　从模板新建文件

6.1.5　更改可编辑区域

（1）打开模板页 firstTemp，选择可编辑区域 ConRegion 以外的区域，在菜单栏选择创建"插入—模板对象—可编辑区域"命令，再插入一个可编辑区域，如图 6-15 所示。

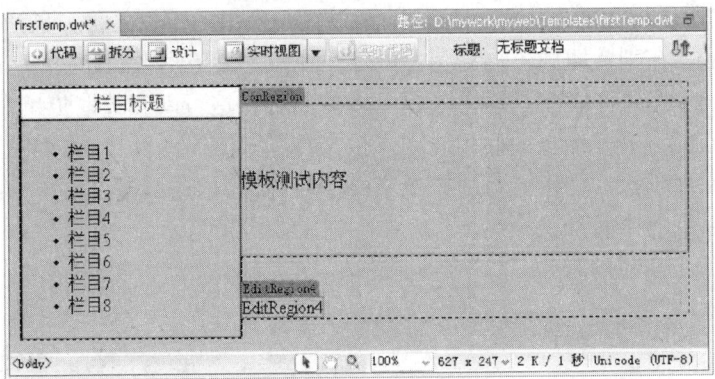

图 6-15　插入可编辑区域 EditRegion4

（2）保存模板页，并将模板更新到各个页面，打开一个页面查看，如图 6-16 所示。

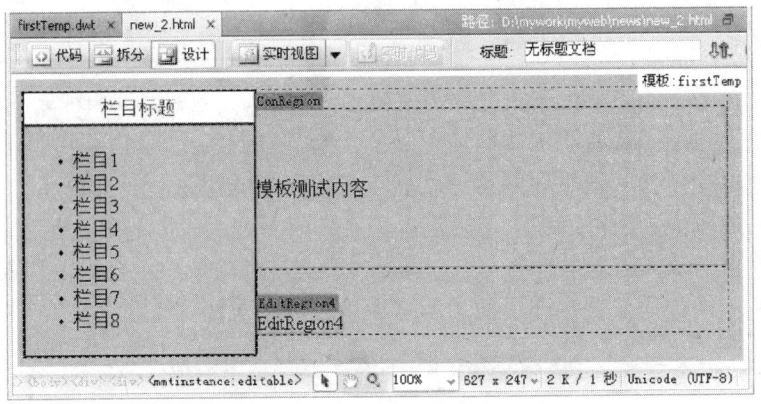

图 6-16　更新后的页面

（3）返回模板页面，再将可编辑区域 EditRegion4 删除，保存并更新到各个页面，则提示不一致区域的处理方式。首先在可编辑区域列表中选择 EditRegion4，然后在"将内容移到新区域"下拉列表，选择"不在任何地方"，完成后单击"确定"按钮，如图6-17 所示。

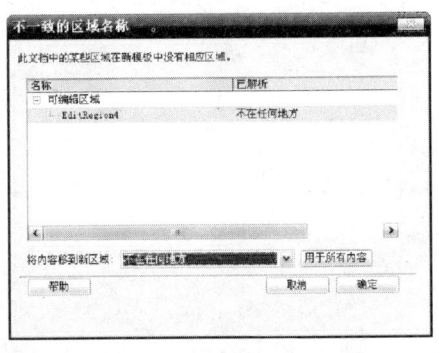

图 6-17　不一致区域的名称提示对话框

查看更新后的各个页面，可发现可编辑区域 EditRegion4 已被清除。

6.2 库元素的创建和使用

库元素的操作和模板的操作很相似。其目的是为了将网站设计中常用的一些元素的设置保存起来，便于今后添加到页面。在库项目中可以使用图像，表格、声音等各种页面元素。在 Dreamweaver 中操作库元素是使用库面板来操作的。

6.2.1 创建库项目

首先，在站点目录下新建目录 images，并放入一幅图像。通过使用库面板，把图像创建为一个库项目。操作过程如下：

（1）在菜单栏选择"窗口—资源命令"，选择库选项卡。

（2）在库面板单击右键，选择"新建库项"命令，将新建库改名为 mylib，并双击打开。

（3）在库页面上添加图片对象，使用面板属性为图片设置链接等属性，如图 6-18 所示。

图 6-18　新建库项目

（4）保存库项目。

6.2.2 库的实现原理

打开文件面板，新建的库项目名称为：mylib.lbi，位于 Library 目录下。Library 目录是 Dreamweaver 自动创建的，是默认的库项目保存目录，如图 6-19 所示。

图 6-19　库项目的存储目录

打开库项目的代码选项卡，可看到如下代码：

```
<meta http-equiv="Content-Type" content="text/html; charset=utf-8">
<a href="http://www.thinktrans.cn/" target="_blank">
    <img src="../images/balloon.jpg" alt="气球" width="150" height="138"
        border="0">
</a>
```

可见库使用的 HTML 代码并没有完整的 HTML 文件结构，而是仅仅有一个头标记和必要的库资源代码。

这里要说明两点：首先是创建建库项目最好使用库面板来操作。使用菜单等方式也能创建库项目，但保存的时候，默认的目录不一定是 Library 目录。其次是 Library 目录是库项目的默认保存目录，无特别需要，网站的目录名称不要和它冲突。

6.2.3 将库项目用于页面

打开要使用库项目的页面，然后打开库面板，选中库项目 mylib，按住鼠标左键拖拽到页面上适当的位置，松开鼠标，就在页面上插入了库项目，选中插入的库项目，在属性面板上显示的是与库有关的操作，如图 6-20 所示。

切换到该页面的代码视图，可发现在相应位置上插入的代码如下：

```
<!-- #BeginLibraryItem "/Library/mylib.lbi" -->
    <a href="http://www.thinktrans.cn/" target="_blank">
        <img  src="../images/balloon.jpg"  alt=" 气 球 "  width="150"
    height="138"
            border="0" />
    </a>
<!-- #EndLibraryItem -->
```

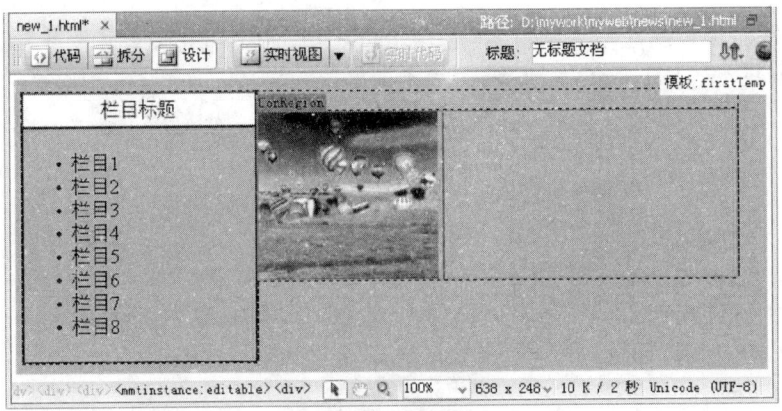

图 6-20 在页面上应用库项目

120

可以看出，Dreamweaver 巧妙的使用 HTML 注释标签来完成库项目的插入操作。如果觉得此注释代码实在多余，可以在图 6-18 中的属性面板上使之与库项目分离。这样就转变为普通的图像对象了，而库项目的更新也不会再更新到这里。。

6.3 本章小结

模板和库的运用可以大大提高网站制作及维护的效率。。本章以实例为线索，首先讲解了模板和库的创建、实现原理以及如何应用于页面。模板页是一个完整的 HTML 页面，库元素仅包含必要的 HTML 标记，但设计过程中可以使用任意 HTML 页面元素。

习 题 6

【单择题】

6.1 关于模板中可编辑区域，下面说法错误的是（   ）。

A．新建模板页默认有两个可编辑区域，位于模板页的头部内

B．在应用了模板的页面中，只有可编辑区域内的内容可以更改

C．模板的可编辑区域内修改后，也可以更新到相应页面

D．Dreamweaver 模板是使用注释标签实现的

6.2 在 Dreamweaver 中，下面关于创建模板的说法正确的是（   ）。

A．在模板子面板中单击右下角的"新建模板"按钮，就可以建立新模板

B．在模板子面板中双击已命名的名字，就可以对其重新命名了

C．在模板子面板中单击已有的模板就可以对其进行编辑了

D．以上说法都错

6.3 在创建模板时，下面关于可编辑区的说法正确的是（   ）。

A．只有定义了可编辑区才能把它应用到网页上

B．在编辑模板时，可编辑区是可以编辑的，锁定区是不可以编辑的

C．一般把共同特征的标题和标签设置为可编辑区

D．以上说法都错

6.4 Dreamweaver 的模板文件的扩展名包括（   ）。

A．.html   B．.htm   C．.dwt   D．.lbi

6.5 Dreamweaver 的库文件的扩展名（   ）。

A．.html   B．.htm   C．.dwt   D．.lbi

【多择题】

6.6 模板的区域类型有（   ）。

A．可编辑区域   B．可选区域

C．重复区域   D．可插入区域

6.7 在将无可编辑区域的模板应用于文档之后，下列说法中正确的是（   ）。

A．模板将不能被修改   B．模板还可以被修改

C．文档将不能被修改   D．文档还可以被修改

6.8 通过对模板的设置，将已有内容定义为可编辑区域，以下选项中正确的是（   ）。

A．既可以标记整个表格，也可以标记表格中的某个单元格作为可编辑区域

B．一次可以标记若干个单元格

C．层被标记为可编辑区域后可以随意改变其位置

D．层的内容被标记为可编辑区域后可以任意修改层的内容

6.9 应用了模板的文档可以使用（   ）。

A．模板的样式表   B．模板的行为

C．自己的样式表   D．自己的行为

6.10 Dreamweaver 中使用库元素，下列描述正确的是（   ）。

A．库元素可以使用任意 HTML 标记

B．可以将库项目从源文件分离

C．库项目默认位于站点的 Library 目录下

D．库项目中可以使用 HTML 头标记

【简答题】

6.11 什么是模板？在 Dreamweaver 中如何使用模板？

6.12 如何将库项目从源文件中分离？

6.13 模板和库的区别是什么？

第 7 章 JavaScript 基本知识

7.1 基 本 概 念

JavaScript 是开发网站时使用最多的脚本技术，可为网页增添一些动态特效。常用来在网页中开发一些动态的特效和功能。合理使用 JavaScript，可使我们的网站更具吸引力。

7.1.1 为什么使用 JavaScript

网络系统有一个共同的要害，就是客户端与服务端的通信，这是需要交互时间的。浏览网页在这方面表现的更加明显。当在页面上点击链接进行跳转时，由于等待新页面的下载，浏览器的整个窗口一片空白。使用框架集或内联框架可以稍微改善一些，使得页面局部刷新，但并不能从根本上改变这种现象。

作为网站开发者，要尽量减少不必要的交互，从而减少网络上不必要的通信和降低网站服务器的压力。从另一个角度看，就是提高了网站的访问速度。解决方法就是使用脚本代码。

在网页技术中，可使用脚本代码来开发客户端程序。这些脚本程序由用户的浏览器解释执行，而不需要和服务器进行通信。实现在客户端验证用户输入的信息，从而减少了不必要的等待时间。

常用的网页脚本技术有 JavaScript、VBScript 和 JScript。其中 VBScript 和 JScript 都是微软推出的脚本技术。相对于 JavaScript，VBScript 代码琐碎，难以阅读，在微软的软件中能得到很好的支持，但在其他大公司的软件里就不那么风光了。而 JScript 现在只有微软的 IE 浏览器支持。

JavaScript 代码易于阅读，易于学习掌握。几乎所有的浏览器都能很好的支持 JavaScript。

7.1.2 JavaScript 基本特点

JavaScript 是由网景（Netscape）公司开发的，最初的版本称为 Livescript。1995 年 Sun 公司推出了著名的 Java 程序设计语言。网景公司引入了 Sun 公司有关 Java 的概念，将原来的 Livescript 重新设计，并更名为 JavaScript。

1．JavaScript 是基于对象的（Object-Based）

说它基于对象（Object-Based），而不是面向对象（Object-Oriented），主要是因为它没有提供抽象、继承、重载等有关面向对象的许多功能，而是把 HTML 对象、浏览器对象以及自身的内置对象等统一起来，形成一个非常强大的对象系统。

2．JavaScript 是事件驱动的（Event-Driven）

事件驱动（Event-Driven）是指 JavaScript 所实现的功能根据页面上产生的事件来

执行。比如鼠标点击、键盘按键等。特定的脚本代码功能要和不同的事件联系起来，当在页面上发生相应事件时由浏览器解释执行。

3．是一种脚本编写语言

脚本语言的意思就是不需要编译，嵌入在 HTML 网页中，以源码形式存在，由浏览器解释执行。在代码形式上以小程序段的方式编程，提供了一个简易的开发过程。

4．安全性

使用 JavaScript 不能访问本地硬盘，不能把数据存到服务器上，不允许对网络文档进行修改和删除。因而该语言具有很高的安全性。

5．动态性的

JavaScript 是动态的，直接对用户或客户输入做出响应，无须经过 Web 服务程序。

6．跨平台性

JavaScript 依赖于浏览器本身，与系统环境无关，所有主流的浏览器又都支持 JavaScript，因而跨平台性良好。

在这里澄清一下概念，不要以为 JavaScript 和 Java 有什么关系。它们虽然在语法上相似，但却是不同公司产品，应用范围也不同。Java 是可以支持企业级架构的高级程序设计语言，而 JavaScript 是只用于网页的脚本语言。

7.1.3　在页面中使用 JavaScript

JavaScript 代码是嵌入到 HTML 文件中的，主要有两种形式：

1．在页面中嵌入脚本代码

在 HTML 文件中可以进行 JavaScript 功能的定义，使用<script>标记可以在页面的头部内定义脚本功能，也可以在主体内进行定义。示例如下：

```
<script language="javascript">
    document.write("嗨！这行文本由 Javascript 代码生成！"); //向页面输出一段
文本
    function welcome() /*该函数执行时弹出一个对话框：欢迎来到本站*/
    {
        alert("欢迎来到本站");
    }
</script>
```

2. 引入外部脚本文件

将脚本代码另存为文件，文件名的格式为：*.js，一般在页面的头部内引入外部脚本。假设外部脚本文件为 function.js，则引入脚本文件的语句为：

```
<script src="function.js" type="text/javascript"></ script >
```

7.2 JavaScript 基本语法

7.2.1 变量和常量

1. 常量

在 JavaScript 中，常量有一下六种基本类型。

（1）**整型常量**：可以使用十进制、十六进制和八进制，如：50、0xFF、071。十六进制数字前要以 0x 开始，八进制数字以 0 开始就可以。示例如下：

```
var a=5; //十进制格式
var b=0xf; //十六进制格式
var c=071; //八进制格式
document.write(a + " ");
document.write(b + " ");
document.write(c + " ");
```

输出为：5 15 57

（2）**实型常量**：由整数部分和小数部分组成，也可以使用科学计数法，如：12.35、5E7 等。

（3）**布尔常量**：布尔类型只有两种状态：true 或 false。用于比较和判断。

（4）**字符型常量**：用单引号或双引号括起来的一个或几个字符。如："hello"、"123"、'a'、'this'。

（5）**空值**：表示什么都没有，使用 null 来表示。访问为未赋值的变量返回 undefined。

（6）**转义符**：如果要在字符串中加入特殊字符，要使用"\"进行转义处理。如：

```
var txt="We are the so-called \"Vikings\" from the north.\n"
```

常用特殊字符见表 7-1。

表 7-1 常用特殊字符

代　　码	输 出 结 果
\'	单引号 '
\"	双引号 "
\&	符号&

125

(续表)

代　码	输 出 结 果
\\	反斜线 \
\n	换行符
\r	回车符
\t	制表符
\b	退格符
\f	分页符

2．变量的类型和声明

变量的类型对应着常量的类型。变量类型包括数值型（整数，实数）、字符型、布尔型、对象型。声明变量有两种方式：使用关键字 var 显式声明变量，也可以使用赋值语句隐式地声明变量。建议显式声明所有变量。

```
var i=5;              //i 为整型变量
d=3.2;                //隐式声明变量的，赋值 3.2，则 d 为实型变量
var s = "hello";/    / s 为字符串变量
var c = 'c';          //c 为字符型变量
var o = new Date();   //o 为 object 类型变量
var b = true;         //b 为布尔型变量
```

3．变量的命名

每个变量都有一个名字，通过名字来访问其内容。命名变量要注意一下几点：

（1）**命名规范**：变量名只能由字母（A~Z，a~z）、数字（0~9）、下划线（_）和美元符号($)四种字符组成，且第一个字母必须是字母、下划线或美元符号。如 score24、_score、Sco7Re、$score 都是合法的标识符。

（2）**区分大小写**：JavaScript 语言区分大小写，如 com 和 Com 将认为是两个不同的变量名。

（3）**不能是保留字**：不能使用 JavaScript 中的保留关键字作为用户自定义标识符。例如：int、else、void、import 等，否则在页面载入时会提示编译错误。

4．变量的作用域

变量的作用域指变量的作用范围或使用范围。变量可分为全局变量和局部变量。在函数外部定义的变量叫做全局变量。全局变量的作用域是从定义位置开始直到当前 HTML 文档结束；在函数内部定义的变量叫做局部变量，它只作用于函数内部。示例如下：

```
<script language="javascript">
    var i=5;                 //定义全局变量
    function welcome()
    {
```

```
        var o = new Date(); //定义局部变量
        alert("欢迎来到本站");
    }
</script>
<script language="javascript">
    document.write(num);              /* 访问全局变量 num*/
</script>
```

5．弱类型的概念

JavaScript 是弱类型的程序语言。这并不意味着变量没有类型，而是根据赋值来确定变量的实际类型。下面代码演示了弱类型的具体表现：

```
<script language="javascript">
    /* 变量类型根据赋值来确定*/
    var num = 8;      //声明 num 变量，其值为 8，数据类型为整型
    num="开心";   //num 的类型转换为字符串型，此时值为"开心"
    var o = new Date(); //o 为 Date 类型的对象

    function output( val )   /* 函数参数不必声明*/
    {
        /*函数返回值可以是任意类型*/
        return true;
    }
</script>
```

弱类型的变量带来了极大的灵活性。因为 JavaScript 会根据需要进行类型转换，所以一般说来，你不用为类型错误操心。

7.2.2 运算符和表达式

定义变量之后，要进行运算操作。表示操作的语句就是表达式，连接表达式中多个变量的符号就是运算符。JavaScript 常用运算符可以有：算术运算符、关系运算符、逻辑运算符、赋值运算符。一个常用的特殊形式的表示式是条件表达式。

1．算术运算符

算数运算符可以进行加、减、乘、除和其他数学运算，见表 7-2。

表 7-2 算术运算符

运 算 符	描 述
+	加

（续表）

运 算 符	描 述
-	减
*	乘
/	除
%	取模
++	递增 1
--	递减 1

2．关系运算符

关系运算符，又称比较运算符，用于变量之间的比较运算，见表 7-3。比较运算的结果为逻辑值 true 或 false。

表 7-3 关系运算符

关系运算符	描 述
<	小于
<=	小于或等于
>	大于
>=	大于或等于
= =	等于
!=	不等于

3．逻辑运算符

逻辑运算符运算对象是两个布尔类型，返回值也是布尔类型，常用来连接多个逻辑运算，见表 7-4。

表 7-4 逻辑运算符

逻辑运算符	描 述
&&	逻辑与
||	逻辑或
!	逻辑非，即逻辑值取反

4．赋值运算符

赋值运算符用于给 JavaScript 的变量赋值。见表 7-5 所示（给定 x=10，y=5）。

表 7-5 赋值运算符

赋值运算符	例子	等价式	结 果
=	x=y		x=5
+=	x+=y	x=x+y	x=15
-=	x-=y	x=x-y	x=5
*=	x*=y	x=x*y	x=50
/=	x/=y	x=x/y	x=2
%=	x%=y	x=x%y	x=0

5．位运算符

位运算符运算对象是两个布尔类型，返回值也是布尔类型。常用来连接多个逻辑运算。见表 7-6。

表 7-6　位运算符

位运算符	描　　述
&	位与
|	位或
~	补位
^	位异或
<<	位左移
>>	位右移
>>>	位右移(无符号)

6．条件表达式

条件表达式的语法是：

　　(条件)？ A:B

若条件为 true，则表达式的结果为 A，否则为 B。相当于 if（条件）A else B。假定 y=5，示例为如下表达式：

```
x = y == 5? "结果正确": "结果错误";    //运算结果：x="结果正确"
x = y == 6? "结果正确": "结果错误";    //运算结果：x="结果错误"
```

7.2.3　基本程序语句

1．条件语句

（1）if 语句

基本用法包括 if 和 else 语句，还可使用 else if 实现多分支。完整语法示例如下：

```
if(条件1){
    //当条件1为true时的语句
}
else if( 条件2){
    //当条件2为true时的语句
}
... //可以有多个else if 分支语句
else{
    //当条件为false时的执行语句
}
```

（2）switch 语句

switch 语句一般也用于实现多分支结构。基本用法如下：

```
switch(表达式) {
    case 值1:
        //表达式值与值1相等时执行的程序段
        break;
  case 值2:
        //表达式值与值2相等时执行的程序段
        break;
    ……
    case 值n:
        //表达式值与值n相等时执行的程序段
        break;
    default:
        //表达式值与以上值都不相等时执行的程序段
        break;
}
```

注：多个 case 后的数据值必须各不相同；

break 语句的作用是跳出 switch 结构，接着执行 switch 结构外的语句；

break 语句必不可少，否则将顺序执行后面所有 case 及 dafault 后面的程序段。

2．循环语句

循环语句用来多次执行相同序列的语句，实现运算效果的叠加。

（1）for 循环

基本语法如下：

```
for (初始化语句；条件语句；更新语句)
{
    循环语句块
}
```

示例如下：

```
var sum=0;
for( var i=2; i<=100; i+=2)
{
    sum += i;
}
document.write(sum);
```

（2）for-in 循环

for-in 循环的范围是一个对象所有的属性或一个数组的所有元素。示例如下：

```
var arr = [1,2,3,4,5];  //arr 为数组，包含 5 个元素
for( i in arr)
{
    document.write( arr[ i] );
}
```

（3）while 循环

基本语法如下：

```
while（条件）{
    循环语句块
}
```

当条件为 true 时执行循环，直到条件变为 false 时退出。

（4）do...while 循环

基本语法如下：

```
do{
    循环语句块
} while(条件)
```

语法解释：首先执行语句块，然后判断条件，如果条件为 true 则继续执行，否则退出。所以 do...while 循环至少执行 1 次。

（5）break 和 continue

break 的作用是跳出循环体，执行循环体下面的语句。

continue 的作用是结束本次循环体的执行，开始下一次循环。

3．函数

使用函数可以将程序划分为一些相对独立的功能体。可以随时通过函数名进行调用，从而执行相应的功能。要实现复杂的程序设计必须使用函数。函数的使用也使得代码清晰、易读、易懂、易于维护。

基本语法：

```
function 函数名（参数 1，参数 2，…）
{
    函数语句
    return 值或表达式；
}
```

注：return 可以返回任意类型的值，但只能返回一个值。

7.3 JavaScript 常用事件

学习 JavaScript 事件后，就可以使用 JavaScript 来实现基本的功能了。首先来看一个实例：

```
<html><body>
    <form>
        <input type="button" value="单击鼠标响应"
            onclick=alert("产生了鼠标单击事件！")>
    </form>
</body></html>
```

该代码在浏览器中的效果如图 7-1 所示。

图 7-1　鼠标单击事件示例

该示例中，语句 onclick=alert("产生了鼠标单击事件！")指定，当单击按钮时弹出提示框。使用的事件就是鼠标单击（onclick）事件，后面要执行的功能，称为事件处理程序。

注：该示例中，alert()函数直接写在 onclick 的属性值位置上，完全能够正确的执行。我们不推荐这种写法，推荐写到函数中去。

在页面浏览的过程中，会产生一系列的事件。常用事件见表 7-7。

表 7-7　常用事件

分　类	事　件	描　述
鼠标事件	onclick	鼠标点击时触发此事件
	ondblclick	鼠标双击时触发此事件
	onmousedown	按下鼠标时触发此事件
	onmouseup	鼠标按下后松开鼠标时触发此事件
	onmouseover	当鼠标移动到某对象范围的上方时触发此事件
	onmousemove	鼠标移动时触发此事件
	onmouseout	当鼠标离开某对象范围时触发此事件

（续表）

分　类	事　件	描　述
键盘事件	onkeydown	按下某个键时触发该事件
	onkeyup	释放某个按键时触发该事件
	onkeypress	按下并释放某个按键时触发该事件
页面事件	onload	页面元素加载时触发该事件
	onresize	当浏览器的窗口大小被改变时触发此事件
	onscroll	浏览器的滚动条位置发生变化时触发此事件
	onmove	浏览器的窗口被移动时触发此事件
	onstop	浏览器的停止按钮被按下或在下载的文件被中断触发
	onunload	离开页面时触发该事件
表单相关事件	onfocus	当某个元素获得焦点时触发此事件
	onblur	当前元素失去焦点时触发此事件
	onchange	当前元素失去焦点并且元素的内容发生改变而触发此事件
	onsubmit	一个表单被递交时触发此事件
	onreset	当表单中 RESET 的属性被激发时触发此事件
滚动字幕事件	onstart	当 Marquee 元素开始显示内容时触发此事件
	onfinish	当 Marquee 元素完成需要显示的内容后触发此事件
	onbounce	在内容移动至 Marquee 显示范围之外时触发此事
编辑事件	onselectstart	当文本内容选择将开始发生时触发的事件
	onselect	当文本内容被选择时的事件
	onbeforecopy	当页面被选择内容要复制时触发此事件。
	oncontextmenu	浏览者按鼠标或键盘出现上下文菜单时触发的事件
	oncopy	当页面当前的被选择内容被复制后触发此事件
	oncut	当页面当前的被选择内容被剪切时触发此事件

　　除了表中列出的常用事件外，还有很多事件可供选择。由此可以看出，有如此多的事件可以使用，JavaScript 一定可以大展身手了。

7.4　JavaScript 对象

　　JavaScript 是基于对象的脚本语言，虽然本身不具有面向对象程序开发的强大功能，但可以访问诸多的对象。在 JavaScript 中，可以使用的对象有：文档对象、JavaScript 内置对象、用户自定义对象。

7.4.1　文档对象

　　浏览器对象就是浏览器根据 Web 页的内容自动提供的对象。文档对象模型（DOM）全称为 Document Object Model。文档对象的层次结构如图 7-2 所示。

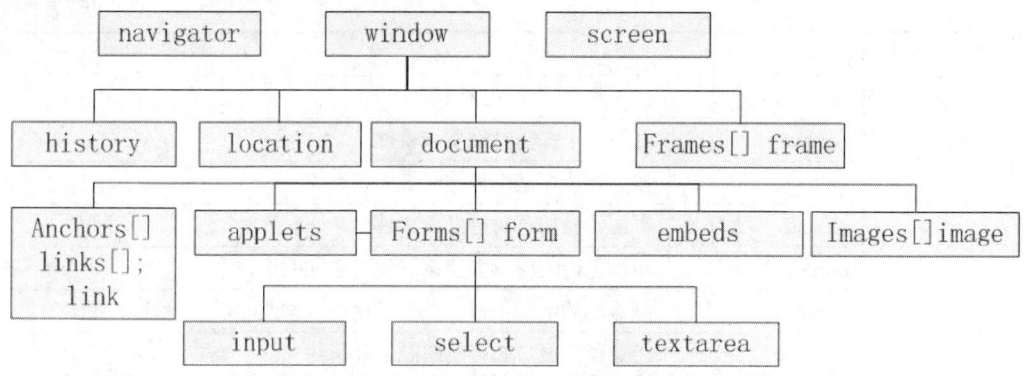

图7-2　文档对象层次结构

在浏览器中，所有的文档对象组成了一个树状结构，主要对象简述如下：

1．浏览器对象（navigator）

管理当前使用的浏览器的版本号、运行平台以及浏览器使用的语言等信息。在编写 JavaScript 代码的时候，有时要对不同的版本写少量不同的代码。常用属性包括：

（1）AppName：浏览器的名称，字符串格式。IE 的值为 MSIE；Navigator 值为 Netscape。

（2）AppVersion：浏览器的版本号

（3）AppCodeName：当前浏览器的代码名称。对 Navigator，值为 Mozilla。

2．屏幕对象(screen)

反映了用户的屏幕设置，如分辨率。常用属性包括：
（1）width 返回屏幕的宽度（像素数）。
（2）height 返回屏幕的高度。
（3）availWidth 返回屏幕的可用宽度（除去不自动隐藏的东西所占宽度，如：任务栏）。
（4）availHeight 返回屏幕的可用高度。
（5）colorDepth 返回屏幕色彩位数，如：﹣1（黑白）；8（256 色）；16（增强色）；24/32（真彩色）。

3．窗口对象（window）

可以用来打开新窗口、用页面实现类似对话框的效果。常用属性如下：
（1）width、height，宽和高，单位为像素
（2）status："状态栏"的内容。通过对 status 赋值，可以改变状态栏的显示。
（3）opener：返回打开本窗口的窗口对象。
（4）self：指窗口本身，跟 window 对象是一样的。最常用的是 "self.close()"。
（5）parent: 返回窗口所属的框架页对象。

（6）top：返回占据整个浏览器窗口的最顶端的框架页对象。

（7）document：文档对象

常用方法：

● open()：打开一个新窗口，返回的就是它打开的窗口对象。

```
open("","_blank","width=400,height=100,menubar=no,toolbar=no,location
=no
        ,directories=no,status=no,scrollbars=yes,resizable=yes");
```

参数：

top=# 窗口顶部离开屏幕顶部的像素数

left=# 窗口左端离开屏幕左端的像素数

width=# 窗口的宽度

height=# 窗口的高度

menubar=... 窗口有没有菜单，取值 yes 或 no

toolbar=... 窗口有没有工具条，取值 yes 或 no

location=... 窗口有没有地址栏，取值 yes 或 no

directories=... 窗口有没有连接区，取值 yes 或 no

scrollbars=... 窗口有没有滚动条，取值 yes 或 no

status=... 窗口有没有状态栏，取值 yes 或 no

resizable=...是否允许调整窗口大小，取值 yes 或 no

● close()：关闭一个已打开的窗口。

● focus()：是窗口获得焦点，变为"活动窗口"。

● blur()：使焦点从窗口移走，窗口变为"非活动窗口"。

4．文档对象（document）

描述当前窗口或指定窗口对象的文档。常用属性如下：

（1）title：<title>...</title>定义的文字。在 Netscape 里本属性不接受赋值。

（2）linkColor：指<body>标记的 link 属性所表示的连接颜色。

（3）fgColor：指<body>标记的 text 属性所表示的文本颜色。

（4）bgColor：指<body>标记的 bgcolor 属性所表示的背景颜色。

（5）cookie： 文本串形式的 cookie

（6）lastModified： 当前文档的最后修改日期，是一个 Date 对象。

5．表单对象（form）

form 对象是文档对象的一个元素，它含有多种格式的对象存储信息。可以使用 JavaScript 访问具体的 HTML 控件来控制具体的 HTML 控件。通过 document.forms[]数组来获得统一页面的多个表单，要比使用表单的名字方便的多。

6．history 对象

history 对象保存有以前访问过的页面的 URL 地址，可以用来制作页面中的前进和后退。

7.4.2 JavaScript 内置对象

JavaScript 提供了一些内置的对象和函数，提供编程用到的几种最常见的功能。常用内置对象有以下几种。

1．String 对象

String 对象所提供的方法用来处理字符串。经常使用以下方法：

（1）charAt(index)：返回指定位置处的字符

（2）indexOf (str)：：在字符串中查找子串首次出现的位置，查找失败返回-1.

（3）lastIndexOf (str)：在字符串中查找子串最后出现的位置，从右向左查找。

（4）toLowerCase ( )：将字符串中的字符全部转为小写。

（5）toUpperCase ( )：将字符串中的字符全部转为大写。

2．Math 对象

内置的 Math 对象可以用来处理各种数学运算。其中定义了一些常用的数学函数，例如圆周率 PI=3.1415926 等。常用方法有：

（1）Math.PI：获取圆周率，是属性，不是方法。

（2）Math.abs(x)：返回绝对值。

（3）Math.round(x)：四舍五入。

（4）Math.random()：返回 0 ~ 1 之间的随机数。

（5）Math.max(x, y)：返回 x 和 y 中的最大值。

（6）Math.min(x, y)：返回 x 和 y 中的最小值。

3．Date 对象

Date 对象是最常用的获取系统事件和日期的方法，还可以实现字符串格式的转化。Date 对象的常用方法如下：

（1）getDate()：获取当前日期。

（2）getYear()：获取当前的年份。

（3）getMonth()：获取当前的月份。

（4）getDay ()：获取当前的天。

（5）getHours()：获取当前的小时数。

（6）getMinutes()：获取当前的分钟数。

（7）getSecond()：获取当前的秒数。

（8）getTime()：获取当前时间，以毫秒为单位。

(9) getTimeZoneOffset()：获取当前的时区偏移信息。

4．Array 对象

Array 对象用来提供数组的功能，容纳多个同类型的元素。常见属性和方法如下：

(1) length：数组长度，唯一的一个属性。

(2) toString()：把数组转换成一个字符串。

(3) pop()：从数组尾部删除一个元素。

(4) push()：把一个元素添加到数组的尾部。

(5) concat()：给数组添加元素。

(6) sort()：对数组进行排序操作。

访问数组中的元素可以使用[]符号。

5．Event 对象

Event 对象用来描述 JavaScript 的事件，Event 代表事件状态，如事件发生的元素、键盘状态，鼠标位置和鼠标按钮状态。一旦事件发生，如单击一个按钮，浏览器的内存中就产生相应的 event 对象。使用 Event 对象可以获取鼠标和键盘的状态、主表在屏幕上的位置等信息。

7.4.3 用户自定义对象

JavaScript 是基于对象的编程语言，可以通过灵活使用变量定义和函数定义的方法来创建自定义对象。在这里，JavaScript 的弱类型性质可以得到充分的体现。使用自定义对象的形式来编写 JavaScript 代码，可以是代码结构清晰，易读易懂。

1．JavaScript 中创建对象的原理

进行 JavaScript 开发的时候，可以很方便为已有对象添加变量法或函数，示例如下：

```
function createObj(){
    var obj= new Object();          /*创建对象*/
    obj.firstVar = "定义变量变量";    /*为对象添加成员变量*/
    obj.firstFunc = function(){     /*为对象添加成员函数*/
        document.write("定义方法");
    }
    obj.secondFunc = function(para){
        document.write("定义带参数的方法,值: " + para);
    }
    return obj;
}
var myobj = createObj();
```

```
document.write("obj.firstVar = " + myobj.firstVar); /*访问成员变量*/
myobj.firstFunc();/*访问成员函数*/
myobj.secondFunc("参数值");
```

如上所示，创建一个 Object 类型的对象，然后，为该对象添加成员变量和成员函数，最后分别访问成员变量和成员函数进行输出。我们所要做的是熟悉 JavaScript 的这种语法，JavaScript 对象的定义都是基于这种语法的。

2．使用函数的形式创建对象

这种方法展示了 JavaScript 函数的灵活使用。示例代码如下：

```
function Car(sColor){
    this.color = sColor;
    this.showColor = function(){
       document.write("this.color = " + this.color);
    };
}
var mycar = new Car("blue"); /*创建 Car 的对象*/
mycar.color = "red"; /*访问成员变量*/
mycar.showColor();/*访问成员函数*/
```

这个例子说明，JavaScript 中的函数和其他编程语言的函数意义有很大区别。函数并不是只能完成某种功能，而是作为一个实体存在的。

该示例首先创建了一个 Car 对象的声明，带有一个参数，类似其他语言的构造函数。其中 this.color 定义了一个成员变量，this.showColor=function(){}定义了一个成员函数。

3．使用变量的形式创建对象

这种方式显得更为直接，定义 JavaScript 变量的时候，直接声明为自定义对象类型，同时定义其中的成员变量和成员函数。示例代码如下：

```
/*直接创建了自定义对象，包含一个属性和一个方法*/
var Resume={
    isDirty : false, /*定义成员变量，初值为 false*/
    output:function(){ /*定义成员函数，输出成员变量的值*/
       document.write("isDirty = " + Resume.isDirty);
    }
};
/*为已创建的对象 Resume 添加新的自定义对象*/
Resume.WebPage =
{
```

```
        isUpdate: false,
        init : function()
        {
            document.write("Resume.WebPage.isUpdate = " +
                        this.isUpdate ); /*this 代表对象本身*/
        }
    };
    /*为自定义对象中的成员变量赋值*/
    Resume.isDirty = true;
    Resume.WebPage.isUpdate = true;
    /*访问自定义对象中的函数进行输出*/
    Resume.output();
    Resume.WebPage.init();
```

通过变量的形式来创建自定义对象，语法上又有些新的特点。比如："isDirty:false,"，表示定义成员变量 isDirty，赋初始值为 false，中间使用冒号，后面使用逗号。

Resume.WebPage 表示，为已有的对象 Resume 添加新的自定义对象 WebPage，并同时声明其成员变量和成员函数。这种方法适合表示代码上的逻辑上的从属关系，而在代码意义上是两个完全无关的类。

this 代表对象自身的引用，如：this.isUpdate，或者使用全称来访问，如：Resume.isDirty。上例中 this.isUpdate 等价的访问方式为：Resume.WebPage.isUpdate。

4．向系统对象添加功能

JavaScript 的固有对象提供了最基本的功能。可根据需要对其进行扩展，增加我们所需要的功能。下面是实例为 Array 对象增加了一个 max 函数，返回 Array 中的最大值。示例代码如下：

```
function array_max ()
{
    var ret = this[0];
    for(var i=1;i<this.length;i++)
    {
        ret=ret>this[i]?ret:this[i];
    }
    return ret;
}
Array.prototype.max = array_max;
var arr= new Array(1,2,7,5,8,3);
document.write("max=" + arr.max());
```

在这里讲述了在 JavaScript 中创建自定义的基本方法。读者在网上还可以查到其他关于创建自定义对象的方法，基本上都是以上几种方法的变种。可以说理解了这些，您不仅学会了创建自定义对象，还掌握了 JavaScript 的精髓，以后都是积累经验的过程了。

7.5　访问表单控件的方法

可以使用 JavaScript 对表单控件，如按钮，文本框，下拉列表等等进行访问，以便读取、修改控件属性，或创建页面控件。一般通过 document 对象进行访问，常用的访问方法如下：

(1)　document.getElementById　　　　　　//使用 id 属性访问
(2)　document.getElementsByName　　　　//使用 name 属性进行访问
(3)　document.getElementsByTagName　　　　//使用 HTML 标记名访问
(4)　document.all　　　　　　　　　　//得到页面内所有元素的一个集合

7.5.1　使用 id 属性访问

首先来谈谈 document.getElementById 的用法。这种访问方法按指定的 ID 属性进行访问，返回 id 属性值相等的对象的引用。基本使用方法为：

```
document.getElementById("ID")
```

示例如下：

```
<form method="post" action="" name="form1">
    <input type="text" id="txtEmail" name="txtEmail">
    <input type="submit" value="提交"  name="btn_ok" onClick="return
isEmail();">
</form>
<script language="javascript">
    function isEmail() {
        var ctrlEmail= document.getElementById("txtEmail"); //使用 id 获
取控件引用
        var strEmail = ctrlEmai.value;                      //读取其中的文本
        if(strEmail!= "")
        {
            alert(strEmail);
        }
        return false;
    }
</script>
```

该示例中，JavaScript 代码通过对象的 id 属性 txtEmail 来访问文本框控件，并获取其中的输入内容。注：以后的 HTML 版本提倡使用 id 属性来替换 name 属性，在当前一般把两个属性都可以写上，而且把两个属性设为一样的值，否则则可能造成混淆。请看如下示例：

```
<form method="post" action="" name="form1">
    <input name="txt1" id="txt2" type="text" />
    <input name="txt2" id="txt1" type="text" />
    <input type="button" name="submit"
            onClick="alert(document.getElementById('txt1').value)" />
    <input type="button" name="submit2"
            onClick="alert(document.getElementById('txt2').value)" />
</form>
```

这个实例在 IE 中返回的都是第一个文本框的输入，说明 IE 的查找方式并不完全是根据 id 属性。而在 Firefox 浏览器中运行就不存在这个问题。

7.5.2　使用 name 属性访问

使用 document.getElementsByName 表示按 name 属性进行访问，返回的是一个对象的集合。即使只有一个元素，也已集合的形式返回。基本使用方法为：

```
document.getElementsByName("NAME")
```

示例如下：

```
<form method="post" action="#" name="form1">
    <input type="text" id="txtEmail" name="txtEmail">
    <input type="submit" value="提交"  name="btn_ok" onClick="return
isEmail();">
</form>
<script language="javascript">
function isEmail() {
    var ctrllist = document.getElementsByName("txtEmail");  //返回同名的
控件集合
    var mail = ctrllist[0];            //得到集合中的第一个，也可写为：var mail
= ctrllist (0) ;
    var strEmail = mail.value; //读取其中的文本
    if(strEmail!= "")
    {
        alert(strEmail);
```

```
    }
    return false;
  }
</script>
```

该示例演示了使用 name 属性访问控件的方法。

7.5.3 使用 HTML 标记名访问

根据指定元素的 HTML 标记名称访问控件，返回值是一个同标记的对象的集合。基本使用方法为：

```
document.getElementsByTagName("TAG")
```

示例如下：

```
<form method="post" action="#" name="form1">
    <input type="text" id="txtEmail" name="txtEmail">
    <input type="submit" value="提交"  name="btn_ok" onClick="return isEmail();">
</form>
<script language="javascript">
function isEmail() {
    var ctrllist = document.getElementsByTagName("input"); //返回 input
标记的控件集合
    var mail = ctrllist[0];  //得到集合中的第一个，也可写为：var mail = ctrllist(0);
    var strEmail = mail.value; //读取其中的文本
    if(strEmail!= "")
    {
        alert(strEmail);
    }
    return false;
}
</script>
```

7.5.4 document.all 的用法

得到页面内所有元素的一个集合。这使得具体对象在其中的顺序难以确定，所以该方法又提供了方便在集合中找到具体元素的方法，基本使用方法如下：

document.all(0)：表示页面的第一个元素

document.all("txt")：得到页面上 id 或 name 等于参数 txt 的对象。如果只有一个，

那么就返回一个元素；如果有多个，就返回一个集合。该方法综合了 document.getElement-ById 和 document.getElementsByName 两种方法的的特点。此方法使用灵活，假设 form 的名字为 form1，上述写法还可以写为如下两种形式：

```
document.all.txt
document.form1.txt
```

示例代码如下：

```
<form method="post" action="#" name="form1">
    <input type="text" id="txtEmail" name="txtEmail">
    <input type="text" id="txt1" name="samename">
    <input type="text" id="txt2" name="samename">
    <input type="submit" value="提交"  name="btn_ok" onClick="return
isEmail();">
</form>
<script language="javascript">
function isEmail() {
  var txtmail = document.all.txtEmail.value;    //得到 txtEmail 的输入值
  var txtmail2 = document.form1.txtEmail.value;   //得到 txtEmail 的输入值

  var str11 = document.all.samename[0].value;   //得到 id 为 txt1 的输入值
  var str12 = document.all.samename[1].value;   //得到 id 为 txt2 的输入值

  var str21 = document.all("samename",0).value;   //得到 id 为 txt1 的输入值
  var str22 = document.all("samename",1).value;//得到 id 为 txt2 的输入值

  var str31 = document.form1.samename[0].value; //得到 id 为 txt1 的输入值
  var str42 = document.form1.samename[1].value; //得到 id 为 txt2 的输入值
  return false;
}
</script>
```

另外要说的，就是 document.all 只对 IE 起作用。

7.6 JavaScript 实例

7.6.1 验证密码输入是否一致

该实例使用鼠标单击事件（onclick），当用户单击单按钮时验证密码输入是否一致。该实例有两个密码输入框和一个测试按钮。分别在两个密码框输入字符，当点测试按钮

时对两次输入的密码进行验证。如果不一致的话提示用户重新输入，并清空两个密码框。

示例代码如下：

```
<form method="post" action="" id="form1">
    <input type="password" id="input1" name="input1">
    <input type="password" id="input2" name="input2">
    <input type="button" value="test" onclick="check()" id="button1"
name="button1">
</form>
<script language="javascript">
    function check(){
        with(document.all){
            if(input1.value!=input2.value)
            {
                alert("密码输入不一致，请重新输入！")
                input1.value = "";
                input2.value = "";
            }
            else {
                document.forms[0].submit();
            }
        }
    }
</script>
```

7.6.2 Email 格式验证

该实例使用编辑框失去焦点事件（onBlur）。在编辑框 txtEmail 内输入，当试图选择页面其他控件而造成该框失去焦点时执行验证。不需要用户在为了验证点某个按钮。

该实例实现了一个简单的 Email 格式验证。通过比较输入内容的长度以及符号"@"和"."的位置来粗略的确定信箱格式，并依次提示输入的错误。示例代码如下：

```
<form method="post" action="" name="form1">
    <input        type="text"        id="txtEmail"        name="txtEmail"
onBlur="isEmail();">
    <input type="submit" value="提交" id="btn_ok" name="btn_ok">
</form>
<script language="javascript">
    function isEmail() {
        var strEmail = document.form1.txtEmail.value;
```

```
        var i = strEmail.length;
        var temp = strEmail.indexOf('@');
        var tempd = strEmail.indexOf('.');
        if(temp<=1){alert("邮箱格式错误, 缺少"@"符号");
            return false;
        }
        if(i-temp<=3){ alert("信箱的后缀信息不完整, @符号后缺少字符");
            return false;
        }
        if(i-tempd <= 2){ alert("请正确输入后缀类型, 如.cn、.com 等等");
            return false;
        }
        return true;
    }
</script>
```

注：更为严谨的格式验证需要使用正则表达式，参考如下：

```
var reg=new RegExp("^[0-9a-zA-Z]+@[0-9a-zA-Z]+[\.]{1}[0-9a-zA-Z]+[\.]?
[0-9azA-Z]+$");
var isEmail = reg.test(strEmail);
```

7.6.3 记忆滚动条位置

该实例使用滚动条的滚动事件（onscroll）调用 SetDivPosition()方法，将滚动条的垂直位置写在文档的 cookie 里面，格式为：yPos=!~数字~!。然后使用<body>的 onload 事件，在文档的 cookie 中检索该值，找到后用它来设置滚动条的位置。实现的效果就是浏览该页面的时候，我们可以点刷新按钮，但滚动条的垂直位置不变（默认情况下，页面刷新后，滚动条显示在滚动栏最顶端）。示例如下：

```
<html>
    <head>
        <script type="text/javascript">
            window.onload = function(){
                var strCook = document.cookie;
                if(strCook.indexOf("!~")!=0){
                    var intS = strCook.indexOf("!~");
                    var intE = strCook.indexOf("~!");
                    var strPos = strCook.substring(intS+2,intE);
                    document.getElementById("div_con").scrollTop = strPos;
```

```
            }
        }
        function SetDivPosition(){
            var intY = document.getElementById("div_con").scrollTop;
            document.cookie = "yPos=!~" + intY + "~!";
        }
    </script>
    <style type="text/css">
.main {
    BORDER-RIGHT: #c0c0c0 1px solid; BORDER-TOP: #c0c0c0 1px solid;
    BACKGROUND: #fff; FLOAT: left; MARGIN: 5px; BORDER-LEFT: #c0c0c0 1px
solid;
    WIDTH: 660px; BORDER-BOTTOM: #c0c0c0 1px solid
}
.main_con {
    PADDING-RIGHT: 8px; MARGIN-TOP: 5px; PADDING-BOTTOM: 50px;
    PADDING-LEFT: 8px; SCROLLBAR-FACE-COLOR: #7e9dba;
    MIN-HEIGHT:
expression(onresize=document.documentElement.clientHeight-145+"px");
    SCROLLBAR-HIGHLIGHT-COLOR: #7e9dba; OVERFLOW: auto;
    SCROLLBAR-SHADOW-COLOR: #7e9dba; SCROLLBAR-3DLIGHT-COLOR: #fff;
    SCROLLBAR-ARROW-COLOR: #fff; PADDING-TOP: 15px;
    SCROLLBAR-TRACK-COLOR: #e9f2f9;
    SCROLLBAR-DARKSHADOW-COLOR: #fff; POSITION: relative; HEIGHT: 150px;
}
    </style>
    </head>
    <body>
        <div class="main">
            <div id="div_con" class="main_con" onscroll="SetDivPosition()">
<p> </p> <p> </p> <p> </p> <p> </p> <p> </p>
<p> </p> <p> </p> <p> </p> <p> </p> <p> </p>
<p> </p> <p> </p> <p> </p> <p> </p> <p> </p>
            </div>
        </div>
    </body>
</html>
```

在该示例中，我们还为滚动条定义了一个样式，其显示效果是典雅的淡蓝色。内容部分简单的加入了一系列空的段落。页面预览效果如图 7-3 所示。

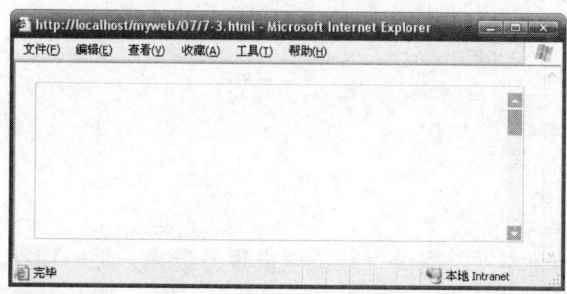

图7-3 记忆滚动条位置示例

7.6.4 显示系统日期

在此示例中使用 navigator 对象区分浏览器版本进行年份的运算。因为不同浏览器的年份表示不同，运算结果串写入到层元素 thedate 中，示例代码如下：

```
<div style="margin-left: 5px;" id="thedate"></div>
<script type="text/javascript" language="javascript">
    var Digital=new Date();
    var
myear=(navigator.userAgent.toLowerCase().indexOf("firefox")!=
-1)?
        Digital.getYear()+1900:Digital.getYear();//如果firefox浏览
    器年份+1900
    var mmonth=Digital.getMonth()+1;
    var mday=Digital.getDate();
    var weekday=Digital.getDay();
    function www_helpor_net()
    {
    myclock= myear+"年"+mmonth+"月"+mday+"日 ";

    if (weekday == 1) myclock = myclock + "星期一 ";
    if (weekday == 2) myclock = myclock + "星期二  ";
    if (weekday == 3) myclock = myclock + "星期三 ";
    if (weekday == 4) myclock = myclock + "星期四 ";
    if (weekday == 5) myclock = myclock + "星期五 ";
    if (weekday == 6) myclock = myclock + "星期六 ";
    if (weekday == 0) myclock = myclock + "星期日 ";
```

```
          document.getElementById("thedate").innerHTML = myclock ;

     }
     www_helpor_net();
  -->
</script>
```

7.6.5 无刷新联动菜单

使用下拉菜单（select)可以提供一些选项供用户选择，是一项很友好的功能。可如果把过多的选项放在一起，选择的优势就不存在了。比如注册的时候让用户填写哪个城市。这时我们可是用 JavaScript 实现联动联动选项，选择省市后，再选城市。

示例代码如下：

```
<html><head>
     <script language="javascript">
var cityArr = [];
cityArr["hebei"] = [ {txt:"石家庄", val: "sjz"}, {txt:"邢台", val: "xt"}]
cityArr["shandong"] = [ {txt:"济南", val: "jn"},{txt:"日照", val: "xt"}]
function clearCity(listObj){
     var len = listObj.options.length;
     for( var i=0; i<len; i++) {
          listObj.options[0] = null;
} }
function loadCity(){
     var ctrlProv = document.getElementById("ProvList");
     var ctrlCity = document.getElementById("CityList");
     clearCity(ctrlCity);                    /*清空原有选项*/
     var selProv = ctrlProv.value;
     var citylist = cityArr[selProv];     /*得到所选省市的城市列表*/
     if(citylist == null)                 /*在数据中没找到相应的城市列表*/
          return;
     var len = citylist.length;
     for( var i=0; i< len; i++)
     {                                    /*向城市下拉列表中增加选项*/
          ctrlCity.options[i]      =      new      Option(citylist[i].txt,
citylist[i].val);
     } }
     </script>
```

```
</head>
<body>
    <form id="form1" name="form1" method="post" action="">
        <select name="ProvList" id="ProvList" onchange="loadCity();">
            <option value="0">--请选择--</option>
            <option value="hebei">河北</option>
            <option value="shandong">山东</option>
        </select>
        <select name="CityList" id="CityList">
        </select>
    </form>
</body></html>
```

在该实例中，使用 onchange 事件，当选择不同的省时，调用 loadCiry()函数。首先清空原有城市选项，然后添加相应的城市列表。页面预览效果如图 7-4 所示。

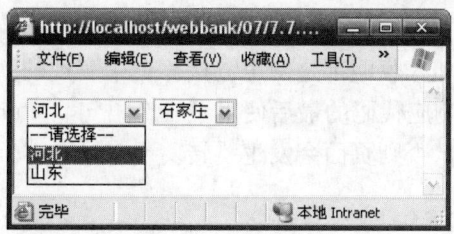

图 7-4 联动菜单的实现

7.6.6 设为首页和加入收藏

这种功能在网上也使用的很多，大部分网站都提供这两个选项。示例代码如下：

```
<html><head>
<SCRIPT language="JavaScript">
    function myFavorite()
    {
        if ( window.sidebar && "object" == typeof( window.sidebar ) &&
            "function" == typeof( window.sidebar.addPanel ) ){      //Firefox
window.sidebar.addPanel( '安皇物流网', 'http://www.thinktrans.cn/', '' );
        }
        else if ( document.all && "object" == typeof( window.external ) ){ //ie
window.external.addFavorite( 'http://www.thinktrans.cn/', '安皇物流网' );
        }
    }
```

149

```
</SCRIPT>
</head><body>
    <a href="JavaScript:myFavorite();">加入收藏</a> |
    <A onClick="this.style.behavior='url(#default#homepage)';
        this.setHomePage('http://www.thinktrans.cn/');return false;"
        href="http://www.thinktrans.cn/#" name="thinktrans">设为首页</A>
</body></html>
```

页面预览效果如图 7-5 所示。

图 7-5 设为首页和加入收藏

在这里，设为首页和加入收藏都是使用链接标记来实现的。在设为首页的链接中，为了阻止跳转动作，事件响应代码的最后使用了一个语句 "return false;"，返回 false 终止点击事件的进一步响应，否则页面会发生跳转。

7.6.7 实现网页对话框

在网页中实现对话框功能，对话框也是一个页面。下面的示例展示了如何将页面以对话框的方式打开，以及如何接收返回值。

示例代码如下：

```
<html><head>
<script language="javascript">
    function openDlg()
    {
        retUrl=window.showModalDialog("dlg.html",window,
            "dialogWidth=510px;dialogHeight=150px;status=no");
        if(retUrl && retUrl!="") {
            oOption = new Option(retUrl, retUrl);
            document.getElementById("txtselect").add(oOption);
        }
    }
</script>
</head><body>
```

```
    <form id="form1" name="form1" method="post" action="">
        <select name="txtselect" id="txtselect">
        </select>
        <input type="button" name="Submit" value="按钮"
            onClick="openDlg();" />
        </form>
    </body>
</html>
```

对话框文件 dlg.htm 内容如下：

```
<html><head>
<title>请您填写网址</title>
<script language="javascript">
    function ClickOk()
    {
        var url=document.getElementById("txtUrl").value;
        if(url==null||url=="http://")
            return(false);

        window.returnValue=url;
        window.close();
    }
</script></head><body>
<form name="Edit" id="Edit">
    <table border="0" cellpadding="0" align="center" width="500">
        <tr>
            <td width="30" align="right" height="30">URL:</td>
            <td height="30">
                <input type="text" ID="txtUrl" value="http://"  />
            </td>
            <td width="56" align="center" height="30">
<input type="button" name="bntOk" value="确认" onClick="ClickOk()" />
            /td>
        </tr>
    </table>
</form>
</body></html>
```

页面预览效果如图 7-6 所示。

图 7-6 实现页面对话框

该示例实现了页面对话框，在对话框被关闭以前，不允许在原页面上进行操作。程序语句 retUrl=window.showModalDialog(...)，表示将目标页面以模态对话框打开，并使用 retUrl 接受对话框的返回值。

在对话框文件中，<form name="Edit" id="Edit">语句也和普通页面的 form 标签用法不同，不可以写 action，method 等等属性。

7.6.8 实现旋转菜单

这个示例使用 JavaScript 代码控制页面中层元素的位置，实现旋转菜单。示例如下：

```
<html><head>
<style type="text/css"> .rotatediv {position:absolute;z-index:2;}
    .logo {text-align: center;position:absolute;top:170px;
          left: 120px;width:200px;z-index:0;  }
</style>
<script language="JavaScript">//程序开始
    var objects;
    var pos;
    var r = 100; //旋转半径，可根据需要修改。
    var xoff = 200; //旋转中心 X 坐标
    var yoff = 170; //旋转中心 Y 坐标
    var pi = Math.PI;
    var inc = pi / 360; //旋转步长，把分母改小，则旋转加快。
    function initobj() { //初始化函数，为图层的旋转准备基本数据
        objects = new Array(rotatediv1, rotatediv2, rotatediv3,
rotatediv4);                                //将菜单图层定义为对象数组
        pos = new Array(); //菜单图层位置数组，存放初始位置的圆心角（弧度）。
        pos[ 0] = 0;
        for (var i = 1; i < objects.length; i++) {
```

```
            pos[i] = parseFloat(pos[i - 1] + ((2 * pi) / objects.length));
        }
        rotateobj(true);
    }


    function rotateobj(ctrl) { //使菜单图层旋转还是停止旋转的函数。
        if (ctrl) { //如果"ctrl"为真，则开始计算图层的移动坐标，开始旋转。
            for (var i = 0; i < pos.length; i++) {
                pos[i] += inc;
                objects[i].left = (r * Math.cos(pos[i])) + xoff
                objects[i].top = (r * Math.sin(pos[i])) + yoff
            }
            rotateTimer = setTimeout("rotateobj(true)", 50);
        }                              //每 50 毫秒刷新一次。
        else //如果"ctrl"不为真，则停止旋转。
            clearTimeout(rotateTimer);
    }
</script></head>
<body style="background:#CCCCCC">
    <div id="rotatediv1" class="rotatediv" onmouseover="rotateobj(false)"
        onmouseout="rotateobj(true)"><p><a href="#">搜索</a><br></p>
    </div>
    <div id="rotatediv2" class="rotatediv" onmouseover="rotateobj(false)"
        onmouseout="rotateobj(true)"><p><a href="#">论坛</a><br></p>
    </div>
    <div id="rotatediv3" class="rotatediv" onmouseover="rotateobj(false)"
        onmouseout="rotateobj(true)"><p><a href="#">博客</a><br></p>
    </div>
    <div id="rotatediv4" class="rotatediv" onmouseover="rotateobj(false)"
        onmouseout="rotateobj(true)"><p><a href="#">邮箱</a><br></p>
    </div>
    <div class="logo"><p>我的旋转菜单</p></div>
    <script LANGUAGE="JavaScript">/* 初始化变量，为事件调用程序作准备*/
        var isNS = (navigator.appName == "Netscape" &&
                        parseInt(navigator.appVersion) >= 4);
        var rotatediv1 = (isNS) ?
            document.rotatediv1 : document.all.rotatediv1.style;
        var rotatediv2 = (isNS) ?
```

```
        document.rotatediv2 : document.all.rotatediv2.style;
    var rotatediv3 = (isNS) ?
        document.rotatediv3 : document.all.rotatediv3.style;
    var rotatediv4 = (isNS) ?
        document.rotatediv4 : document.all.rotatediv4.style;
    initobj();
    </script>
</body></html>
```

页面预览效果如图 7-7 所示。

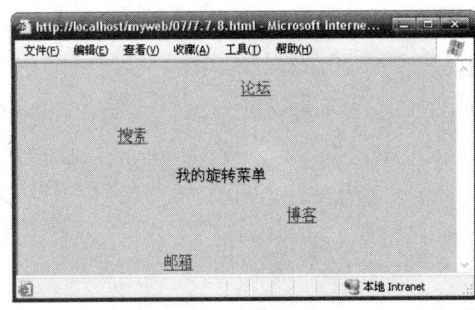

图 7-7　实现旋转菜单

7.7　本章小结

　　本章首先讲解了 JavaScript 的优点，基本语法，并以一个实例引入 JavaScript 事件，讲解了事件的概念和使用方法。接下来讲解 JavaScript 的核心内容，即对象和对页面对象的访问，其中自定义对象部分是 JavaScript 语言知识的精髓所在。最后运用前面讲解的知识，实现了几个网络上常用的功能和特效。

习 题 7

【单选题】

7.1　我们可以在 HTML 元素中放置 JavaScript 代码（　　）。

A．<script>　　　　　　　　　　　　　B．<JavaScript>

C．<js>　　　　　　　　　　　　　　　D．<scripting>

7.2　输出"Hello World"的正确 JavaScript 语法是（　　）。

A．document. write("Hello World")　　　B．"Hello World"

C．response. write("Hello World")　　　D．("Hello World")

7.3　引用名为"xxx.js"的外部脚本的正确语法是（　　）。

A．<script src="xxx.js">　　　　　　　B．<script href="xxx.js">

C．<script name="xxx.js">　　　　　　D．外部脚本必须包含<script>标签

7.4　创建函数命令是（　　）。

A．function: myFunction()　　　　　　B．function myFunction()

C．function=myFunction()　　　　　　D．myFunction()

7.5　当 i 等于 5 时执行某些语句的条件语句是（　　）。

A．if (i==5)　　　　B．if i=5 then　　　　C．if i=5　　　　D．if i==5 then

7.6　要想显示另一个图像，需要更改 image 对象的（　　）属性。

A．href　　　　B．src　　　　C．name　　　　D．alt

7.7　打开名为"window2"的新窗口的 JavaScript 语法是（　　）。

A．open.new("http://www.w3schools.com","window2")

B．window.open("http://www.w3schools.com","window2")

C．new ("http://www.w3schools.com","window2")

D．new.window ("http://www.w3schools.com","window2")

7.8　语句（　　）会产生运行错误。

A．var obj　　=　　( );　　　　　　B．var obj　　=　　[ ];

C．var obj　　=　　{ };　　　　　　D．var obj　　=　　/ /;

7.9　不属于 JavaScript 保留字的单词是（　　）。

A．with　　　　B．parent　　　　C．class　　　　D．void

7.10　关于表单验证功能的实现，下面说法正确的是（　　）。

A．在<body>标签中使用 onSubmit 事件

B．在<head>标签中使用 onSubmit 事件

C．在<form>标签中使用 onSubmit 事件

D．在提交按钮标签中使用 onSubmit 事件

【程序设计题】

7.11　写出函数 DateDemo 的返回结果，系统时间假定为今天。

```
function DateDemo () {
var d, s = "今天日期是: ";
d = new Date ();
s += d.getYear () + "年";
s += d.getMonth () + "月";
s += d.getDate () + "日";
return (s);
}
```

7.12　编程序求出 sum 的值：

```
sum=1+2+3+4+...+100;
```

第8章 Fireworks CS4基础

Fireworks CS4 是 Adobe 公司推出的专门针对网络图形设计的工具软件，是专业网络图像设计和处理的最好选择之一。Fireworks 把位图处理和矢量处理完美的结合在一起，并提供图像的优化和预览功能，大大简化了网页图像和屏幕图形的制作过程。有了 Fireworks，设计者的工作就不再是复杂地从一个工具转到另一个工具，大量的重复工作被省略，由此可以节省大量宝贵的时间。

使用 Fireworks CS4，可以在一个专业化的环境中创建和编辑网页图像、对其进行动画处理、添加高级交互功能以及优化图像。Fireworks 与多种产品集成在一起，包括 Adobe 的其他产品（如 Dreamweaver、Flash 等）和其他图像应用程序及 HTML 编辑器，从而提供了一个真正集成的 Web 解决方案。

Fireworks 对传统的商业印刷而言不是创建和修改图像的最佳工具，但对网络图像的设计来说，一定是最佳的选择。相对于其他工具而言，Fireworks 的优势还包括高效率、方便性、适应性。

8.1 熟悉工作环境

启动 Fireworks CS4，打开任意文档，主窗口如图 8-1 所示。

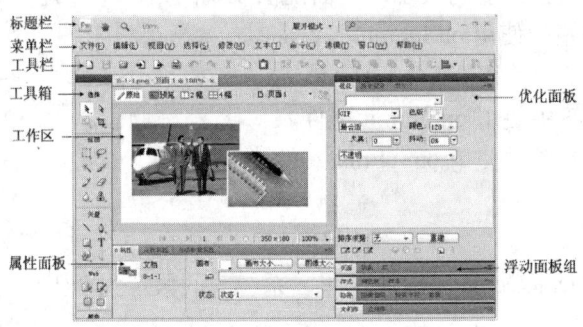

图 8-1 Fireworks 窗口界面

主窗口主要包括标题栏、菜单栏、工具栏、工具箱、工作区、属性面板、优化面板以及其他浮动面板（组）等。

1. 标题栏

Fireworks CS4 自绘制的标题兰，除了常规的窗口功能外，还设置了几项常用功能按钮，依次为：手形工具、缩放工具、缩放级别、界面显示模式、在线帮助搜索等。在 Fireworks 窗口宽度足够大的情况下，还可以和菜单栏合为一行，使得界面更为简洁。

2. 菜单栏

Fireworks 菜单栏包含了 Fireworks 所提供的全部命令。并将不同命令分为“文件”、

"编辑"、"视图"、"选择"等10个菜单组。

3．工具栏

Fireworks CS4 的工具栏即"主要工具栏"。提供基本的文件操作和编辑操作等命令按钮。

4．工作区

Fireworks 的工作区中间的部分就是图像设计的编辑区域；上面有四个选项卡，分别是原始状态、预览状态、两幅图预览、四幅图预览，这都是为了方便图像的对比优化；工作区的下方是文档状态栏，其重要显示参数是位于状态栏右边的"页面预览"和"设置缩放比率"，如果制作 GIF 动画，其中间部分的播放按钮将变为可用状态。

5．属性面板

Fireworks 使用最频繁的面板之一。属性面板的内容根据文档内选择对象的不同而不同，通过它可以对图像中的不同的对象设置相应的参数或属性。

6．优化面板

针对网络图像的特点所提供的进行图像优化设置的浮动面板。

7．浮动面板组

Fireworks CS4 所提供的浮动面板都可以根据自己的喜好打开、关闭、收缩、组合和分离，多个浮动面板的组合就称为浮动面板组。

8．工具箱

工具箱中包含了图像绘制和处理操作中常用的工具。工具按钮的功能见表8-1。

表 8-1 工具箱工具说明

分组	工具	名称	说　明
选择		指针	选择该工具后，使用鼠标在绘图选择对象 可切换工具：选择后方对象工具
		部分选定	可以选中对象的一部分或矢量图的控制点
		缩放	将选中的对象进行缩放变形。可切换工具：倾斜工具；扭曲工具
		剪裁	双击将图像剪裁到指定大小。可切换工具 导出区域工具
位图		选取框	按矩形选取位图的部分区域，可切换工具：椭圆选取框
		套索	可画出任意形状的选取路径。可切换工具：多边形套索工具

（续表）

分组	工具	名称	说　明
位图		魔术棒	按颜色范围范围自动选取
		刷子	绘制一定宽度的任意线条
		铅笔	绘制任意形状线条
		橡皮工具	按一定宽度和浓度对位图进行擦除操作
		模糊	通过有选择地模糊元素的焦点来强化或弱化图像的局部区，可切换工具：△ 锐化、减淡、烙印、涂抹。
		橡皮图章	将图像的一个区域复制或克隆到另一区域，可切换工具：颜色替换，红眼消除
矢量		直线	绘制直线
		钢笔	绘制直线或曲线路径，可切换工具：矢量路径、重绘路径
		矩形	绘制矢量矩形，可切换工具：椭圆等等多种几何形状
		文本	向图像中插入文本
		自由变形	对已有的矢量路径自由变形，可切换工具：更改区域形状、路径洗刷工具-添加、路径洗刷工具-去减
		刀子	将已有路径切割断开
Web		矩形热点	在图像中创建矩形热点链接，可输出为 HTML，可切换工具：圆形热点、多边形热点
		切片	在相片图像中划分切片，可输出为 HTML 和切片图像。可切换工具：多边形切片
		隐藏切片和热点	隐藏切片和热点的的显示，方便进一步编辑和处理
		显示切片和热点	显示切片和热点，查看或进一步加工切换和热点
颜色		滴灌	选取该工具，可从图像内任意位置吸取颜色值
		油漆桶	将选定区域填充为设定的颜色
		笔触颜色	设定绘制矢量图时的笔触颜色
		填充颜色	设定绘制矢量图时的填充颜色
		颜色设置	笔触或填充颜色设置，分别为：设置为默认颜色、设置为无、笔触和填充颜色互换。
视图		标准屏幕模式	默认的文档窗口视图
		带菜单的全屏模式	是一个最大化的文档窗口视图，其背景为灰色，上面显示菜单、工具栏、滚动条和面板。
		全屏模式	是一个最大化的文档窗口视图，其背景为黑色，上面没有可见的菜单、工具栏或标题栏。
		手形	移动视图区域，当图像较大是，在视窗内移动图像
		缩放	放大或缩小视图显示，快捷键：Ctrl+=方法、Ctrl+-缩小

8.2 绘制和编辑对象

下面让我们开始 Fireworks 的奇妙旅程吧。在这里，我们将一面学习 Fireworks 基本图像的绘制，一面熟悉 Fireworks 界面上各种工具和命令的使用。

8.2.1 矢量图和位图概念

在开始绘制之前，我们先来学习一下矢量和位图的概念。

1．矢量图像

矢量图像使用数学的方法描述，是用包含颜色和位置属性的直线或曲线（即称为矢量）来描述图像属性的一种方法。比如说一个椭圆，它就包括由通过椭圆边缘的一些点组成的轮廓和轮廓内的点两部分。

对于矢量图像，椭圆的颜色取决于椭圆轮廓曲线的颜色和轮廓封闭的区域颜色，与轮廓内单独的点无关。我们可以通过修改描述椭圆轮廓的直线或曲线来更改椭圆的性质，也可以移动、放缩、变形，或者在不改变图像显示质量的前提下，改变具有矢量性质的椭圆的颜色。

矢量图像具有独立的分辨率，也就是说我们以各式各样的分辨率来显示矢量图像，它都不会失真。

2．位图图像

位图图像是用每一个栅格内不同颜色的点来描述图像属性的，这些点就是我们常说的像素。就拿前面的椭圆来说吧，也可以由所有组成该椭圆的像素的位置和颜色来描述。因为编辑位图时，修改的是像素，而不是直线和曲线。因此无法通过修改描述椭圆轮廓的直线或曲线来更改椭圆的性质。

位图图像的分辨率不是独立的，因为描述图像的数据是对特定大小栅格中图像而言的，因此，编辑位图会改变它的显示质量，尤其是放缩图像，会因为图像在栅格内的重新分配而导致图像边缘粗糙。在比位图图像本身的分辨率低的输出设备上显示图像也会降低图像的显示质量。

从图 8-2 可以看出矢量图和位图的区别：矢量图用数学的方法描述，放大的时候不会失真；而位图由若干像素组成，图像放大的时候，是图像处理软件按一定的算法添加点，但边界或颜色变化的地方就会出现锯齿。

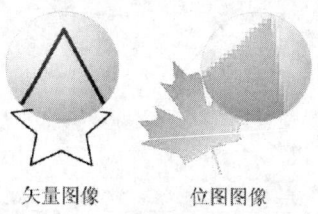

矢量图像　　　位图图像

图 8-2　矢量图像和位图图像的区别

关于矢量和位图还有一点要讲，就是矢量图可以转化成位图，而位图无法转化成矢量图。

8.2.2　矢量工具入门

绘制矢量图是 Fireworks 的基本功能，也是 Fireworks 较其他工具强大的地方，首先讲解一下矢量图形的绘制。在 Fireworks 的工具箱面板上，矩形工具下有一个小三角形，可切换出多种几何图形。所以不要以为 Fireworks 提供的矢量工具只有这么六种，还有很多藏在下拉菜单里呢。这些工具的功能非常强大，画图所需的矢量图像都可以用它们做出来。

直线工具的使用最为简单，用鼠标选中直线工具后，移到画图区域，鼠标会变成十字形状。按下鼠标左键，拖拽到终点处松开鼠标，即可出现一条直线；拖拽鼠标的同时按住键盘上的 Shift 键，也可以画出垂直、水平和45°角的直线；通过属性面板参数的设置，也可以绘制出其他样式的直线，如图 8-3 所示。

图 8-3　直线工具的使用

8.2.3　钢笔工具

钢笔工具的使用非常灵活，既可以绘制直线，折线，也可绘制曲线。熟练掌握钢笔工具后，可以快速绘制任意图像。要害就是耐心。在我们制作矢量图的过程中，钢笔工具可是基础中的基础，如果钢笔用的好，作起图来将会十分的轻松和得心应手。我们用钢笔工具绘制一个心形来讲解钢笔工具的使用。操作步骤如下：

（1）新建一个文件，画布大小 400×300 像素，背景色为白色。

（2）选中钢笔工具后，修改属性面板上的参数，将笔触选项设为"铅笔—1 像素柔化"，颜色为黑色（#000000），填充选为无。在画布上点四个点，做出心形的轮廓，如图 8-4 所示。

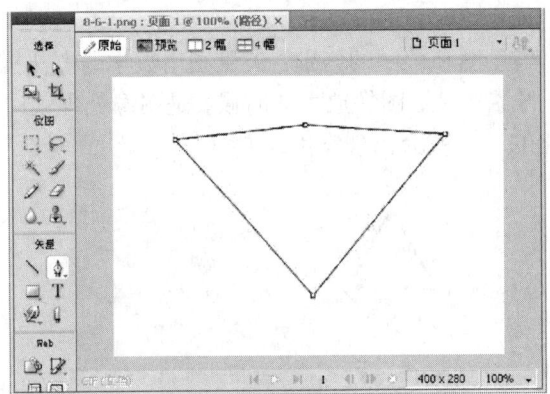

图 8-4　绘制心形轮廓

（3）选中"部分选定"工具▸，选中图形，轮廓的四个控制点为空心方形，使用钢笔工具♦可以拖拽出四个节点的控制点，调节控制点，做出心形的曲线轮廓，如图8-5所示。

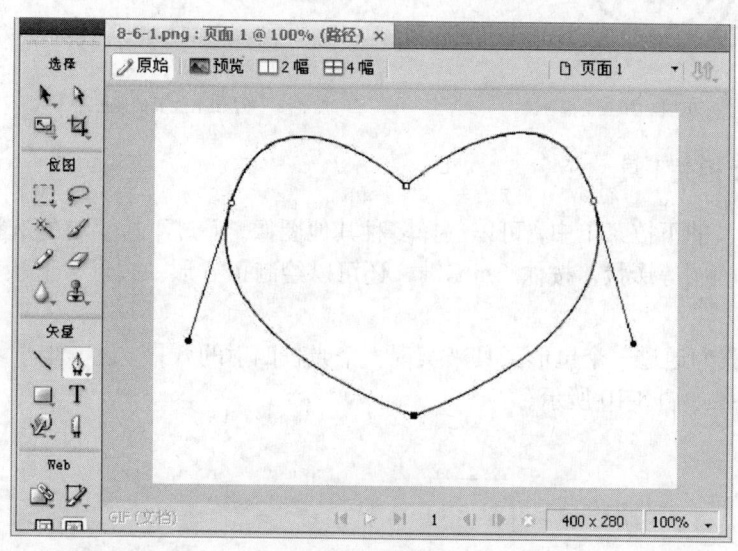

图8-5 心形的曲线轮廓

（4）选中刚刚画好的路径，在属性面板里修改该路径属性，将笔触选为"无"，填充颜色为实心橙红色（#ff3300），如图8-6所示。

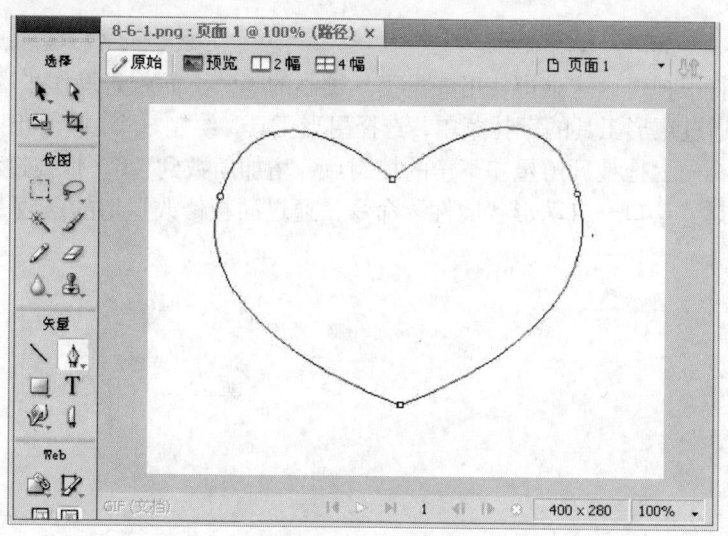

图8-6 设置笔触和填充

下面我们来看矢量路径工具▱和重绘路径工具▱。

使用矢量路径工具，按住鼠标左键，调节一下矢量路径工具的笔触选项，然后在一个画布上随意的了个螺旋线（如图8-7所示）；再使用重绘路径工具修改路径，如图8-8所示。

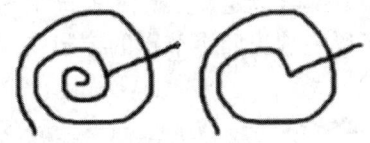

图 8-7　矢量路径工具画的螺旋线　　　　图 8-8　重绘路径工具的使用

8.2.4　矩形及相关工具

在矩形工具的下拉菜单中，可以选择多种其他图像。通过下拉菜单的选择，可以分别绘制矩形、椭圆等形状，按住 Shift 键，还可以绘制正方形、圆形等形状，如图 8-9 所示。

在这里，我们通过一个星形工具来实现一个光芒四射的效果，进一步学习该工具的使用。最终效果如图 8-10 所示。

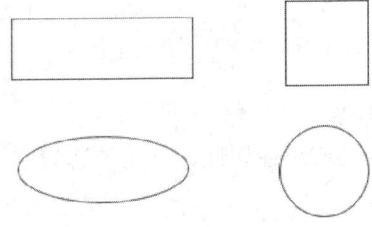

图 8-9　基本形状绘制　　　　　　　　　图 8-10　光芒四射的效果

是不是觉得很神奇，这难道使用矢量工具绘制的吗？下面就是操作步骤：

（1）首先通过矩形工具的下拉菜单，选择星形工具，绘制一个星形如图 8-11 所示。

（2）用鼠标向上拖拽五角星左下角的控制点，增加角数到 20，拖拽过程中会有提示显示；或选择"窗口—自动形状属性"命令，通过面板修改星形的角数。如图 8-12 所示。

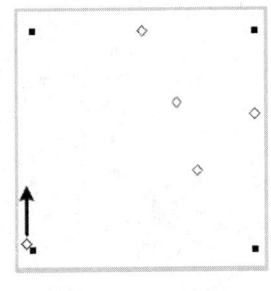

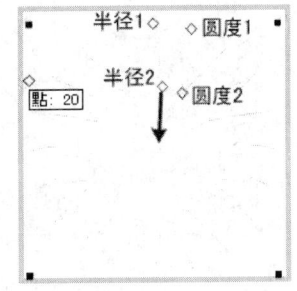

图 8-11　绘制星形　　　　　　　　　图 8-12　调整角数为 20

（3）然后将控制点"半径 2"向星形中心拖拽，如图 8-13 中箭头所示。

（4）接下来，增大"圆度 2"，缩小"半径 1"，按图 8-14 所示。

162

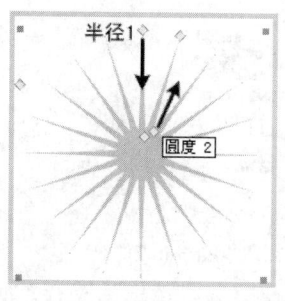

图 8-13 增大圆度 2、缩小半径 1

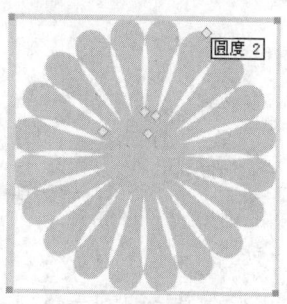

图 8-14 继续增大圆度 2

（5）继续增大"圆度 2"，使之超出绘图区域的范围，即可看到光芒四射的效果。

8.2.5 文本工具

网络图像的制作当然离不开文本。在 Fireworks 里刚创建的文本对象，既不是位图对象，也不是普通的矢量对象。使用文本工具就可以在图像中输入文本，步骤如下：

（1）在工具箱面板选择文字工具，在图像中输入文本，使用属性面板修改文字属性，字体为隶书，字号 38，颜色为黑色（#000000），垂直间距 150%，如图 8-15 所示。

图 8-15 在图像中输入文字

注：对文本对象，可以像其他矢量对象一样进行变形，设置笔触、填色等效果，但却不能使用部分选定工具编辑节点。这就是文本不同于一般矢量对象的地方。

（2）在编辑器选中文本对象，使用属性面板的"设置文字方向"工具，如图 8-16 所示。将文本排列设置为垂直方向、从左向右排列。文字效果如图 8-17 所示。

（3）在菜单栏选择"文本—转化为路径"命令，文本转化为路径。使用"部分选型"工具编辑节点，并用"缩放工具"缩放路径，如图 8-18 所示。

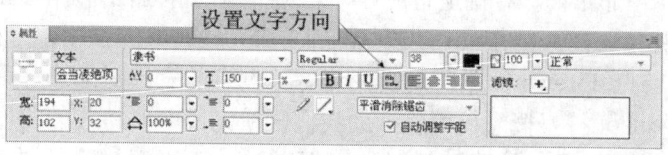

图 8-16 设置垂直文本

图 8-17 垂直文本效果　　　　　　　　　　　图 8-18 文本转化为路径

注：文本不是普通的矢量对象，要编辑其节点，就要先把文本转化为路径。而一旦转化为路径，就再也不能使用文字工具进行编辑了。

(4) 使用部分选取工具，可拖拽路径节点，改变路径形状，如图 8-19 所示。

(5) 编辑完成后，在菜单栏选择"修改—平面化所选"，将其转化为位图，如图 8-20 所示。

图 8-19 文本转化为路径　　　　　　　　　　图 8-20 最终效果

矢量工具的使用非常灵活，这里的介绍旨在抛砖引玉。要想灵活掌握矢量工具的使用，还需要多多练习。

8.3 GIF 动画

GIF 图片以 8 位颜色或 256 色存储单个光栅图像数据或多个光栅图像数据。GIF 图片支持透明度、压缩、交错和多图像图片（动画 GIF）。GIF 透明度不是 alpha 通道透明度，不能支持半透明效果。GIF 压缩是 LZW 压缩，压缩比大概为 3：1。

优点：GIF 广泛支持 Internet 标准。支持无损耗压缩和透明度。动画 GIF 很流行，易于使用许多 GIF 动画程序创建。

缺点：GIF 只支持 256 色调色板，因此，详细的图片和写实摄影图像会丢失颜色信息，而看起来却是经过调色的。在大多数情况下，无损耗压缩效果不如 JPEG 格式或 PNG 格式。GIF 支持有限的透明度，没有半透明效果或褪色效果（例如，alpha 通道透明度提供的效果）。

GIF 动画的原理非常简单，就是将一幅幅差别细微的静态图片不停地轮流显示，就好像在放映电影胶片一样。制作 gif 动画一直都是 Fireworks 的强项，方便、快捷、自由是 Fireworks 的特点。Fireworks 的绝对自由正好给创意的发挥提供了一个最好的舞台：从 Flash 引入的 symbol 符号概念，可以帮助我们轻松完成一些特效的制作；使用 frame 时间帧来控制动画的进程，和我们平时的习惯一致。下面以一个旋转动画为例讲解

Fireworks 中动画的创建。

（1）启动 Fireworks，新建一个 300×300 的文件，在菜单栏选择"编辑—插入—新建元件"命令，弹出"转换为元件"对话框，类型选择"图形"，名称任意，单击"确定"按钮。

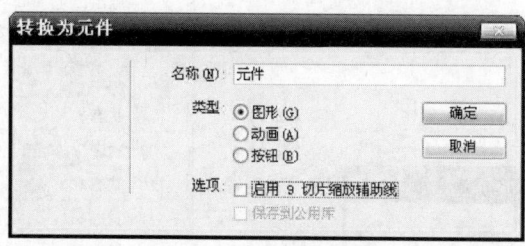

图 8-21 新建图形元件

（2）输入一段文字，并画一个圆，注意按 Shift 键可以画出正圆形，如图 8-22 所示。

（3）同时选中文本和圆两个对象，在菜单栏选择"文本—附加到路径"命令，使文本附加到圆上，如图 8-23 所示。

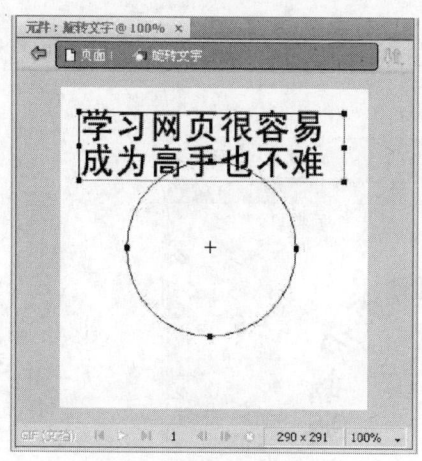

图 8-22 旋转动画元件绘制

图 8-23 文字附加到路径

（4）点"完成"按钮，关闭元件视图，这时 Fireworks 已经在文件中我们自动插入了一个元件，可以通过"窗口—库"命令打开库面板查看刚建立的元件。在库面板中双击元件也可以再打开元件编辑界面进行编辑。

（5）在文件视图中选中元件后，通过菜单"编辑—克隆"命令，复制元件。这时元件是重叠在一起的。选中其中一个，利用变形工具，旋转一定角度。

注：这时，可通过菜单"窗口—层"命令打开层面板，可以更方便进行对象的选择。

（6）同时选中两个对象，通过菜单选择"修改—元件—补间实例"命令，打开"补间实例"对话框，如图 8-24 所示。

注：步骤数字是指在原有对象之间插入多少对象，如图插入 10 个，则操作后总共有 12 个对象。选择"分散到状态"选项，就可以实现动画了。

（7）在菜单栏选择"窗口—状态"命令，打开状态面板，状态列表如图 8-25 所示。

图 8-24 补间实例对话框

图 8-25 帧面板的显示

注：帧面板上，每一帧后面的 7 代表播放的时间，以 1/100 秒为单位，7 代表 7/100 秒。帧的名字和时间都可以通过双击来修改。

（8）通过文档状态栏上的"播放/停止"按钮，即可看到动画效果了，如图 8-26 所示。

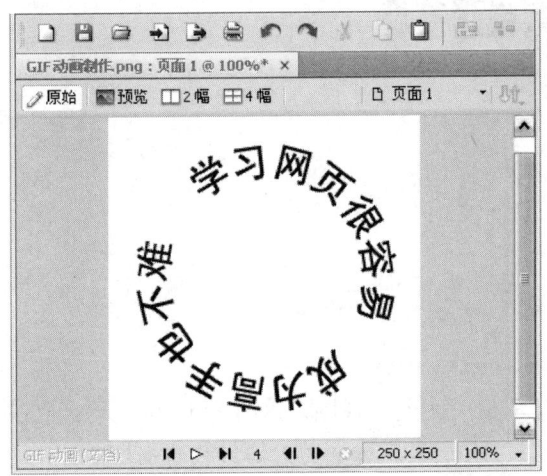

图 8-26 查看 GIF 动画效果

在这里，我们通过一个元件来创建 GIF 动画，有两个出发点：一是想用尽量少的篇幅，让大家接触尽量多的内容，另一个是简化该实例。通过帧面板的操作，我们是可以一帧一帧来绘制的，但那样会使 GIF 内容的讲解变得复杂化。

8.4 图像优化和导出

网络上最常用的图片格式有 GIF，JPEG 两种格式。其中，GIF 格式的是最流行的网络图像格式，尽管这种格式只能支持 256 色，却能提供良好的，损失极少的压缩比。

另外，GIF 格式可以做成透明和多帧动画。JPGE 格式支持 24 位真彩色，常用来保存照片图像，由于使用了一种压缩比很高的有损压缩格式，图片质量会下降，但是文件很小。

通过菜单"窗口—优化"命令，打开 Fireworks 的优化面板，如图 8-27 所示。

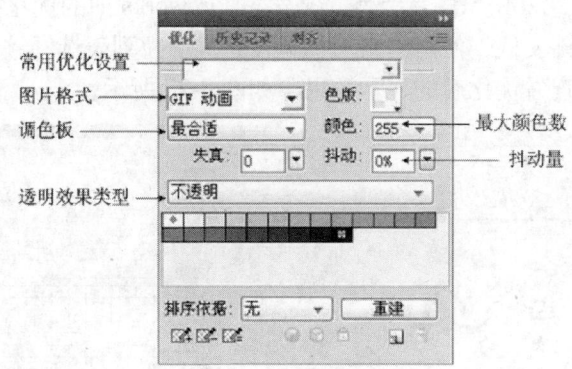

图 8-27 Fireworks 优化面板

Fireworks 为我们提供了丰富的优化功能，简要介绍如下：

① 常用优化设置：列出的是几个图片格式和调色板的常用组合；

② 图片格式：下拉列表列出了常用的图片格式，包括 GIF、JPGE，PNG，WBMP，TIFF，BMP 等格式。

③ 调色板：如果设置的 8 为颜色，比如 GIF 格式或 TIFF8 格式，就会涉及调色板的问题。而如果输出是 24 位或 32 位真彩色，则不涉及调色板的问题。调色板下拉列表列出了经常使用的调色板。常用于网络的调色板是：最合适、Web 最合适和 Web216 三个。

Web216 严格限制图片颜色在 216 中网页安全色之中，最合适调色板是有优化调色板，Web 最合适是介于以上两者之间的调色板。灰度调色板常用来表现灰度图像，黑白调色板使用黑白两种颜色来表现图像。

这里介绍一下 Web216 的概念。在计算机中，使用数值来表示颜色，因此，显示设备、操作系统、显示卡以及浏览器的不同而有不尽相同的显示效果。即使你的网页使用了非常合理、非常漂亮的配色方案，但是如果每个人浏览的时候看到的效果都各不相同，那么你的配色方案的意愿就不能够非常好地传达给浏览者。

那么我们要通过什么方法才能解决这一问题呢？答案就是——216 网页安全色。216 网页安全色是指在不同硬件环境、不同操作系统、不同浏览器中都能够正常显示的颜色集合（调色板）。所以使用 216 网页安全色进行网页配色可以避免原有的颜色失真问题。网络安全色是当红色（Red）、绿色（Green）、蓝色（Blue）颜色值为 0、51、102、153、204、255 时构成的颜色组合，它一共有 $6 \times 6 \times 6 = 216$ 种颜色（其中彩色为 210 种，非彩色为 6 种）。

① 透明效果类型：如果使用 GIF 或 PNG 格式，还应设置图像的透明颜色，Fireworks CS4 提供了三种透明模式供选择：不透明，索引色透明和 Alpha 透明度，其中 Alpha 透明为通道透明色。透明效果在 Fireworks CS4 中以白色和灰色小方格相间的形式表示。

② 最大颜色数：控制了图像中可能的颜色数量，改变最大颜色数，图像预览窗口的显示立刻改变。

③ 抖动量：控制图像的抖动量，增加抖动会增加图像的大小。

下面就以优化图 8-20 所示图片为例，来学习 Fireworks 中的优化操作。操作如下：

（1）打开图像文件文件，使用"常用优化设置"下拉列表选择"GIF 网页 216"，打开图像预览视图，查看优化后的显示效果，如图 8-28 所示。

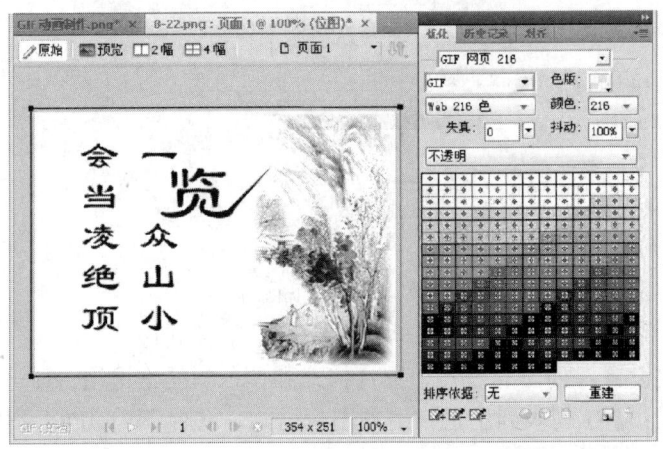

图 8-28　预览优化效果

（2）为了方便设计者进行对比优化，Fireworks 还提供了 2 幅图预览和 4 幅图预览。点四幅图预览，左上角为原始图像，另外三幅可分别设置不同的优化格式，以便进行对比优化。在图片大小和显示效果之间选出一个最佳结合点。在进行预览的时候，Fireworks 还会显示出图片的尺寸、在 56Kbps 调制解调器的下载时间等等参考数据，如图 8-29 所示。

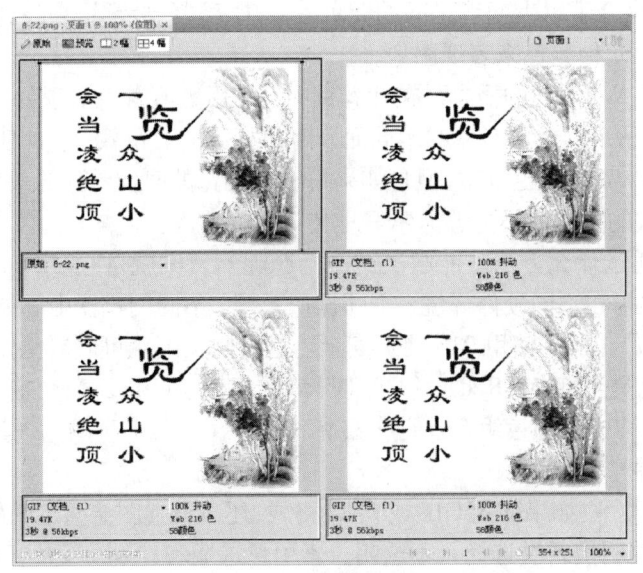

图 8-29　四幅图预览

优化的目的就是要导出更符合要求的图像。设置好优化参数后，通过菜单使用"文件—导出"命令，弹出导出文件对话框。输入文件名后，单击导出按钮，图像就按设置好的优化格式输出了。

8.5 本章小结

本章在熟悉 Fireworks 工作环境的基础上，以实例为线索，重点学习了 Fireworks 的矢量工具的使用。矢量图绘制是 Fireworks 功能强大所在，矢量工具使用灵活多变，需要多多练习。然后讲解了 GIF 动画的制作，在 Fireworks 中制作动画变得非常简单。最后讲解了图像的优化和导出，导出后的图像就可用于网站制作了。

习 题 8

【单选题】

8.1 位图图像的基本要素是（ ）。
A．路径　　　　B．像素　　　　C．点　　　　D．帧

8.2 在 Fireworks 中新建和打开一个文档，会创建一个（ ）格式的文档。
A．GIF　　　　B．PNG　　　　C．PSD　　　　D．TIF

8.3 使用菜单"文件—保存"，现有的文件将以（ ）格式保存。
A．GIF　　　　B．PNG　　　　C．PSD　　　　D．JPG

8.4 对于矢量图像和位图图像，执行放大操作，则（ ）。
A．对矢量图像和位图图像的质量都没有影响
B．矢量图像无影响，位图图像将出现马赛克
C．矢量图像出现马赛克，位图图像无影响
D．矢量图像和位图图像都将受到影响

8.5 在 Fireworks 中下面（ ）格式是不能输出的。
A．SWF　　　　B．HTML　　　　C．PSD　　　　D．PDF

【多项选择】

8.6 下列关于 Fireworks 中的"帧"描述正确的是（ ）。
A．可以将对象从一个帧移到另一个帧。
B．通过创建多个帧可以生成动画
C．每个帧也都有若干相关的属性
D．通过设置帧延时或隐藏帧，可以在制作编辑过程中使动画达到自己想要的效果。

8.7 下面对文件导出和保存叙述正确的是（ ）。
A．文件导出可以选择多种格式　　　　B．保存文件的格式只有 PNG
C．在导出同时进行文件的优化　　　　D．导出和保存只是两种形式，效果一样

8.8　下列哪些是 Fireworks 提供元件的类型（　　　）。

A．图形　　　　　B．动画　　　　　　C．导航条　　　　　　D．按钮

8.9　Fireworks 中，下面关于将文本转化为路径的叙述正确的是（　　　）。

A．除非使用"撤销"命令，否则不能撤销。

B．会保留其原来的外观。

C．可以和普通的路径一样进行编辑。

D．可以重新设置字体、字型、颜色等文字属性。

8.10　Fireworks 的文字特性有（　　　）。

A．可以随时对文本进行编辑。

B．文字对象转化为路径并可保留原来的可编辑性。

C．可以使用 Fireworks 的拼写检查程序纠正拼写错误。

D．应用到路径对象上的操作都可以应用到文字对象。

第 9 章　使用 Fireworks 制作网页图像

通过上一章的学习，大家应该会使用 Fireworks 所提供的画图工具了，但只会基本绘图工具还不够。还需要掌握一些基本的绘图技巧，以及使得 Fireworks 与其他工具结合。Fireworks 的主要的特征就是它特别适合来设计网页上使用的图片。

9.1　导航栏设计

这个实例讲述了如何设计一个简单的导航栏，以及在 Fireworks 中的图像设计如何转化为实际的页面，首先看一下最终页面的效果，如图 9-1 所示。

图 9-1　要实现的导航条效果

效果还不错吧。设计步骤如下：

（1）启动 Fireworks，新建图像文件，使用钢笔工具绘制一个封闭路径，如图 9-2 所示。

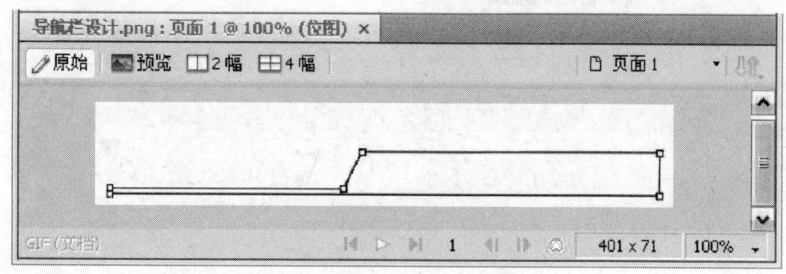

图 9-2　用钢笔工具绘制封闭路径

　　注：绘制的同时按住 Shift 键，可以绘制垂直、水平和 45° 角的直线。

（2）将填充方式设置为线性，默认线性填充是水平方向的，使用油漆桶工具垂直划线，可将线性填充修改为垂直方向填充，如图 9-3 所示。

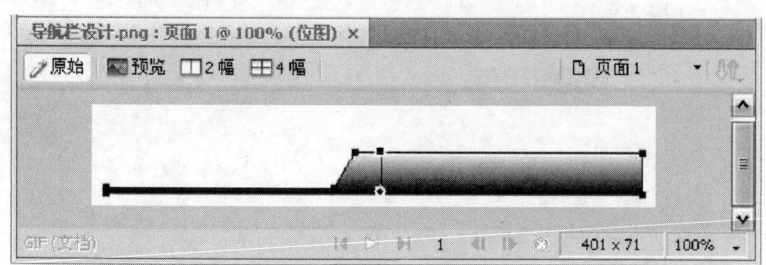

图 9-3　设垂直方向线性填充

（3）合理设置渐变颜色，并在中间增加两个颜色控制点，如图 9-4 所示。

图 9-4 合理设置渐变色

（4）设计页面 Logo：使用文字工具插入"thinktrans.cn"和网站名称"安皇物流网"。将"thinktrans.cn"字体设置为"Impact"，字号为 28 号；并将"cn"的颜色设为红色；"安皇物流网"设置为黑体，水平间距为 60，颜色为为浅灰色（#565F64）；并在两各文字对象中间绘制一条灰线，宽度为 1 像素，颜色为浅灰色（#8F9094），如图 9-5 所示。

图 9-5 用文字对象制作 logo

（5）选择 logo 内所有对象，在菜单栏选择"修改—平面化所选"命令，转化为位图；用橡皮工具擦去"i"上的点，再画上一个小小的圆形，填充为红色；继续添加焦点新闻和导航栏目等，完成导航栏设计，如图 9-6 所示。

图 9-6 完成导航栏设计

现在要思考的问题是，对于这样一个设计，我们如何把它转换为页面呢？下面的讲

解就告诉大家如何变成页面。

（6）首先我们把设计图分割为 6 个部分，如图 9-7 所示。

图 9-7 分割设计图

（7）分析以上的分割，我们可以使用一个有三个行的表格来实现页面的导航条。分割部分 1 是页面 logo，在表格中使用 rowspan 属性，使这个格跨两行；分割部分 2 为空白单元格；分割部分 3 为一个小图；分割部分 4 根据要填写的内容，可以再嵌入表格；分割部分 5 可使用一个宽度很小的一个背景图片，使其在水平方向平铺；分割部分 6 因为高度很小，我们使用表格背景色就足够了。

因此，我们只需要从设计图中分割出四个小图，如图 9-8 所示。

图 9-8 拆分出的小图片

（8）将分割出的四幅小图存到 img 目录下，在 Dreamweaver 中，实现一个三行三列的表格，代码如下：

```
<table border="0" cellpadding="0" cellspacing="0" width="800">
<tr>
    <td style="width: 156px;" rowspan="2">
        <img src="img/logo.gif" alt="logo" width="156" height="50"
    /></td>
    <td style="height: 22px;"></td>
    <td><div style="float:left"><img src="img/arr.gif" /></div>
        <div style="float:left; color: #1C3260; padding-left: 10px;">
            你适合做报关吗?
        </div>
    </td>
</tr>
<tr>
    <td style="height: 28px; width: 14px;">
        <img src="img/d01.gif" width="14" height="28" /></td>
    <td background="img/d02.gif" style="background-repeat: repeat-x;">
```

```
        <div style="color: #FFFFFF; padding-top: 4px; padding-left:
20px;">
            首页 | 资讯 | 人才 </div></td>
    </tr>
    <tr>
        <td style="height:4px; background: #DCAD7E;" colspan="3"></td>
    </tr>
    </table>
```

导航条的效果如图 9-9 所示。

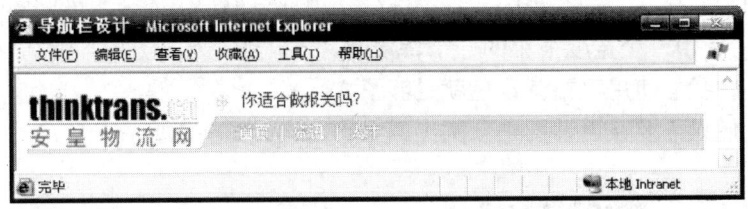

图 9-9　导航条预览效果

语句<td background="img/d02.gif">使用图片 d02.gif 作为背景，为什么一个小小的图片能够形成很长的导航条呢？ 原来，在 html 里面，作为背景的图片如果小于 html 元素的大小，背景图片在浏览器里会自动以平铺方式充满整个 html 元素的空间。在这里我们在前一个<td>标签里限制了高度，所以图片只在水品方向上平铺。

还可以通过一下 style 语句限制平铺方向：

```
<td background="img/d02.gif" style="background-repeat: repeat-x;">
```

background-repeat 属性共有四个值：

repeat　　　　默认，背景图像将在垂直方向和水平方向重复。

repeat-x　背景图像将在水平方向重复。

repeat-y　背景图像将在垂直方向重复。

no-repeat　　背景图像将仅显示一次。

9.2　标志图像制作

我们先来看看最终的效果，如图 9-10 所示。

图 9-10　图像效果图

本例主要介绍的是图层和基本绘图工具的灵活运用。在本例中，颜色和线条都比

较简单，下面我们就逐步实现以上的效果。

（1）绘制一个圆角矩形，将其边框设置为无、填充颜色为#346799。大小为 276×183 像素，如图 9-11 所示。

（2）绘制一个矩形，边框和填充均为白色，参考尺寸 260×73 像素，如图 9-12 所示。

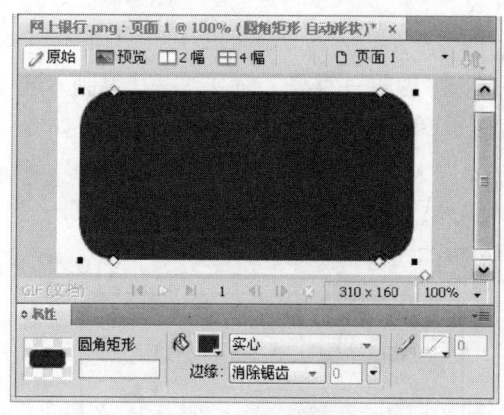

图 9-11　绘制圆角矩形

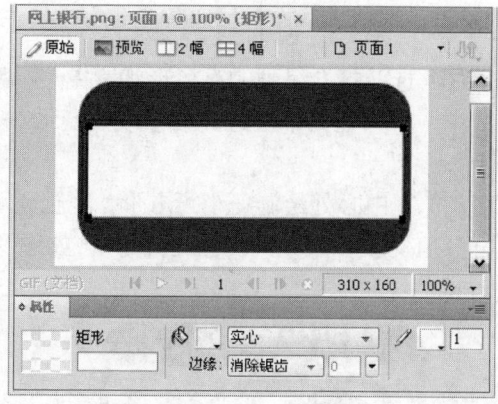

图 9-12　绘制白色矩形

（3）绘制一个圆角矩形，调整大小和位置，使其宽度和前一个白色矩形宽度相等。为了方便读者查看，将边框设置为虚线，大小为 260×49 像素，如图 9-13 所示。

（4）将图 9-13 中的虚线矩形边框设为白色（#ffffff）。在其中白色区域内，按住 Shift 键，绘制正圆形，边框设为无，填充颜色设为#346799，大小为 83×83 像素，可使用滴灌从边框取色，如图 9-14 所示。

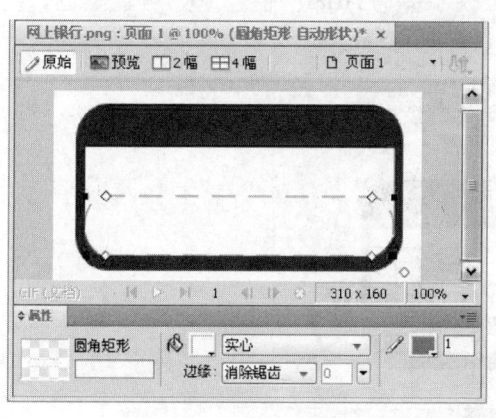

图 9-13　再绘制一个白色圆角矩形

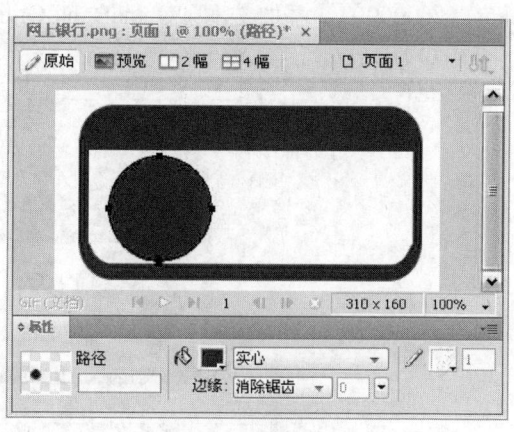

图 9-14　绘制圆形

（5）绘制两个交叉的圆形，下面小圆为白色，上面大圆颜色任意，如图 9-15 所示，同时选中两个圆形，在菜单栏选择"修改—组合路径—打孔"命令，结果如图 9-16 所示。

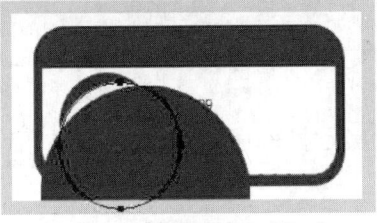

图 9-15 绘制两个交叉的圆   图 9-16 执行打孔命令

（6）选择打孔得到的月牙形状，在菜单栏选择"编辑—克隆"命令，将其复制。选择其中一个，在菜单栏选择"修改—变形—旋转 180°"命令，然后调整其位置，如图 9-17 所示。

（7）在中心处绘制一小正方形，笔触和填充均设为白色，在菜单栏选择"修改—变形—数值变形"命令，设置旋转 45°，如图 9-18 所示。

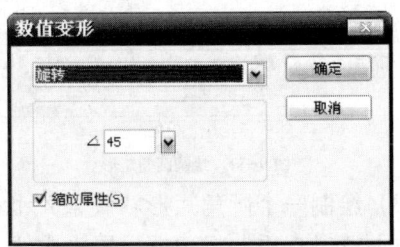

图 9-17 克隆月牙并调整位置   图 9-18 数值变形

（8）最后使用文本工具添加文字对象，添加文本"网上支付采用"，字体为黑体、字号 28、颜色为白色（#ffffff）；添加文本"网上银行"，字体为黑体，字号 36、颜色为黑色（#000000）；添加文本"ChinaBank Online"，字体为 Arial、字号 16，颜色黑色，如图 9-19 所示。

图 9-19 添加文本完成绘制

本实例其实是利用图层之间的遮挡关系，上面的图层会遮挡注下面的图层。在这个实例中，通过实际的操作，练习了 Fireworks 基本工具的灵活运用。

9.3 切片工具的使用

做网站必须要考虑页面的下载速度。在图片质量能够满足要求的情况下，用于网络的图片越小越好。图片优化的方法请参考上一章，这里要讲的是，如果确实有比较大的图片要放到网上，图片在无法再缩小体积的情况下，我们如何来优化网页的下载速度。

Fireworks 是专门为开发网络图片而设计的，它提供了一种图片切割的手段。这种切割原理是：把一张大图片分成若干小图，再使用一个边框和格间距都为 0 的表格组合在一起。这样在浏览该图片的时候，图片出现的效果是下载完一个小图，就看到一块。在 Fireworks 里，设计者只需要用鼠标画几个矩形，设计的工作就交给 Fireworks 吧。

我们以一个校区效果图为实例来讲解这部分。校园效果图如图 9-20 所示。这样的效果图放到网上，图片尺寸大一些效果较好，图片质量也应该要高一些。那么，我们来把图片分割一下吧。

图 9-20 校园效果图

（1）打开图片后，选中工具箱中 Web 工具组中的切片工具（ ），在图片的正中部分画出一个矩形，如图 9-21 所示。

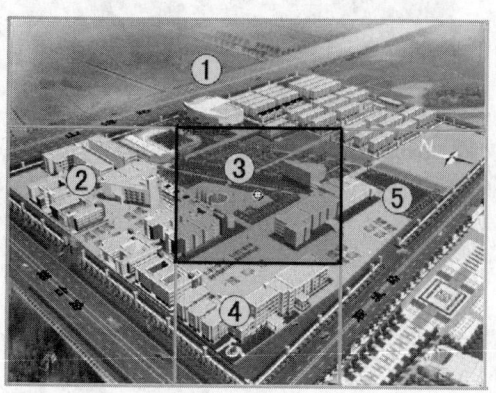

图 9-21 图像切片

注：为了表述清楚，这里的分割线都是经过描粗加重的。其中区域 3 是使用切片工

具绘制的，其他几部分都是由 Fireworks 自动运算得到。在这里我们做了最简单的切割，重点还是要学会切换工具的使用。

（2）切割完成后，选择"文件—导出"命令，会弹出导出文件对话框，如图 9-22 所示。

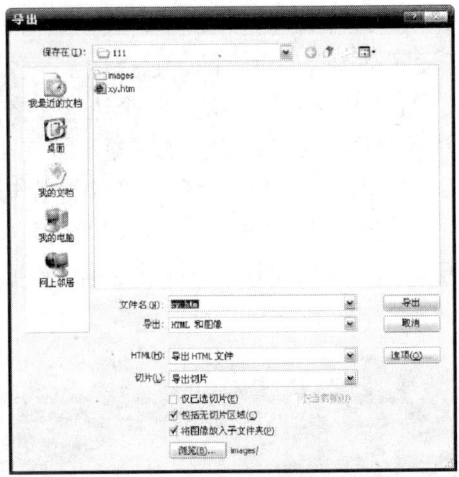

图 9-22　导出图像

注意：在图 9-22 所示的对话框中，"导出"后的下拉列表是文件导出选项。默认选项为导出"HTML 和图像"，将导出切片图像和相应的 HTML 代码。导出后，查看生成的文件，共有六个图像文件和一个 HTML 文件。导出的图像文件如图 9-23 所示。

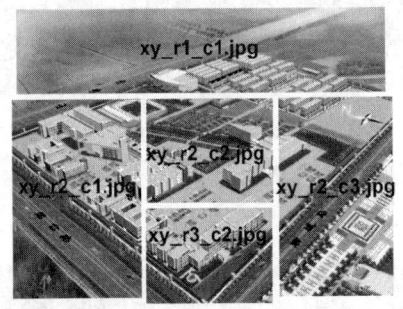

图 9-23　切片导出生成的图像

注：还有一个图像文件 spacer.gif，是一个 1×1 像素的透明 GIF 图像，用来解决图像在 HTML 表格中重新组合时造成的间距问题。

打开生成的 HTML 文件，查看生成的代码：

样式表代码：

```
<style type="text/css">td img {display: block;}</style>
```

页面主体代码：

```
<body bgcolor="#ffffff">
<table border="0" cellpadding="0" cellspacing="0" width="600">
```

```
        <!-- fwtable fwsrc="4.png" fwbase="xy.jpg" fwstyle="Dreamweaver"
           fwdocid = "986843583" fwnested="0" -->
        <tr>
         <td>
<img src="images/spacer.gif" width="211" height="1" border="0" alt="" />
         </td><td>
<img src="images/spacer.gif" width="205" height="1" border="0" alt="" />
         </td><td>
<img src="images/spacer.gif" width="184" height="1" border="0" alt="" />
         </td><td>
<img src="images/spacer.gif" width="1" height="1" border="0" alt="" />
         </td>
     </tr><tr>
          <td colspan="3">
<img name="xy_r1_c1" src="images/xy_r1_c1.jpg" width="600" height="134"
            border="0" id="xy_r1_c1" alt="" />
         </td><td>
<img src="images/spacer.gif" width="1" height="134" border="0" alt="" />
         </td>
    </tr><tr>
          <td rowspan="2">
<img name="xy_r2_c1" src="images/xy_r2_c1.jpg" width="211" height="316"
            border="0" id="xy_r2_c1" alt="" />
         </td><td>
<img name="xy_r2_c2" src="images/xy_r2_c2.jpg" width="205" height="165"
            border="0" id="xy_r2_c2" alt="" />
         </td><td rowspan="2">
<img name="xy_r2_c3" src="images/xy_r2_c3.jpg" width="184" eight="316"
            border="0" id="xy_r2_c3" alt="" />
         </td><td>
<img src="images/spacer.gif" width="1" height="165" border="0" alt="" />
         </td>
      </tr>
      <tr>
         <td>
<img name="xy_r3_c2" src="images/xy_r3_c2.jpg" width="205" height="151"
        border="0" id="xy_r3_c2" alt="" />
         </td><td>
```

```
<img src="images/spacer.gif" width="1" height="151" border="0" alt="" />
    </td>
  </tr>
</table></body>
```

由代码可以看出，切片图像导出后，由一个边框、单元格间距、内边距均为 0 的表格组合在一起。这样，在页面中预览的效果便如同原图一样。而在网络上下载的时候，却可以分块下载，逐块显示。

（3）在 Dreamweaver 中导入由 Fireworks 产生的 HTML 文件：在 Dreamweaver 中，把光标移动到要插入图片的位置上，选择"插入菜单—图像对象—Fireworks HTML"命令，弹出"插入 Fireworks HTML"对话框，如图 9-24 所示。

图 9-24　在 Dreamweaver 中导入 Fireworks HTML

（4）单击浏览按钮，在打开文件对话框选择由 Fireworks 导出的 HTML 文件，然后点确定，就将 Fireworks HTML 文件的内容导入到新页中了。在这里要注意图片和页面的相对位置，最好把 Fireworks HTML 和小图片先复制到合适的位置，然后再导入。

9.4　图像热区链接

所谓热区链接就是在图像上划分出一部分区域，使之生成一个超级链接。在一幅图像上可以设置多个热区链接。操作方法如下：

（1）打开图像，在工具箱的 Web 工具组选择"矩形热点"工具，在图像上绘制矩形热点区域，在属性面板上设置链接的 URL（java/class.htm）和目标页的打开方式（_blank），如图 9-25 所示。

图 9-25　设置矩形热点

（2）依次绘制圆形热点和多边形热点。如图 9-26 所示。

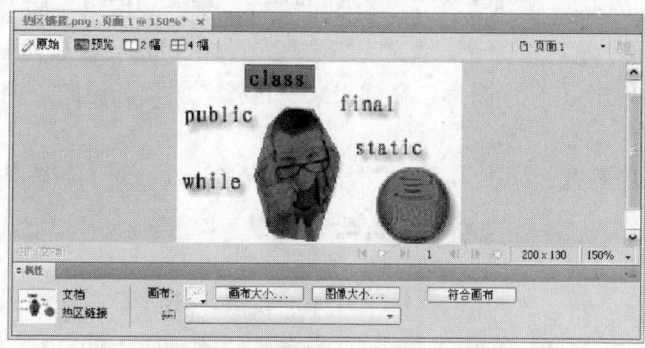

图 9-26 添加圆形热点和多边形热点

（3）热点设置完成后，导出热点链接代码，如下所示：

```
<body bgcolor="#ffffff">
<img name="nimg_1_1" src=" 热 区 链 接 .gif" width="200" height="130"
border="0"
    id="nimg_1_1" usemap="#m_热区链接" alt="" />
<map name="m_热区链接" id="m_热区链接">
    <area                                          shape="poly"
coords="76,31,63,44,54,79,64,117,84,122,98,123,104,
        101,110,86,112,72,113,64,95,33" href="people/sir.htm"
        target="_blank" alt="" />
    <area shape="circle" coords="166,98, 26" href="java/index.htm"
        target="_blank" alt="" />
    <area shape="rect" coords="46,2,96,21" href="Java/class.htm"
        target="_blank" alt="" />
</map>
</body>
```

由 Fireworks 导出的 HTML 文件中，使用<map>标签来实现热区链接，该标签有 name 和 id 属性；在<img>标签内使用 usemap 属性，其属性值和<map>标签的 name 或 id 属性值相对应，从而将<img>和<map>标记关联起来。

9.5 使用 JavaScript

虽然本节的标题是使用 JavaScript，但是却不用你编写任何代码。因为这些代码都已经由 Fireworks 写好了。我们只需要经 JavaScript 代码指定给对象，就可以实现 JavaScript 功能。按钮由多幅图像组成，在这里实现一个只有两种状态的按钮，简单而不失一般性。当鼠标指向按钮时，显示另一幅图像。这个转换就是使用 JavaScript。制

作步骤如下:

(1)启动 Fireworks,新建或打开一个图片文件,选择"编辑—插入—新建按钮"命令;绘制一个矩形,笔触设为无,填充为实心红色(#ff0000);在属性面板上单击"编辑滤镜"按钮,再单击(➕)图标,在弹出菜单选择"斜角和浮雕—内斜角"命令,如图 9-27 所示。

(2)设置内斜角参数,高度为 5、柔滑为 3,其他参数不变,如图 9-28 所示。

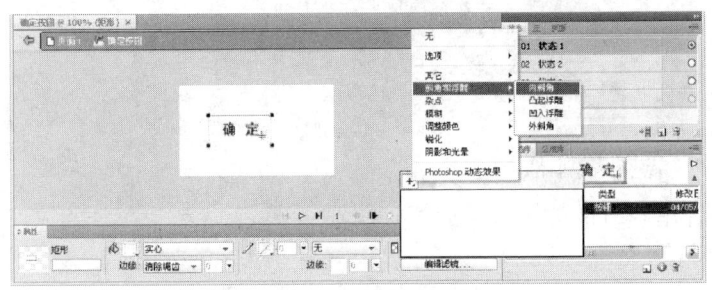
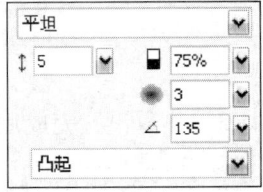

图 9-27 绘制按钮释放状态   图 9-28 内斜角参数设置

(3)在菜单栏选择"窗口—状态"命令,打开"状态"面板,在状态列表选择"状态 2",因为鼠标划过时的变化与默认状态差别不大,在属性面板单击"复制弹起时的图形",复制释放时的状态的图像。

(4)修改图像,比如给图像增加高亮效果。选择突起的矩形,在属性面板上单击"编辑滤镜"按钮,找到添加的内倾角滤镜,双击显示滤镜参数,修改为"高亮显示的"。

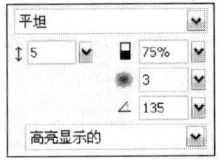

图 9-29 高亮显示效果   图 9-30 为内倾角设置高亮效果

(5)绘制完成后在按钮编辑视图下方点"完成"按钮,结束按钮的绘制,返回绘图区,Fireworks 已经自动插入了一个按钮对象。在属性面板为按钮设置链接跳转,如图 9-31 所示。

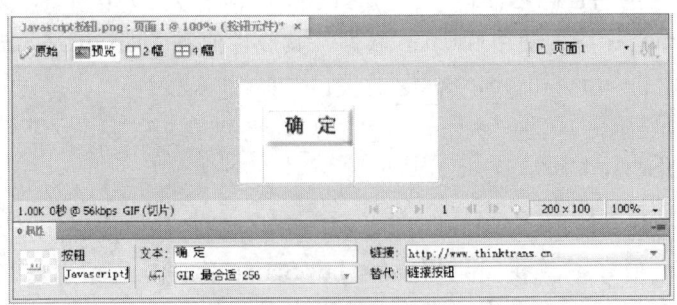

图 9-31 为按钮设置链接跳转

注：可以选择"预览"视图，预览按钮的运行状态。

（6）按钮绘制完成后，在菜单栏选择"文件—导出"命令，注意选择导出为"HTML和图像"选项，输入文件名 button.htm 导出，查看导出的图像，如图 9-32 所示。

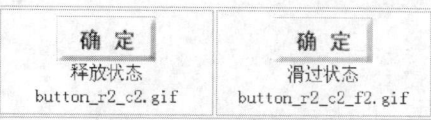

图 9-32　导出的图像按钮

打开导出的 HTML 文件，可看到如下代码：

```
<HTML>
<HEAD>
    <title>button.gif</title>
    <meta          http-equiv="Content-Type"          content="text/html;
charset=utf-8">
    <script language="Javascript1.2" type="text/javascript">
        function MM_findObj(n, d) { //v4.01
            var p,i,x;
            if(!d) { d=document; }
            if((p=n.indexOf("?"))>0&&parent.frames.length) {
                d=parent.frames[n.substring(p+1)].document;
n=n.substring(0,p);
            }
            if(!(x=d[n])&&d.all) x=d.all[n];

            for (i=0;!x&&i<d.forms.length;i++)
                x=d.forms[i][n];
            for(i=0;!x&&d.layers&&i<d.layers.length;i++)
                x=MM_findObj(n,d.layers[i].document);
            if(!x && d.getElementById)
                x=d.getElementById(n);
            return x;
        }
        function MM_swapImage() { //v3.0
            var i,j=0,x,a=MM_swapImage.arguments;
            document.MM_sr=new Array;
            for(i=0;i<(a.length-2);i+=3)
                if ((x=MM_findObj(a[i]))!=null){
```

```
                    document.MM_sr[j++]=x;
                    if(!x.oSrc)
                        x.oSrc=x.src;
                    x.src=a[i+2];
                }
        }
        function MM_swapImgRestore() { //v3.0
            var i,x,a=document.MM_sr;
            for(i=0;a&&i<a.length&&(x=a[i])&&x.oSrc;i++)
                x.src=x.oSrc;
        }
        function MM_preloadImages() { //v3.0
            var d=document;
            if(d.images){
                if(!d.MM_p) d.MM_p=new Array();
                var i,j=d.MM_p.length,a=MM_preloadImages.arguments;
                for(i=0; i<a.length; i++)
                    if (a[i].indexOf("#")!=0){
                        d.MM_p[j]=new Image;
                        d.MM_p[j++].src=a[i];
                    }
            }
        }
    </script>
  </HEAD>
  <body bgcolor="#ffffff" onload="MM_preloadImages('images/button_r2_c2_f2.
gif');">
        <table border="0" cellpadding="0" cellspacing="0" width="198">
            <tr>
                <td width="197"><img src="images/spacer.gif" width="89"
height="1"
                                    border="0" alt="">
                </td>
            </tr><tr>
                <td><a href="http://www.thinktrans.cn" target="_blank"
alt="链接按钮"
                        onmouseout="MM_swapImgRestore();"
                        onmouseover="MM_swapImage('button_r2_c2', ' ',
```

```
                            'images/button_r2_c2_f2.gif',1);">
                    <img                         name="button_r2_c2"
src="images/button_r2_c2.gif"
                    width="89"        height="40"        border="0"
                    id="button_r2_c2" alt="">
                </a>
            </td>
        </tr>
    </table>
</body></HTML>
```

这段 HTML 代码展示了按钮的实现原理，即根据鼠标事件，用 JavaScript 程序切换状态图像。当页面加载时，使用 body 标签 onload 事件将按钮的第二幅图像预加载，不至于当鼠标移到图片上时再耗时间加载第二幅图像，语句如下：

```
<body                                      bgcolor="#ffffff"
onload="MM_preloadImages('images/button_r2_c2_f2.
gif');">
```

当鼠标移动到默认状态的图片上时，利用链接对象的 onmouseout（鼠标移出）、onmouseover（鼠标移入）来实现状态图片的切换，就实现了按钮效果。链接代码如下：

```
<a  href="http://www.thinktrans.cn" target="_blank"  alt="链接按钮"
    onmouseout="MM_swapImgRestore();"
    onmouseover="MM_swapImage('button_r2_c2',                      ',
'images/button_r2_c2_f2.gif',1);">
```

将导出的按钮以及 JavaScript 代码用于网页设计，在 Dreamweaver 中使用"插入—图像对象—Fireworks HTML"命令。弹出"插入 Fireworks HTML"对话框，请参考切割图片部分的操作。

9.6 设为 Dreamweaver 外部图像编辑器

Dreamweaver 虽然是一个功能强大的网页编辑软件，但本身并没有提供图像处理的功能。使 Dreamweaver 与 Fireworks 结合的第一步就是将 Fireworks 作为 Dreamweaver 的默认图像编辑器。启动 Dreamweaver，是用"编辑—首选参数"命令，打开"首选参数"对话框（如图 9-33 所示），在左边的列表中选择"文件类型／编辑器"选项，在右面选择相应的图片格式。

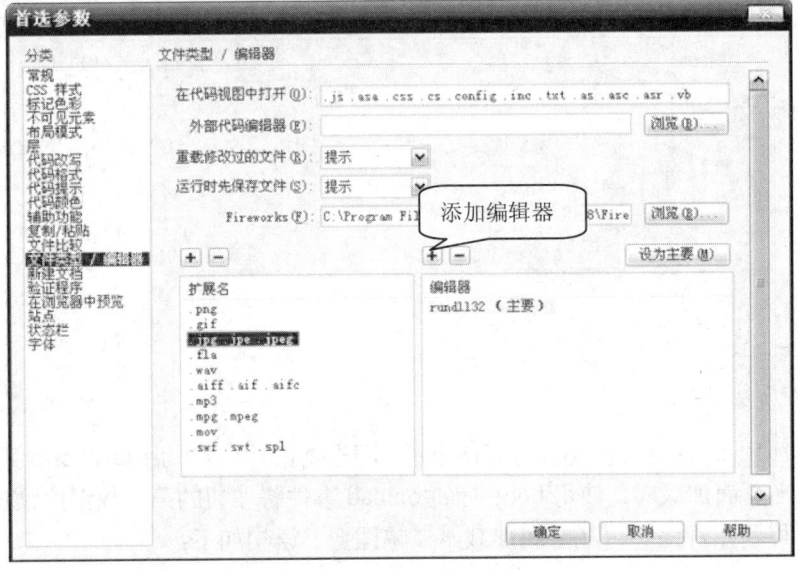

图 9-33　为 Dreamweaver 设置图像编辑器

　　单击图 9-33 所示的"添加编辑器"按钮，弹出的"选择外部编辑器"对话框，输入或选择 Fireworks.exe 文件，如图 9-34 所示。

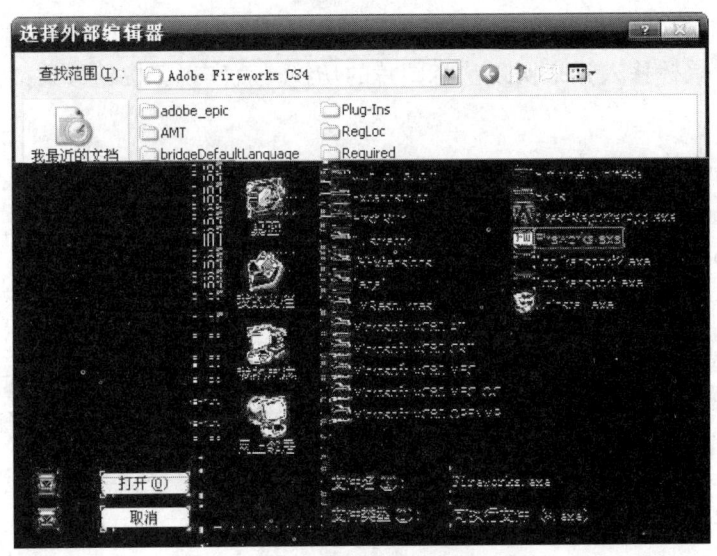

图 9-34　选择 Fireworks 主程序

　　选择文件 Fireworks.exe 后，单击打开按钮，Fireworks 就被添加到编辑器列表中，单击"设为主要"按钮，将 Fireworks 设为主要编辑器，如图 9-35 所示。

　　完成后，单击"确定"按钮，Fireworks 就成为 Dreamweaver 中 JGEG 格式的图片的默认外部编辑器了。在 Dreamweaver 中打开设计的页面，选中 logo 图像，在属性面板单击编辑按钮，就会启动 Fireworks，打开选择的 logo 图像，如图 9-36 所示。

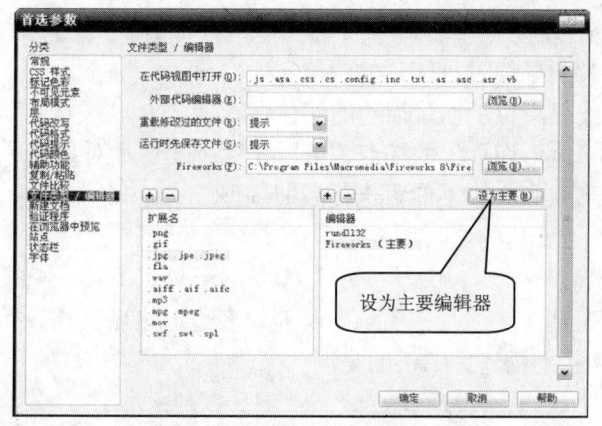

图 9-35 设置 Fireworks 为主要编辑器

图 9-36 在 Dreamweaver 中启动 Fireworks 编辑图像

在 Fireworks 中修改图像后保存，即可更新到页面中。

9.7 本章小结

本章结合作图技巧，讲解了 Fireworks 在制作网络图像方面的优势和应用。制作网页，一般要先设计效果图。所以首先以导航栏为实例，讲解了 Fireworks 在页面效果图设计中的基本应用方法。然后，以制作一个标志图像为例，讲解了 Fireworks 的灵活运用。切片工具、热区链接和使用 JavaScript 是 Fireworks 适用于网络图像设计的基本体现，可以使用 Fireworks 直接导出图像和 HTML 代码。最后介绍了如何把 Fireworks 设置为 Dreamweaver 的外部图像编辑器。

习 题 9

【单选题】

9.1 下面不属于图像切片优点的是（   ）。

A．优化　　　　　　　B．交互　　　　　　C．局部更新　　　　　D．局部模糊

187

9.2　下面说法错误的是（　　　）。

A．可以拖动切片引导线进行切片的调整

B．切片的引导线是指位于切片周边的红色直线

C．用鼠标拖动多边形切片上的控点，可以任意改变切片对象的形状和大小。

D．切片对象的形状和大小不能再进行后期调整

9.3　下面不是热点工具的是（　　　）。

A．矩形热点工具　　　　　　　　　B．圆形热点工具

C．椭圆形热点工具　　　　　　　　D．多边形热点工具

9.4　以下关于路径的描述，错误的是（　　　）。

A．路径只有一个状态，即闭合状态

B．路径是矢量图像的基本元素

C．路径的长度、形状、颜色等属性都可以被修改

D．路径至少有两个点，起点和终点

9.5　克隆和重复之间的区别是（　　　）。

A．克隆复制出来的对象完全相同，位置也相同，重复复制出的对象位置有一点错开

B．克隆复制出的对象完全相同，位置有点错开，重复复制出来的对象位置也相同

C．克隆可以重复粘贴，其他都相同

D．重复可以重复粘贴，其他都相同

【多项选择】

9.6　下列关于 Fireworks 切片说法正确的是（　　　）。

A．切片一旦创建，就无法删除　　　B．切片可以显示或隐藏

C．可以在切片上使用热点　　　　　D．触发器和目标可以是同一切片

9.7　在 Fireworks 中，利用切片，主要有以下优点（　　　）。

A．加快下载速度　　　　　　　　　B．减少重复图像，减小图像文件的大小

C．便于局部更新、优化　　　　　　D．可以构建轮替的交互效果

9.8　Fireworks 与 Dreamweaver 良好的结合性表现在（　　　）。

A．可以在 Dreamweaver 中编辑 Fireworks 的图像

B．可以在 Dreamweaver 中优化 Fireworks 的图像

C．可以在 Dreamweaver 中插入 Fireworks 代码

D．可以在 Dreamweaver 中对 Fireworks 图像进行图层、帧、滤镜等图像处理。

【简答题】

9.9　简述热点与切片的作用。

第 10 章 网站建设与开发

前面几章学习了 HTML 和 Fireworks 等基本操作知识。那么，怎么利用这些知识来开发出实际的网站？或许您觉得自己缺乏经验，或许您对自己的美工很没有信心。本章等内容就是基于作者网站开发的实际经验，讲述网站开发的基本流程，以及如何在现有知识的基础上，制作出精彩的网站作品。

10.1 网站建设基本流程

在真正建立属于您自已的网站之前，有必要先了解一下网站建设的基本流程：注册域名、租用空间、网站建设、网站推广、网站维护，我们称之为网站建设五步曲。

1．注册域名

站点的域名在全世界范围内是唯一的，域名的意义、是否容易被人记住等因素，对网站的有着至关重要的作用。因此域名本身是极具商业价值的软产品，可以到域名服务商那里去注册新域名，也有人不惜花重金从别人手里买域名。

现在域名的种类很多，几类常见域名的意义如下：

.com—国际顶级域名，商业性的机构或公司

.net—国际顶级域名，一般网络公司注册此种域名

.cn—由我国管理的国际顶级域名（各国都有，如：.uk 代表英国）

.gov—政府机构，如：whitehouse.gov

.org—非赢利组织或协会用此种域名，如：linux.org

.edu—教育机构，如：tsinghua.edu.cn

2．租用空间

这一步要容易的多了。域名服务商一般同时提供空间服务。视网站的具体情况，可以租用虚拟空间，也可以租用或购买单独的服务器。适应网站使用，一般需要一个固定的 IP 地址，然后把域名解析到服务器的 IP 地址上，用 FlashFTP、CuteFTP 等工具上传网站的内容。网站就可以让浏览者访问了。这些配置都可以在服务商的网站上按照提示一步步解决。

3．网站建设

现在中国的网站有七十多万个，全世界的网站更是不计其数，所以这是一个真正展示个性化的时代。现在是网络时代，大多数客户都是通过网站了解一个公司的，所以你必须保证自已的网站：页面精美、内容丰富、整站结构人性化、信息交互、及时更新才会真正发挥网站的作用。一个好的网站必须事先进行周密的策划，主要是制订网站的建站目的、整体风格、色彩倾向、功能模块，准备好网站所需的文字和图片内容。

4．网站推广

没有人会把五星级酒店建在深山老林里而不做任何宣传。想想我们自己是如何在互联网上寻找需要的产品或是服务的，你得让你的准客户找到你才行。在中国大家更多的是到新浪网、搜狐网和网易进行查询，所在你必须做基本登录才能被找到。对于一些热门行业，基本登录可能会把你排到 20 页以后，如此靠后实际根本不会有人有耐心查看到，所以还有必要做排名首页的推广。另外百度的竞价排名也是你可以考虑的内容。

5．网站维护

信息维护确保网站具有持久吸引力的保障，一个经常更新的网站肯定要比一个一成不变的网站更能吸引和留住访问者。网站维护一般包含以下内容：
（1）内容的更新，如：产品信息的更新，企业新闻动态更新，招聘启示更新等。
（2）网站风格的更新，如：网站改版。
（3）网站重要页面设计制作，如：启示类重大事件页面、突发事件及公司周年庆等活动页面设计制作。
（4）网站系统维护服务，如：Email 帐号维护服务、域名维护续费服务、网站空间维护、与 IDC 进行联系、DNS 设置、域名解析服务等。

10.2 制作网站首页

对于初学网站开发的读者来讲，参考现有的网站是必不可少的。在自己能做出专业的网站之前，先借鉴一些专业网站的设计。

10.2.1 用 Fireworks 设计页面

在自己现有的水平基础上，如果能把自己的创造力发挥到极限，制作超越自己水平的页面，页面设计是必不可少的。不少初学者都忽略这一步，着急写 HTML 代码。结果，花了不少时间写代码，到预览页面的时候，发现效果欠佳，不得不修改或重写代码。真是欲速则不达。

下面以实例"大学生服务网"为例，按步骤来讲解实现页面设计的办法。
（1）启动 Fireworks，打开设计图，如图 10-1 所示。

图 10-1 大学生服务网设计

　　设计页面要确定好页面的宽度。因为设计过程中，会有较多的临时图形，所以高度可设大一些。如图设计为 850×1500。

（2）到网络上寻找自己需要素材或布局设计。找到后，使用"Print Screen"键，将屏幕抓取到系统剪切板。也可是使用"Alt + Print Screen"只抓取当前窗口的图像。

（3）在 Fireworks 中，新建临时图像文件。可以看到，"新建文档"对话框上的宽度和高度参数，就是您抓取的图像的大小。Fireworks 已经为我们从系统剪切板中读取到抓图的尺寸了，确认后点"确定"按钮，如图 10-2 所示。

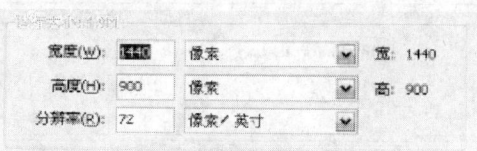

图 10-2　新建文档对话框尺寸参数部分

　　注：这个图是 Fireworks 新建文件对话框的尺寸参数部分。

（4）截取自己需要的布局。在新建的图像文件中做粘贴操作，用剪切工具截出需要的区域，在使用变形等工具将不需要的部分擦除，如图 10-3 所示。

图 10-3　处理设计图过程

（5）完成设计图。灵活使用 Fireworks 工具箱，完成首页的设计，如图 10-4 所示。

图 10-4　设计图最终效果

10.2.2 用层实现页面布局

设计完成后，就要考虑在 HTML 文件中如何进行布局。对以上设计图进行分析，可得到"大学生服务网"首页布局如图 10-5 所示。

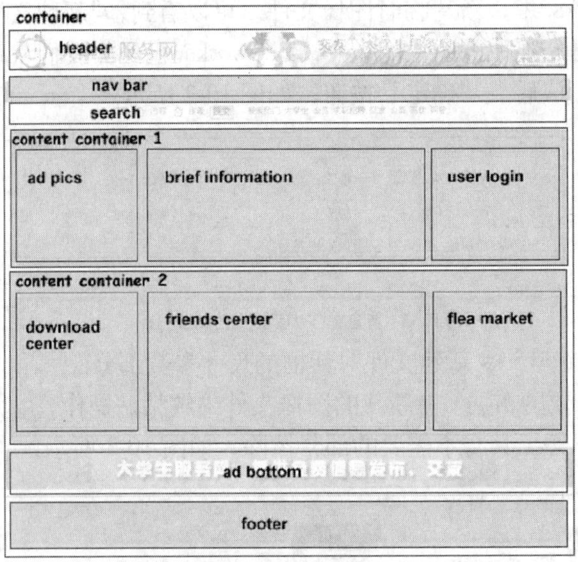

图 10-5 大学生服务网首页布局分析图

在 HTML 页面中用层来实现布局，可得到层结构代码如下：

```
<div> <!-- container-->
    <div></div> <!--header -->
    <div></div> <!--nav bar-->
    <div></div> <!--search -->
    <div> <!--content container 1 -->
        <div></div> <!--ad pics -->
        <div></div> <!--brief information -->
        <div></div> <!--user login -->
    </div>
    <div> <!--content container 2 -->
        <div></div> <!--download center -->
        <div></div> <!--friends center -->
        <div></div> <!--flea market -->
    </div>
    <div></div> <!--ad bottom -->
    <div></div> <!--footer -->
</div>
```

下面一步步来实现各部分的 HTML 代码和 CSS 样式。

（1）定义页面的全局样式

这里定义的是对整个页面的显示起影响的基本样式属性，主要是字体、页面背景等等。

```
body{
    font:12px "宋体";          /*字体大小和字形*/
    text-align:center;        /*字体对齐方式为居住对齐*/
    margin:0 auto;            /*外顶部边距为0*/
    background:#FFFFFF; /*背景为白色*/
    color:#000000;           /*字体默认为黑色*/

}
*{                           /*定义全局样式*/
    padding:0;               /*所有标签的内边距*/
    margin:0;                 /*所有标签的外延边距*/
}
img{ border:none; }       /*所有图片的外边框为0*/
/*链接样式*/
a:link,a:visited{                /*定义未访问和访问过的链接样式*/
    color:#717779;           /*颜色*/
    text-decoration:none;    /*无修饰*/
}
a:hover{                         /*定义鼠标经过样式*/
    color:#3e83ce;
    text-decoration:underline;  /*鼠标经过时出现下划线*/
}
```

注：body、img 是重定义标签 CSS，定义页面主体的一些样式属性。

* 是通配符 意思是所有的标签都有的属性。

链接样式，使用 CSS 选择符

（2）Container 和 header 部分的实现

首先准备以下图片，如图 10-6 所示。

图 10-6　准备 header 部分所需图片

CSS 代码：

```
#container{ /*container样式 ID选择符*/
   width:847px;
   margin:0 auto;
   text-align:left;
}


#header{          /*header样式 ID选择符*/
    background:url(../images/logo.jpg) top left no-repeat;/*背景图片无重复
显示*/
      margin-top:21px;    height:69px;    margin-bottom:3px;
}
#header img{      /*Header内的img标签样式*/
   width:488px; height:53px; border:1px solid #e2e1e1; padding:3px;
   float:right;               /*浮动在右边*/
}
.clear{   /*指定不允许有浮动对象的边，兼容多种浏览器*/
   clear:both;
}
```

HTML 代码如下：

```
<div id="container">
   <div id="header"> <!--header -->
       <img src="images/ad488.jpg" alt="交友、大学生服务网广告" />
   </div>
   <div class="clear"></div>
   …   <!--其他部分代码省略-->
</div>
```

现在页面预览效果如图 10-7 所示。

图 10-7　实现页面顶部部分

注：读者有没有注意到Header样式里作为背景的图片呢？

```
#header{                    /*header样式 ID选择符*/
```

```
    background:url(../images/logo.jpg) top left no-repeat;/*背景图片无重复
显示*/
    ...    }
```

这里巧妙的利用了一下浏览器对页面元素的加载顺序。在 HTML+CSS 的页面中,
作为背景的图像是最后被加载的。这样,可以使得页面内容和广告图片先加载,体现了
一定的商业目的。

#header img 样式中,float:right 属性指定 header 容器中的广告图片浮动在 header 容
器的右部,即可位于 logo 图片的右方。这里用到了两幅图片,logo.jpg,ad488.jpg,分
别位于上图的左部和右部。

(3) 实现导航条(Nav bar)

首先准备一下图片,如图 10-8 所示。

图 10-8 准备导航栏所需背景图片

CSS 代码如下:

```
ul{  /*定义列表元素的预设标记为空*/
    list-style:none; margin:0; padding:0;
}
#nav{   /*定义标题栏样式*/
    background: url(../images/navbg.gif) no-repeat;/*背景图片无重复显示*/
    height:33px;    padding-left:19px; overflow:hidden;
}
#nav ul li{ /*定义nav中列表标签*/
    height:6px; color:#FFFFFF;
    float:left;        /*列表元素左浮动,即水平排列*/
    padding-right:6px;   text-align:center; line-height:35px;
width:59px;
    }
    /*定义导航条内链接的样式*/
    #nav ul li a:link,#nav ul li a:visited{ color:#FFFFFF;  text-decoration:
none;  width:59px; }
    #nav ul li a:hover{
        color:#147ab8;          font-weight:bold;        text-decoration:none;
        display:block;
```

```
    background:url(../images/nav1.gif) 0 5px no-repeat;
    width:59px;      height:29px;
}
```

HTML 代码如下：

```
<div id="nav"> <!--nav bar -->
    <ul>
        <li><a href="#">首 页</a></li><li><a href="#">热点新闻</a></li>
        <li><a href="#">城市联盟</a></li><li><a href="#">招聘求职</a></li>
        <li><a href="#">高校专栏</a></li><li><a href="#">下载专区</a></li>
        <li><a href="#">诚邀代理</a></li><li><a href="#">折扣商品</a></li>
        <li><a href="#">交友中心</a></li><li><a href="#">跳骚市场</a></li>
        <li><a href="#">文学创作</a></li><li><a href="#">考试信息</a></li>
    </ul>
</div>
```

页面预览效果如图 10-9 所示。

图 10-9 实现页面导航栏部分

在这里，为了代码简洁，所有链接都写"#"，表示链接的页面本身。

(4) 实现搜索栏 Search Bar

CSS 代码如下：

```
#search{ /*定义搜索栏背景、高度、外底部边距*/
    background:url(../images/search_bj.gif); height:30px;  margin-
bottom:3px;
}
#search form{ /*定义搜索栏form表单样式*/
    padding:5px 0 0 50px; height:25px;  color:#5d5b5b;
}
#search form *{/*定义搜索栏表单内所有元素垂直居中*/
    vertical-align:middle;
}
```

```
.input_txt{/*定义搜索栏表单内输入框样式*/
    width:82px;    height:16px;    border:1px solid #a1daf3;
}
.input_sub{/*定义搜索栏表单内按钮样式*/
    background:url(../images/searchbtn.gif) no-repeat;
    width:41px;    height:19px;    border:none;
}
```

HTML 代码如下：

```
<div id="search"> <!--search -->
    <form action="#" method="get">
        <input type="text" class="input_txt" name="textfield" />
        <input type="radio" name="searchsort" value="title" />标题
        <input type="radio" name="searchsort" value="content" /> 内容
        <input type="radio" name="searchsort" value="author" />作者
        <input    type="submit"    name="Submit"    value=" 提 交 "
class="input_sub" />
        搜索热门:大学生 会员 求职招聘 交友 会员 高校 同窗
    </form>
</div>
```

在 HTML 代码中，语句<input type="radio" name="searchsort" value="title" />实现单选框，name 属性使得三个单选钮为一组，实现三选一。Value 属性是该单选框的值。以便提交查询后服务器端得到选项值。

此时页面预览效果如图 10-10 所示。

图 10-10 实现 search 搜索栏部分

用到的图片为 search_bg.gif（10×30 像素，颜色很浅）和 searchbtn.gif，如图 10-11 所示。

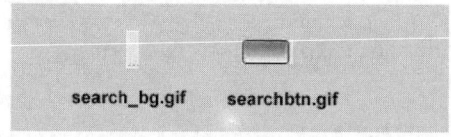

图 10-11 搜索栏需要的背景图片

197

（5）实现内容第一部分 content container 1

CSS 代码如如下：

```
/*第一部分内容*/
.content1 { /*定义content1容器底部外空白 */
    margin-bottom: 6px;
}
.left   {   /*定义左部分（ad pic）样式*/
    width: 202px; margin-right: 6px; display: inline; float: left;
}
.border_line {  /*一个公用边框样式*/
    border: 1px solid #9bd7f2;
}
.title_bg {     /*标题样式*/
    background: url(../images/nav2.gif);
    height: 19px; font-size: 12px; padding: 6px 0 0 10px;
}
.blue { /*页面字体颜色设置*/
    color: #0b7bae;
}
.ad2 {  /*广告页的样式*/
    padding: 4px 0 0px 0; text-align: center;
}
.center {  /*中间简介(Brief Information)样式*/
    width: 413px; float: left; height: 190px; padding: 6px;
    background: url(../images/yuan_bj.gif) no-repeat;
}
.center p {  /*中间部分段落的行高*/
    line-height: 25px;
}
.grey { /*浅灰色字体*/
    color: #717779;
}
.p2 {
    padding: 2px; border: 1px solid #d4d7d8;
}
.right {    /*右部登陆框样式*/
    width: 202px; margin-left: 6px; display: inline; float: right;
```

```
    }
    .title_bg1 {  /*登陆框标题的背景*/
        background: url(../images/nav2.gif);  height: 21px;  font-weight:
bold;
        font-size: 12px;  padding: 4px 0 0 10px;
    }
    .title_bg1 * {   /*登陆框标题内垂直对其*/
        vertical-align: middle; }
    .member {    /*登陆框表单的容器*/
        padding: 12px 0 17px 9px;
    }
    .member form p {     /*登陆框表单内的 p标签*/
        height: 35px;
    }
    .member form * {     /*登陆框表单内的所有标签*/
        vertical-align: middle;
    }
    .member_txt {        /*登陆框表单内的文本框*/
        width: 109px;  height: 20px;  border: 1px solid #aed8f3;
    }
    .yellow {  /*黄色字体*/
        color: #ee8a14;
    }
    .loginbtn   {  /*登陆框提交按钮*/
        background: url(../images/loginbtn.gif) no-repeat;
        width: 79px;   height: 25px;  border: none;
    }
```

HTML 代码如下：

```html
<div class="content1"><!--content container 1 -->
    <div class="left border_line">  <!--ad pics 注：这里使用了两个样式-->
        <h1 class="title_bg blue">图片活动展示</h1>
        <div class="ad2">
            <iframe    src="web/ad.html"   width="187"   height="170px"
frameborder="0"
                    scrolling="no"></iframe>
        </div>
    </div>
    <div class="center">  <!--brief information -->
```

```
        <p class="grey">
```
中国大学生服务网隶属于北京汉唐时代影视文化传媒集团,
```
        <a    href="#"><img    src="images/dxc.png"    width="127"    height="96"
align="right" class="p2" /></a>
```

依托多方资源,在有关政府部门领导的直接关怀下创建成立。是面向e时代在校大学生提供优质服务的网站。从社会需求和大学生的实际需要出发,我们致力于以专业的培训体系培养和提高在校大学生的综合素质,全面提升你的竞争力,让你度过一个精彩、丰富的大学阶段,为你走出校园后迈向成功的第一步奠定坚实的基础。
```
            <a href="#">更多信息&gt;&gt;</a>
        </p>
    </div>
    <div class="right  border_line"><!-- user login 注:这里使用了两个样式
-->
        <p class="title_bg1 blue"><img src="images/login.png" />会员登
陆</p>
        <div class="member">
        <form ID="Form2">
            <p class="grey">用户名:
                <input        type="text"        name="textfield2"
            class="member_txt" />
            </p>
            <p class="grey">密  码:
                <input type="password" name="textfield2" class="
                member_txt" />
            </p>
        <p><a href="#">新用户注册</a> <a href="#">忘记密码? </a></p>
            <p class="yellow"><strong>用户专区登陆</strong>
                <input type="submit" name="sub2" class="loginbtn"
            value="" />
            </p>
        </form>
    <div><img src="images/line.gif" /></div>
        </div>
    </div>
    <div class="clear"></div>
</div>
```

其中活动图片展示部分，使用 iframe 标签，引入另一个页面 ad.html，在此页面中实现动画。ad.html 是一个完整的 html 文件，可以使用 JavaScript，Flash 等等元素。例如：

```html
<html>
    <head>
        <title>大学生服务网</title>
        <style type="text/css">
            body {  margin-left: 0px;  margin-top: 0px;  margin-right:
        0px;
                    margin-bottom: 0px;
                }
        </style>
    </head>
    <body>
        <img src="../images/01.jpg" alt="ad1" width="240" height="206">
    </body>
</html>
```

页面预览效果如图 10-12 所示。

图 10-12 实现 content container 1 部分

（6）实现内容第二部分 content container 2
CSS 代码如下：

```css
/*第二部分内容*/
.fB {    /*字体属性*/
    font-weight: bold;
}
.xzzq{
    padding: 10px 4px 0 12px;  line-height: 20px;
}
.left_float {   /*浮动属性f*/
    float: left;
```

```
    }
    .img_p2      {
        padding-right: 2px;
    }
    .line_center {
        text-align: center;
    }
    /*列表*/
    .list ul {
        padding-left: 10px;
    }
    .list ul li      {
        line-height: 25px;
    }
    .center1     { /* friends center*/
        width: 424px;  float: left;  border: 1px solid #9bd7f2;
    }
    .red      {     /*红色文字*/
        color: #d50a4d;
    }
    #friend      /*交友中心 id选择符*/
    {
        margin: 15px 0 0 35px;
    }
    #friend ul  {
        margin: 0;  padding: 0;
    }
    #friend ul li  {
        float: left;  text-align: center;   height: 107px;  margin-right:
15px;
    }
    #friend ul li p {
        padding-top: 5px;
    }
    .warelist .item {
        margin-left: 10px;  margin-top: 10px;  line-height: 20px;
    }
```

```
.warelist .item .picbox {
    float: left;  margin-right: 10px;
}


/*为商品图片链接定义一个醒目的样式*/
a.demo:link img, a.demo:visited img  {
    border: 1px solid white;
}
a.demo:hover img, a.demo:active img
{
    border: 1px solid #ff6700;
}
.shop_line  {   /*两个商品之间的分割线*/
    margin-left: 5px;  float: left;  padding-top: 15px;  padding-bottom:
15px;
}
```

HTML 代码如下：

```
<div class="content1"> <!--content container 2 -->
    <div class="left border_line"> <!--download center -->
        <p class="title_bg"><span class="fB blue">下载专区       </span>
                    <a href="#"><span class="blue">更多>></span></a>
        </p>
        <p class="xzzq"><img class="left_float img_p2" src="images/img2.jpg"
/>
            <a href="#">中国大学生服务网服务网中国大学生服务网服务网....</a>
        </p>
        <div class="line_center"><img src="images/line1.gif" /></div>
        <div class="clear"></div>
        <div class="list">
            <ul>
                <li><a href="#">·下载一</a>....</li>
                <li><a href="#">·下载二</a>....</li>
                <li><a href="#">·下载三</a>....</li>
                <li><a href="#">·下载四</a>....</li>
                <li><a href="#">·下载五</a>....</li>
                <li><a href="#">·下载六</a>....</li>
            </ul>
```

```
        </div>
    </div>
    <div class="center1"> <!--friends center -->
        <p class="title_bg"><span class="red"><strong>交友中心</strong></span>
            <a href="#"><span class="blue">更多>></span></a>
        </p>
        <div id="friend">
            <ul>
                <li>
                    <img src="images/f1.png" /><p><a href="#">姓名：李怡章
</a></p>
                    <p><a href="#">北京人民大学</a></p>
                </li>
                <li>
                    <img src="images/f2.jpg" /><p><a href="#">姓名：李怡章
</a></p>
                    <p><a href="#">北京人民大学</a></p>
                </li>
                <li>
                    <img src="images/f3.jpg" /><p><a href="#">姓名：李怡章
</a></p>
                    <p><a href="#">北京人民大学</a></p>
                </li>
                <li>
                    <img src="images/f4.jpg" /><p><a href="#">姓名：李怡章
</a></p>
                    <p><a href="#">北京人民大学</a></p>
                </li>
                <li>
                    <img src="images/f1.jpg" /><p><a href="#">姓名：李怡章
</a></p>
                    <p><a href="#">北京人民大学</a></p>
                </li>
                <li>
                    <img src="images/f1.jpg" /><p><a href="#">姓名：李怡章
</a></p>
                    <p><a href="#">北京人民大学</a></p>
```

```
                </li>
                <li>
                    <img src="images/f1.jpg" /><p><a href="#">姓名：李怡章
</a></p>
                    <p><a href="#">北京人民大学</a></p>
                </li>
                <li>
                    <img src="images/f1.jpg" /><p><a href="#">姓名：李怡章
</a></p>
                    <p><a href="#">北京人民大学</a></p>
                </li>
            </ul>
            <div class="clear"></div>
        </div>
    </div>
    <div class="right border_line"> <!--flea market -->
        <p class="title_bg"><span class="fB blue">折扣商品          </span>
                    <a href="#"><span class="blue">更多>></span></a>
        </p>
        <div class="warelist">
            <div class="item">
                <div class="picbox">
                    <a href="#" class="demo"><img src="images/shop1.jpg"
/></a>
                    <p><a href="#"><span class="yellow">二手笔记本
</span></a></p>
                </div>
                <p><a href="#">品牌：联想</a></p>
                <p><a href="#">使用年限：3年</a></p>
                <p><a href="#">备注：可面议</a></p>
            </div>
            <div class="shop_line"><img src="images/shop_line200.gif"
/></div>
            <div class="item">
                <div class="picbox">
                    <a href="#" class="demo"><img src="images/shop4.jpg"
/></a>
                    <p><a href="#"><span class="yellow">照相机特价</span></a>
```

```
            </div>
            <p><a href="#">品牌：尼康（nikon）</a></p>
            <p><a href="#">使用年限：2年</a></p>
            <p><a href="#">价格：面议</a></p>
            <p><a href="#">联系人：某某</a></p>
        </div>
        <div style="float: left; height: 15px;"></div>
    </div>
</div>
</div>
```

（7）实现底部广告和页脚

这两部分代码都很少，放在一起也容易看明白，CSS 代码如下：

```
.ad{  /*底部广告*/
    margin-bottom:8px;  text-align:center;
}
.foot{  /*foot页脚*/
    background:url(../images/foot_bj.gif);  height:86px;  text-align:
center;
    padding-top:10px;  line-height:25px;  color:#717779;
}
```

HTML 代码如下：

```
<div class="ad"> <!--ad bottom -->
    <img src="images/ad847.gif" />
</div>
<div class="foot"><!--footer -->
    <p>Copyright2008 大学生服务网版权所有，本公司保留所有权利。</p>
    <p>所有商标与品牌均为其各自拥有者的财产。使用本网站即表示接受易趣网用户
    协议</p>
    <p>电话：010-1234567 手机：12345678954</p>
</div>
```

内容第二部分、底部广告和页脚三部分的预览效果如图 10-13 所示。

至此，我们完成了"大学生服务网"首页的设计制作。在这个过程中，我们采取步步为营的办法，一部分一部分的实现，非常完整的讲述了一个页面的设计制作过程。

在制作的过程中，我们灵活运用了前面各章的内容。Fireworks 在页面设计的过程中是非常方便而实用的。实例证明，DIV + CSS 实现页面布局非常简洁。读者可试着用表格实现上述的页面，通过对比，可以得到更深的体会。

图 10-13　实现 content container 2 和页面底部

10.3　实现可关闭菜单栏

浏览网站时，经常见到某些论坛网上使用了可关闭的左侧菜单栏。显得功能强大而且使用方便。这里就给读者介绍其实现方法。首先看图 10-14 所示的例子。

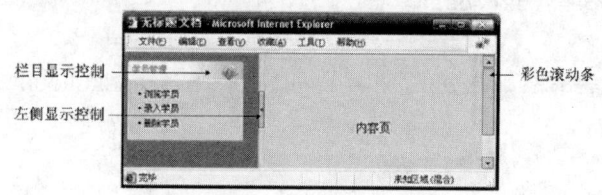

图 10-14　可关闭左侧菜单栏页面

如上图所示，在本实例中实现了三处有特色的功能。

（1）**栏目显示控制**：可以展开和收缩该管理栏目。

（2）**左侧显示控制**：可以控制整个左侧菜单栏的显示。

（3）**彩色工具条**：使得页面很有特色。

看到这里例子会想到什么？相对大部分读者都会想到框架，没错，使用框架是最直观的实现方法。除了使用框架之外，这里还将给读者介绍一种用层实现的办法。

10.3.1　用框架实现

先介绍一下实现的原理：用框架实现的话，中间的控制按钮并不在框架本身上。而是使用了一个三列的框架，框架的边框宽度都是 0，中间的控制按钮是一个很窄的页面。

首先准备三张图片，如图 10-15 所示。

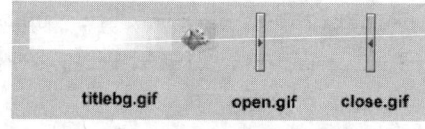

图 10-15　实现可关闭效果所需图片

207

框架集页面 myframe.htm，代码如下：

```
<html>
<frameset cols="182,9,*" frameborder="yes" framespacing="0" name="left">
    <frame       frameborder="no"        name="leftmenu"        scrolling="auto"
src="leftmenu.htm">
    <frame frameborder="no" name="middle" scrolling="no" src="control.htm">
    <frame border="0" frameborder="0" marginheight="0" marginwidth="0"
          name="content" scrolling="yes" src="content.htm">
</frameset><noframes></noframes>
</html>
```

leftmenu.htm 代码如下：

```
<html>
    <head>
        <title>左侧菜单</title>
        <style type="text/css">
            BODY {
                margin: 0px; text-align:center; BACKGROUND: #799ae1;
            }
            *{
                border: 0px; vertical-align: bottom; FONT: 12px "宋体";
            }
            a {
                color: #000000; font: 12px 宋体; text-decoration: none
            }
            a:hover {
                color: #428eff; text-decoration: underline
            }
            .sec_menu { background: #d6dff7; border: white 1px solid;
        overflow: hidden;
                margin-bottom: 10px; text-align:left; padding: 10px;
                line-height: 20px;
            }
            #stutitle { height:25px; margin-top: 10px; text-align:left;
                background:url(images/titlebg.gif); /*学院管理栏目的标题背景图
        片*/
            }
```

```
        </style>
        <script language="javascript1.2">
            function showsub()  {    /*学院管理栏目的显示控制代码*/
                if(stuadmin.style.display == "none") {
                    eval("stuadmin.style.display=\"\";");
                }
                else    {
                    stuadmin.style.display = "none";
                }
            }
        </script>
    </head>
    <body>
        <div style="width: 158px;">
            <div id="stutitle" onClick="showsub();">
                <strong style="color:#6699cc; line-height: 25px;"> 学
员管理</strong>
            </div>
            <div id="stuadmin" class="sec_menu" style="margin-top: 0;">
                ·<a href="#" target="content">浏览学员</a><br>
                ·<a href="#" target="content">录入学员</a><br>
                ·<a href="#" target="content">删除学员</a><br>
            </div>
        </div>
    </body>
</html>
```

control.htm 页面代码如下：

```
<html><head>
<script language=javascript>
    var screen=true;i=0;width=0;
    function  shiftwindow()  {    /*根据当前状态打开或关闭左侧菜单显示*/
        if(screen==false)  {
            document.all("openleft").style.display=""
            document.all("closeleft").style.display="none"
             parent.left.cols='0,9,780*';
            screen=true;
```

```
            }
         else if(screen==true)    {
              parent.left.cols='182,9,*';
              screen=false;
             document.all("openleft").style.display="none"
             document.all("closeleft").style.display=""
           }
       }
</script>
</head>
<body    bgcolor="#d4d0c8"    leftmargin=0        topmargin=0    border="0"
onload="shiftwindow();">
<table height="100%" border=0 cellpadding=0 cellspacing=0>
  <tbody>
    <tr>
      <td width="10">
        <table width="100%" border="0" cellspacing="0" cellpadding="0">
          <tr id="closeleft">
            <td>
<a href="javascript:shiftwindow()"><img src="images/close.gif" alt="关闭左
栏" border="0"></a>
            </td>
          </tr>
           <tr id="openleft">
            <td>
<a href="javascript:shiftwindow()"><img src="images/open.gif" alt="打开左栏
" border="0"></a>
            </td>
          </tr>
       </table> </td>
    </tr>
  </tbody>
</table>
</body></html>
```

注：这里使用表格的两行交替显示，实现按钮状态的转换；
content.htm 内容页的代码如下：

```html
<html>
    <head>
        <style type="text/css">
            body {                  /*实现彩色菜单*/
                scrollbar-face-color: #c6ebde;
                scrollbar-highlight-color: #ffffff;
                scrollbar-shadow-color: #39867b;
                scrollbar-3dlight-color: #39867b;
                scrollbar-arrow-color: #330000;
                scrollbar-track-color: #e2f3f1;
                scrollbar-darkshadow-color: #ffffff;
            }
        </style>
    </head>
    <body style="margin: 0px; background-color: #d6dff7; text-align: center;
            vertical-align:middle; line-height: 200px;">
        内容页
    </body>
</html>
```

注：在 content.htm 中，重点向大家介绍的是彩色滚动条的实现，页面内容不是重点，仅仅为了使页面看起来比较完整。

10.3.2　用层实现

这种方法使用层实现了一个框架的样式，在视觉上左侧是菜单栏。内容页的容器使用了内联框架（iframe），如果用左侧菜单栏链接来改变内敛框架的内容页的话，记得把链接的target属性设置为内联框架的名字。在本实例中内联框架的名字是"main"。这种方法体现了一个思想，就是用什么技术来实现并不重要，用户需要的是最终的效果。

先来看一下如图10-16所示的效果图。

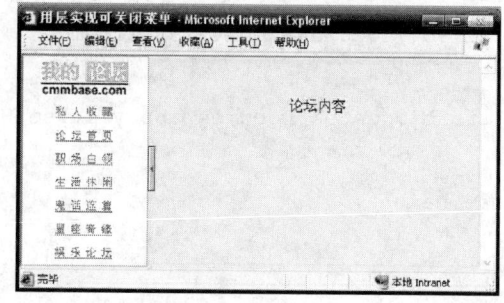

图 10-16　用层实现的可关闭左侧菜单栏

首先准备一下三张图片，如图10-17所示。

图 10-17 所需图片

HTML代码如下：

```
<html>
    <head>
        <title>用层实现可关闭菜单</title>
        <script type="text/javascript">
function toggle(objId){
    obj=document.getElementById(objId);
    obj.style.display=(obj.style.display=="")?"none":"";
}

function switchDisp(){
    toggle("leftBar");
    var imgObj=document.getElementById("changeImg");
    var main=document.getElementById("mainArea");
    imgObj.src=(imgObj.src.indexOf("close")!=-1)?   /*条件运算符*/
        imgObj.src.replace('close','open'):imgObj.src.replace('open',
    'close');
}
function adjustiframheight(){
    var ifrObj = document.getElementById('main');
    var height;
    if(document.all){   /*iframe的高度=内容页高度 + 安全量*/
        height = ifrObj.Document.body.scrollHeight + 40;
    }else {
        height = ifrObj.contentDocument.body.offsetHeight + 40;
    }
    ifrObj.height = height;
}
    </script>
    <style type="text/css">
```

```
body {
    margin: 0px;  padding: 0px;  text-align: center
}
html {
    background-color: #e5ecf3
}
body {
    background-color: #e5ecf3
}
div {
    border: 0px;  padding: 0px;  margin: 0px;
}
.area1 .leftiframe {
    border: #86b9d6 1px solid;
    float: left;  width: 145px;  background-color: #fff;
}
.area1 .main {
    margin: 0px;  float:left;
}
.area1 .main .sidebartoggle {
    margin: 0px;    padding-left: 0px; padding-right:    0px;
padding-top: 100px;
    float: left;  width: 8px;  display:inline;  cursor:pointer;
}
#leftmenu {
    font-size: 12px; float:left;line-height: 26px; width: 100%;
}
</style>
</head>
<body>
    <div class="area1">  <!-- 左边菜单开始 -->
        <div class="leftiframe" id="leftbar">
            <div><a href="#">
                <img  alt=" 我 的 论 坛 "  src="images/logo_bbs.gif"
            border="0"></a>
            </div>
            <div id="leftmenu">
                <a href="subindex.htm" target="main">私 人 收 藏</a><br>
```

213

```
            <a href="subindex.htm" target="main">论 坛 首 页</a><br>
            <a href="subindex.htm" target="main">职 场 白 领 </a><br>
            <a href="subindex.htm" target="main">生 活 休 闲</a><br>
            <a href="subindex.htm" target="main">鬼 话 连 篇</a><br>
            <a href="subindex.htm" target="main">星 座 奇 缘</a><br>
            <a href="subindex.htm" target="main">娱 乐 论 坛</a><br>
        </div>
    </div>
<!-- 左边菜单结束 -->
<div class="main" id="mainarea">
<div class="sidebartoggle" onclick="switchDisp()"><!--控制按钮
-->
        <img id="changeimg" src="images/close.gif">
    </div>
    <div style="float: left; width: 98%; height: 100%"><!-- 右
边主体开始 -->
        <iframe   id="main"   name="main"   src="subindex.html"
frameborder="0"
            width="100%"                        height="500"
        onload="adjustiframheight();">
        </iframe><!-- 内联框架，指向内容页面 -->
    </div><!-- 右边主体结束 -->
    <div class="clear"></div>
    </div>
</div>
</body>
</html>
```

相对于框架的实现，用层是不是简洁的多呢？在此实例中，注意一下两点。

（1）内联框架的高度参数。在 iframe 标签内，属性 onload="adjustiframheight();"指定当内联框架加载时，就调用函数动态调整内联框架的高度。所以其中的 height 参数并不重要，写任意值或不用 height 属性都可以。

（2）在函数 adjustiframheight()中，语句"height = ifrobj.document.body.scrollheight + 40;"表示根据内联框架中加载页的高度调整内联框架的高度。40 是个安全量，因为加载页如果 body 属性的 margin 属性没有设置为 0 的话，scrollheight 属性的值小于页面实际需要的高度。

习题 10

【单选题】

10.1　在 Dreamweaver 中，下面关于首页制作的说法错误的是（　　　　）。

A．首页的文件名称可以是 index.htm 或 index.html

B．利用 DIV＋CSS 可以实现页面简洁布局

C．可以使用表格对网页元素进行定位

D．在首页中我们不可以使用 CSS 样式来定义风格

E．可以使用布局表格和布局单元格来进行定位网页元素

10.2　在网页中最为常用的两种图像格式是（　　　）。

A．JPEG 和 GIF　　　　B．JPEG 和 PSD　　　　C．GIF 和 BMP　　　　D．BMP 和 PSD

10.3 Dreamweaver 利用（　　　）标记构建层。

A．<DIR>　　　　　　B．<DIV>　　　　　　C．<DIF>　　　　　　D．<DIS>

10.4 下面关于编辑主体页面的内容的说法正确的是（　　　）。

A．表单的执行不需要服务器端的支持

B．一些复杂的网页布局效果可以使用图片，如转角图片等

C．对于网页内容元素的定位不可以使用表格

D．以上说法都错

10.5　给网页文件或图片命名时应（　　　）。

A．尽量取中文名字，便于管理

B．必须取中文名字，因为是中文网站

C．最好取英文名字，因为可能不支持汉字

D．必须取英文名字，因为不支持汉字

【多项选择】

10.6　在浏览器中看不到图像的原因可能是（　　　）。

A．文件名是中文的　　　　　　　　B．图像资源没有保存

C．没有建立站点　　　　　　　　　D．图像路径引用错误

10.7　下列可以在网页中使用的图片格式是（　　　）。

A．JPG/JPEG　　　B．GIF　　　　　　C．PNG　　　　　　D．PICT

10.8　可以通过层的应用来实现的包括（　　　）

A．创建网页上的动画或交互游戏　　B．制作各种动态导航效果

C．生成丰富的动态按钮　　　　　　D．在 HTML 页面中用层来实现布局

10.9　网页制作中可以使用的文件命名规则包括（　　　）

A．英文命名　　　B．中文命名　　　C．数字命名　　　　D．拼音命名

10.10　以下说法正确的是（　　　）。

A．在网页配色中，配色简洁，主色尽量控制在三种色彩以内，以避免网页花、乱

B．现在显示器的分辨率越来越高，所以设计页面时可以适当增大宽度。但尽量不要使得用户横向拖页面

C．网站目录层次不要太深，一般不要超过三层

D．为保证网页的兼容性，纯文本最好选用一些通用字体如宋体、黑体等，使用特殊字体的文字应先合成于图片再应用于网页较好

【简答题】

10.11　简述网站建设基本流程。

第 11 章　Flash CS4 基础

Flash CS4 是 Adobe 公司推出的矢量图形编辑和动画制作软件。使用该软件，不用编程，仅仅用鼠标进行简单对拖动和点击操作，就能够轻松地制作出栩栩如生的动画，操作起来非常简单。该软件形成的矢量图形文件，体积都尽可能的小，适合于在网络上快速地播放和下载。采用矢量动画对另一个好处是，当对图形对大小和外观进行修改时，不会影响图形的质量，显示时清晰度高。

Flash 动画既可以直接嵌入到 Dreamweaver 制作的页面中，也可以发布后形成单独对动画文件，在操作系统下直接播放。由于这些优点，Flash 动画在网络上非常流行。交互性更是 Flash 动画的迷人之处，可以用来控制动画对播放，还可以制作出良好的 Flash 游戏。

现在 Flash 动画的应用范围越来越广，相信已经很难有人能准确地描述它的应用领域，因为 Flash 的功能实在太强大了。例如：动画，小游戏、在线视频、动画课件等。在实现动画方面可以说是独一无二的，目前还没有其他动画软件可以与之相比。

11.1　熟悉工作环境

网页制作三剑客（Dreamweaver、Fireworks、Flash）的界面还是有很多相似之处的。在 Windows 系统下，启动 Flash CS4，可以看到起动后的主窗口如图 11-1 所示。

图 11-1　Flash CS4 窗口介绍

Flash 界面主要包括标题栏、菜单栏、工具箱、工具栏、场景舞台、时间轴面板、图层面板、属性面板和其他浮动面板（组）。其中标题栏在传统功能的基础上，增加了布局模式选择和在线帮助搜索功能，在窗口宽度足够大的情况下，可以和菜单栏合为一行，使得界面更为简洁。属性面板集成了强大的编辑功能，其内容根据文档中选择对象的不同而不同。浮动面板组可以根据自己的喜好组合或拆分，实现您的个性化设置。对于 Flash 软件的界面，要重点学习的是工具箱、图层面板、时间轴面板、和场景舞台的使用。

11.1.1 工具箱面板

工具箱也是一个面板，汇集了 Flash 的绘图工具。从上到下分成四个部分：绘图工具、查看工具、颜色选取工具等，见表 11-1 所示。

表 11-1　绘图工具栏各按钮介绍

工具箱	图　标	名　称	功　能
		箭头工具	选取舞台中的对象；配合和其他工具进行变形等等操作
		部分选取工具	选取和移动对象节点，进行对象变形操作
		任意变形工具	选取对象后，拖曳对象的控制点来改变对象的大小形状。同时按住 Ctrl 键可以保持长宽比例缩放对象
		3D 旋转工具	用 3d 旋转或 3d 平移工具绕 z 轴旋转或平移影片剪辑，将会产生 3d 效果
		套索工具	选取位图的一部分区域
		钢笔工具	绘制直线、曲线或任意图形
		文本工具	在舞台上添加文本区域，输入文字
		线条工具	通过拖曳鼠标画出直线条，按住 Alt 键后再拖曳鼠标可以画垂直、水平和 45 度角的直线
		矩形工具	绘制矩形，按住 Alt 键也可以绘制正方形。 还可使用下拉菜单切换为椭圆工具或多边形工具
		铅笔工具	绘制任意线条形状，有 3 种不同的铅笔模式——"伸直"、"平滑"、"墨水"
		刷子工具	可切换为喷涂刷工具
		Deco 工具	将任何元件转变为即时设计工具。以各种方式应用元件：使用 Deco 工具快速创建类似于万花筒的效果并应用填充，或使用喷涂刷在定义区域随机喷涂元件
		骨骼工具	是创建角色动画的利器，还可切换为绑定工具
		颜料桶工具	可以方便地为图形中的特定部分填充颜色，还可切换为墨水瓶工具（为对象添加边框线或更改边框线颜色）
		滴管工具	从图形中的其他部分吸取颜色值
		橡皮擦工具	可以擦除图形中的部分内容，在选项区域可以选择不同的橡皮擦形状
		手形工具	可以移动舞台，改变编辑区的可视区域
		缩放工具	放大或缩小视图，方便进行编辑操作
		笔触颜色	设置图形的边线颜色
		填充色	设置图形的内部填充颜色
		黑白和交换颜色	黑白工具将 Flash 的前景色和背景色分别设置为黑色和白色；交换颜色工具用来将前景色和背景色互换

11.1.2　图层和时间轴

在 Flash CS4 中，图层和时间轴紧密关联在一起，共同组成时间轴面板。时间轴面板可以根据自己的喜好，摆放到合适的位置。下面就以一个简单的示例，来讲解图层和时间轴的使用。步骤如下：

（1）启动 Flash 后，新建一个文件，在文档的左下方输入文字：动画制作。使用属性面板设置文字的字体为"隶书"，字号为 80、颜色为 0x000000，如图 11-2 所示。

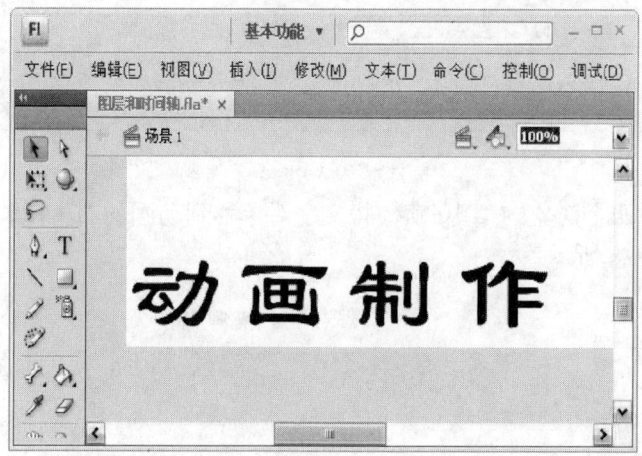

图 11-2　新建动画文件

（2）选取"动画制作"文本框后，在菜单栏选择"修改—分离"命令，将其分离为四个独立的文字对象，如图 11-3 所示。

图 11-3　分离文字对象

（3）在菜单栏选择"修改—时间轴—分散到图层"命令，或用鼠标点右键，选择"分散到图层"命令，文字对象分散到四个图层，层和时间轴的显示如图 11-4 所示。

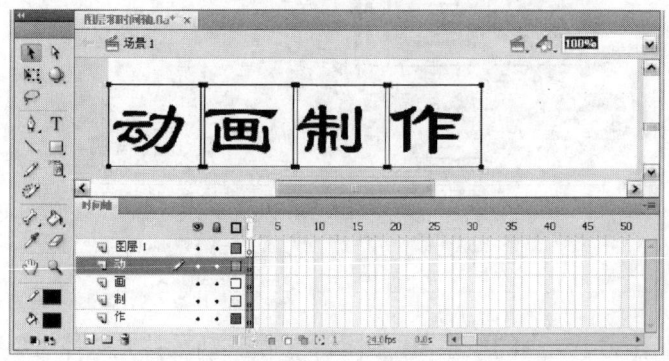

图 11-4　将文字分散到图层

注：可以看到，Flash 为四个文字对象分别创建了一个图层，而图层和时间轴是一一对应的。这就可以为不同的对象设置不同的动作。

（4）用鼠标左键单击"动"所在层的第 10 帧，向下拖拽，同时选择四个层的第 10 帧，在菜单栏选择"插入—时间轴—关键帧"命令；或单击鼠标右键，选择"插入关键帧"命令，同时为四个层插入关键帧，如图 11-5 所示。

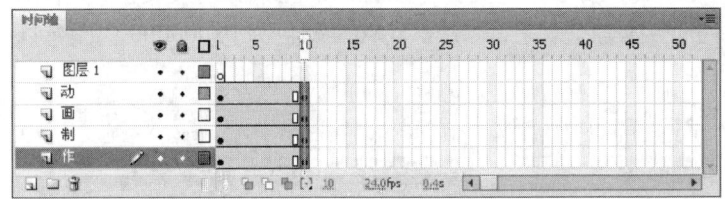

图 11-5　插入关键帧

（5）同时选中四个对象的第 10 帧，将文字对象移到动画的右上角，使用缩放工具缩小文字，如图 11-6 所示。

图 11-6　设置第 10 帧文字的大小

（6）同时选则四个时间轴的第 1 帧，单击鼠标右键，在弹出菜单选择"创建传统补间"，然后在菜单栏选择"窗口—属性"命令，打开属性面板，将"缓动"选项设置为 100，使得动画先快后慢，如图 11-7 所示。

图 11-7　设置补间动画

（7）调整一下各对象动画的顺序，让四个字依次移动。首先选择对象"画"的第 1 帧，按住 Shift 键，选取"画"的最后一帧，可以选中该对象的所有帧，按住鼠标左键将

其移动到第11帧；依次将"制"拖拽到21帧；将"作"拖拽到31帧，如图11-8所示。

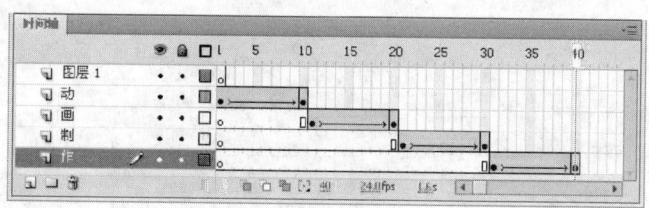

图11-8 动画依次移动

（8）再同时选取除"作"以外的其他几个时间轴的第40帧，点鼠标右键，选择"插入帧"命令，使得所有时间轴都拥有相同数目的帧，如图11-9所示。

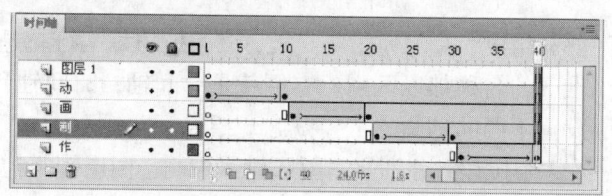

图11-9 所有时间轴拥有相同数目的帧

（9）在图层面板上单击"插入图层文件夹"按钮，可以再图层上建立图层文件夹，并将图层移入到文件夹下，如图11-10所示。

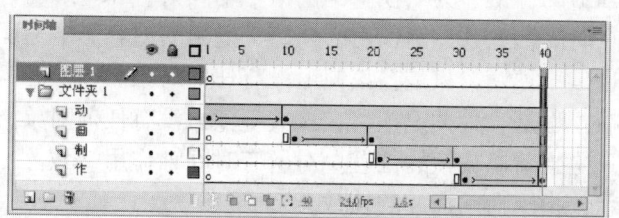

图11-10 使用图层文件夹管理图层

到这里，几个文字顺序移动的动画就完成了，在菜单栏选择"控制—测试影片"命令，查看动画效果，如图11-11所示。

图11-11 动画预览效果

通过上面的操作,我们学习了帧的基本操作方法,下面介绍一下时间轴面板的内容,如图 11-11 所示。

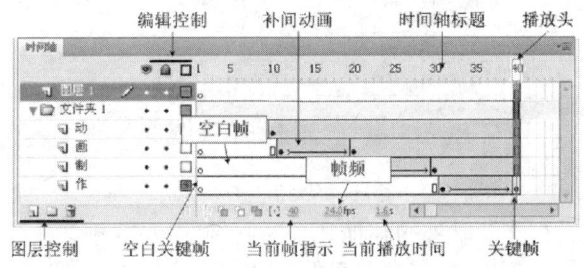

图 11-12　帧面板

时间轴面板由两部分组成。左侧为图层面板,该面板的每一行就是一个图层,应该为每个图层设置一个唯一的名称加以区别。右侧就是时间轴,时间轴和图层一一对应,所以可以为每个图层设置不同的动画。主要概念介绍如下:

(1) 编辑控制:共 3 个按钮,分别是:图层显示控制、图层锁定控制、图层轮廓显示控制。

(2) 图层控制:共 4 个按钮,分别为:新建图层、创建引导层、创建图层文件夹、删除图层。

(3) 帧:时间轴上的一格即为一帧。本例中,动画共有 40 帧。

(4) 关键帧:在时间轴上其控制作用的帧。关键帧的内容影响后面一些列的帧。

(5) 空白帧:也是一种帧,只是在该帧上没有任何对象。

(6) 空白关键帧:也是一种关键帧,在该关键帧上没有任何对象。

(7) 播放头:只是当前播放帧的位置。对所有时间轴作用一致。

(8) 当前帧指示:指示当前播放的帧数。

(9) 时间轴标题:相当于时间轴的标尺,表示帧号的序列。

(10) 补间动画:处于两个关键帧之间,其中每帧的对象状态都有 Flash 运算得到。

(11) 帧频:每秒播放的帧数。

(12) 当前播放时间:从第一帧到当前帧播放耗费的时间。

11.1.3　场景舞台

在进行 Flash 动画和创作时,有时为了创作的方便和叙述动画情节的需要,往往把整个动画按照一定的次序划分成不同时间段的故事情节区间。在 Flash 里以场景的形式来划分时间段或故事情节。

在制作动画的过程中,可以根据创作的需要随时添加、复制、移动、修改或删除场景。Flash 在编辑的时候,只有一个当前场景处于显示状态。Flash 动画播放的时候,默认的播放顺序就是按照场景的先后次序依次播放。也可以使用 ActionScript 的相关语句进行播放控制。下面就以一个简单实例来学习场景的操作:

(1) 新建一 Flash 文件,在其中输入"场景一",使用属性面板调整字体为"隶书",

字号为 80（如图 11-13 所示），并在时间轴第十帧添加关键帧。

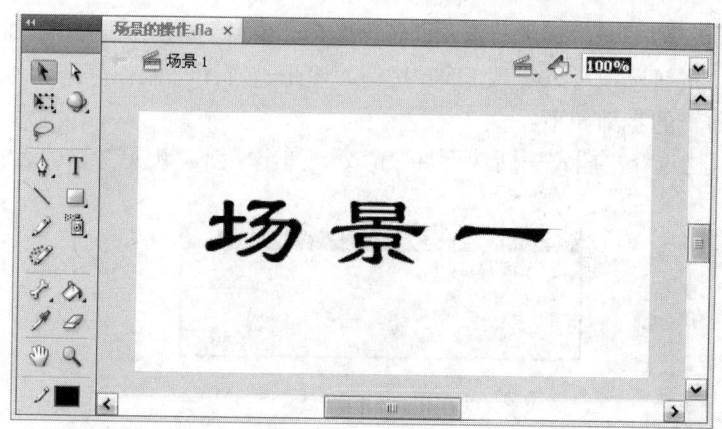

图 11-13　场景一

（2）在菜单栏选择"插入—场景"命令，插入一空白场景，默认将处于当前状态。在其中输入"场景二"，使用属性面板修改字体为"隶书"，字号为 80，如图 11-14 所示。并在时间轴第 20 帧上插入关键帧。

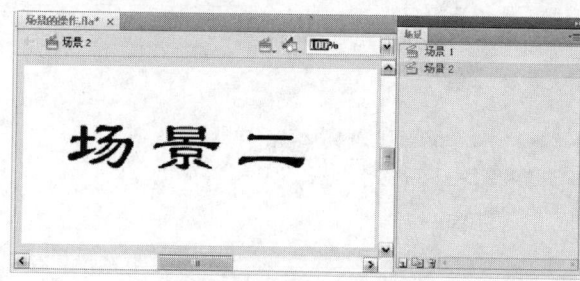

图 11-14　场景二和场景面板

（3）使用时间轴面板上的编辑场景按钮，可以快速切换场景，如图 11-14 所示。

（4）在菜单栏选择"窗口—其他面板—场景"命令，打开"场景"面板，可以看到当前文件场景的列表。使用场景面板最下端的工具按钮，可以复制、新建、删除场景；使用场景的列表，可以快速切换和更改场景的排列顺序。

在菜单栏选择"控制—测试影片"，观看动画效果。可以看到场景一播放一段时间，自动切换到场景二播放一段时间，再切换到场景一，依次循环。

11.2　元件和库

元件（Symbol）是 Flash 中引入的一种可以多次重复使用的动画对象。元件对象可以应用于当前动画或其他动画中。引入元件，因为元件可以重复使用，也可以减小动画文件大小。

库（Library）可以理解为保存各种元件的文件夹，当元件被创建后，将自动保存到库中，应用元件时，只需将元件从库中拖拽到场景舞台。

223

11.2.1 创建影片剪辑

元件共分为三种类型：影片剪辑、按钮和图形。影片剪辑用来制作动画元件，即本身可包含动画；按钮选项可以实现 Flash 按钮；图形选项用来制作静态元件。

创建影片剪辑的步骤如下：

（1）在菜单栏选择"插入—新建元件"命令，弹出"创建新元件"对话框，图 11-15 所示。

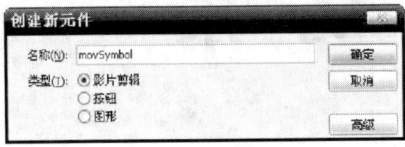

图 11-15　选择元件类型

（2）在对话框中输入元件名称：movSymbol，确信类型选项选择为"影片剪辑"，然后点确定按钮。则 Flash 自动切换到元件编辑，使用椭圆工具画圆，填充颜色为 #666666，如图 11-16 所示。

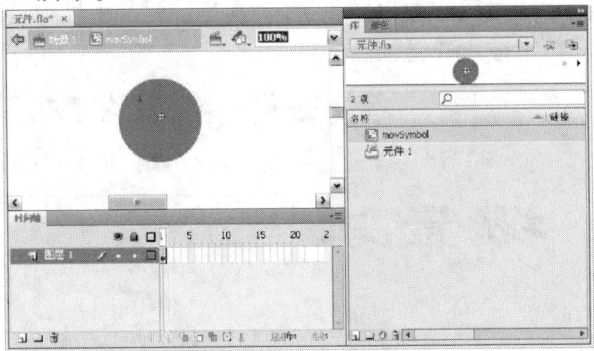

图 11-16　创建电影剪辑

（3）在元件时间轴第 10 帧增加关键帧，并改变大小和颜色（#333333），如图 11-17 所示。

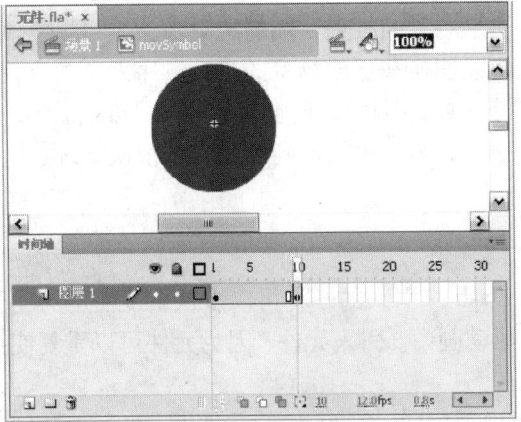

图 11-17　增加关键帧

（4）再次选第 1 帧，单击鼠标右键，在弹出菜单选择"创建补间形状"命令，使之成为一个变形动画。

（5）单击文档工具栏上的"场景 1"选项卡，返回场景。从库面板上将制作好的元件拖拽到场景，则插入了影片剪辑动画。如图 11-18 所示，按 F12 可预览动画效果。

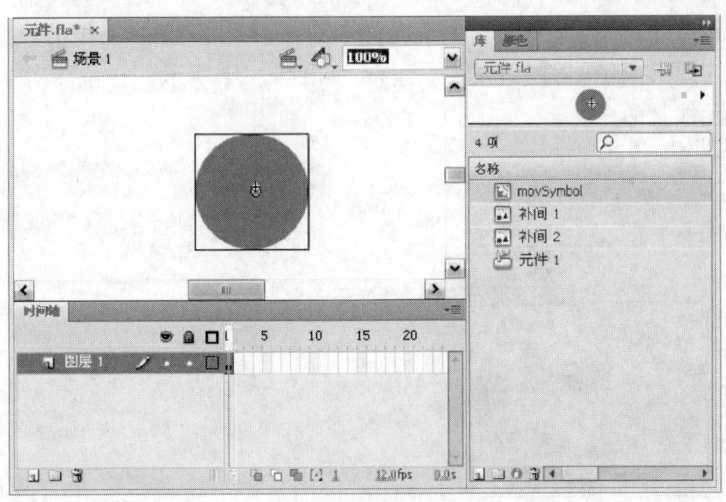

图 11-18　在场景中加入元件

11.2.2　创建按钮

Flash 中使用四个帧来表示按钮的四种状态，分别为：弹起、指针经过、按下、点击。可以根据需要绘制，至少需要绘制弹起状态。

（1）新建元件，在图 11-15 所示的对话框中，选择类型为"按钮"。首先绘制鼠标"弹起"状态，矩形填充色为#999999，如图 11-19 所示。

（2）在时间轴面板单击"指针经过"的帧，在弹出菜单上选"插入关键帧"命令，添加鼠标经过状态，默认图形是弹起状态的图形。改变矩形填充方式，如图 11-20 所示。

绘制完成后保存文件，切换到场景，从库面板拖拽按钮，即可添加到场景中。

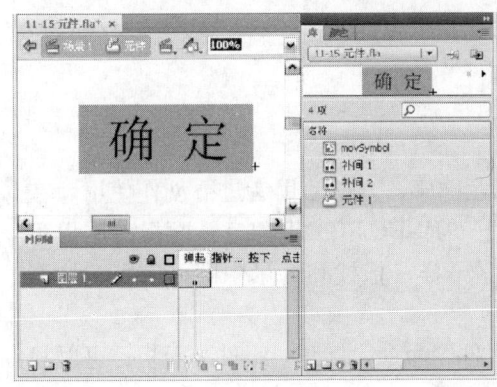

图 11-19　创建按钮元件

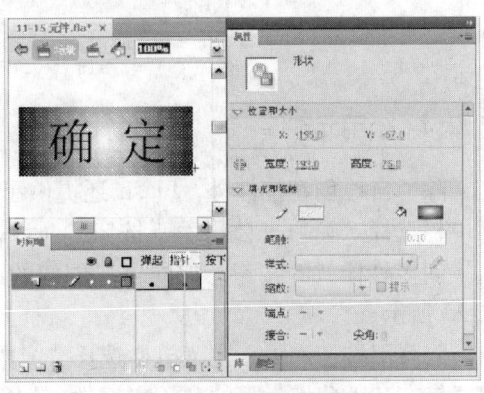

图 11-20　绘制指针经过状态

11.2.3 创建图形元件

图形元件在这三种元件中是最简单的。图形元件是静态的图像，不能实现动画。一般图形元件作为在场景中实现变形、透明等动画的对象。

创建图形元件，可以在 11-15 所示的对话框中将"类型"选项选择为"图形"，就可以开始图形元件的绘制了。但因为图形元件本身是静态不变的，一把情况是在场景中，将某个绘制好的图形或位图对象转化为元件。如图 11-21 所示，在位图对象上点右键，选择"转换为元件"命令。

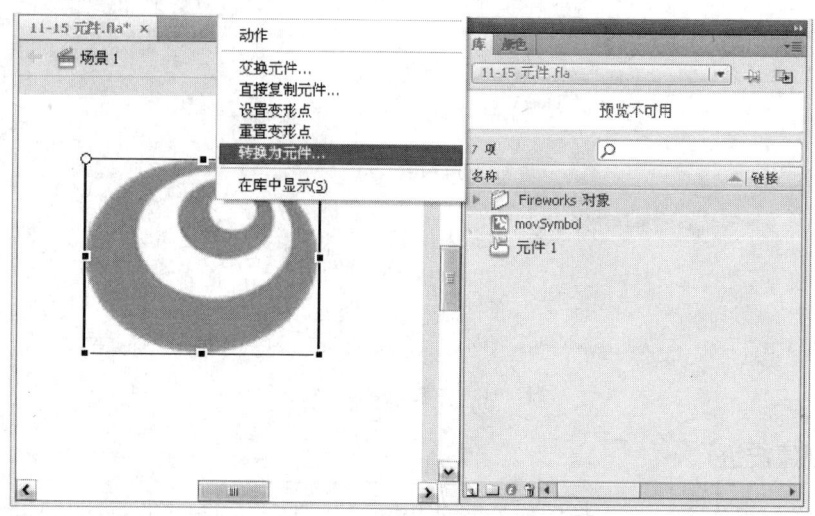

图 11-21　将位图对象转换为元件

转换为元件会提示选择元件类型，选择"图形"，如图 11-22 所示。

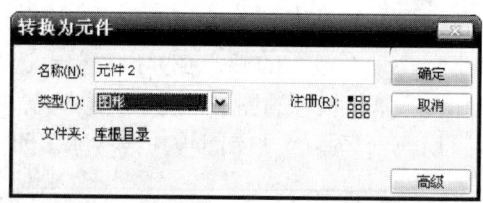

图 11-22　选择转换类型

11.2.4 公用元件库

除了自己创建控件外，Flash 还提供了公用元件库，方便使用者进行创作使用。在菜单栏选择"窗口—公用库—按钮"命令，打开"库-BUTTONS.FLA"面板，这里可以找到多种样式的按钮。如同自己创建的库元素一样，拖拽到场景中即可使用，如图 11-23 所示。

除公用按钮库外，在菜单栏选择"窗口—组件"命令，打开"组件"面板，可以找到很多有利于我们学习的公用库组件，如图 11-24 所示。

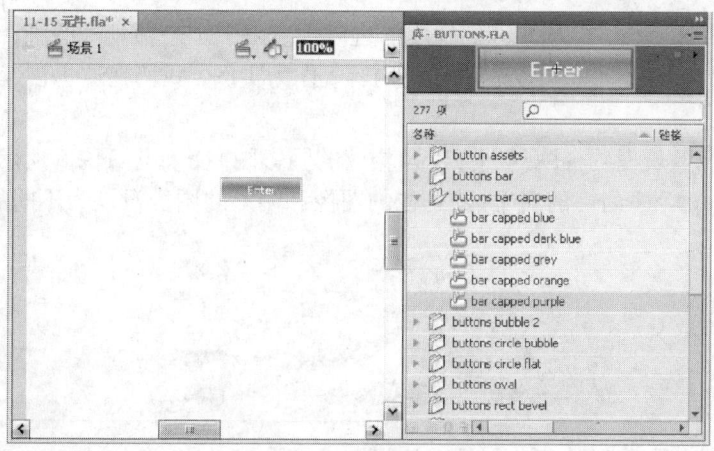

图 11-23　公用按钮库

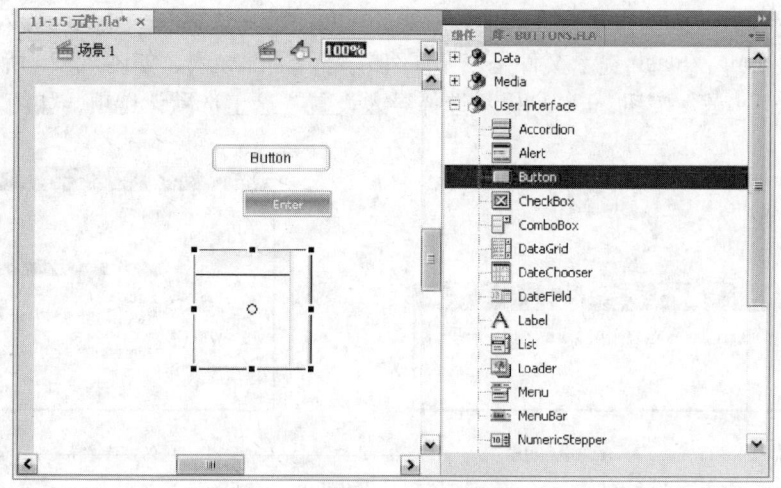

图 11-24　学习交互库

在菜单栏"窗口—公用库—类"命令，还可打开"库-类"面板，还有一些类组件可选。这些类组件用的较少，这里就不再介绍了。

11.3　制作基本动画

Flash 动画的类型可以分为三大类：逐帧动画、补间动画和脚本动画。Flash 动画由矢量图形组成，改变动画图形的大小，不会使图形失真。而且矢量动画占用的存储空间小，网上浏览以及下载文件速度快。这是 Flash 动画的重要优势所在。

脚本动画的制作要在 Flash 动画中使用 ActionScript 来控制动画的运行，请看下一章讲解。这里重点讲解逐帧动画和补间动画。

11.3.1　逐帧动画

对于 FLASH 而言，动画都是在帧上实现的。所谓逐帧动画，就是指动画的内容是

一帧帧绘制的，不包含由 Flash 自动生成的过渡帧。由于是一帧一帧的画，所以逐帧动画具有极大的灵活性，几乎可以表现任何内容。作为实例，我们在这里创建一个奔跑的豹。步骤如下：

（1）首先准备表现豹奔跑的图像以及相应的阴影图像，如图 11-25 所示。将图像保存为 1.png、2.png 等序列性的名字。注意豹的图像和阴影的图像设置为不同的两个序列。

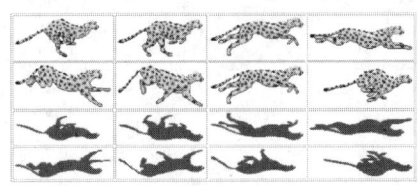

图 11-25　逐帧动画图像

注：这些图也可以在 Flash 中直接绘制，要害就是要有的耐心。

（2）新建或打开 Flash 文件，新建影片剪辑元件。使用"文件—导入—导入到舞台"命令，选择 1.png，Flash 提示文件是一个序列，是否全部导入，如图 11-26 所示。

（3）单击"是"按钮，Flash 提示选择导入设置，这里选默认选项，如图 11-27 所示。

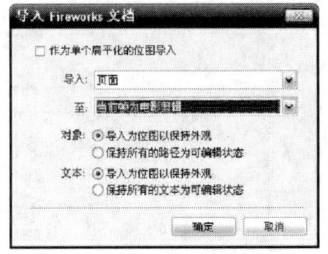

图 11-26　导入图像序列提示　　　　　　　　　　图 11-27　选择导入设置

（4）单击"确定"按钮，导入图像序列，如图 11-28 所示。

（5）返回第 1 帧，再次导入阴影的图像序列，逐帧操作，调整豹的图像和阴影图像的相对位置，如图 11-29 所示。

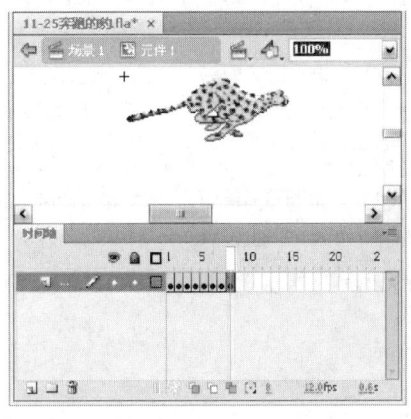
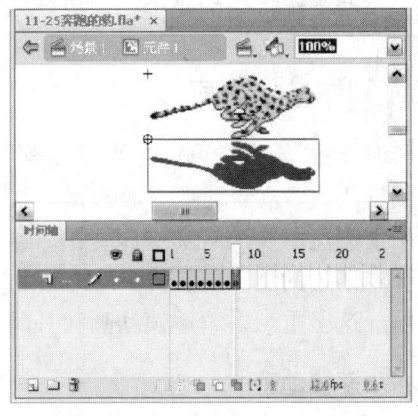

图 11-28　导入图像序列　　　　　　　　　　　　图 11-29　调整阴影位置

（6）调整完完成后，返回场景，加入编辑好的影片剪辑，在菜单栏选择"控制—测试影片命令，预览制作的动画，如图 11-30 所示。

图 11-30　测试动画

在本实例中，因为动画在元件中完成。使用此动画，我们只需要从库面板拖拽到场景中，该元件自动循环播放。

11.3.2　补间动画

补间动画是指仅绘制出开始的关键帧和结束的关键帧，中间的过渡帧根据制作者设计的补间类型，由 Flash 自动生成。

补间动画又可分为动作补间动画和形状补间动画。其中，动作补间动画是用来做物体的移动、旋转、放缩、扭曲、颜色变化等，适合为单个物体做运动，一般适用于"元件"对象；形状补间动画用来处理两个物体的相互转化，一般适用于基本图形对象或被分离的物体。

在 Flash 属性面板上，"补间"类型下拉列表的选项有三个：无、动画、形状。其中"动画"对应的就是动作补间动画，"形状"对应的是形状补间动画。在上面层和时间轴的讲解中，已经用动作补间创建了文字移动的动画。这里以色彩渐变动画为例讲解补间动画的创建。

色彩渐变动画要使用元件，图形元件、按钮元件、影片剪辑元件都可以。这里我们实现一个表现昼夜变化的场景。一头奔跑的花豹，从白天跑到夜晚，再跑到天亮。操作方法如下：

（1）创建图形元件，简单的绘制一个矩形，填充为#666666。用来表示夜幕的降临。

（2）在文件中创建两个图层，名称分别为"夜幕"和"奔跑的豹"，如图 11-31 所示。

（3）同时为两个对象在第 10 帧和第 20 帧的位置上增加关键帧。

（4）选中第 1 帧，再在编辑区选中夜幕对象，在属性面板设置透明度 Alpha 值为 0%，如图 11-32 所示。

（5）选中第 10 帧，分别将夜幕透明度设置为 100%；豹的 Alpha 值为 10%。选中第 20 帧，将夜幕的 Alpha 值设置 0%。

　　(6) 选中夜幕的第 1 帧，单击鼠标右键，选择"创建传统补间"命令；依次为夜幕的第 10 帧，豹的第 1 帧和第 10 帧创建传统补间动画。如图 11-33 所示。

　　(7) 动画制作完成。在菜单栏选择"控制—测试影片"命令，预览动画，如图 11-34 所示。

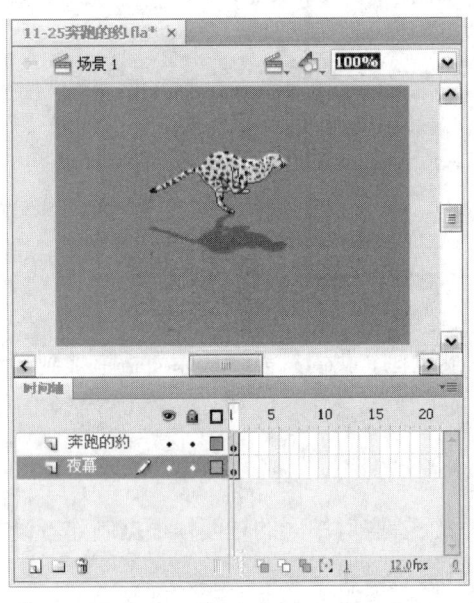

图 11-31　添加豹和夜幕

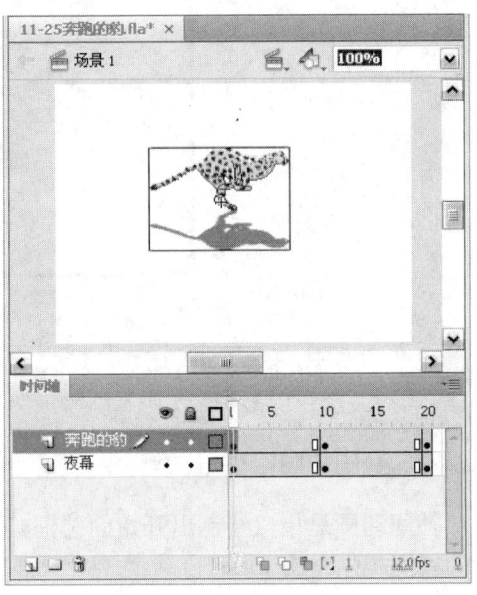

图 11-32　设置夜幕透明度为 0

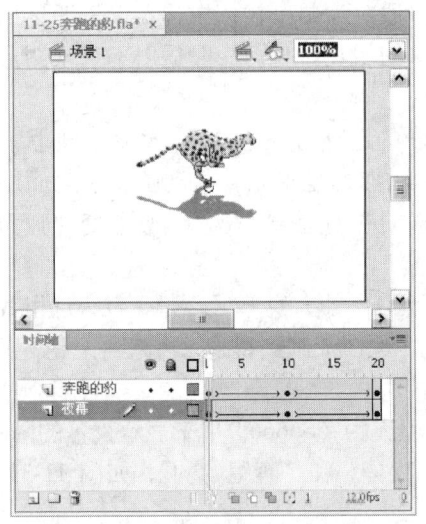

图 11-33　创建补间动画

图 11-34　预览动画

11.3.3　引导层动画

　　引导层动画也是一种补间动画，它使得元件沿路径移动，可以很方便地实现曲线运

动的动画。这里还使用上面创建的动画元件，创建豹沿曲线奔跑的动画。

操作步骤如下：

（1）新建 Flash 文件，创建两个层，名称为：背景和奔跑的豹。背景层在最下方，导入一张背景图像，豹位于左侧，如图 11-35 所示。

（2）在层面板上"奔跑的豹"层上点右键，选择"添加引导层命令，为豹添加引导层，用铅笔工具在引导层上绘制一条曲线，如图 11-36 所示。

图 11-35　初始化文档

图 11-36　添加引导层

（3）将豹的中心点对准到引导线的起点，然后为所有层的第 20 帧添加关键帧，在 20 帧将豹的中心点对准到线的终点，如图 11-37 所示。

（4）在层"奔跑的豹"第 1 帧，点鼠标右键，选择"创建补间动画"命令，层面板的显示如图 11-38 所示。

图 11-37　将豹对准到终点

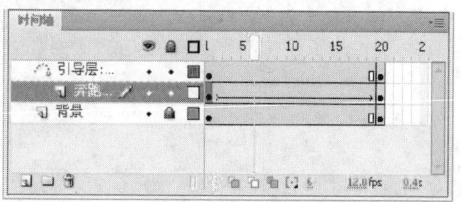

图 11-38　层面板的显示

231

（5）动画制作完成。在菜单栏选择"控制—测试影片"命名，预览动画，如图 11-39 所示。

图 11-39　沿曲线奔跑的豹

可以看到，引导层的曲线在动画中不显示，所以不用考虑为引导线设置颜色或透明度。

11.3.4　遮罩动画

所谓遮罩动画，是指利用不同层的对象与对象之间的遮挡关系形成的动画。在这里实现一个望远镜中跑过的豹，只有在望远镜内是可见的。具体步骤如下：

（1）新建 Flash 文件，将背景层设置为灰色（#333333）。创建图形元件，绘制一个白色圆。

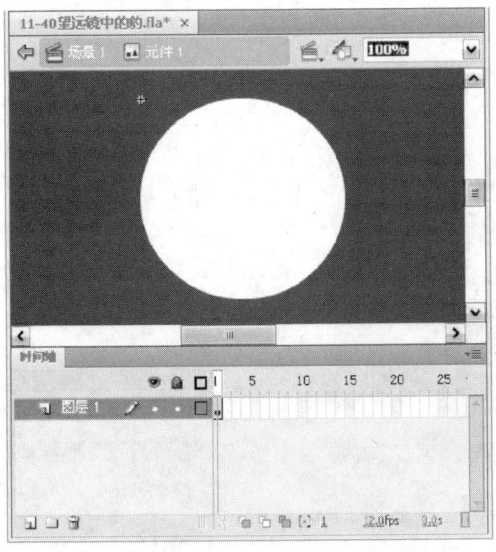

图 11-40　创建元件"望远镜视野"

（2）返回场景，创建建两个层，一层"豹"，一层为"望远镜视野"，设置豹的第一帧位于左侧，最后一帧位于右侧。望远镜视野层的作用是似的可是区域内为白色，所以"豹"层位于"望远镜视野"层之上，如图11-41、图11-42所示。

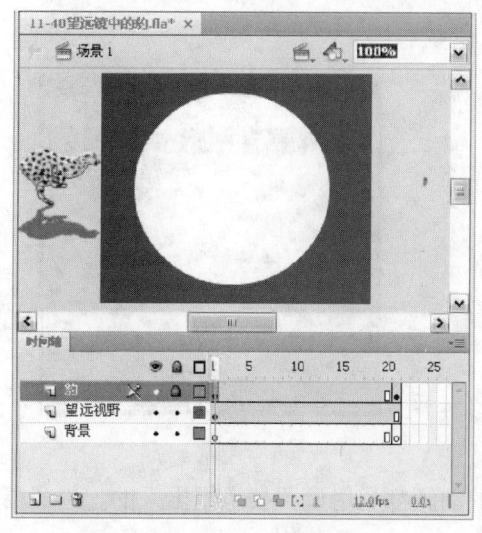
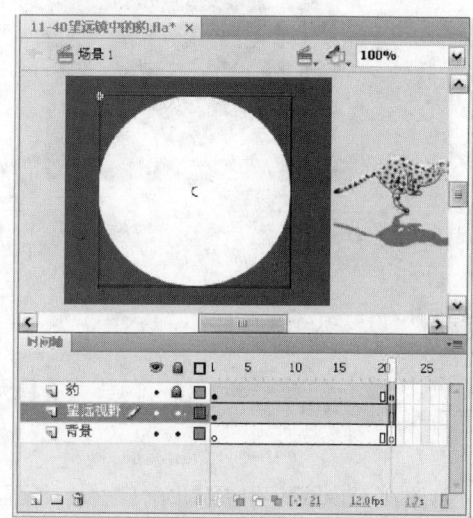

图11-41 豹、望远镜视野、背景　　　　　　图11-42 设置豹终止位置

（3）在豹的1帧点鼠标右键，选择"创建补间动画命令。使豹的动作为从左向右奔跑。

（4）创建新层"遮罩"，位于所有图层之上。在"遮罩"层上绘制圆形，小于等于望远镜视野的圆，并填充为黑色，如图11-43所示。

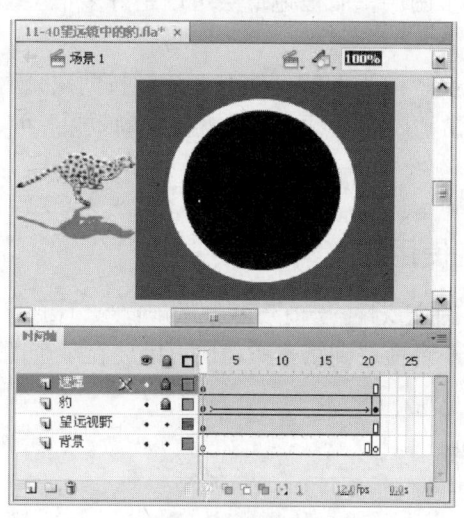

图11-43 建立遮罩层

（5）在"遮罩"层上点右键，选择"遮罩层"命令，使之变为遮罩层，将望远镜视野层也拖动到遮罩层下，如图11-44所示。

（6）在菜单栏选择"控制—测试影片"命令，预览动画，如图11-45所示。

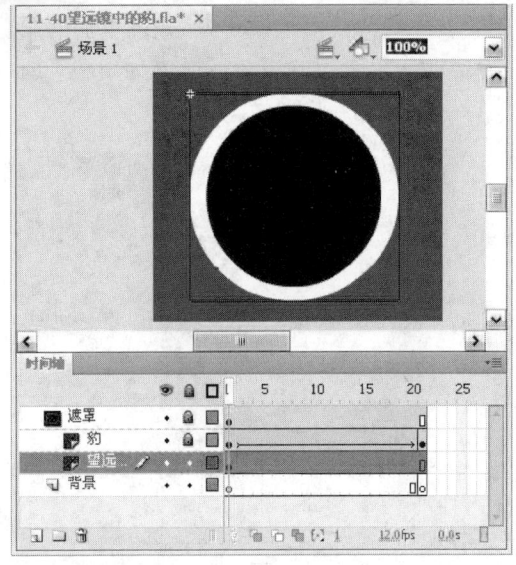

图 11-44　实现遮罩层

图 11-45　预览动画

　　遮罩在 Flash 里的应用非常广，许多漂亮的动画都是用遮罩技术做出来的。遮罩层动画的关键点总结如下：

　　(1) 遮罩由两部分组成，包括遮罩层与被遮罩层。

　　(2) 被遮罩层只显示在遮罩层有东西的地方。而遮罩层的东西不显示，所以他的颜色是什么一点关系都没有。

　　(3) 动画实现可以在遮罩层也可以在被遮罩层，这需要我们灵活运用。

　　(4) 遮罩层只能是一个图层，而被遮罩层可以是好多个层。

　　(5) 线不能做遮罩。

　　(6) 文字要做遮罩先要打散为形状（Ctrl+B 连续按两次）。

　　(7) 遮罩边缘都是非常清晰的轮廓，如果需要模糊效果，可以在被遮罩层的最上面加一个模糊的形状。

11.4　声音在动画中的使用

　　声音在动画中有很高的重要性，一个完美的动画，少不了声音的配合。使用声音一般是先导入到库，然后将声音拖放到场景中，也可以放在某个图形或按钮上。同时，还可以控制声音的播放。

11.4.1　声音的导入和应用

　　1. 声音的导入

　　新建 Flash 文件，在菜单栏选择"文件—导入—导入到库"命令，弹出"导入"对话框，选择声音文件，将声音导入到库，如图 11-46，图 11-47 所示。

图 11-46　选择声音文件

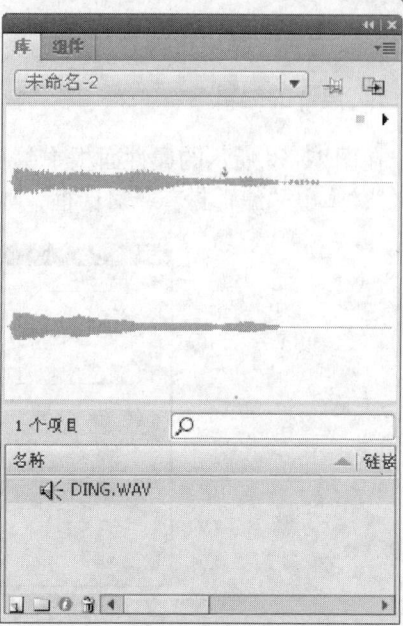

图 11-47　库中的声音

　　选中动画的第 1 帧,从库面板将声音拖拽到场景中,并在时间轴第 20 帧的位置增加帧,如图 11-48 所示。

图 11-48　在场景中添加声音

　　可以看到,在动画上添加声音后,在场景中并没有什么显示,而在时间轴上出现了类似声波的线条。指示声音从哪里开始,持续时间有多长。声音和如同其他对象,也是添加到某一图层的关键帧上的,从关键帧开始播放。

　　2．声音的应用

　　在动画中应用声音,可以从库面板拖拽,也可以使用属性面板进行选择,如图 11-48 所示。选中第 1 帧后,属性面板的"声音"下拉列表可以选择不同的声音文件,而"效果"下拉列表可以选择预定义的声音效果,也可进行自定义。还可设置同步以及重复次数等。

11.4.2 声音的编辑和压缩

1．声音的编辑

在图 11-48 所示的属性面板中单击"编辑"按钮，或在"效果"下拉列表选择"自定义"，弹出"编辑封套"对话框，如图 11-49 所示。

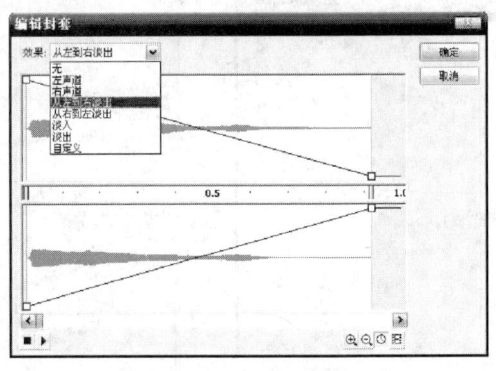

图 11-49　编辑音效

在该对话框中，"效果"下拉列表的项目和属性面板中的项目是一样的。图 11-49 中，上下两部分声波图分别代表左声道和右声道。图中的线表示声音的强弱，所示音效为"从左到右淡出"，则开始时左声道最大，右侧最小，最后左侧最小，右侧最大。下面的工具按钮依次为：停止播放、播放、放大、缩小、以秒为单位显示波形、以帧为单位显示波形。

2．声音的压缩

声音文件压缩后，可以减小文件的大小，提高网络上传送的速度。将声音文件导入到库中后，右键单击库中的声音组件，在弹出菜单中选择"属性"命令（如图 11-50），出现"声音属性"对话框，可以选择压缩格式，如图 11-51 所示。

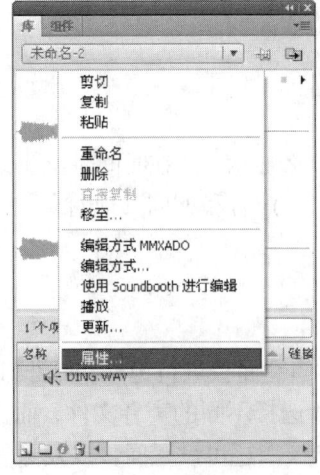

图 11-50　选择属性命令

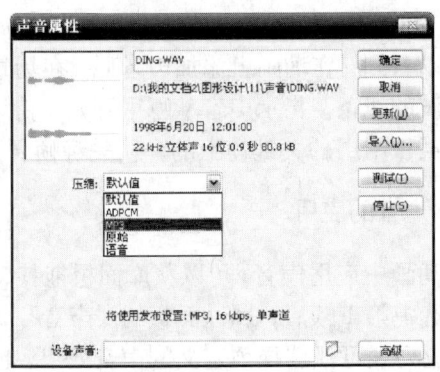

图 11-51　声音属性对话框

确定 MP3 压缩方式：在这种方式下比特率越小，则声音文件越小。设置好声音属性后单击"确定"按钮即可。

11.5 视频的使用

在 Flash 中引入视频的方法和引入声音的方法类似。导入步骤如下：

选择"文件—导入—导入到库"命令，Flash 弹出"导入到库"对话框。选择视频文件，然后单击"打开"按钮，如图 11-52 所示。

图 11-52 选择视频文件

注：可导入的视频文件格式有*.mov、*.avi、*.mpeg、.flv、fvv 等。导入视频文件，有时会因为一些问题造成导入失败。推荐使用 Adobe Media Encoder CS4 先将媒体文件转化为*.FLV、*.F4V 格式。

Flash 会出现视频导入设置的一个向导，可以设置导入的视频的部署方式、编码格式、视频外观等。完成向导后在 Flash 的库面板增加了相应的视频项目，同时默认在当前图层插入一个视频，如图 11-53 所示。

图 11-53 视频文件在 Flash 中的显示

在设计区选择插入的视频对象，在菜单栏选择"窗口—属性"命令，打开属性面板；单击实例名后面的"组件检查器面板"命令按钮，打开"组件检查器"面板，可以为视频对象设置参数，如图 11-54 所示。其中 contentPath 参数是视频文件路径。

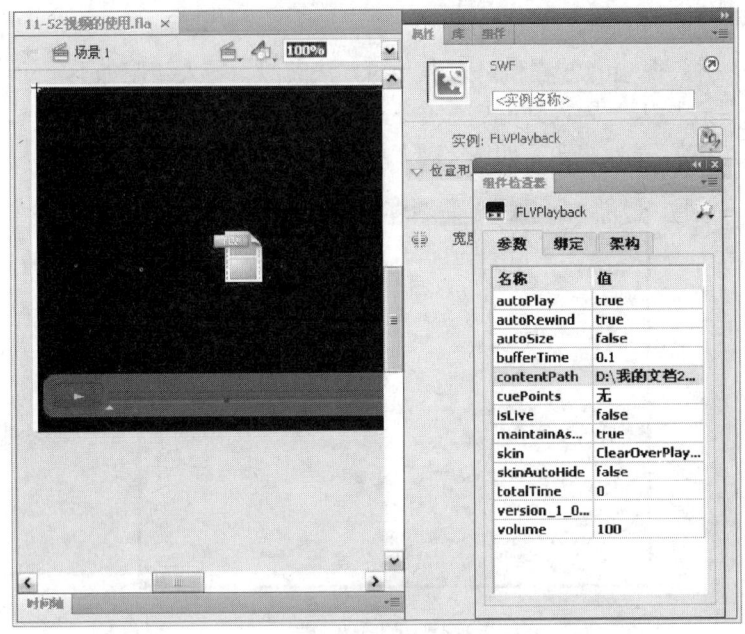

图 11-54　视频对象参数设置

视频导入完成，选择"控制—测试影片"命令，测试视频动画，如图 11-55 所示。

图 11-55　测试视频动画

11.6　动画导出与发布

动画的输出是指将当前电影文件输出成*.swf、*.avi、*.gif、*.exe 等格式的文件，可以用于 HTML 的页面开发，也可独立运行。一般测试的过程中，如果有保存源文件，

那么，在源文件同名文件夹中，就会产生一个导出的 swf 同名文件，这个就是我们在网上看的到的 Flash 文件效果了，而传到网上的，也都是这种 Flash 文件。

打开动画，在菜单栏选择"文件—发布设置"命令，弹出"发布设置"对话框，发布设置里列出的就是 Flash 可以导出的各种格式，每勾选一种，上边就会多出一个相关设置的选项，如图 11-56 所示。

.swf 格式文件是最常用的导出格式，这种格式可以直接插入的到页面中使用。.swf 文件需要 Flash 播放器的支持，现在一般的浏览器都能支持。而*.exe 格式则将动画导出为可执行文件，不论有没有 Flash 播放器都可运行；而且这种格式不好破解，保密性更强，一般 Flash 小游戏适合用这种格式。这里讲讲 GIF 格式的导出。

点选 GIF 导出格式，如果想导出的 GIF 是动的，要在 GIF 选项卡内设置"回放"选项设置为"动画"，该选项默认是"静态"。还要注意下面的调色板类型，虽然有几种，选"最合适"的导出效果最好，如图 11-57 所示。

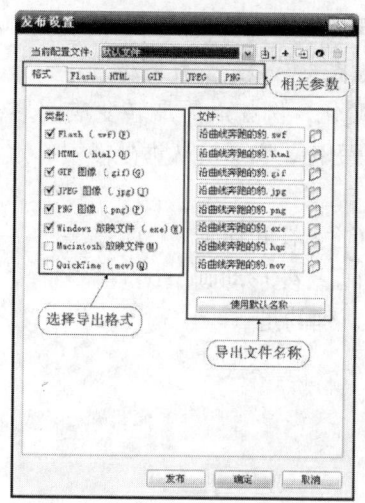

图 11-56　Flash 发布设置

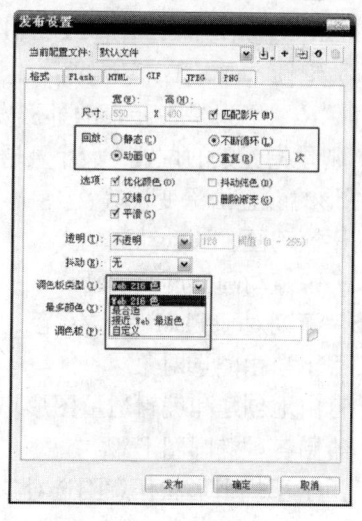

图 11-57　GIF 动画导出设置

因为 Flash 本身导出 GIF 是个弱项，导出的色彩失真，因此动画简单的还可以，色彩多的，失真就比较严重。所以，一般不建议用 Flash 直接导出 GIF。

导出 GIF 图片，还有要注意的两点：

（1）要导的影片，不可以含 ActionScript 代码，因为 Flash 导 GIF 图不支持代码。

（2）如果动画中使用了元件，则要注意使的场景中的帧数大于等于元件中的帧数。

11.7　本章小结

本章以示例为线索，首先介绍了 Flash 的重要基本概念，如图层、时间轴、场景等。然后讲解了元件的创建和使用，下面的基本动画制作都基于同一个元件，可以使读者在不断的练习中掌握 Flash 的操作。并讲解了如何在 Flash 中应用声音和视频。最后讲解了 Flash 动画的导出与发布。本章所讲解概念和操作都是制作 Flash 动画的最基本最重

要的知识，学好本章内容是动画制作的基础。

习 题 11

【单选题】

11.1　以下关于 Flash 使用元件的优点的叙述，正确的是（　　）。

A．使用元件可以使发布文件的大小显著地缩减

B．使用元件可以使电影的播放更加流畅

C．使用元件可以使电影的编辑更加简单化

D．以上均是

11.2　下列文件格式不是 Flash 文件导出（　　）

A．EXE　　　　B．SWF　　　　C．PPT　　　　D．HTML

11.3　6、下列名词中不是 FLASH 专业术语的是（　　）。

A．关键帧　　　B．引导层　　　C．遮罩效果　　　D．交互图标

11.4　（　　）是指元素的外形发生了很大的变化，例如从矩形转变成圆形；而（　　）则是指元素的位置、大小及透明度等的一些变化，如飞机从远处慢慢靠近，一个基本图形的颜色由深变浅等。

A．逐帧动画、移动动画　　　　　B．变形动画、补间动画

C．关键帧动画、逐帧动画　　　　D．补间动画、变形动画

11.5　下列对于 Flash 中"铅笔工具"作用描述正确的是（　　）。

A．用于自由圈选对象

B．自由地创建和编辑适量图形

C．绘制各种椭圆图形

D．用于不规则形状任意圈选对象

【多项选择】

11.6　下面关于矢量图形和位图图像的说法正确的是（　　）。

A．Flash 允许用户创建并产生动画效果的是矢量图形而不是位图图像

B．在 Flash 中，用户也可以导入并操纵在其他应用程序中创建的矢量图和位图

C．用 Flash 的绘图工具画出来的图形为矢量图形

D．一般来说矢量图形比位图图像文件量大

11.7　Flash 中两个关键帧中的图像都是形状则这两个关键帧之间可以创建下列哪种补间动画（　　）。

A．形状补间动画　　　　　B．位置补间动画

C．颜色补间动画　　　　　D．透明度补间动画

11.8　下列关于关键帧说法正确的是（　　）。

A．关键帧是指在动画中定义的更改所在的帧

B．修改文档的帧动作的帧

C．Flash 可以在关键帧之间补间或填充

D．可以在时间轴中排列关键帧，以便编辑动画中事件的顺序

11.9　下列关于引导层说法正确的是（　　）。

A．为了在绘画时帮助对齐对象，可以创建引导层

B．可以将其他层上的对象与在引导层上创建的对象对齐

C．引导层不出现在发布的 SWF 文件中

D．引导层是用层名称左侧的辅助线图标表示的

11.10　下列说法正确的是（　　）。

A．在制作电影时，背景层将位于时间轴的最底层

B．一般来说逐帧动画是用来制作复杂的动画

C．一般来说逐帧动画文件量比补间动画小

D．在制作电影时，背景层可以位于任何层

【简答题】

11.11　什么是补间动画？

11.12　简述遮罩动画原理。

第 12 章　ActionScript 的应用

Flash 在动画制作领域之所以功能强大，其交互性很强是其中的重要因素之一。实现 Flash 的动画交互性的机制便是 ActionScript。

如今，ActionScript 已经发展成为 Flash 特有的交互式开发语言，在 Flash 中，设计者可以利用 ActionScript 控制 Flash 动画中的时间轴、声音、颜色、光标、图形以及数据等。ActionScript 具有良好的可读性，其语法标准和 JavaScript 很相似。前面第 7 章学习了 JavaScript 的有关知识，学习 ActionScript 就容易很多了。

12.1　脚本入门

ActionScript 是 Flash 的脚本语言，是一种面向对象编程语言。使用 ActionScript 可以控制 Flash 动画中的对象，创建导航元素和交互元素，扩展 Flash 创作交互动画和网络应用的能力。

上一章实现的文字移动动画是一个循环动画，在这里我们加入脚本，使其变成可控制的。当动画播放到最后一帧时停止播放，点按钮再一次播放。首先回顾一下上一章实现的动画，如图 12-1 所示。

图 12-1　文字移动的动画

实现控制按钮的步骤如下：

（1）打开动画文件，查看时间轴面板的显示。可以看到"图层 1"只有一个空白关键帧，没有任何对象，将层改名为"播放控制"，选中其第 1 帧。

（2）在菜单栏选择"窗口—公用库—按钮"命令，打开按钮库面板，在其中选择按钮。

（3）选择合适的按钮样式，如"buttons bar"文件夹中的"bar blue"，选中后拖拽到场景中，使用变形工具调整大小，如图 12-2 所示。

图 12-2　在动画中插入按钮

（4）打开属性面板，将按钮命名为"mybtn"，如图 12-3 所示。

（5）右键单击"播放控制"层的第 40 帧，在弹出菜单选择"转换为关键帧"命令；再次用右键单击，选择"动作"命令，打开动作面板，如图 12-4 所示。在其中输入以下代码。

```
stop();
mybtn.onRelease=function(){
    gotoAndPlay(1);
}
```

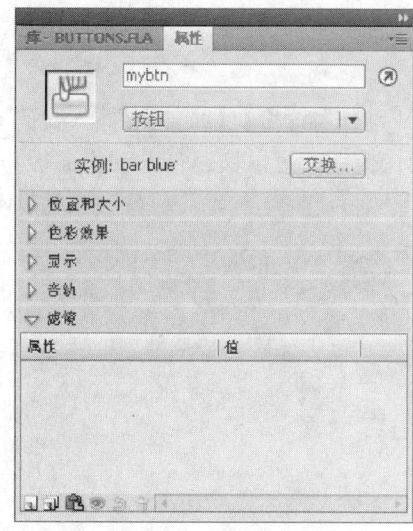

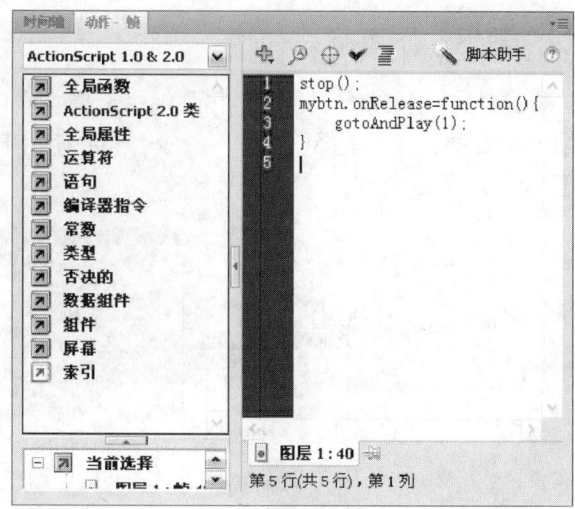

图 12-3　输入按钮名称　　　　　　图 12-4　在动作面板输入代码

动画制作完成，在菜单栏选择"控制—测试影片"命令，预览动画效果，如图 12-5 所示。

243

图 12-5　按钮控制动画预览

在图 12-5 所示的动画中，我们使用脚本对动画实现了基本的控制。当动画播放的第 40 帧的时候自动停止，单击"Enter"按钮开始下一次播放。

在本例中，代码插入到"播放控制"层的第 40 帧（必须是关键帧），则当动画播放到第 40 帧时执行脚本代码。stop()语句的作用是使得动画停止播放；语句mybtn.onRelease =function(){}的作用是为按钮 mybtn 定义了一个消息响应函数，当单击按钮并释放时执行函数中的功能；gotoAndPlay(1)是指示播放头返回到第 1 帧并开始播放。

12.2　熟悉动作面板

打开动作面板的方法：（1）在菜单栏选择"窗口—动作"命令；（2）在要插入代码的帧上点右键，然后选择"动作"命令；（3）使用 F9 快捷键，可以快速打开动作面板，如图 12-6 所示。

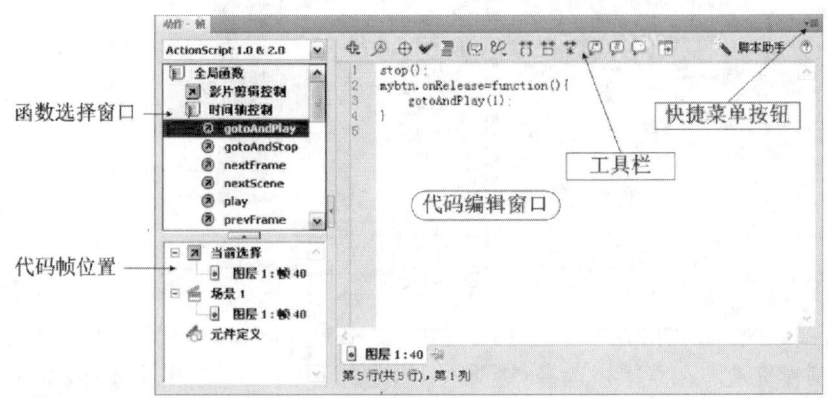

图 12-6　Flash 动作面板

函数选择窗口可以按类别查找函数，并可拖拽到代码编辑窗口。"代码帧位置"窗口显示正在为哪个场景的第几帧编写代码。动作面板工具栏各按钮的意义见表 12-1。

表 12-1 Flash 动作面板按钮

图标	工具名称	作 用
✤	添加脚本	添加新的语句
🔎	查找	查找匹配的关键字。快捷键是 Ctrl+F
⊕	插入目标路径	在弹出的对话框中输入要添加目标的路径
✔	语法检查	自动检查输入的语句是否有错误，其快捷键是 Ctrl+T
☰	自动套用格式	将对代码进行自动格式化，快捷键是 Ctrl+Shift+F
💬	显示代码提示	系统显示代码提示
80.	调试选项	单击该按钮，，删除某处的断点或删除所有断点
{}	折叠成对大括号	将成对大括号内的脚本代码折叠显示
🗂	折叠所选	将所选脚本代码折叠
✳	展开全部	将所有折叠代码全部展开显示
💬	应用块注释	将所选内容转化为块注释
💬	应用行注释	将所选内容转化为行注释
💬	删除注释	将当前注释内容删除注释符号
🔲	显示/隐藏工具箱	显示或隐藏动作面板的左侧工具箱
脚本助手	脚本助手	以图形界面的方式设置脚本代码，供初学者使用
⑦	帮助	打开帮助，并定位到所选函数的位置
☰	快捷菜单按钮	单击该按钮，可以打开快捷菜单

12.3 ActionScript 的基本语法

12.3.1 常量与变量

1. 常量

(1) **整型常量**：可以使用十进制、十六进制和八进制，如：50、0xFF、071。

(2) **实型常量**：由整数部分和小数部分组成，也可以使用科学计数法，如：12.35、5E7 等。

(3) **布尔常量**：布尔类型只有两种状态：true 或 false。用于比较和判断。

(4) **字符型常量**：用单引号或双引号括起来的一个或几个字符。如："hello"、"1234"、'a'、'this'。

(5) **空值**：表示什么都没有，使用 null 来表示。访问为未赋值的变量返回 undefined。

(6) **转义符**：如果要在字符串中加入特殊字符，要使用 "\" 进行转义处理。如：

```
var txt="We are the so-called \"Vikings\" from the north."
```

常用特殊字符见表 12-2。

表 12-2　常用特殊字符

代　　码	输　出　结　果
\'	单引号 '
\"	双引号 "
\&	&符号
\\	反斜线 \
\n	换行符
\r	回车符
\t	制表符
\b	退格符
\f	分页符

2．变量的类型和声明

(1) int：表示 32 位带符号整数；

(2) uint：表示 32 为无符号整数；

(3) Number：表示 IEEE-754 双精度浮点数的数据类型；

(4) String：表示一串字符的数据类型；

(5) Boolean：表示布尔型，取值为 true 或 false；

(6) Date：表示日期和时间信息。

ActionScript 也是弱类型的语言，声明方式更加灵活：

(1) 使用上述关键字声明， 如：int i=5; String str="hello";

(2) 统一使用 var 声明，类型自动确定，如: var i=5; var str="hello";

(3) 不使用关键词，类型自动确定，如：i=5; str="hello";

3．变量的命名

每个变量都有一个名字，通过名字来访问其内容。命名变量要注意一下几点：

(1) **命名规范**：变量名必须由且仅由字母或下划线开头，必须由且仅由字母、数字，和下划线组成。任何空格、破折号、或其他的标点符号都是不被允许的。

(2) **大小写**：变量名是大小写不敏感的。大写字母和小写字母被认为是完全一样的。

(3) **不能超过 255 个字符**：就算是习惯性的规定吧。如果超过 255 个字符，请重新评估一下你的变量命名策略吧。

4．变量的作用域

变量可分为全局变量和局部变量。其中全局变量的作用于是全局的。局部变量是指位于函数以内的，只能在函数内部起作用。这一点和其他语言一致。例如：

```
var  i = 5;  //声明全局变量
```

```
function test(){
 var x = 0;  //声明局部变量
 x+=1;
}
```

12.3.2　运算符和表达式

定义变量之后，要进行运算操作。表示操作的语句就是表达式，连接表达式中多个变量的符号就是运算符。ActionScript 和常用运算符可以有：算术运算符、关系运算符、逻辑运算符、赋值运算符。一个常用的特殊形式的表示式是条件表达式。

1．算术运算符

算数运算符用法与 Javascript 的运算符完全相同，见表 12-3。

表 12-3　算术运算符

运　算　符	描　　述
+	加
-	减
*	乘
/	除
%	取模
++	递增 1
--	递减 1

2．关系运算符

关系运算符用法与 Javascript 的运算符完全相同，见表 12-4。

表 12-4　关系运算符

运　算　符	描　　述
<	小于
<=	小于或等于
>	大于
>=	大于或等于
==	等于
!=	不等于

3．逻辑运算符

逻辑运算符运算对象是两个布尔类型，返回值也是布尔类型。常用来连接多个逻辑运算。见表 12-5。

表 12-5　逻辑运算符

运 算 符	描 述
&& 或 and	逻辑与
‖ 或 or	逻辑或
! 或 not	逻辑非，即逻辑值取反

4. 位运算符

逻辑运算符运算对象是两个布尔类型，返回值也是布尔类型。常用来连接多个逻辑运算，见表 12-5。

表 12-6　位运算符

运 算 符	描 述
&	位与
|	位或
~	补位
^	位异或
<<	位左移
>>	位右移
>>>	位右移(无符号)

5. 赋值运算符

赋值运算符用于给变量赋值。赋值运算符见表 12-7。

表 12-7　赋值运算符

运 算 符	例 子	等 价 式
=	x=y	
+=	x+=y	x=x+y
-=	x-=y	x=x-y
*=	x*=y	x=x*y
/=	x/=y	x=x/y
%=	x%=y	x=x%y
&=	x&=y	x=x&y
|=	x|=y	x=x|y
<<=	x<<=y	x=x<<y
>>=	x>>=y	x=x>>y
>>>=	x>>>=y	x=x>>>y
^=	x^=y	x=x^y

6. 条件表达式

条件表达式的语法是：

    (条件)？A:B

若条件为 true，则表达式的结果为 A，否则为 B。相当于 if（条件）A else B。
假定 y=5，示例为如下表达式：

```
x = y == 5? "结果正确": "结果错误";    运算结果：x="结果正确"
x = y == 6? "结果正确": "结果错误";    运算结果：x="结果错误"
```

12.3.3　基本程序语句

1．条件语句

（1）if 语句
基本用法包括 if 和 else 语句，还可使用 else if 实现多分枝。完整示例如下：

```
if(条件 1){
    当条件 1 为 true 时的语句
}
else if( 条件 2) {
    当条件 2 为 true 时的语句
}
…
else{
    当条件为 false 时的执行语句
}
```

注：当有多个判断分支的用法：if、else if、else
（2）switch 语句
switch 语句一般用来实现多分支结构。基本用法如下：

```
switch(表达式)
{ case 值 1:
  表达式值与值 1 相等时执行的程序段
  break;
  case 值 2:
  表达式值与值 2 相等时执行的程序段
  break;
  ……
  case 值 n:
  表达式值与值 n 相等时执行的程序段
  break;
  default:
  表达式值与以上值都不相等时执行的程序段
```

```
    }
```
注：
- 多个 case 后的数据值必须各不相同；
- break 语句的作用是跳出 switch 结构，接着执行 switch 结构外的语句；
- break 语句必不可少，否则将顺序执行后面所有 case 及 dafault 后面的程序段。

2．循环语句

循环语句用来多次执行相同序列的语句，实现运算效果的叠加。

（1）for 循环

基本语法如下：

```
for(初始化语句；条件语句；更新语句)
{
    循环语句块儿
}
```

示例如下：

```
var sum=0;
for( var i=2; i<=100; i+=2)
{
    sum += i;
}
document.write(sum);
```

此循环求 100 以内所有偶数的和，运算结果为：2550

（2）while 循环

基本语法如下：

```
while (条件) {
    循环语句块儿
}
```

当条件为 true 时执行循环，直到条件变为 false 时退出。

（3）do...while 循环

基本语法如下：

```
do{
    循环语句块
}while(条件)
```

语法解释：首先执行语句块，然后判断条件，如果条件为 true 则继续执行，否则退出。所以 do...while 循环至少执行一次。

（4）break 和 continue

break 的作用是跳出循环体，执行循环体下面的语句。

continue 的作用是技术本次循环体的执行，开始下一次循环。

3．函数

使用函数可以将程序划分为一些相对独立的功能体。可以随时通过函数名进行调用，从而执行相应的功能。要实现复杂的程序设计必须使用函数。函数的使用也使得代码清晰、易读、易懂、易于维护。

基本语法：

```
function 函数名（参数 1，参数 2，…）
{
    函数语句
    return 值或表达式；
}
```

注：return 可以返回任意类型的值，但只能返回一个值。

12.3.4 标签和函数

在 Flash 中，标签是指为某个帧定义的一个有意义的名字。在时间轴面板，选中某个关键帧，即可在属性面板为其输入名字。利用标签来表示某个帧要比用帧编号好的多，对 Flash 越有经验就会越有体会。标签的合理利用可以大大提高程序的可阅读性和可维护性，不仅利于掌握动画流程，而且利于程序的结构化和代码重用。

使用标签来实现按钮控制的文字移动动画，选择"动画控制"层的第 1 帧，在属性面板为其输入名称：start，如图 12-7 所示。

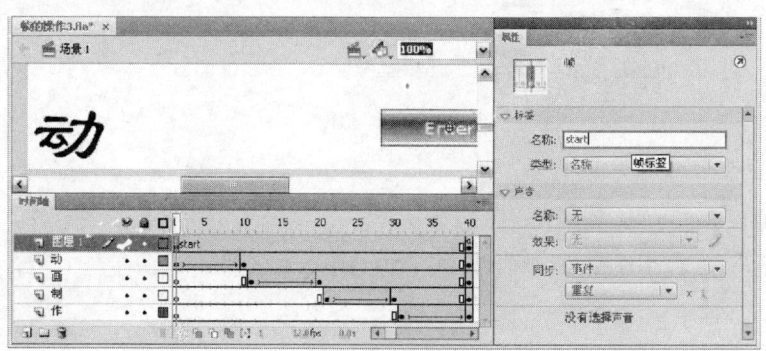

图 12-7 定义标签

则在动作面板输入的代码为：

```
stop();
mybtn.onRelease=function(){
```

```
        gotoAndPlay("start");
    }
```

在 ActionScript 中函数不支持递归调用，当试图使用递归调用的时候，语法检查并不报错，但函数的执行结果与预期的结果不同。其函数的定义和 Javascript 是一样的，其形参只在函数体内部起作用，无需声明返回值类型。带形参的函数示例如下：

```
function test(x, y){
    return true;
}
```

12.4 ActionScript 事 件

12.4.1 on 语句

on 语句一般针对按钮对象，进入一个按钮的 ActionScript 编辑窗口，在命令选择窗口选择 on 双击，在有边的编辑窗口就出现 on 语句，并提示选择相应的事件，如图 12-8 所示。

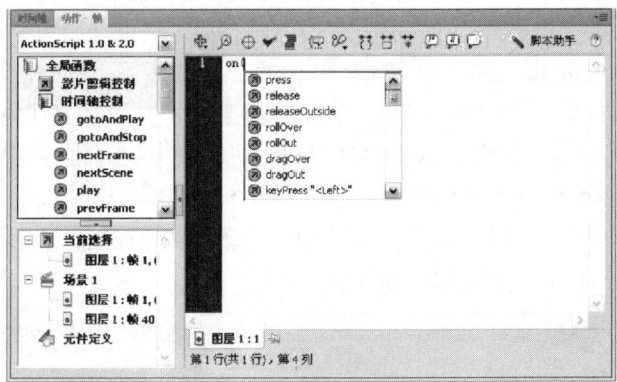

图 12-8 添加 on 语句

on 语句的基本格式如下：

```
on (<事件>){
    … …  //事件响应函数代码
}
```

在参数栏中将出现一些复选框，可以选择的事件有 8 种：

（1）press：当鼠标在按钮上按下时触发。

（2）release：当鼠标在按钮上松开时触发。

（3）releaseOutside：当鼠标在按钮上按下并在按钮以外区域松开时触发。

（4）rollOver：当鼠标移动到按钮上时触发。

（5）rollOut：当鼠标从按钮上移出时触发。

（6）dragOver：当鼠标在拖拽状态下移动到按钮上时触发。

（7）dragOut：当鼠标在拖拽状态下从按钮上移出时触发。

（8）keyPress：当按下键盘上的某个有效键时触发。

当按下某一个键的时候，会触发按钮的 Key Press 事件。在 on·语句中，以下键不能触发 Key Press 事件：Esc、F1-F12、Ctrl、Alt、Shift、Num Lock、Caps Lock、Print Scrn、Scroll Lock、Pause、Windows 专用键。除了这些键之外，也不能够响应任何的组合键。在 ActionScript 中，键都定义了相应的数值常量来表示，集中类 Key 中，如：

Key.LEFT:Number　　左箭头键的键控代码值（37）

Key.UP:Number　　　上箭头键的键控代码值（38）

Key.RIGHT:Number　　右箭头键的键控代码值（39）

Key.DOWN:Number　　下箭头键的键控代码值（40）。

Key.ENTER:Number　　Enter 键的键控代码值（13）。

如检测左箭头键是否被按下，可以使用语句：

if (Key.isDown (Key.LEFT)) { trace("The left arrow is down"); }

12.4.2　鼠标对象 Mouse

对鼠标事件的响应只能通过按钮来实现。但是对象 Mouse 中提供了两个函数：

Hide　隐藏鼠标指针

Show　显示鼠标指针

除了提供了一个 Mouse 对象之外，还提供了两个属性_xmouse 和_ymouse，通过引用这两个属性，可以实时得到鼠标指针的 x 和 y 坐标。但是不能通过对它们赋值来改变鼠标指针的位置。示例如下：

新建 Flash 文件，制作一个影片剪辑类型的元件，替换后的鼠标样式，并在属性面板将其命名为：myCursor；再从公用库拖拽一个按钮，将其命名为：myBtn。

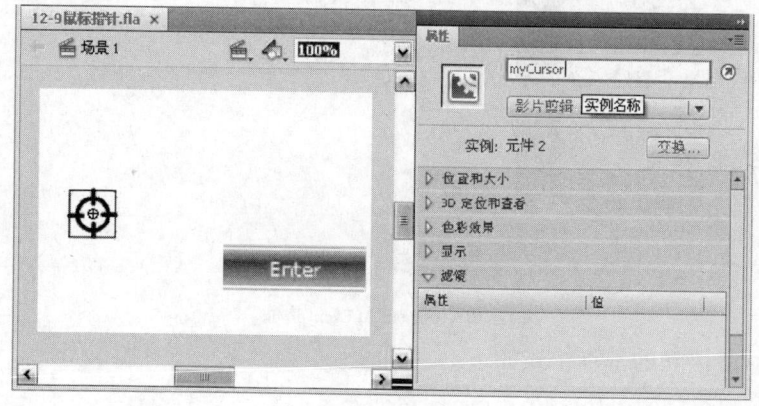

图 12-9　命名鼠标样式和按钮对象

用右键单击第 1 帧，选择"动作"命令，在动作面板输入以下脚本代码：

12.4.3　onClipEvent 语句

进入一个 MC(MovieClip)的 Action Script 编辑窗口，选择 ActionsonClipEvent 命令双击，将在右边的编辑栏出现下面的语句就是 onClipEvent 语句的一般形式：

```
输入代码如下：
var curStat = 0;
/*0：表示显示鼠标；1：隐藏鼠标*/
myBtn.onRelease = function(){
    if(curStat == 0){
        Mouse.hide(); //鼠标隐藏
        startDrag ("myCursor", true);
    //开始拖拽 myCursor 对象
        curStat = 1;
    }else{
        Mouse.show(); //鼠标还原
        stopDrag (); //停止拖拽
        setProperty ("myCursor", _x, "26");
        setProperty ("myCursor", _y, "83");
    //将对象返回原处
        curStat = 0;
    }
```

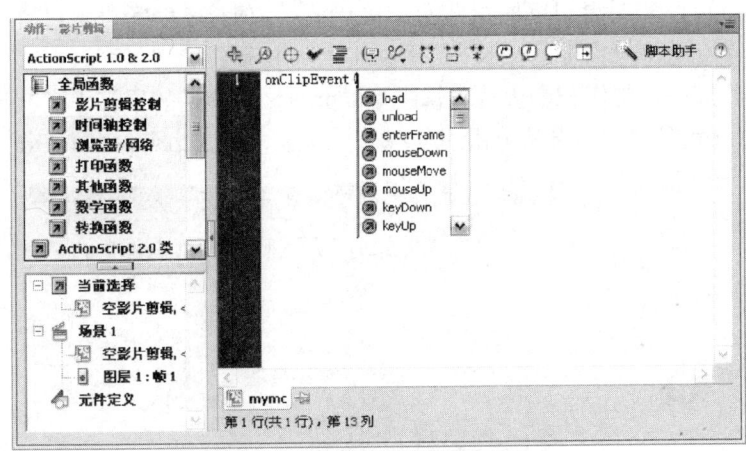

图 12-10　添加 onClipEvent 语句

onClipEvent 语句的基本格式如下：

```
onClipEvent(<事件>){
    … …   //事件响应函数代码
}
```

MC 可以响应的事件一共有 9 种，您可以在参数栏中选择的事件如下：

(1) load：载入 MC 的时候触发。

(2) enterFrame：载入 MC 后播放第一桢时触发。

(3) unload：卸载 MC 的时候触发。

(4) mouseDown：鼠标按钮按下时触发。

(5) mouseUp：鼠标按钮释放时触发。

(6) mouseMove：鼠标移动时触发。

(7) keyDown：按下键盘任意键的时候触发。

(8) keyUp：放开键盘任意键的时候触发。

(9) data：在 loadVariables() 或 loadMovie() 动作中接收到数据时启动该动作。

下面的示例将 onClipEvent() 与 load 和 mouseMove 影片事件一起使用。xmouse 和 ymouse 属性在鼠标每次移动时跟踪鼠标的位置，鼠标位置显示在运行时创建的文本字段中。

```
onClipEvent (load) {
    this.createTextField("coords_txt", 1, 0, 0, 100, 22); //创建一个新的
空文本字段
    coords_txt.autoSize = true;
    coords_txt.selectable = false;
}
```

面的示例创建一个宽 300，高 100 的文本字段，其 x 坐标为 100，y 坐标为 100，该文本字段没有边框，文本为红色并带下划线：

```
this.createTextField("my_txt", 1, 100, 100, 300, 100);

onClipEvent (mouseMove) {
    coords_txt.text = "X:"+_root._xmouse+",Y:"+_root._ymouse;
}
```

利用 onClipEvent 语句，我们可以非常容易的实现一些特殊效果，比如鼠标轨迹跟踪，鼠标坐标的实时显示，还有 MC 之间的同步等。

12.4.4　事件监听

ActionScript 中的不同对象可以处理不同的事件。如按钮可以处理鼠标点击和按键消息等。而动态文本就不处理鼠标消息，因为 ActionScript 中就没有这样做。但是 ActionScript 提供了一个扩展的功能，用户可以实现自定义事件处理程序，即事件监听。如示例中的代码：

```
mybtn.onRelease=function(){
        gotoAndPlay(1);
```

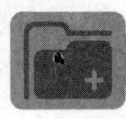

```
}
```

该代码就定义了按钮对释放事件的监听处理，当接收到鼠标释放事件后，动画跳转到第 1 帧并开始播放。

还有的 Flash 对象根本接收不到某些消息。比如动态文本不会接收鼠标事件。如果像上面一样定义相似的代码如下：

```
myTextField_txt.onMouseDown = function(){


}
```

其结果是写了也不会执行。因为动态文本压根就不会收到鼠标事件。要想让它能正确处理鼠标时间，就要给它添加监听器，代码如下：

Mouse.addListener(myTextField);

这句代码就把 myTextField 注册为鼠标的监听器，当这句代码执行过后，myTextField 对象就具有"监听"鼠标事件的功能了。注意，一旦某个对象被注册为 Mouse 的监听器，它将会接收到鼠标发出的所有事件。

12.5　常用控制函数

ActionScript 中提供了丰富的控制函数，其中用到较多的有两大类，即：时间轴控制函数、MC（MovieClip）控制函数。

12.5.1　时间轴控制函数

时间轴控制函数包括 gotoAndPlay，gotoAndStop，nextFrame，prevFrame，nextScene，prevScene，play，stop，stopAllSounds 等。

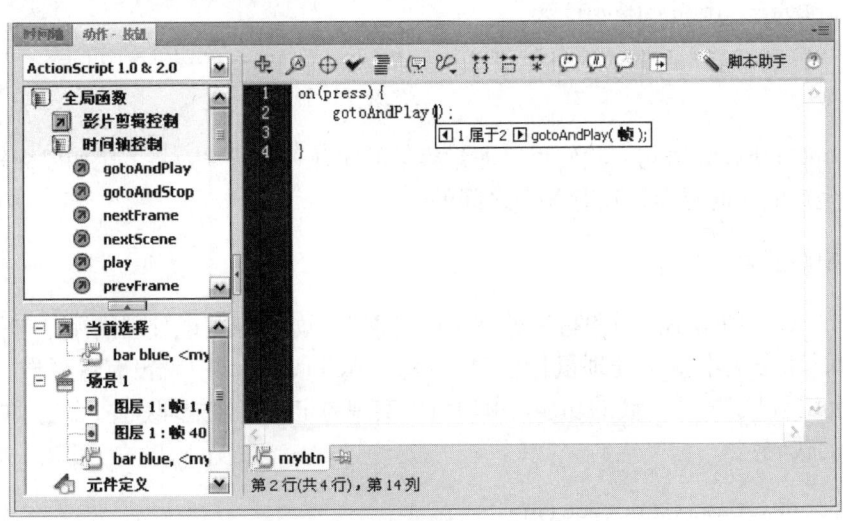

图 12-11　时间轴控制命令

(1) **gotoAndPlay** 函数

语法：gotoAndPlay([scene:String], frame:Object) : Void

参数：scene 一个可选字符串，它指定播放头要转到的场景的名称。

  　　frame 表示将播放头转到的帧的编号或标签的名称。

返回值：Void，即无返回值。

功能：跳转到指定帧，并开始播放。

示例：gotoAndPlay("场景 2", 1); 表示跳转到"场景 2"的第一帧并开始播放。

(2) **gotoAndStop** 函数

语法：gotoAndStop([scene:String], frame:Object) : Void

参数：scene 一个可选字符串，它指定播放头要转到的场景的名称。

  　　frame 表示将播放头转到的帧的编号或标签的名称。

返回值：Void，即无返回值。

功能：跳转到指定帧，并停止播放。

(3) **nextFrame、prevFrame** 函数

语法：nextFrame() : Void、PrevFrame() : Void

参数：无

返回值：Void，即无返回值。

功能：将播放头转到下一帧，并停止播放。（PrevFrame 则是转到上一帧并停止）

(4) **nextScene、prevScene** 函数

语法：nextScene() : Void、PrevScene() : Void

参数：无

返回值：Void，即无返回值。

功能：将播放头转到下一场景的第 1 帧。（PrevScene 则是转到上一场景的第 1 帧）

(5) **nextScene、prevScene** 函数

语法：nextScene() : Void、PrevScene() : Void

参数：无

返回值：Void，即无返回值。

功能：将播放头转到下一场景的第 1 帧。（PrevScene 则是转到上一场景的第 1 帧）

(6) **stop、play** 函数

语法：stop() : Void、play() : Void

参数：无

返回值：Void，即无返回值。

功能：停止播放。（play 则是继续播放）

(7) **stopAllSounds** 函数

语法：stopAllSounds() : Void

参数：无

返回值：Void，即无返回值。

功能：在不停止播放头播放的情况下，停止所有声音。

12.5.2　MovieClip 控制函数

MovieClip 简称 MC，即影片剪辑。在 Flash 中，MC 是非常重要的一部分。巧妙合理的使用 MC，可以使您的 Flash 动画更精彩，更加具有动感！下面讲述一些与 MC 有关的函数。

1．loadMovie 函数

语法：loadMovie(url:String, target:Object, [method:String]) : Void

　　　loadMovie(url:String, target:String, [method:String]) : Void

参数：url　要加载的 SWF 文件或 JPEG 文件的绝对或相对 URL。

　　　target:Object － 对影片剪辑对象的引用或表示目标影片剪辑路径的字符串。

返回值：Void，即无返回值。

功能：在播放 SWF 文件时，加载 SWF、JPEG、GIF 或 PNG 文件。

2．unloadMovie 函数

语法：unloadMovie(target:MovieClip) : Void

　　　unloadMovie(target:String) : Void

参数：url　要加载的 SWF 文件或 JPEG 文件的绝对或相对 URL。

　　　target:Object － 对影片剪辑对象的引用或表示目标影片剪辑路径的字符串。

返回值：Void，即无返回值。

功能：卸载一个已经载入的 MC，它只能跟 loadMovie 配对使用。

3．getProperty 函数

语法：getProperty(my_mc:Object, property:Object) : Object

参数：my_mc：要检索其属性的影片剪辑的实例名称。

　　　property ：影片剪辑的一个属性。

返回值：Object 类型，指定属性的值。

功能：卸载一个已经载入的 MC，它只能跟 loadMovie 配对使用。

4．setProperty 函数

语法：setProperty(target:Object, property:Object, expression:Object) : Void

参数：target：要设置其属性的影片剪辑的实例名称的路径

　　　property：要设置的属性。

　　　expression：或者是属性的新的值，或者是计算结果为属性新值的等式。

返回值：Void，即无返回值。

功能：当影片剪辑播放时，更改影片剪辑的属性值。

5．duplicateMovieClip 函数

语法：duplicateMovieClip(target:String, newname:String, depth:Number) : Void

　　　duplicateMovieClip(target:MovieClip, newname:String, depth:Number) : Void

参数：target：要复制的影片剪辑的目标路径。

　　　newname：所复制的影片剪辑的唯一标识符。

　　　depth：所复制的影片剪辑的唯一深度级别。深度级别是所复制的影片剪辑的堆叠顺序。这种堆叠顺序很像时间轴中图层的堆叠顺序；较低深度级别的影片剪辑隐藏在较高堆叠顺序的剪辑之下。必须为每个所复制的影片剪辑分配一个唯一的深度级别，以防止它替换已占用深度上的 SWF 文件。

返回值：Void，即无返回值。

功能：　当 SWF 文件正在播放时，创建一个影片剪辑的实例。无论播放头在原始影片剪辑中处于什么位置，在重复的影片剪辑中，播放头始终从第 1 帧开始。原始影片剪辑中的变量不会复制到重复的影片剪辑中。使用 removeMovieClip() 函数或方法可以删除用 duplicateMovieClip() 创建的影片剪辑实例。

6．removeMovieClip 函数

语法：removeMovieClip(target:Object) : Void

参数：target：用 duplicateMovieClip() 创建的影片剪辑实例的目标路径。

返回值：Void，即无返回值。

功能：删除原来使用 duplicateMovieClip() 创建的指定影片剪辑。

　　MC 控制函数除了以上常用的之外，还有 startDrag 函数、stopDrag 函数、targetPath 函数、swapDepths、tellTarget 等。

12.6　综 合 实 例

12.6.1　打开 URL

　　制作网页，链接是最常用的页面对象。在 Flash 动画中，打开链接是使用 ActionScript 的 getURL 函数，

语法：getURL(url:String, [window:String, [method:String]]) : Void

参数：url　String 类型，可从该处获取文档的 URL。

　　　window[可选]　　String 类型，指定打开页面的方式，取值如下：

　　　　_self 指定当前窗口中的当前帧。

　　　　_blank 指定一个新窗口。

　　　　_parent 指定当前帧的父级。

　　　　_top 指定当前窗口中的顶级帧。

举例：

```
getURL("subindex.htm", "_blank");
getURL("http://www.thinktrans.cn/", "_blank");
getURL("mailto:you@somedomain.com");        //发送电子邮件
```

在 ActionScript 中，也可调用 Javascript 功能，示例如下：

```
getURL("javascript:alert('you clicked me')");  //弹出消息框
getURL("javascript:void(document.links[0].style.behavior='url(#de
fault#homepage)');void document.links[0].setHomePage('#');", "_self",
"POST");  //设为首页
getURL("javascript:void
window.external.AddFavorite('http://www.flashempire.com','闪客帝国');",
"_self", "POST");  //加入收藏
```

12.6.2 大小写转换

在编程中，经常会设置到转换字符的大小写，以方便字符串的比较和处理。首先介绍一下它的工作原理：ActionScript 将字符串处理的功能都集成到类 String 中，大小写转换使用 String.toUpperCase（转为为大写）和 String.toLowerCase（转换为小写）即可。

新建 Flash 文件，实现以下界面："转化小写"和"转换大写"是两个自定义的按钮元件，分别命名为 btnToSmall 和 btnToBig。然后在菜单栏选择"窗口—组件"命令，打开组件面板，向场景中添加文本框（TextInput），并通过参数面板，将其命名为 txtEnglish；然后单击"组件检查器面板"命令按钮，打开"组件检查器"面板，修改 text 属性，赋予初始值为"init value"，如图 12-12 所示。

打开时间轴面板，在第一帧点右键，选择"动作"命令，打开动作面板，输入以下代码：

```
btnToBig.onRelease=function(){
    var str = txtEnglish.text;
    str = str.toUpperCase();
    txtEnglish.text = str;
}
btnToSmall.onRelease=function(){
    var str = txtEnglish.text;
    str = str.toLowerCase();
    txtEnglish.text = str;
}
```

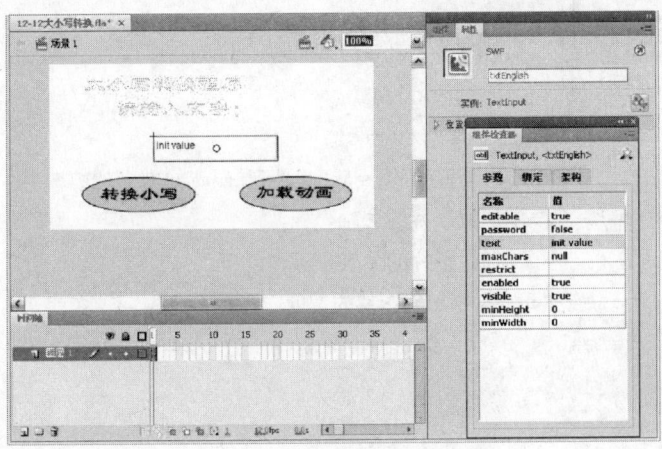

图 12-12 大小写转换动画设计

这就实现了大小写转换的功能。预览动画,点"转换大写"按钮,文本框内所有字母变为大写;点"转换小写"按钮,文本框内所有字母转化为小写。

12.6.3 加载控制 MovieClip

在播放原始 SWF 文件时,可以将外部 SWF、JPEG、GIF 或 PNG 文件加载到 Flash Player 中的影片剪辑中。在 Flash Player CS4 还具有对非动画 GIF 文件、PNG 文件和渐进式 JPEG 文件的支持。如果加载动画 GIF,则仅显示第一帧。

加载外部文件使用 LoadMovie 函数。当以 Flash 制作一个大型专案时,通常会把各项单元独立成各个电影档,当使用者欲观看某个单元时,再将档案载入,这种做法不但能减少下载时间,在维护档案时也更方便。

新建 Flash 文件,加入两个按钮,分别命名为 btnLoad 和 btnUnload;然后新建图层,加入一个空的影片剪辑元件,打开属性面板将其命名为 mymc,如图 1-13 所示。

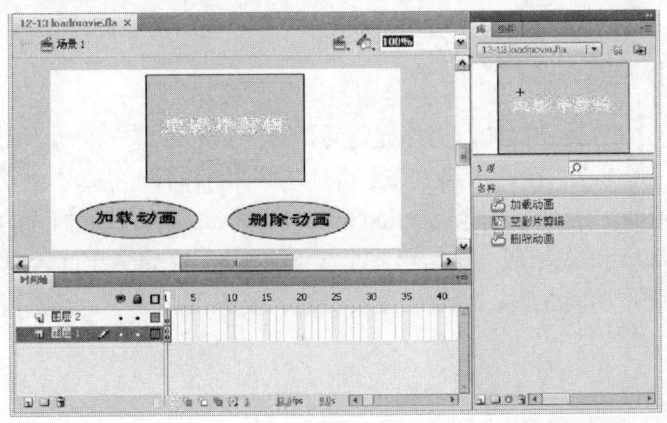

图 12-13 加载外部文件的动画设计

要注意两点:一是按钮和影片剪辑对象要位于不同的图层。二是外部动画加载进来后,影片剪辑上的原有内容将被替换,因此原来有什么都没有关系。

261

然后，在按钮图层的第 1 帧加入动作代码如下：

```
btnLoad.onRelease = function(){
    loadMovie("奔跑的豹.swf","mymc");
            //加载外部的"奔跑的豹.swf"文件到"mymc"空影片剪辑中；
    mymc._x=80;        //加载影片的 X 轴坐标；
    mymc._y=10;        //加载影片的 Y 轴坐标；
    mymc._xscale=70;    //加载影片的宽度；
    mymc._yscale=60;    //加载影片的高度；
}
btnUnload.onRelease = function(){
    unloadMovie(mymc);//删除用 loadMovie 加载的*.swf 文件
}
```

注意在动画文件的相同目录下放置一个动画文件"奔跑的豹.swf"，动画制作完成，使用 Ctrl+Enter 键预览动画，如图 12-14 所示。

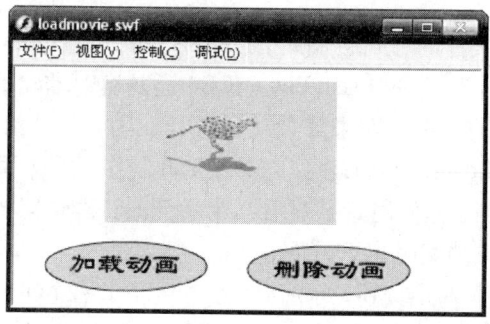

图 12-14 加载外部动画

12.6 本 章 小 结

ActionScript 在交互式动画中起着举足轻重的作用。本章首先以一个简单实例讲解了脚本在动画中的使用方法。在此基础上详细讲述了 ActionScript 的基本语法、事件和常用的一些控制函数使用。在语法方面，ActionScript 和 Javascript 基于相同的语法标准。因此在语法上和 Javascript 很相似。最后用三个实例讲解了 ActionScript 经常用到的一些功能。ActionScript 脚本功能强大，使用也比较灵活，要想得心应手，还需要多多练习。

习 题 12

【简答题】

12.1　简述 ActionScript 中事件的概念。

12.2 在网页中插入 .swf 文件，如何在 Flash 中实现链接？

12.3 时间轴控制函数有那些，简述各函数的功能是。

12.4 影片剪辑控制函数有那些，简述各函数功能。

12.5 在 Flash 中，如何实现自定义的鼠标指针样式？

【实训题】

12.6 用 Flash 实现简易计算器。

第 13 章　网站技术展望

13.1　HTML 概述

　　HTML 的全称是 HyperText Mark-up Language，即超文本标记语言。HTML 文件是一个文本文件，包含了一些 HTML 元素、标签等，其扩展名必须是.htm 或.html，不需要编译，由浏览器解释执行。

　　蒂姆·伯纳斯－李（Tim Berners-Lee）爵士（见图 13-1）是万维网的创始人，也是Web 发展，W3C 协调主体的指挥者，他创造了 Internet 上常用的部分——万维网。超文本系统的引进改革了 Internet 的使用方式。

图 13-1　Tim Berners-Lee

13.1.1　HTML 简史

　　HTML 的演变不仅设计标签和属性的改变，其用途的多样化和随之产生的普及程度的增加使得 HTML 的性质从信息资源变成了促销工具。HTML 并不是依靠某个公司实体演变的。而是很多人共同努力的结果。

　　HTML 叫做标识语言。标识语言的描述叫文档类型定义（DTD）。目前 HTML 的DTD 支持基本的超媒体文档的创建和布局。HTML 的 DTD 有四个版本。

1．HTML 1.0

　　主要用来制作超文本链接，1993 年 6 月，由 IETF 组织发布。IETF（The Internet Engineering Task Force）是互联网工程任务组，成立于 1985 年底，其主要任务是负责互联网相关技术规范的研发和制定。现在 IETF 已成为全球互联网界最具权威的大型技术研究组织。

2．HTML 2.0

　　HTML2.0 于 1995 年 11 月发布，其说明书定义了允许用户显示内联图像和使用交互形式的特征。

3．HTML 3.0，3.2

　　HTML3.0 与许多浏览器销售商创建的最新 HTML 标签不相容，实现比较困难，最后被放弃了。1996 年 5 月 7 日，公布了由 W3C 联合 Netscape、Microsoft、Novell、Sun、

IBM 等大公司共同开发的 HTML 3.2 规范建议。1997 年 1 月 14 日，W3C 正式公布了 HTML 3.2 规范。

4．HTML 4.0，4.01

HTML 4.0 引入了上千的不同字符，在 Web 上的使用上有了长足的发展。HTML 4.0 的详细规范极大地推进了 CSS 样式的使用；还引入了 <object> 标记，提供多媒体（电影、声音）功能；并在动态 HTML 和脚本的环境下，支持更丰富、灵活的交互网页。1999 年 12 月，公布了 HTML 4.01 的规范建议，其中修正了 HTML4.0 中的许多 Bug

13.1.2　HTML 的优势

HTML 文档制作不是很复杂，且功能强大，支持不同数据格式的文件嵌入，这也是 WWW 盛行的原因之一，其主要特点如下：

（1）简易性，HTML 版本升级采用超集方式，从而更加灵活方便。

（2）可扩展性，HTML 语言的广泛应用带来了加强功能，增加标识符等要求，HTML 采取子类元素的方式，为系统扩展带来保证。

（3）平台无关性。虽然 PC 机大行其道，但使用 MAC 等其他机器的大有人在，HTML 可以使用在广泛的平台上，这也是 WWW 盛行的另一个原因。

13.1.3　HTML 的缺点

随着网络的迅猛发展，越来越多的内容移至网上。互联网企业开始在他们浏览器的性能上下功夫，并不断推出新产品。只要网络界喜欢，他们就干。微软公司和网景公司已经开发了被它们的浏览器支持的专有元素，这些被称之为微软和网景的扩展，甚至还为已有的元素添加新的属性。如果事情按先前那么发展下去，Netscape 和微软将最终产生两种完全独立、毫不相干的 HTML 版本。如果是那样的话，人们将不得不在两种浏览器之间进行选择，内容发展商要么在这两种版本的销售商中选择其一，要么花费更多的人力、物力来创建网页的两种复合版本。

后来微软借助其 Windows 系统的霸主地位，将 IE 浏览器与 Windows 捆绑销售，一度曾经占据市场主导地位的 Netscape 浏览器遭受了巨大的打击，IE 成为浏览器市场上的主导产品。随后的反垄断官司闹了四年之多，但终究结束了 HTML 技术的不正常发展。

时至今日，网络的发展还残存着这种矛盾的影子，不过已不会再产生当时人们预测的那种可怕局面了。W3C 的 HTML 部门也改变了研究策略，着手在新推出的浏览器上包容和收纳当前各方的一些实验成果，而不是去设计未来不可理喻的语言版本。

HTML 发展到今天存在三个主要缺点：

（1）太简单。不能适应现在越多的网络设备和应用的需要。比如手机、PDA、信息家电都不能直接显示 HTML。

（2）太庞大。各浏览器开发商由于 HTML 代码不规范、臃肿，浏览器需要足够智能和庞大才能够正确显示 HTML。显然在你的 PDA 上装一个 IE6 是不可能的。空间不够，运算也跟不上。

（3）数据与表现混杂。这样你的页面要改变显示，就必须重新制作 HTML。对不同的网络设备显示同样的数据都需要制作不同的 HTML。

13.2　XHTML

由于 HTML 代码不规范、臃肿，浏览器需要足够智能和庞大才能够正确显示 HTML。随着网络技术对发展，出现了越来越多对网络设备和应用需求。比如：手机、PDA、信息家电都不能直接显示 HTML。因此需要有一种新的语言，能够描述数据使所有的设备都能理解（这就产生了 XML）；需要一种语言来控制表现，使数据在不同的设备上都正确显示（这就产生了 XSL）。

也就是说，未来我们肯定会使用 XML 来转换数据，使用 XSL 来控制表现。那么现在呢？现在，很明显，原有成千上万的 HTML 页面还需要正常工作，不可能一下抛弃。而且现在的浏览器还不能直接表现 XML 文档。

于是 W3C 又制定了 XHTML。XHTML 是 HTML 向 XML 过度的一个桥梁。是一个引导人们逐步走向规范、走向 XML 的过渡方案。XHTML 虽然有"X"但它并不能扩展，只是在 HTML 的基础上严格遵循 XML 规范。它学起来很简单，几乎没有什么新的知识。

而 XSL 呢，现在可以用 CSS 来实现 XSL 的一部分功能。

13.2.1　XHTML 的优势

XHTML 是由万维网联盟 W3C 制定的一项新标准，它是在 HTML4.0 的基础上产生的，是现在和将来要产生的文档类型和模块的集合。这些文档类型是在 HTML4.0 基础上的扩展、改进或者是其子集的某一部分；XHTML 是基于 XML 的，其最终将会在基于 XML 的用户代理环境中执行。

在 XHTML 中引入新元素和新属性相对简单一些，利用 XHTML 的好处有以下三点：

（1）XHTML 文档符合 XML 的标准，可以使用标准的 XML 工具对其进行浏览、编辑和验证；

（2）XHTML 文档可以在 XHTML 的用户代理中执行，也可以在现存的 HTML4.0 的用户代理中执行；

（3）XHTML 文档可以开发基于 HTML 文档对象模型的应用，也可以开发基于 XML 文档对象模型的应用。

随着 XHTML 集合的演进，基于 XHTML 的文档更容易在各种各样的 XHTML 环境中或者它们之间进行互操作。通过利用 XHTML，内容开发商能够逐步进入 XML，同时还能保持它们内容的前后兼容。

因此，只要你小心遵守一些简单规则，就可以设计出既适合 XML 系统，又适合当前大部分 HTML 浏览器的页面。这个意思就是说，你可以立刻设计使用 XML，而不需

266

要等到人们都使用支持 XML 的浏览器。这个指导方针可以使 Web 平滑的过渡到 XML。

在网站设计方面，XHTML 可助你去掉表现层代码的恶习，帮助你养成标记校验来测试页面工作的习惯。

13.2.2 XHTML 的语法规范

1．文件开始必须声明 DTD

共有三种 DTD：

（1）XHTML 1.0 Strict

```
<!DOCTYPE html PUBLIC "-//W3C//DTD XHTML 1.0 Strict//EN"
        "http://www.w3.org/TR/xhtml1/DTD/xhtml1-strict.dtd">
```

（2）XHTML 1.0 Transitional

```
<!DOCTYPE html PUBLIC "-//W3C//DTD XHTML 1.0 Transitional//EN"
        "http://www.w3.org/TR/xhtml1/DTD/xhtml1-transitional.dtd">
```

（3）XHTML 1.0 Frameset

```
<!DOCTYPE html  PUBLIC "-//W3C//DTD XHTML 1.0 Frameset//EN"
        "http://www.w3.org/TR/xhtml1/DTD/xhtml1-frameset.dtd">
```

如果你使用的是 strict.dtd。也就是最严格的 XHTML，那么许多定义外观的属性都将不被允许。

例如你为图片添加链接的同时想去掉边框。不可以再使用<img src="..." border="0">，而是必须通过 CSS 来实现。

2．XHTML 元素必须是正确嵌套的

XHTML 要求有严谨的结构，因此所有的嵌套都必须按顺序。在 HTML 里一些元素可以不正确嵌套也能正常显示，如：

```
<html>
    <head>
    </head>
    <body>
        <b><u>这是粗体和下划线</b></u>
    </html>
</body>
```

而在 XHTML 必须要正确嵌套之后才能正常使用，如：

```
    <html>
```

```
<head>
</head>
<body>
    <b><u>这是粗体和下划线</u></b>
</body>
</html>
```

就是说，一层一层的嵌套必须是严格对称。

3．所有的标签和标签的属性都必须小写，属性值可以大写

下面的代码在 XML 中是不正确的：

```
<BODY>
<P>This is a paragraph</P>
</BODY>
```

正确格式为：

```
<body>
<p>This is a paragraph</p>
</body>
```

大小写夹杂也是不被认可的，如属性名字 "onMouseOver" 也必须修改成 "onmouseover"。

4．所有的标记都必须要有一个相应的结束标记

在 HTML 中，你可以打开许多标签，而不一定写对应的结束来关闭它们。但在 XHTML 中这是不合法的。XHTML 要求所有标签必须关闭。如果是单独不成对的标签，在标签最后加一个 "/" 来关闭它。

如下写法是错误的：

```
<br>    <hr>
<p>
这是第一段
<p>这是第二段
<img height="80" alt=" 网页设计师 " src="../images/flower.gif"
width="200">
```

正确的写法为：

```
<br /><hr />
<p>这是第一段</p>
<p>这是第二段</p>
```

```
<img height="80" alt=" 网 页 设 计 师 " src="../images/flower.gif"
width="200" />
```

5．所有的属性必须用引号"..."括起来

在 HTML 中，你可以不需要给属性值加引号，但是在 XHTML 中，它们必须被加引号。如下写法是错误的：

```
<height=80>
```

正确的写法为：

```
<height="80">
```

6．禁止属性缩写

HTML 中，一些简单对属性可以简化，而在 XHTML 中，完整书写。
错误的写法：简化属性

```
<dl compact>
<input type="checkbox" checked ID="Checkbox1" NAME="Checkbox1"/>
```

正确的写法：没有简化属性

```
<dl compact="compact">
<input type="checkbox" checked="checked" />
```

表 13-1 HTML 中可以缩写的属性

HTML	XHTML
Compact	compact="compact"
Checked	checked="checked"
Declare	declare="declare"
Readonly	readonly="readonly"
Disabled	disabled="disabled"
Selected	selected="selected"
Defer	defer="defer"
Ismap	ismap="ismap"
Nohref	nohref="nohref"
Noshade	noshade="noshade"
Nowrap	nowrap="nowrap"
Multiple	multiple="multiple"
Noresize	noresize="noresize"

7．用 id 属性代替 name 属性

HTML4.01 中为 a、applet、frame、iframe、img 和 map 定义了一个 name 属性，XHTML 里 name 属性是不能被使用的，需要用 id 来替换。

错误代码：

```
<img src="picture.gif" name="picture1" />
```

正确的代码：
```
<img src="picture.gif" id="picture1" />
```

注意：我们为了使旧浏览器也能正常的执行该内容我们也可以在标签中同时使用 id
和 name 属性。如：

```
<img src="picture.gif" id="Img1" name="picture1" />
```

为了适应新的浏览器浏览我们在上述代码中的最后我加了/来结束标签。

13.3 XML 基础

13.3.1 XML 的概念

XML 和 HTML 同属一个大家族——标记语言家族，因此，为了让大家更好地理解
XML，我们就首先从 HTML 讲起。

顾名思义，HTML 的精髓在于"标记"（Markup），通俗地讲，就是一种用来给文
本添加标记的语言。"标记"的一个精确定义是：就数据本身的信息对数据进行编码的
方法。在 HTML 中，标记就是所谓的"标签"（tag），每一个标签都表明了一种显示的
格式。它描述了一系列标签，每个标签表明了一定的显示格式。被置标后的文件（即同
时包含了纯文本和关于文本显示格式的标签的文件）由一个 HTML 处理工具，譬如一
个浏览器，进行读取，然后再根据上述标记规则来加以显示。

看一个实例吧，用 HTML 代码显示一个客户联系信息列表：

```
<UL>
    <LI>张三</LI>
    <UL>
        <LI>用户ID: 001</LI>
        <LI>EMAIL: zhang@aaa.com</LI>
        <LI>电话: (010)62345678</LI>
        <LI>地址: 北京市五街1234号</LI>
        <LI>邮编: 100001</LI>
    </UL>
    <LI>李四</LI>
    <UL>
        <LI>ID: 002</LI>
        <LI>EMAIL: li@bbb.org</LI>
        <LI>电话: (021)87654321</LI>
```

```
        <LI>地址：上海市南京路 9876 号</LI>
        <LI>邮编：200002</LI>
    </UL>
</UL>
```

如同 HTML 一样，可扩展标记语言 XML（eXtensible Markup Language）也是一种标记语言。它同样依赖于描述一定规则的标签和能够读懂这些标签的应用处理工具来发挥它的强大功能。这一点，从 XML 的命名上也可窥见一斑。有资料说 XML 对全称应该是 Extensible Markup Language，前面对写法是拼写错误。但是，简写 XML 不仅正确，而且是官方名称。

从对 XML 的最初命名可以看出，XML 的核心归根结底还是置标。不过，XML 可比 HTML 的功能要强大的多了。"人"如其名，XML 的强大功能来自于"X"。也就是说，XML 不但是标记语言，而且是可扩展的（eXtensible）标记语言。

XML 并非象 HTML 那样，提供了一组事先已经定义好了的标签，而是提供了一个标准，利用这个标准，你可以定义自己的一套标签。准确地说，XML 是一种源标记语言，它允许你根据它所提供的规则，制定各种各样的标记语言。这也正是 XML 语言制定之初的目标所在。

同样，用 XML 代码描述一个客户联系信息列表：

```
<联系人列表>
    <联系人>
        <姓名>张三</姓名>
        <ID>001</ID>
        <EMAIL>zhang@aaa.com</EMAIL>
        <电话>(010)62345678</电话>
        <地址>
            <街道>北京市五街 1234 号</街道>
            <邮编>100001</邮编>
        </地址>
    </联系人>


    <联系人>
        <姓名>李四</姓名>
        <ID>002</ID>
        <EMAIL>li@bbb.org</EMAIL>
        <电话>(021)87654321</电话>
        <地址>
            <街道>上海南京路 9876 号</街道>
            <邮编>200002</邮编>
```

```
     </地址>
    </联系人>
  </联系人列表>
```

这一段代码是一个非常简单的 XML 文件。看上和 HTML 非常相像，但这里的标签代表的不再是显示格式，而是对于客户信息数据的语意解释。

事实上，用 XML 定义的标记语言可以根据标记描述的侧重点不同分为两大类。一类偏重于语意描述，正如上面这个例子。还有一类偏重于显示方式的描述，如现在已经出炉的 XHTML、SVG、SMIL。

13.3.2　使用 CSS 显示 XML 文档

尽管 CSS 功能强大，涵盖面极广，但仍然有较强的规律可循，比较简单易学，即便在 XML 中也不例外。不过，当我们将 CSS 实际运用于 XML 文档中时，对应于文档本身所面向的应用不同，CSS 的使用方法也有所不同。

事实表明，XML 语言自它产生之日起，就蕴藏了强大的生命力，XML 的技术已经渗入到了 Internet 应用的各个角落，不同应用领域的 XML 标准或 XML 文档对表现力的要求各不相同。在 XML 文档中使用 CSS 的方式也有所不同。总结起来，有两种方式：引用式和嵌入式。其中嵌入式是将 CSS 样式直接嵌入到 XML 文档内部，为元素设置 style 属性。这种用法主要出现在一些特殊的 XML 文档中，一般来讲内嵌 CSS 样式的 XML 文档本身就是面向显示的。

引用式是指 XML 文档本身不含有样式信息，通过引用外部 CSS 文件来定义文档的表现形式。这也与 XML 语言内容与形式分开的原则相一致。具体实现的方法是，在 XML 文档的开头部分写一个关于样式单的声明语句，如下：

```
<?xml-stylesheet type="text/css" href="mystyle.css"?>
```

这样一来，按照声明语句的指示，该文档在浏览器上的表现方式就由样式文件 mystyle.css 所决定。现在，就让我们来看一个实例。下面是一段 XML 文档，描述的是一个学生花名册，其中有两个学生的资料文件名为：student.xml。

```
<?xml version="1.0" encoding="gb2312" ?>
<?xml-stylesheet type="text/css" href="mystyle.css"?>
<list>
  学生花名册
  <student>
    <name>张三</name>
    <origin>河北</origin>
    <age>25</age>
    <telephone>65669901</telephone>
  </student>
```

```
<student>
  <name>李四</name>
  <origin>北京</origin>
  <age>26</age>
  <telephone>82827965</telephone>
  </student>
</list>
```

为上述数据定义显示样式，文件名为：mystyle.css

```
list,student { font-size:15pt;    font-weight:bold;    color:blue;
display:block;
      margin-bottom:5pt; }


origin,    age,    telephone {    font-weight:bold;    font-size:12pt;
display:block; color:block;
      margin-left:20pt; }


name { font-weight:bold; font-size:14pt; display:block; color:red;
margin-top:5pt;
      margin-left:8pt; }
```

此时，文件 student.xml 在浏览器中的显示效果如图 13-2 所示。

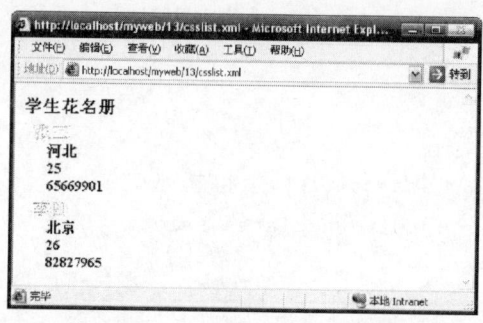

图 13-2 使用 CSS 显示 XML 数据

13.3.3 可扩展样式表语言 XSL

可扩展样式表语言 XSL（eXtensible Stylesheet Languge），它也是由 W3C 制定的。
XSL 是通过 XML 进行定义的，遵守 XML 的语法规则，本身就是一个 XML 文档。系
统可以使用同一个 XML 解释器对 XML 文档及相关的 XSL 文档进行解释处理。而 CSS
则是一种静态的样式描述格式，其本身不遵从 XML 的语法规范。

现在一般所说的 XSL 大都指的是 XSLT。与 XSLT 一同推出的还有其配套标准

XPath，这个标准用来描述如何识别、选择、匹配 XML 文档中的各个构成元件，包括元素、属性、文字内容等。

如前所述，XSLT 主要的功能就是转换，在 XSLT 文档中定义了与 XML 文档中各个逻辑成分相匹配的模板，以及匹配转换方式。限于目前浏览器的支持能力，大多数情况下是转换为一个 HTML 文档进行显示。

为了让读者能够对 XSLT 有一个感性认识，我们先来看一个 XSLT 的简单例子。通过剖析这个例子，读者可以掌握一些 XSLT 的基本语法和功能，甚至可以照葫芦画瓢写出自己的 XSLT 文档。

我们仍然使用前面在讲述 CSS 时用过的"学生花名册"的例子。在这里，为了使用 XSL 样式单，需要把 student.xml 文件的样式表声明语句应改为：

```
<?xml-stylesheet type="text/xsl" href="mystyle.xsl"?>
```

mystyle.xsl 文件的代码如下：

```
<?xml version="1.0" encoding="gb2312" ?>
<xsl:stylesheet xmlns:xsl="http://www.w3.org/TR/WD-xsl">
    <xsl:template match="/">
        <HTML>
            <HEAD>
                <TITLE>学生花名册</TITLE>
                <STYLE>    .title{font-size:15pt;    font-weight:bold;
color:blue }
                    .name{color:red}
            </STYLE>
            </HEAD>
            <BODY>
                <P class="title">学生花名册</P>
                <xsl:apply-templates select="list" />
            </BODY>
        </HTML>
    </xsl:template>
    <xsl:template match="list">
        <TABLE BORDER="1">
            <THEAD>
                <TD><B>姓名</B></TD>
                <TD><B>籍贯</B></TD>
                <TD><B>年龄</B></TD>
                <TD><B>电话</B></TD>
```

```
        </THEAD>
        <xsl:for-each select="student" order-by="name">
            <TR>
                <TD><B><xsl:value-of select="name" /></B></TD>
                <TD><xsl:value-of select="origin" /></TD>
                <TD><xsl:value-of select="age" /></TD>
                <TD><xsl:value-of select="telephone" /></TD>
            </TR>
        </xsl:for-each>
    </TABLE>
</xsl:template>
</xsl:stylesheet>
```

此时，文件 student.xml 在浏览器中的显示效果如图 13-3 所示。

图 13-3   使用 xsl 转换 XML 数据

在这个实例中，XSL 代码的结构很清楚，读者可以看到 HTML 代码处在什么位置上，读者可试着修改它，可试着给以上实例添加其他页面元素、样式表等。熟悉它的规律后，就可以写出自己的 xsl 代码了。

13.4   DHTML

我们经常会发现一些网站页面中的一个重要界面特性——当浏览者将鼠标指针移动到页面导航条上时，会动态地弹出一个菜单，在该菜单中移动鼠标，所指向的菜单项变为红色显示；如果将鼠标指针移出菜单所在范围，则菜单自动隐藏；如果将鼠标指针移动到导航条上另外一个区域，则会弹出另外一个菜单。这种效果非常类似于 Windows 应用程序的特性，即通过图形化的界面为用户提供尽可能多的功能。实际上，采用这种方式可以使同一个页面上包含更多的信息，对于许多庞大的站点来说十分有用。

要实现这种效果，单纯依靠 HTML 和 JavaScript 已经无法实现，必须采用新的技术——这就是动态 HTML。所谓动态 HTML（Dynamic HTML，简称 DHTML），其实并不是一种技术、标准或规范，它只是 HTML、CSS 和客户端脚本的一种集成。通过 HTML 语言，利用 CSS 样式表和脚本语言应能使一向静止不变的页面活跃起来。

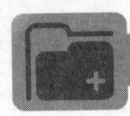

DHTML 建立在原有技术的基础上，可分为四个方面：

（1）HTML（XHTML），也就是页面中的各种页面元素对象，它们是被动态操纵的内容。

（2）CSSL（Clent-Side Scripting Language）客户端脚本，主要有 JavaScript（JS），VBScript（VBS），JScript。Netscape 主要支持 JS，IE 主要支持 JS，VBS 和 JScript。它实际操纵 Web 页上的 HTML 和 CSS。

（3）DOM（Document Object Model）指文档对象模型是 W3C 目前极力推广的 WEB 技术标准之一，它将网页中的内容抽象成对象，每个对象拥有各自的属性（Properties）、方法（Method）和事件（Events），这些都可以通过上面讲到的 CSSL 来进行控制。IE 和 NS 的对象模型都是以 W3C 的公布的 DOM 为基准，加上自己的 Extended Object（扩展对象）来生成的。

（4）CSS，CSS 属性也是动态操纵的内容，从而获得动态的格式效果，它是 HTML 的辅助设计规范，用来弥补 HTML 在排版上的所受的限制导致的不足，它是 DOM 的一部分。理论上说通过 CSSL 动态地改变 CSS 属性可以做出任何你想要的页面视觉效果。

所以，简单地说，要实现 DHTML，就是以 HTML 为基础，运用 DOM 将页面元素对象化，利用 CSSL 控制这些对象的 CSS 属性以达到网页的动态视觉效果。

使用 DHTML 技术，可使网页设计者创建出能够与用户交互并包含动态内容的页面。实际上，DHTML 使网页设计者可以动态操纵网页上的所有元素——甚至是在这些页面被装载以后。利用 DHTML，网页设计者可以动态地隐藏或显示内容、修改样式定义、激活元素以及为元素定位。DHTML 还可使网页设计者在网页上显示外部信息，方法是将元素捆绑到外部数据源（如文件和数据库）上。所有这些功能均可用浏览器完成而无需请求 Web 服务器，同时也无需重新装载网页。这是因为一切功能都包含在 HTML 文件中，随着对网页的请求而一次性下载到浏览器端。

可见，DHTML 技术是一种非常实用的网页设计技术。实际上，DHTML 早已广泛地应用到了各类大大小小的网站中，成为高水平网页必不可少的组成部分。

13.5 CHTML 和 WAP

13.5.1 移动无线网络

简单的说就是手机直接上网。在网络普及的今天，移动服务商也开始把 Internet 所提供的服务转移到手机上。互联网能实现的功能，如浏览新闻、股票查询、邮件收发、在线聊天、在线游戏、下载和弦铃声和彩色图片等多种引用服务，在手机上也完全能否实现。使用移动无线网，人们能够随时、随地、随身地接入互联网，为用户提供了极大的便利，必将成为时尚。

移动通信技术的发展经历了 1G、2G、2.5G、3G 的过程。其中：

1G（First Generation），表示第一代网络技术，如已经淘汰的模拟移动网；

2G（Second Generation），代表第二代通信技术，其代表为 GSM 技术，即全球移动

通讯系统（Global system for Mobile Communications）；

2.5G 是基于 2G 与 3G 之间的过渡类型。代表为 GPRS。比 2G 在速度、带宽上有所提高。可使现有 GSM 网络轻易地实现与高速数据分组的简便接入。

3G（Third Generation）表示第三代通信技术，面向高速、宽带数据传输。国际电信联盟（ITU）称其为 IMT-2000（InternationalMobileTelecom-munication）。最高可提供 2Mbp/s 的数据传输速率。主流技术为 CDMA 技术，代表有 WCDMA（欧，日）、CDMA2000（美）和 TD–SCDMA（中）。

在 2.5G 和 3G 移动通讯技术还没有大规模推出的今天，一些国家的无线互联网技术和市场已经迅速发展起来。其中的代表是日本的 i-Mode 和欧洲的 WAP。

其中，i-Mode（其中 i 代表 information）是由日本领先的蜂窝电话营运商——NTT DoCoMo，于 1999 年 2 月，推出的移动互联网技术。这种技术使得用户能够通过蜂窝电话使用 Internet 服务，i-Mode 使用压缩（Compact）格式的 HTML（即 CHTML）。CHTML 唯一使用国家是日本。

13.5.2　CHTML

CHTML 是 HTML 2.0、HTML 3.2 和 HTML 4.0 的子集，是设计给小信息量的设备（如：蜂窝电话、PDA）使用的。由于 CHTML 是 HTML 4.0 的子集，所以 CHTML 不支持 HTML 4.0 所用的一些网页特征。

CHTML 在有限存储（如：28-512KB RAM 和 512K-1MB ROM）和低功耗 CPU（如：1～10 MIPS 类 CPU）上实现。支持网络内容在单色小屏幕（如：50×30 点阵，100×72 点阵或 150×100 点阵）上阅读。CHTML 网页的 URL 允许的最大长度是 100bytes。i-Mode 支持黑白 2bit GIF 文件，另外，只有 GIF87、87a 及 89a 可用，而 GIF 图形最大尺寸是 94×72 点阵。CHTML 网页的最大允许尺寸不许超过 5KB，但是对于使用的标记不同，有的网页即使少于 5KB，也不能正常显示，每页最好少于 2KB。CHTML 有四个基本原则：

（1）完全基于目前 HTML W3C 建议。这就是说 CHTML 具有标准 HTML 的灵活性。

（2）CHTML 在有限存储和低功耗 CPU 上实现，不支持框图和表格（需要较大存储量）。

（3）支持网络内容在单色小屏幕上阅读。

（4）用户操作方便，通过结合使用 4 个按钮（向前指针、向后指针、选择、倒退/停止），就可以完成一系列基本操作。

CHTML 不支持的主要网络特征有：

（1）JPEG 图像。

（2）表格。

（3）图像地图。

（4）多种字体。

（5）背景颜色。

（6）Image Frame Style 制表。

CHTML 对阅读少量信息设备的要求：

（1）小内存：如 28-512KB RAM 和 512K-1MB ROM；

（2）低功耗 CPU：如 1～10 MIPS 类 CPU（用于嵌入式系统）；

（3）小显示器：如 50×30 点阵，100×72 点阵或 150×100 点阵；

（4）有限颜色：如单色（黑白）；

（5）有限字体：如仅有单一字体；

（6）有限输入方式：如有限控制按钮及数字按钮（0-9）

13.5.3　WAP

WAP（无线通讯协议）是在数字移动电话、互联网或其他个人数字助理机（PDA）、计算机应用乃至未来的信息家电之间进行通讯的全球性开放标准。这一标准的诞生是 WAP 论坛成员努力的结果，WAP 论坛是在 1997 年 6 月，由诺基亚、爱立信、摩托罗拉和无线星球（Unwi redPlanet）共同组成的。

WAP 能够运行于各种无线网络之上，如 GSM、GPRS、CDMA 等。WML 是无线标记语言（Wireless Makeup language）的英文缩写。支持 WAP 技术的手机能浏览由 WML 描述的 Internet 内容。

WAP 能支持 HTHL 和 XML，但 WML 才是专门为小屏幕和无键盘手持设备服务的语言。WML 是以 XML 为基础的标记语言，用在规范窄频设备，如手机、呼叫器等如何显示内容和使用者接口的语言，并可通过 WAP Gateway 直接访问一般的网页。WAP 也支持 WMLScript。这种脚本语言类似与 JavaScript，但对内存和 CPU 的要求更低，因为它基本上没有其他脚本语言所包含的无用功能。

WML 支持文字和图片显示，内容组织上，一个页面为一个 Card，而一组 Card 则构成一个 Deck。当使用者向服务器提出浏览要求后，WML 会将整个 Deck 发送至客户端的浏览器，使用者就可以浏览 Deck 里面所有 Card 的内容，而不需要从网络上单独下载每个 Card。

通过 WAP 技术，用户可以随时随地利用无线通讯终端来获取互联网上的即时信息或公司网站的资料，真正实现无线上网。它是移动通信与互联网结合的第一阶段性产物。

13.6　动态网站开发技术

静态网页就指说网页文件中没有程序，只有 HTML 代码的网页，静态网站内容在制作完成后不会发生变化，任何人访问时都显示一样的内容。早期的网站一般都是由静态网页制作的。静态网站更容易被搜索引擎搜索，一般适合企业使用。静态网页面文件的扩展名一般是：.htm、.html、.shtml、.xml 等。

所谓动态网页，就是说该网页文件不仅具有 HTML 标记，而且含有程序代码，用数据库连接，动态网页能根据不同的时间，不同的来访者显示不同的内容，动态网站更新方便，一般在后台直接更新。

这里要明确一下概念，所谓动态网页，并不能理解成能动的网页。在静态网页上，

也可以制作出各种动画效果、滚动字幕等视觉上的"动态效果"，如 Flash 动画等，但这并不是动态网页。

动态网页是指通过程序设计语言编写的程序实现网站动态更新的网页。它是以数据库为基础，在浏览网页的时候，网页及时调用数据库里面的内容并显示出来。动态网页也可以是纯文字内容的，也可以是包含各种动画的内容，这些只是网页具体内容的表现形式，无论网页是否具有动态效果，采用动态网站技术生成的网页都称为动态网页。常见动态页面文件的扩展名一般为：.asp、.jsp、.php、.aspx 等。

动态网页的一般特点简要归纳如下：

● 动态网页以数据库技术为基础，可以大大降低网站维护的工作量；

● 采用动态网页技术的网站可以实现更多的功能，如用户注册、用户登录、在线调查、用户管理、订单管理等；

● 动态网页实际上并不是独立存在于服务器上的网页文件，只有当用户请求时服务器才返回一个完整的网页；

● 动态网页中的"？"后面是动态页面所需要的参数信息，单对搜索引擎检索存在一定的问题，搜索引擎一般不可能从一个网站的数据库中访问全部网页，或者搜索机器人干脆略掉后面的参数。因此采用动态网页的网站在进行搜索引擎推广时需要做一定的技术处理。

常见的动态网站开发技术简述如下。

1．ASP

ASP，英文全称为 Active Server Pages。是微软早期推出的动态网站开发技术。网站服务器使用 Windows 平台下的 IIS 组件。当一个用户浏览器从 Web 服务器请求一个 ASP 网页时，Web 服务器会页面文件发送给 ASP 引擎 运算转换成 HTML 代码，然后将所有 HTML 代码发送给用户浏览器。

如下面 ASP 代码：

```
<HTML>
    <HEAD></HEAD>
    <body>
        <% REsponse.Write("<h1>"&Date()&"<h1>") %>
    </body>
</HTML>
```

服务器的 ASP 引擎运算后，发送到客户端的 HTML 代码为：

```
<HTML>
    <HEAD></HEAD>
    <body>
        <h1>2009-1-25<h1></h1>
```

```
      </h1>
    </body>
</HTML>
```

2．JSP

JSP（JavaServer Pages）是由 Sun Microsystems 公司倡导、许多公司参与一起建立的一种动态网页技术标准。由于 Java 语法的开发有很多公司参与，所以 JSP 的服务器产品有多个，如下：

（1）Resin：CAUCHO 公司的产品

（2）Tomcat：免费的、开源的、推荐给初学者使用。

（3）Apache：免费的、开源的 Web 服务器产品

（4）Weblogic：美国 bea 公司的产品，面向商用。

（5）Websphere：IBM 公司开的产品，面向商用。

（6）Jboss：免费的，开源的。

3．PHP

讲到 PHP 的全名就蛮有趣的，它是一个递归的缩写名称，全称为：PHP：Pre-Hypertext Preprocessor，全称里面还是缩写。最初称为"Personal Home Page Tools"，也称为"Professional Homepages"，或者"Pre-Hypertext Processor"。

PHP 是一种开放源代码的脚本编程语言，是一种 HTML 内嵌式的语言（类似 IIS 上的 ASP）。而 PHP 独特的语法混合了 C、Java、Perl 以及 PHP 式的新语法。它可以比 CGI 或者 Perl 更快速的执行动态网页。

PHP 可以用于替代微软的 ASP/VBScript/JScript 体系、Sun 微系统公司的 JSP/Java 体系，以及 CGI/Perl 等。它是一种嵌入 HTML 页面中的脚本语言。

实例代码如下：

```
<html>
  <head>
    <title>Example</title>
  </head>
  <body>
    <?php
    echo "Hi, I'm a PHP script!";
    ?>
  </body>
</html>
```

4．ASP.net

ASP.net 页面的扩展名为.aspx，开发语言主要使用 C#.net、VB.net。ASP. net 是微软公司一个跨时代的产品,虽然名称带一个 ASP,但是各方面都是有质的飞跃。ASP. net 借鉴了 Java 虚拟机的概念,使用.net Framework 构建,运行于实时环境中。它是统一的 Web 开发平台，并提供了数目众多的类库，可以大大加快开发的时间。

其他动态网站开发技术，程序代码和 HTML 代码是混在一个文件中的。ASP. net 也能支持将程序代码和 HTML 写在一个文件中，但更推荐的是将程序代码和 HTML 代码分写到不同文件中的做法，极大提高了代码复用性和可维护性。

ASP.net 的语法在很大程度上与 ASP 兼容，在进行 ASP.net 开发时，可以同时使用多种不同的程序设计语言，使用多种数据库，比如 MSSQL、ACCESS 等，多处理器支持，可以大大提高执行速度。ASP 和 ASP.net 可以共用一个 IIS 组件，在未来的 10 年中，ASP.net 应该会在各种网络开发应用中发挥积极，主要的作用。

习 题 13

【单选题】

13.1 下列标记符合 XHTML 标准要求的是 (　　)。

A．<P></p>　
  B．<P></P>

C．<p></p>　
  D．</p><p> </break/>

13.2 在 XHTML 中，下列写法是正确的 (　　)。

A．width=80 B．WIDTH="80"

C．WIDTH=80 D．width="80"

13.3 下列哪些是形式良好的 XHTML (　　)。

A．<p>A <b><i>short</b></i> paragraph</p>

B．<p>A <b><i>short</i></b> paragraph</p>

C．<p>A <b><i>short</i></b> paragraph

D．<p>A <b><i>short</b></i> paragraph

13.4 在 XHTML 中将替代 name 属性的是 (　　)。

A．src 属性　　B．class 属性　　　C．id 属性　　　D．index 属性

13.5 下列正确定义 XML version 的是 (　　)。

A．<xml version="1.0" /> B．</?xml version="1.0"?/>

C．<?xml version="1.0" /> D．<?xml version="1.0" ?>

【判断题】

13.6 XHTML 是一个 Web 标准。

13.7 XML 和 HTML 会被 XHTML 取代。

13.8 XML 的属性值必须始终放在引号中。

13.9 所有的 XHTML 标签和属性都必须是小写的。

13.10 下面的 XML 是否符合规范。

```
<?xml version="1.0"?>
<note>
<to>Tove</to>
<from>Jani</from>
<heading>Reminder</heading>
<body>Don't forget me this weekend!</body>
</note>
```

【简答题】

写出下列英文缩写的全称。

13.11 HTML

13.12 XHTML

13.13 DHTML

13.14 CHTML

13.15 SGML

13.16 XML

13.17 XSLT

13.18 3G

附　录

试 卷 一

（一）选择题 （2分×25=50分）

1．下列 XHTML 中的语法正确地是 （　　）

A．<p>text line 1

B．<BODY> <P>这是一个文字段落</P></ BODY >

C．<IMG SRC="image.gif"　WIDTH="200"　HEIGHT="100" >

D．

2．下列那种引入 css 的方式是错误的? （　　）

A．<link href="mystyle.css" rel="stylesheet" type="text/css" >

B．<style type="text/css" > import "mystyle.css"; </style>

C．<h1 style="color:white">这是一行字</h1>

D．<style type="text/css" > h1 {color:white}</style>

3．分析如下代码，"文本"的颜色应该是：（　　）

```
<style type="text/css">
p{color:blue;}
p.special{color:red;}
.special{color:green;}
</style>
......
<p class="special">文本</p>......
```

A．blue　　　　　　　B.green　　　　　　　C.red　　　　　　　D.不确定

4．分析如下代码，下列分析正确的是：（　　）

```
<style type="text/css">
p span{color:red;}
span{color:blue;}
</style>
......
<p> 我爱<span>中国</span>! </p>我爱<span>生活</span>!
```

A．"中国"的颜色是 red，"生活"的颜色是 blue

B．"中国"的颜色是 red，"生活"的颜色是 red

C．"中国"的颜色是 blue，"生活"的颜色是 blue

D．"中国"的颜色是 blue，"生活"的颜色是 red

5．分析下列代码，正确地说法是：（　　　）

```
<style type="text/css">
p{color:green;}
.red{color:red;}
.purple{color:purple;}
#line{color:blue;}
</style>
</head>
<body>
<p>第一行文本</p>
<p class="red">第二行文本</p>
<p id="line">第三行文本</p>
<p style="color:orange;" id="line">第四行文本</p>
<p class="purple red">第五行文本</p>
</body>
```

A．第一行文本显示颜色：网页默认颜色；第二行文本显示颜色：red

B．第二行文本显示颜色：red；第三行文本显示颜色：blue

C．第三行文本显示颜色：blue；第四行文本显示颜色：blue

D．第四行文本显示颜色：orange；第五行文本显示颜色：red

6．下列描述正确错误地是：（　　　）

A．所有页面中地元素都看成一个盒子，占据一定地页面空间。

B．可以通过调整盒子的边框和距离等参数，调节盒子的位置和大小。

C．一个页面由多个盒子组成，这些盒子之间相互独立，互不影响。

D．一个独立地盒子模型，有 content、border、padding 和 margin 四个部分组成。

7．下列关于 padding 的描述错误的是：（　　　）

A．padding：30px 20px 10px，表示上内边距为 30px，左右内边距都是 20px，右内边距为 10px。

B．padding_left:10px，表示上下左右四个内边距值都是 10px；

C．padding 又称为内边距，用于控制内容与边框之间的距离。

D．padding:10px 20px，表示上、右内边距的值为 10px，下、左内边距的值为 20px。

8．下列表示行内元素的标签是：（　　　）

A．\<strong\>……\</strong\>　　　　B．\<body\>……\</body\>

C．\<ul\>　　　　D．\<img\>

9．下列描述错误的是：（　　　）

A．DOM，是 Document Object Model 的缩写，即"文档对象模型"。一个网页的所有元素组织在一起，就构成了一棵 DOM 树。

B．padding 指的是元素与元素之间的距离。

C．HTML 文档并不是一个简单的文档，而是一个具有层次结构的逻辑文档，每一个 HTML 元素（如 P、ul 等）都作为这个层次结构中的一个节点存在。

D．CSS 的目的是使网页的表现形式与内容结构分离，CSS 控制页面的表现形式，HTML 用来控制页面的内容结构。

10．下面的协议是超文本传输入协议的是：（　　　）

A．Http　　　　　　B．ftp　　　　　　C．Gopher　　　　　D．news

11．下列用于播放背景音乐的代码是：（　　　）

A．<Embed SRC="music.mid" ></Embed>

B．<BGSOUND　SRC="music.mid">

C．<MAEQUEE SRC="music.mid"></ MAEQUEE >

D．<applet code="music.mid"></applet>

12.如何在页面中显示空格？（　　　）

A．";　　　B．§　　　C． 　　　D．·

13.下列对各种视频格式文件分析错误的是：（　　　）

A．MOV：原来是苹果电脑的视频文件格式，自从有了 Quicktime 驱动程序后，我们 PC 机也可以播放 MOV 个而是文件了。

B．AVI（Audio Video Interleaved）：微软公司推出的视频格式文件，它应用广泛，是目前视频文件的主流。

C．MPG：它是活动图像专家组（Moving Picture Experts Group）的缩写，它实质是电影文件的一种压缩格式，压缩率比 AVI 要高，画质 也比 AVI 好。

D．插入视频文件可以将视频直接插入到页面中，由于视频是在服务器端存放的，因此客户端不需要任何插件就可以观看视频文件。

14．下列那个表单元素没有"name"属性？（　　　）

A．<form></form>　　　　　　　　B．<input></input>

C．<option>　　　　　　　　　　D．<select></select>

15.对下图上方固定，左侧嵌套的框架网页描述正确的是：（　　　）

A．左侧链接的"目标"属性值是"self"，目标页面就会在右侧框架显示。

B．无论点击左侧哪一个链接，地址栏中的地址始终不变。

C．该页面显示了为包含三个框架的单个页面，它由 3 个单独的 HTML 文档构成。

D．若地址中显示"……spring\index.html"，则表示右下侧框架白色区域的文件名为 mainFrame.html。

16．如果点击网页中某个链接后在新的浏览器窗口中载入所链接的文档，则应当设

置链接的 target 属性值为（　　　）。

　　A．_parent　　　　　　B．_self　　　　C．_top　　　　D．_blank

17．以下关于 HTML 样式和 CSS 样式的说法正确的是（　　　）。

　　A．通过 CSS 可以重定义 HTML 样式

　　B．CSS 样式是静态的，只能控制单个文档

　　C．HTML 样式可以自动更新

　　D．用 CSS 可以改变文字链接的外观，对于链接的四个状态的排列并无顺序要求

18．制作下拉式菜单，当鼠标悬停于菜单项时显示一个隐藏层，应该选择（　　　）事件。

　　A．onClick　　　　　　　　　　　　B.onDblClick

　　C．onMouseOver　　　　　　　　　　D.onMouseOut

19．在 HTML 语言中，<body alink=#ff0000>表示（　　　）。

　　A．设置链接颜色为红色

　　B．设置访问过链接颜色为红色

　　C．设置鼠标上滚链接颜色为红色

　　D．设置活动链接颜色为红色

20．关于绝对路径的使用，以下说法错误的是（　　　）。

　　A．绝对路径是指包括服务器规范在内的完全路径，通常使用 http:// 来表示

　　B．绝对路径不管源文件在什么位置都可以非常精确地找到

　　C．如果希望链接其它站点上的内容，就必须使用绝对路径

　　D．使用绝对路径的链接不能链接本站点的文件，要链接本站点文件只能使用相对路径

21．在 Dreamweaver 中，下面操作不能通过鼠标选择整个表格是（　　　）。

　　A．当光标在表格中时，在 Dreamweaver 界面窗口左下角的标签选择器中单击<table>标签

　　B．将鼠标移动到表格的底部或者右部的边框，当鼠标指针变成如下图形状时，单击鼠标

　　C．将鼠标移到任何的表格框上，当鼠标指针变成如下图形状时，单击鼠标

　　D．把鼠标指针移到单元格里，再双击鼠标

22．在 Dreamweaver 中，设置分框架属性时，选择设置 scrolling 的下拉参数为 auto，其表示（　　　）。

　　A．在内容可以完全显示时不出现滚动条，在内容不能被完全显示时自动出现滚动条

　　B．无论内容如何都不出现滚动条

　　C．不管内容如何都出现滚动条

　　D．由浏览器来自行处理

23．在 Dreamweaver 中，对文本和图像设置超链接说法错误的是（　　　）。

　　A．选中要设置成超级链接的文字或图像，然后在属性面板的 link 栏中添入相应的

URL 地址即可

B．属性面板的 link 栏中添入相应的 URL 地址格式可以是 www.macromedia.com

C．设置好后在编辑窗口中的空白处单击，可以发现选中的文本变为蓝色，并出现下划线

D．设置超链接方法不止一种

24．在 Dreamweaver 中，一般每个导航按钮准备几个图像。（　　）

A．2 　　　　　 B．3 　　　　　 C．4 　　　　　 D．5

25．在 Dreamweaver 中，下面关于删除行和列的说法错误的是（　　）

A．在行和列中单击鼠标右键打开快捷菜单，选择 table 子菜单中的 delete row 命令，可以删除光标所在的整行

B．在行和列中单击鼠标右键打开快捷菜单，选择 table 子菜单中的 delete column 命令，可以删除光标所在的整行

C．在删除行和列时，行会从表格左侧开始删除，列会从表格的上部开始删除

D．快速删除行和列，在表格中选中一整行或一整列，然后按 DELETE 键

（二）填空题（2 分 × 5=10 分）

1．在表格的属性中，（　　）属性用来设定表格边框的粗细，单元格跨行通过（　　）属性来实现，单元格跨列通过（　　）属性来实现。

2．IE 浏览器支持三种客户端脚本语言，它们是（　　）、（　　）和（　　）。

3．在 HTML 中，标记<font>的 Size 属性最大取值可以是（　　）。

4．预先载入图像可将一些不会立即出现在页面上的图像先保存在（　　）中，这样就可以防止（　　）。

5．<hr width=50%>表示创建一条（　　）的水平线。

（三）简答题（5 分 × 4=20 分）

1．简述 CSS 布局方式与表格布局方式相比有哪些优势？

2．简述静态网页的执行过程。

3．简述 XHTML 的优势。

4．列举 4 种域名，并解释其含义。

（四）设计题（20 分）

设计一个"学院网站首页"，请画出一个 CSS+DIV 布局的网页布局图，并简要描述每个模块的功能和需要应用的主要技术，写出 DIV 的层次结构和基本的 CSS 文件。要求有导航栏，并且至少有 8 个栏目。

试卷二

（一）选择题（2 分 × 25=50 分）

1．下列 XHTML 中的语法正确地是：（　　）

A．<p class=heading> 　　　　　　　　　 B．<hr>

C．这行文字粗体倾斜显示 　　 D．<input disabled="true">

2．下列说法正确的是：（　　　）

A．css 的基本选择器有标记选择器、类别选择器和 ID 选择器三种。

B．ID 选择器地使用方法与 class 选择器基本相同，不同之处是 ID 选择器在 HTML 页面中只能使用 一次。

C．每一种 HTML 标记地名称都可以作为相应地标记选择器的名称。

D．基本选择器不能链接使用。

3．分析如下代码，判断正确的是：（　　　）

```
<style type="text/css">
    h1,h2,h3,h4,h5,p{
        color: red;
        font-size:16px;
    }
    h2.special,.special, #one{
    text-decoration:underline;
    }
</style>

……
<h2 class="special">A</h2>
<p id="one">B</p>
```

A．网页中 A 和 B 字体大小不同

B．A 显示 16px，红色，下划线

C．A 显示<h2>默认字号大小，红色，下划线

D．B 显示下划线，字体颜色和大小由页面设置决定

4．分析下列代码，正确地说法是：（　　　）

```
<style type="text/css">
    p span{color:blue;}
</style>

……
<p>我的窗前是一片深绿，<span>从辽阔的望不清的天边</span>，<b>一直绿到我楼外的窗前</b>。</p>
```

A．"我的窗前是一片深绿"颜色为 blue

B．"从辽阔的望不清的天边"颜色为 blue

C．"一直绿到我楼外的窗前"颜色为 blue

D．整句没有分段，因此整句话的颜色都是 blue

5．下列描述错误的是：（　　　）

A．border 一般用于分隔不同地元素，border 地外围即元素的最外围，因此在计算

精细的版面时，一定要将 border 的影响考虑进去。

B．border-color：red green；表示上下边框为红色，左右边框为绿色。

C．border-width：1px 2px 3px；表示上边框 1px，左边框均为 2px，右边框和下边框均为 3px；

D．border-style：dotted dashed solid double；表示从上边框开始，顺时针方向，4 个边框地样式分别是点线、虚线、实线和双线。

6．下列描述错误的是：（   ）

A．"块级元素"，总是以一个块的形式表现出来，并且跟同级的兄弟块依次竖直排列，左右撑满。

B．"行内元素"，各个字母之间横向排列，到最右端自动折行。

C．行内元素在 DOM 树中是同样是一个节点。从 DOM 的角度来看，块级元素和行内元素是没有区别的，都是树上的一个节点。

D．从 CSS 的角度来看，行内元素与块级元素是没有区别的，她们都拥有自己的区域。

7．下列对<div>和<span>标记的描述正确的是：（   ）

A．<div>简而言之是一个区块容器标记，<div>与</div>之间相当于一个容器，可以容纳段落、标题、表格、图片乃至章节、摘要和备注等 HTML 元素。

B．<div>是一个块级元素，它包含的元素会自动换行。

C．<span>是一个行内元素，在它的前后不会发生换行，<span>没有结构上的意义，纯粹是应用样式。

D．<span>标记可以包含于<div>标记中，称为 它的子元素，而反过来亦成立。

8．下列说法错误的是：（   ）

A．HTML 是 Hyper Text Markup Language 的缩写，中文为"超文本标记语言"，它是制作网页的一种标准语言，以代码的方式来进行网页地设计。

B．DHTML 是 Dynamic Html 的缩写，中文为"动态 HTML"，它是 HTML 的改良版，Dynamic HTML 与 HTML 没有什么区别，只是语法要求更加严格而已。

C．URL 是 Universal Resources Locater 的缩写，中文为："全球资源定位器"。它是网页在互联网中的地址，要访问该网站需要 URL 才能找到该网页的地址。

D．HTTP 是 Hypertext Transfer Protocol 的缩写，中文为"超文本传输协议"。它是一章最常用地网络通信协议。

9．下列关于 HTML 的说法错误的是：（   ）

A．超文本使网页之间具有跳转能力，是一种信息组织方式，是浏览者可以选择阅读的路径，从而可以不需要顺序阅读，而是对自己感兴趣的话题进行浏览。

B．HTML 语言跟 C 语言一样，需要在服务器端编译运行后再在客户端显示结果。

C．HTML 文件可以直接用浏览器解释执行，而无须编译。

D．一个完整的 HTML 文件由标题、段落、列表、表格、单词等嵌入的各种对象组成。

10．下列不属于图片标记<img>的属性的是：（   ）

A．src   B．ALT   C．Vspace   D．Color

11．下列说法错误的是：（   ）

A．TCP/IP 是 Transmission Control Protocol/Internet Protocol 的缩写，中文为"传输控制/网络协议"。它是互联网采用地标准协议,它只只适合运行在 windows 操作系统中。

B．FTP 是 File Transfer Protocol 的缩写，中文为："文件传输协议"。与 HTTP 协议相同，它也是 URL 地址使用的一种协议名称，以指定传输某一种互联网资源，HTTP 协议用在链接到某一网站时，而 FTP 协议则是用在上传或下载文件地情况下。

C．尽管专业制作网页地公司之间各不相同，但是大体都是按照规划阶段、设计阶段、完善阶段、发布阶段、维护阶段的顺序进行工作。

D．超级链接是网站地灵魂，是从一个网页指向另一个目的端地链接，例如指向另一个网页或者相同网页上的不同位置。这个目的端通常是一个网页，但也可以是一副图片、电子邮件地址、一个文件、一个程序或者是本页中地其他位置。

12．下列关于表格属性的描述错误的是：（   ）

A．width 和 height 分别用来定义表格的宽度和高度，单位为像素或百分比。如果是百分比,则可分为两种情况:如果不是嵌套表格那么百分比是相对于浏览器窗口而言；如果是嵌套表格，则百分比是相对于嵌套表格所在单元格而言。

B．通过 BGCOLOR 属性可以设置背景颜色。

C．表格的单元格和单元格之间可以设置一定的间距，这样可以使表格不会过于紧凑，这通过 CellSpacing 属性设置。

D．<td colspan="2" rowspan="3">的写法是错误的，因为<td>的"cospan"属性和"rowspan"不能同时出现。

13．以下（   ）标记是插入到网页中的命名锚记。

A． 🏷   B． 🖼   C． ⚓   D． 🔖

14．关于超链接，下列（   ）属性是指定链接的目标窗口。

A．Href   B．Name   C．Target   D．Title

15．关于网页中的换行，说法错误的是（   ）。

A．可以使用
标签换行

B．可以使用<p>标签换行

C．使用
标签换行，行与行之间没有间隔；使用<p>标签换行，两行之间会空一行

D．可以直接在 HTML 代码中按下回车键换行，网页中的内容也会换行

16．在 IE 浏览器中预览网页的快捷键是（   ）。

A．F9   B．F10   C．F11   D．F12

17．以下选项中，关于层的说法错误的是（   ）。

A．使用层进行排版是一种非常自由的方式

B．层可以将浏览器窗口分割成几个不同的区域，在不同的区域内显示不同的页面

C．可以在网页上任意改变层的位置，实现对层的精确定位

D．层还可以重叠，因此可以利用层在网页中实现内容的重叠效果

18．在 Dreamweaver 中，下面关于插入一个鼠标经过图像的操作说法错误的是：（　　）

A．首先准备好两个图像，一个是正常状态，一个是鼠标移上图像后的状态

B．单击插入栏的 Common 子面板下的 Insert Rollover Image 图标来插入图像

C．在弹出的 Insert Rollover Image 面板中，单击 Original Image 一栏后的 Browse 按钮插入原始图像

D．遗憾的是不可以为互动图像加入超链接

19．在设置图像链接时，可以在 Alt 文本框中填入替换文字，下面不是其作用是：（　　）

A．当浏览器不支持图像时，使用文字替换图像

B．当鼠标移到图象并停留一段时间后，这些注释文字将显示出来

C．在浏览者关闭图像显示功能时，使用文字替换图像

D．每过段时间图象上都会定时显示注释的文字

20．在 Dreamweaver 中，保持层处于被选择状态，用键盘进行微调，可以对层做十个象素为单位的大小改变，其操作正确的是：（　　）

A．按下 Shift+Ctrl 加四个方向键　　　B．按下 Ctrl 键加四个方向键

C．按下 Shift 加四个方向键　　　D．直接使用四个方向键

21．在 Dreamweaver 中，在需要选择的文本前单击鼠标左键选中一点后，按下哪个键不放，然后在所选文（　　）本最后点击鼠标，松开此键，就可以选择文本：

A．shift　　　B．ctrl　　　C．alt　　　D．shift+alt

22．在 Dreamweaver 中，关于用 Z-index 改变层的次序说法正确的是：（　　）

A．Z值（即 Z-index 的值）越大，这个层的位置就越靠上

B．Z值（即 Z-index 的值）越大，这个层的位置就越靠下

C．Z值（即 Z-index 的值）越大，这个层的位置就越靠中央

D．以上说法都错

23．在 Dreamweaver 中，在预览中，要使层的右方和下方出现滚动条而不论元素是否溢出，要选择 over flow 的下拉选项中的哪个选项：（　　）

A．auto　　　B．scroll　　　C．visible　　　D．hidden

24．在 Dreamweaver 中，下面对象中可以添加热点的是（　　）。

A．帧　　　B．文字　　　C．图像　　　D．任何对象

25．在 Dreamweaver 中，下面的步骤不会被历史面板记录的是：（　　）

A．在建立的文档窗口中输入文字

B．在建立的文档窗口中输入图像

C．在建立的文档窗口中输入插入超链接

D．在网站窗口中的操作

（二）填空题（2分×5=10分）

1．在 HTML 文档中，以插件方式播放音乐使用（　　）标签，用（　　）属性指定音乐的源文件。

2．在定义行为时，如果希望当鼠标移入页面元素上方时触发事件，则该事件为
（   ）事件。

3．按钮可以存在四种状态，分别为：（   ）、（   ）、（   ）、（   ），这可以
使链接按钮的变化更加丰富。

4．在 Dreamweaver 中，创建空链接使用的符号是（   ）。

5．在 Dreamweaver 中，<NOFRAMES></NOFRAMES>表示（   ）。

（三）简答题 （5分×4=20分）

1．对 CSS 布局的网页应该努力实现那些要求？

2．CSS 中属性 position 代表什么含义？它那几个属性值，分别代表什么含义？

3．简述 HTML 的优势和缺陷。

4．简述网站维护的工作有哪些？

（四）设计题 （20分）

设计一个"个人网站首页"，请画出一个 CSS+DIV 布局的网页布局图，并简要描
述每个模块的功能和需要应用的主要技术，写出 DIV 的层次结构和基本的 CSS 文件。
要求有导航栏，并且至少有 8 个栏目。

试卷一答案&分析

（一）选择题

1．D

A．在 XHTML 中标记必须密封，正确的是：<p>text line 1</p>

B．在 XHTML 中标记名称必须小写; <body> <p>这是一个文字段落</ p ></ body >

C．在 XHTML 中标记名称必须小写且在 XHTML 中属性名称必须小写; <img src="image.gif" width="200" height="100">

D．在 XHTML 中及时是空元素地标记页必须密封

2．B

A．导入式；

B．链接式：<style type="text/css">@ import "mystyle.css"; </style>；

C．行内式；

D．内嵌式

3．C

该题使用了"交集"选择器，上面地代码定义了<p>标记地样式，也定义了.special 类别的样式，此外还单独定义了 p.special，用于特殊的控制，而这个 p.special 中定义的风格样式仅仅适用于<p class="special">标记，不会影响使用了.special 的其他标记。

4．A

在 css 中，可以通过嵌套方式，对特殊位置地 html 标记进行声明，例如<p></p>之间包含<span></span>标记时，就可以用后代选择器进行相应地控制。后代选择器地写法就是吧外层地标记写在前面，内层地标记写在后面，之间用分隔符隔开。本题代码中通过将 span 选择器嵌套在 p 选择器中进行声明，显示效果只是用于<p></p>之间地<span>标记，而其外地<span>标记并不会产生任何效果。

5．B

第一行没有使用类别样式和 ID 样式，因此这行文本显示为标记选择器 P 中定义地绿色；第二行使用了类别样式，类别选择器的优先级高于标记选择器，因此显示类别选择器中定义的红色；第三行文本同时使用了类别样式和 ID 样式，ID 选择器优先级高于类别选择器，因此显示类别选择器中定义的蓝色；第四行同时使用了行内样式和 ID 样式，行内样式地优先级高于 ID 样式，因此显示行内样式中定义地橙色；第五行使用了两个类别样式，当两个类别选择器地优先级相同时，以前者为准，因此显示紫色。

6．C

盒子模型是 css 控制页面一个很重要地概念，只有很好的掌握盒子模型及其中每个元素的用法，才能 真正地控制好页面中的各个元素。所有页面中地元素都看成一个盒子，占据一定地页面空间。一般来说这些被占据地空间往往都比单纯的内容大，也就是说可以通过调整盒子的边框和距离等参数，来调节盒子的位置和大小。

B 项正确地描述是：一个页面由多个盒子组成，这些盒子之间相互关联

7．D

分析：按照规定顺序，若给出 2 个、3 个或者 4 个属性，它们的含义将有所区别，具体含义如下：如果给出两个属性值，前者表示上下 padding 的属性，后者表示左右 padding 的属性；如果给出三个属性值，前者表示上 padding 属性值，中间表示左右 padding 属性值，后者表示下 padding 属性值；如果给出 4 个属性值，依次表示上、右、下、左 padding 的属性，即顺时针排序。

8．A

9．B

倘若将盒子模型比作展览馆中的一幅画，那么 content 表示画面本身，padding 表示画面与画框之间的留白，border 就是画框，而 margin 就是画与画之间的距离。

考点：标准流式文档，所谓标准流就是指在不使用其他的与排列和定位相关的特殊 CSS 规则时，各种元素的排列规则。

10．A

FTP（File Transfer Protocol），是文件传输协议的简称；HTTP 协议（HyperText Transfer Protocol，超文本传输协议）是用于从 WWW 服务器传输超文本到本地浏览器的传送协议；

Gopher 是 Internet 上一个非常有名的信息查找系统；网络新闻组协议，通过该协议可以访问 Internet 中各种各样的新闻或帖子。

11．A

分析：Embed 用来插入多媒体对象，语法为：<Embed SRC="file_url"   width=value height=value   hidden=hidden_value   autostart=auto_value   loop=loop_value ></Embed>

MAEQUEE 用来设置滚动字幕，语法是：<MAEQUEE>滚动文字</ MAEQUEE >

Applet 用于嵌入 java Applet。

12．C

一些特殊的符号是凭借特殊的符号码来表现的。通常由前缀"&"加上字符对应的名称再加上后缀";"而组成。"－"，§－§，·－●

13．D

插入视频文件可以将视频直接插入到页面中，但是只有浏览者在浏览网页时具有所选视频文件的适当插件后，视频才能播放。

14．C

表单是网页上的一个特定区域，这个区域用一对<form>标记定义，一方面它限定表单范围，另一方面它携带表单的相关信息。<Input>标记是表单最常用的标记之一，它的 type 属性取不同的值，则表示不同的表单。菜单是一种最节省空间的方式，正常状态下只能看到一个选项，通过<select></select>标记可以设计页面中的菜单和列表效果，每个菜单项用一个<option>。

15．B

A．左侧链接的 targe 属性值应为="rightFrame"。B．框架不是文件，而是存放文档的容器 - 任何一个框架都可以显示任意一个文档，地址栏中显示框架集的名称。C．如

果一个站点在浏览器中显示为包含三个框架的单个页面,则它实际上至少由四个单独的HTML 文档组成: D . 要在浏览器中查看一组框架,请输入框架集文件的 URL;浏览器随后打开要显示在这些框架中的相应文档。

16 . D

_blank ：在新窗口中打开链接

_parent：在父窗体中打开链接

_self：在当前窗体打开链接,此为默认值

_top：在当前窗体打开链接, 并替换当前的整个窗体(框架页)

一个对应的框架页的名称：在对应框架页中打开

17 . D

A 使用 CSS 的目的是使网页内容和表现分开, CSS 样式使您可以控制许多仅使用HTML 无法控制的属性；B 把 CSS 写在一个独立的.css 中, 则可以在多个页面中使用,它可以使整个网站的风格一致；C HTML 样式不可以自动更新。

18 . C

鼠标事件有 onclick　　鼠标点击时触发此事件；ondblclick 鼠标双击时触发此事件；

onmouseover；当鼠标移动到某对象范围的上方时触发此事件；onmouseout　　当鼠标离开某对象范围时触发此事件。

19 . D

用法：<BODY ALINK="颜色代码"> 设定"点击连接"的颜色, 也就是当你鼠标点击那个连接的瞬间所显示的颜色。

20 . D

任何文件都可以有相对路径和绝对路径。

21 . D

本题考核了如何在 Dreamweaver 中选取表格的方法, D 选项只能选取当前单元格,而不能选取整个表格。

22 . A

本题考核了 Dreamweaver 的基本操作, scrolling 的属性值有三种："yes"、"no" 和"auto", 分别表示无论何时都出现滚动条、无论如何都不出现滚动条、和党内容不能完全显示的时候再出现滚动条。

23 . B

输入的 url 地址应该是 http:// www.macromedia.com。

24 . C

4 个图像分别是"状态图像"、"鼠标经过"、"按下时鼠标经过图像"四个, 但实际操作时可以不全设置为 4 个完全不同的。

25 . C

C 删除行和列的时候, 将鼠标定位到该行/列的单元格中, 选择删除行/列, 删除的是当前的行或列。

（二）填空题

1．border，rowspan，colspan

2．JavaScript，VBScript，Jscript

分析：Javascript 是所有的浏览器都支持的脚本语言，包括 IE。VBScript 和 JScript 都是微软推出的脚本技术，IE 都能很好的支持。

3．7

分析：<font>的 size 属性的取值范围为 1~7 或-6~+6

4．浏览器缓存中　延迟

分析：有时候，网页中的图像过大，在用到它再加载会出现白块现象，为了避免这个现象出现，我们可以让比较大的图片预先载入，所以就用到了"预先载入图像"功能能。

5．长度为浏览器窗口宽度一半的水平线

分析：<hr>表示水平线，它的 width 宽度值可以是一个具体的数值，表示宽度是**像素等，也可以是一个分数值，表示相对于本窗口的宽度。

（三）简答题 5分*4=20分

1．CSS 使页面载入更快；CSS 可以降低网站的流量费用；CSS 使设计师在修改设计时更有效率，而价格更低；CSS 使整个站点保持视觉的一致性；CSS 使站点可以更好的被搜索引擎检索到；CSS 使站点对浏览者和浏览器更具亲和力；在越来越多的人采用 WEB 标准时，掌握 CSS 可以提高设计师的职场竞争力。

2.答案要点：

步骤 1：Web 浏览器请求静态页；

步骤 2：Web 服务器查找该页面；

步骤 3：Web 服务器将该页面发送回请求浏览器。

3．答案要点：XHTML 文档符合 XML 的标准，可以使用标准的 XML 工具对其进行浏览、编辑和验证；

XHTML 文档可以在 XHTML 的用户代理中执行，也可以在现存的 HTML4.0 的用户代理中执行；

XHTML 文档可以开发基于 HTML 文档对象模型的应用，也可以开发基于 XML 文档对象模型的应用。

4．答案要点：.com -国际顶级域名，商业性的机构或公司

.net - 国际顶级域名，一般网络公司注册此种域名

.cn- 由我国管理的国际顶级域名，各国都有，如：.uk 代表英国

.gov - 政府机构，如：whitehouse.gov

.org - 非赢利组织或协会用此种域名，如：linux.org

.edu - 教育机构，如：tsinghua.edu.cn

（四）设计题

略

试卷二答案&分析

（一）选择题

1. D

分析：在 XHTML 中属性值必须用双引号括起来：`<p class="heading">`；在 XHTML 中及时是空元素地标记页必须密封；`</br>`；在 XHTML 中标记必须严格嵌套；`<b><i>` 这行文字粗体倾斜显示`</i></b>`；在 XHTML 中属性值必须使用完整的形式。

2. D

分析：两个或多个基本选择器通过不同方式链接而形成的选择器称为复合选择器。

3. B

4. B

分析：这是嵌套定义的 CSS 样式。定义`<p>`标签内的`<span>`标签样式。

5. B

分析：按照规定顺序，若给出 2 个、3 个或者 4 个属性，它们的含义将有所区别：

如果给出两个属性值，前者表示上下边框的属性，后者表示左右边框的属性；如果给出三个属性值，前者表示上边框属性值，中间表示左右边框属性值，后者表示下边框属性值；如果给出 4 个属性值，依次表示上、右、下、左边框的属性，即顺时针排序。

6. D

分析：从 CSS 的角度来看，二者差别很大，块级元素拥有自己的区域，行内元素则没有。

7. D

分析：`<span>`标记不能包含`<div>`标记，从 div 和 span 的区别和联系，就可以深刻的理解块级元素和行内元素的区别了。

8. B

分析：DHTML 是 Dynamic Html 的缩写，中文为"动态 HTML"，它是 HTML 的改良版，Dynamic HTML 可以提供 HTML 所无法完成的效果，如图文样式、动画、动态资料、及时互动等多媒体动态或排版效果。

9. B

分析：HTML 是纯文本类型语言，使用 HTML 编写的网页文件也是标准的纯文本文件，我们可以用任何文本编辑器打开。

10. D

分析：src：图像的源文件；ALT：提示文字；Vspace：垂直间距；Color：颜色，不是 img 的属性。

11. A

分析：TCP/IP 是 Transmission Control Protocol/Internet Protocol 的缩写，中文为"传输控制/网络协议"。它是互联网采用地标准协议，因此只要遵循 TCP/IP 协议，不管电脑是什么系统或平台，均可以在互联网地世界畅通无阻。

12．D

分析：D<td colspan="2" rowspan="3">表示水平方向合并 2 列单元格，竖直方向合并 3 行单元格。

13．C

分析：A 插入脚本，B 图像查看器，C 插入锚标记，D 插入换行符。

14．C

分析：href 表示打开的链接，name 表示元素的名称属性，target 表示链接的目标窗口，title 表示标题。

15．D

分析：在 HTML 中按下文本的段落不会影响到页面的显示。

16．D

17．B

分析：框架可以将网页在一个浏览器窗口下分割成不同的区域，在不同的区域内显示不同的页面。

18．D

19．B

分析：替换文字的作用有二：一是当图像未下载完成或无法下载，图片位置显示为替换文字。二是当鼠标停留一段时间后显示替换文字。

20．A

21．A

22．A

分析：使用层可以将网页扩展为三维的，相当于建立一个三维坐标，z 轴由屏幕指向浏览者方向。Z-index 的值表示层数，数值越大，表示越靠上。

23．B

24．C

分析：热点就是在图像中制作一个链接区域。

25．D

分析：历史面板会记录网页上的各种改动，使用热键"ctrl+z"可以撤销操作。

（二）填空题

1．embed，src

分析：embed src=url，embed 可以用来插入各种多媒体，格式可以是 Midi、Wav、AIFF、AU、MP3 等等， url 为音频或视频文件及其路径，可以是相对路径或绝对路径。

2．onMouseOver

3．释放状态，滑过状态，按下状态，按下时滑过状态

4．#

5．无框架时的显示内容

分析：noframes 元素可为那些不支持框架的浏览器显示文本。

N

（三）简答题

1．参考答案：宽度适应多列布局，并且保证页头和页脚都能够正确显示；可以指定列宽度固定，其余列宽度自适应；在 HTML 中，格列可以任意顺序排列，最终效果都能够正确显示；任意列都可以是最高的一列，且保正不会破坏布局，不会产生重叠；HTML 和 CSS 都应该通过 Web 标准验证；具有良好的浏览器兼容性。

2．参考答案：position 从字面意思上理解就是定位块的意思，即块相对于器父块的位置和它自身应该在的位置。它有 4 个取值：

State：这是默认的属性值，也就是该盒子按照标准流（包括浮动方式）进行布局；

Relative：称为相对定位，使用相对定位的盒子的位置通常以标准流的排版方式为基础，然后使盒子相对于它在原本的标准位置偏移指定的距离。相对定位的盒子仍然在标准流中，它后面的盒子仍以标准流方式对待。

Absolute：绝对定位，盒子的位置以它的包含框为基准进行偏移，绝对定位的盒子从标准流中脱离，这意味着它们对其后的定义没有影响，其他的盒子就好像这个盒子不存在一样。

Fixed：称为固定定位，它和绝对定位类似，知识以浏览器窗口为基准进行定位，也就是当拖动浏览器窗口的滚动条时，依然保持对象位置不变。

3．参考答案：HTML 文档制作不是很复杂，且功能强大，支持不同数据格式的文件镶入，其主要特点如下：

简易性：HTML 版本升级采用超集方式，从而更加灵活方便。

可扩展性：HTML 语言的广泛应用带来了加强功能，增加标识符等要求，HTML 采取子类元素的方式，为系统扩展带来保证。

平台无关性：HTML 可以使用在广泛的平台上。

HTML 发展到今天存在三个主要缺点：

太简单：不能适应现在越多的网络设备和应用的需要。

太庞大：各浏览器开发商由于 HTML 代码不规范、臃肿，浏览器需要足够智能和庞大才能够正确显示 HTML。

数据与表现混杂：对不同的网络设备显示同样的数据都需要制作不同的 HTML。

4．参考答案：信息维护确保网站具有持久吸引力的保障，一个经常更新的网站肯定要比一个一成不变的网站更能吸引和留住访问者。网站维护一般包含以下内容：

内容的更新，如：产品信息的更新，企业新闻动态更新，招聘启示更新等

网站风格的更新，如：网站改版

网站重要页面设计制作，如：启示类重大事件页面、突发事件及公司周年庆等活动页面设计制作

网站系统维护服务，如：email 帐号维护服务、域名维护续费服务、网站空间维护、与 IDC 进行联系、DNS 设置、域名解析服务等。

课后习题答案

第 1 章

1.1-1.5 D C B A A   1.6 ABD   1.7 ABCDE
1.8 文本 图像 超级链接 表格 文本   1.9 Internet 信息服务
1.10 F12   1.11 管理站点

第 2 章

2.1-2.5 A D D A C

第 3 章

3.1-3.5 C B D B D 3.6 <table> <td>
3.7 <ol> <li> <ul> <li>
3.8 target _blank _parent _self _top3.9 <textarea> <select> <option>
3.10 数据处理程序的 URL 向服务器提交数据的方法 只向服务器提交数据
而不获取数据 要从服务器获取数据

第 4 章

4.1-4.5 C D B C B

第 5 章

略

第 6 章

6.1-6.5 C A A C D   6.6 ABC   6.7 BC
6.8 ACD   6.9 ABCD   6.10 BC

第 7 章

6.1-6.5 A A A B A 6.6-6.10 B B A B C
6.11 今天日期是：2009 年 1 月 28 日
6.12 参考代码如下：

```
var sum = 0;
for(i=1; i<=100; i++)
{
    sum += i;
}
```

```
document.write(sum)
```

第 8 章

8.1-8.5 B B B B D   8.6 ABCD   8.7 ABC

8.8 ABD   8.9 ABC   8.10 ACD

第 9 章

9.1-9.5 D D C A A   9.6 BCD   9.7 ABCD   9.8 ABC

a 第 10 章

10.1-10.5 D A B B C   10.6 ABCD   10.7 ABC

10.8 ABCD   10.9 ACD   10.10 ABCD

第 11 章

11.1-11.5 D C D B B   11.6 BC   11.7 ACD

11.8 ABCD   11.9 ABCD   11.10 AB

第 12 章

略

第 13 章

13.1-13.5 C D B C D   13.6 对   13.7 错

13.8 对   13.9 对   13.10 对

13.11 HTML   HyperText Mark-up Language

13.12 XHTML   Extensible HyperText Markup Language

13.13 DHTML   Dynamic HyperText Mark-up Language

13.14 CHTML   Compact HyperText Markup Language

13.15 SGML   Standard Generalized Markup Language

13.16 XML   eXtensible Markup Language

13.17 XSLT   eXtensible Stylesheet Language Transformation

13.18 3G   3rd Generation

参 考 文 献

[1] 绍丽萍，张后扬，郭春芳. 网站编程技术实用教程. 北京：清华大学出版社，2005.

[2] 华铨平，张玉宝. XML 语言及应用. 北京：清华大学出版社，北京交通大学出版社，2005.

[3] 何秀芳，周进，张淑菊. HTML XHTML CSS 网页制作从入门到精通. 北京：人民邮电出版社，2008.

[4] 喻光继，彭欣. 网页实际与制作实用教程. 北京：人民邮电出版社，2005.

[5] 邹振亚，金山，Dreamweaver Mx 直通车. 北京：清华大学出版社，2003.

[6] 李在勇，金秀庆，Dreamweaver Mx 从入门到精通. 北京：中国青年出版社，2003.

[7] 郭伟伟，刘端阳 JavaScript 全程指南. 北京：电子工业出版社，2008.

[8] 吴以欣，陈小宁 JavaScript 脚本程序设计. 北京：人民邮电出版社，2006.

[9] 王俊杰 JavaScript 动态网页编程. 北京：人民邮电出版社，2007.

[10] 张长富，黄中敏 JavaScript 动态网页编程实例手册. 北京：海洋出版社，2006.

[11] 弗拉纳根. 张铭泽等译. JavaScript 权威指南. 北京：机械工业出版社，2007.

[12] 张微，刘任凭. Dreamweaver 8 完美网页设计. 北京：中国青年出版社，2006.

[13] 黄斯伟. CSS 网页样式设计—CSS 使用详解. 北京：人民邮电出版社，2000.